深層政府IV

DEEP STATE

關加利

《無奇不有》——一場無硝煙的戰爭

前言

顛覆你的世界觀

《深層政府IV》延續系列對全球權力結構的揭秘，從第一集剖析秘密組織、深層政府與影子政府的運作，到第二集揭示倫敦（財政）、華盛頓（軍事）、梵蒂岡（宗教）三城邦如何成爲「全球1%權貴」的歷史根基，再到第三集探討超國家政府的大重構，本集將焦點重新聚焦美國，特別是圍繞特朗普的爆炸性傳聞，掀開深層政府的神秘面紗。

2025年3月，特朗普公開「甘迺迪遇刺案」機密文件，揭示了新聞傳媒未曾觸及的驚人秘密。本集從美國貨幣系統的操控入手，追溯金融如何成爲深層政府的工具；接著探討馬丁路德金與羅拔·甘迺迪之死的未解之謎，以及甘迺迪家族是否眞被「詛咒」。瑪麗蓮夢露的神秘死亡、中情局與尼克遜的潛在角色，乃至希拉莉與班加西事件的爭議，皆指向權力核心的暗流。

同時，本集深入陰謀論的漩渦，如可薩猶太人傳說、凱勒奇人種計劃，以及藍光計劃的非科幻眞相。QAnon的政治能量與特朗普家族的「超時空預言」更爲故事增添神秘色彩。此外，BCCI金融帝國的醜聞、馮·布朗對馬斯克火星殖民的預言，以及特朗普是否爲俄羅斯間諜的質疑，交織出一幅錯綜複雜的權力拼圖。

《深層政府IV》不僅揭露歷史的暗面，更質疑當下全球秩序的眞實面目，引領讀者步入眞相與陰謀交錯的深淵。

目錄

Chapter 3

CHAPTER 1

美國貨幣系統如何被控制

美國在成長期的貨幣供應問題已受到越來越多人的關注。外國的硬幣在獨立前後都在流通，易貨貿易很普遍，特別是在農產品方面。第一個美國造幣廠於 1792 年在費城成立。擁有黃金或白銀的個人可以將其帶到造幣廠鑄造成硬幣。國會確定黃金和白銀的兌換比率爲 35:1。這些金屬的稀缺性顯然限制了流通硬幣的數量，使開採金銀成爲一項有利可圖的職業，一夜之間就可以發財。隨著西部的開發，尤其是 1848 年在加利福尼亞州發現黃金，流通硬幣的數量猛增。19世紀，育空地區及世界其他地方的黃金開採也促使流通硬幣數量增加，貴金屬開採逐漸商業化。

顯然發展中經濟體的資金短缺限制了商業，隨著人口的增長和工業的進步，甚至引發經濟危機。解決現鈔短缺的顯著方法一直是印刷紙幣。在殖民時期，貨幣由煙草商人或賓夕法尼亞州土地銀行等機構發行，貸款以房地產作爲抵押。

長期以來，西方世界一直在使用紙質信用票據來支持貿易。縱觀歷史，商人或製造商常以票據(一種可在發行地兌換商品或服務的紙質憑證)支付債務。紙幣可在社區內流通，按面值或折扣兌換商品或服務。

特朗普極有可能要把美聯儲的鑄幣權收回，作爲美國優先的核心，當然這個明面上是不能提的，只能提及再工業化。

美聯儲總部位於華盛頓特區

美國的部分準備金銀行(fractional reserve banking)業務起源與歐洲大不相同。這種做法源於中世紀晚期的歐洲。當時，經紀人或銀行可發行超過客戶存款(黃金或白銀)的紙質本票，這一做法已制度化。**因此貨幣供應量可以乘以原始價值的許多倍**。這種乘數效應易導致通貨膨脹或違約，持有票據的人在崩盤時將蒙受損失。

儘管存在這些缺點，但隨著時間的推移，部分準備金銀行開始主導西方世界。甚至有人說它讓西方最終征服了整個地球。這種做法使貨幣購買力遠超其有形支持，即其真實價值。誠然，在發行銀行方面，這些錢通常可以用黃金或白銀贖回，只要所有紙幣持有人沒有同時出現尋求贖回，就可以了。對銀行的這種擠兌會導致破產

和倒閉。**銀行家甚至可能被依法起訴，有時甚至被處死。**

「魔鬼的東西」

憑空創造的貨幣常被政府法令定爲法定貨幣，再加上銀行通過收取利息獲利，這讓頭腦清醒的人視其爲「魔鬼的東西」。**但最終，部分準備金銀行的金融體系成爲美國和其他國家經濟關係的基礎。**這是貨幣體系跟上經濟增長的最簡單方式，同時爲控制者和政客提供利潤，後者通過立法支持債務履行。

國民銀行在獨立戰爭期間出現，但1791年美國第一銀行由國會特許，作爲聯邦機構首次亮相。**該銀行是財政部長亞歷山大·漢密爾頓（Alexander Hamilton）的心血結晶**，立即成爲美國第一家銀行和新國家的強大機構。**該銀行通過向國內外投資者出售股份以及作爲新聯邦政府徵收的關稅和消費稅的存款機構獲得運營資本。因此，銀行從一開始就是資產階級的盈利工具。正是銀行借錢的方式和對象**，可能導致腐敗，直接引發爭議。銀行可爲商業和貿易借貸，也可通過購買聯邦債券借貸給政府。這引入了赤字融資，大陸會議在大革命期間已通過出售戰爭債券實施此做法。

政府赤字融資意味著爲了維持運作，政府必須通過稅基的經濟增長或通貨膨脹來償還債務。只要人口、貿易和工業持續增長，這一模式便能有效運作。**但任何放緩，尤其是在經濟衰退或蕭條時期，都可能迅速演變成一場危機，甚至是一場災難。**如果多國依賴赤字融資管理政府，競爭將不可避免，總會導致戰爭。**這是歐洲國**

家之間頻繁戰爭的根本原因。

有了美國第一銀行，美國現在被捲入了這個系統。該系統還使較發達國家成爲世界欠發達地區的掠奪者。當美國獨立時，爭奪殖民地的競賽已經進行了 250 多年。這場競賽延續至今，儘管如今各國尋求經濟殖民，而非完全佔領國家。因此，在歐洲殖民地開始尋求政治獨立的時候，仍作爲經濟附屬國被控制和爭奪。主要的國際機構，如世界銀行和國際貨幣基金組織，均通過借貸和債務維持新殖民體制。新殖民主義也通過更強大國家的銀行、企業控制國家資源來維持。

美國憲法未包含美國第一銀行或融入歐洲金融體系的規定。但托馬斯·杰斐遜(Thomas Jefferson)和他的支持者看到了危險。杰斐遜反對銀行導致國家分裂爲對立政黨，這一分裂延續至今，儘管其起源已被人遺忘。漢密爾頓成爲聯邦黨領袖，杰斐遜成爲民主共和黨領袖。杰斐遜和他的團隊認爲，該銀行基於可疑原則：憑空創造貨幣，並以複利借給特定客戶，可能造成破壞。這形同高利貸，羅馬天主教會在中世紀依據聖經原則禁止此做法，直到文藝復興時期才放棄該禁令。

對中央銀行權力的懷疑

美國民衆及其政治代表，至少在杰斐遜的追隨者和繼任者中，都對中央銀行的權力深表懷疑。人們經常看到銀行將商人和農民拖入債務，通過取消抵押品贖回權以低價奪取其財產。美國第一銀行持續了二十年，但其章程沒有更新。它的繼任者是 1816 年特許成立的美國第二銀行。這家銀行於1833年倒閉，當時安德魯·傑克遜(Andrew Jackson)總統撤回了聯邦存款。傑克遜曾說：「我要麼摧毀銀行，要麼被銀行摧毀。」在1913年國會建立聯邦儲備系統之前，美國沒有中央銀行。

私人銀行可以僅根據商業章程在沒有中央銀行的情況下運營。在內戰前的時代，州政府特許的大量個體銀行蓬勃發展，後被統稱爲「野貓銀行」(Wildcat Banks)。這些野貓銀行對商業發展至關重要。其中一些銀行實際上是由各州擁有和經營的，儘管大多數是當地特許經營的，爲個別城市、城鎮和農業地區提供服務。它們通常由當地商人資本化，並以部分儲備爲基礎運作。他們被要求將發行的紙幣兌換爲黃金或白銀。有時競爭對手的銀行會組織擠兌，試圖通過安排紙幣持有人大量兌現來讓對方破產。總體而言，該系統的成功源於只有投資於生產性企業，銀行才能持續經營。即便如此，寬鬆的貸款做法、金融不確定性、擠兌，甚至惡劣的天氣都可能導致銀行倒閉和恐慌。但是該系統達到了流通紙幣的預期目的，儘管到內戰時期，銀行業的集中化和整合正在順利進行。主要銀行中心在商業和工業發達地區崛起，規模遠超早期。主要的銀行中心是東海岸的紐約、波士頓和費城，後來是中西部的芝加哥和西部的舊金山。隨著時間的推移，每一個成長爲貿易和製造業焦點的美國城市也發展爲銀行中心。另一個重要貨幣來源是股份公司的股票，其價值由股票市場報價決定。

當時美國國會在 1846 年向南部鄰國墨西哥宣戰。德薩斯州已被美國白人定居，宣佈獨立爲共和國，後被國會併入美國。**通過這場戰爭，美國獲得了今天的德薩斯州、新墨西哥州、亞利桑那州和加利福尼亞州，以及猶他州、內華達州和科羅拉多州的大部分地區。戰爭的起因很簡單**。美國人開拓進入該地區，**他們很快便喜歡這個地方，美國人看中這個國家的資源。美國人決定侵佔這個地方，而墨西哥太弱了，無法捍衛國家**。除古老的美洲原住民文化和部分西班牙裔(尤其在德薩斯州邊境、新墨西哥州中部和加州海岸)外，該地區當時人口稀少。德薩斯州成爲美國奴隸州中面積最大的州。**墨西哥戰爭是亞歷山大·漢密爾頓夢想建立一個以貿易和征服爲基礎的美國帝國的一大步**。

美國的經濟在這一時期仍不穩定，隨後爆發了美國內戰。**內戰的許多軍官在十多年前與墨西哥人作戰時獲得了實地經驗。但令人難以置信的是**，南方的角色在內戰中被高度浪漫化。南部是一個廣闊的農業區，長期依賴紐約銀行家的貸款。**南方人的生活方式以幾乎完全由土地和奴隸組成的資本爲基礎。北方正在成爲一個充滿活力的製造業強國，但缺乏足夠的購買力來發揮其潛力。它在 1861 年面臨的直接挑戰是資助戰爭**。北方通過提高稅收(包括聯邦所得稅)、承包戰爭物資以增加工業產值，以及由財政部發行美元來資助戰爭。這是可兌換黃金的紙幣，直接支付給軍隊和供應商，一直流通至20世紀。內戰期間，國會發行美元，避免以高利率向紐約銀行借款以支持南方。

內戰後果

內戰從1861年持續到1865年，南方在消耗戰中被摧毀。1863年和 1864 年的國家銀行法建立了一個鬆散的國家銀行網絡，這些銀行被授權以國家銀行票據的形式發行貨幣。國有和地方銀行繼續在有限的基礎上運營。內戰時期，綠背美元的流行促成綠背黨成立，該黨在與民粹主義黨合併前曾提名總統候選人。但美國的政治權力逐漸向紐約銀行傾斜。這些銀行大量參與政治，但傾向於支持共和黨，而共和黨一直是大企業利益的一方。

內戰後，美國人口激增，來自德國、愛爾蘭、意大利、斯堪的納維亞半島、東歐和俄羅斯的新移民湧入，其中包括大量定居在紐約市的猶太人。從俄亥俄河谷到落基山脈的美國農田正在填滿，而美國騎兵則恐嚇並摧毀了平原印第安部落。尤其殘酷的是屠殺數百萬頭水牛，剝奪印第安人的主要食物來源。1887 年通過的道斯法案將印第安人的保留地劃分爲由聯邦政府託管持有的單獨分配地，聯邦政府經常以低價將土地和礦產權出租給白人牧場主和礦工。在南方，被解放的黑人逐漸開始建立自己的教育和宗教培訓機構，並在被隔離的南部城鎮建立了工匠和僕人階級。他們也開始向北過濾到芝加哥和紐約，他們開始向北遷移至芝加哥和紐約，定居在後來的城市貧民區，但仍建立豐富的民族文化。

以前的美元，用的是藍庫印。那時候的美元，準確的叫法美銀，不是美金。此幣最早可追溯到美國內戰期間，當時爲了解決軍費問題，美國國會授權林肯政府發行無抵押和擔保的純信用貨幣（政府券），額度上限是四億美元。後來內戰結束，政府券也就被保留了下來，作為美元貨幣中的一個種類，由財政部直接發行，一直發行到六十年代末。

那時候，約翰·甘迺迪是美國史上第二年輕的美國總統。**甘迺迪一上台做的都是大事，第一宣布阿波羅登月計劃、第二1961年底派遣美軍，以特種作戰方式介入越南戰爭。第三向國會提出了一攬子減稅項目，累計減稅上百億美金，並減少一些工業補貼，以提振經濟活力。同時，他簽了第11110號總統令，讓財政部以白銀儲備為本，發行小額白銀美鈔進行流通**，旨在挑戰聯邦儲備系統的貨幣發行權。甘迺迪上任三年強制學校接受黑人學生、提高工人福利，這些措施迅速實施。那時美國人對他評價很高，國際上也覺得甘迺迪

現在的美元，由聯邦儲備系統發行，庫印為綠色。

是個強人。按照當時的支持率，甘迺迪在1964年大選裡連任是必成定局，政府上下沒人懷疑。然後重點來了，甘迺迪在發布紅印的美元後，沒多久當街遭到刺殺。甘迺迪代表的政府與羅富齊家族爲首的私人銀行爭奪貨幣發行權，然後總統被刺殺，所以現在的美元，由聯邦儲備系統發行，庫印爲綠色。

爲何羅富齊對美國銀行業的有這麼重大的影響？

與歐洲羅富齊家族有關的人物深深植根於紐約的華爾街銀行結構中。羅富齊家族統治著英國、法國、意大利、德國和奧地利的大金融世界。在美國，安德魯·傑克遜總統不顧美國第二銀行的反對，成爲羅富齊家族的私人客戶。1837 年，一位名叫 奧古斯特·勳伯格(August Schönberg)的銀行家來到美國，代表羅富齊的利益。勳伯格更名爲奧古斯特·貝爾蒙(August Belmont)，很快羅富齊家族就成爲美國政府的歐洲金融代理人。在接下來的幾十年裡，貝爾蒙特帶頭羅富齊滲透到美國社會的各個方面，包括政治。貝爾蒙特是民主黨的主要權力掮客。在英國，羅富齊家族資助塞西爾·羅德斯的南非鑽石開採及圓桌小組。到布爾戰爭開始時，羅德斯已經在南非獲得了財富，在此期間英國率先建立了集中營，作爲囚禁俘虜荷蘭定居者的地方。布爾戰爭也讓英國未來首相溫斯頓丘吉爾開始了他作爲記者的生涯。戰爭的結果是建立了南非聯盟的英國殖民地。南非聯盟就是建立在白人統治者和土著黑人之間的種族隔離之上。

以納撒尼爾·羅富齊(Nathaniel Rothschild)爲主要成員的圓桌小組成爲推動大英帝國擴張和權力的領導者。羅德斯在1877年的信仰告白中寫道：「我認爲我們是世界上最優秀的種族，我們居住的世界越多，對人類越有利。」試想一下，若目前由較落後族群居住的地區受到盎格魯-撒克遜人的影響，將發生怎樣的變化。**再看看一個新國家加入我們的領土所帶來的額外就業（即在英格蘭）**。羅德斯繼續說：「爲何不成立一個秘密社團，唯一目標是推動大英帝國擴張，將未開化世界置於英國統治之下，恢復美國與盎格魯-撒克遜種族的統一，使英美成爲一個帝國。」**在由納撒尼爾·羅富齊擔任執行人的遺囑中，羅德斯再次明確了他的目標，即恢復美國作爲帝國的一部分。後來，圓桌小組讓位於英國政治家阿爾弗雷德·米爾納勳爵領導下的「米爾納集團」**。卡羅爾·奎格利（Carroll Quigley）在《英美當權派》中描述，該集團引導英國帝國政策至1960年代，甚至有人認爲影響持續至今。**忠實於塞西爾·羅德斯的禁令，該集團一直在高度保密的情況下運作，與由在位君主領導的英國樞密院有直接聯繫。圓桌小組的其中一個項目是在 1917 年的貝爾福宣言之後，最終建立以色列國**，該宣言致羅富齊家族第二代男爵萊昂內爾（納撒尼爾之子），宣佈支持在巴勒斯坦建立猶太家園。**羅德斯的財富也成爲羅德斯獎學金的基礎**，資助有潛力的青年，如未來的美國總統比爾·克林頓。

在美國，紐約的銀行與安德魯·卡內基、科尼利厄斯·范德比爾特和約翰·D·洛克菲勒等人的工業企業共同主宰了國家爆炸式增長的財富和權力。**到 1900 年代初，銀行業已經集中在以摩根大通爲首的銀行信託基金中。通過羅富齊家族和包括希夫家族在內的其他紐約銀行業王朝，美國銀行業的世界與其他主要歐洲銀行的世界**

無縫融合。幾個世紀以來，金融業的主要收入來源是歐洲政府爲戰爭和奢華生活方式的融資。因此，美國進入由銀行業主導的經濟時代，即鍍金時代。1914年，第一次世界大戰(當時稱爲『大戰』)席捲歐洲。**絕非巧合的是1913年紐約銀行信託基金成功推動國會通過了創建聯邦儲備系統的立法。該系統的架構師是來自德國漢堡的銀行家，他是羅富齊家族的門徒，名叫保羅·沃伯格。與歐洲中央銀行一樣，美聯儲將由其成員私人銀行擁有，但將充當中央政府的財政代理人。它將管理政府存款收入，買賣政府債券，並在必要時自行購買債券。**政府債務作爲美聯儲資產持有，構成成員銀行部分準備金貸款的基礎，後者以更高利率向私營企業、州和地方政府放貸。

陰謀與貨幣控制的歷史

這是最好的部分準備金貸款。只需使用您自己資金的最少量初始投資，您就可以通過將創建爲分類賬條目的資金，憑空創造資金借給任何願意簽署承諾以利息償還的票據的人。美聯儲成立後不久，通過了憲法第十六修正案，授權徵收聯邦所得稅，這被視爲支付美聯儲和私人投資者向美國政府提供的貸款以進行戰爭的必要條件。銀行家們還成功地在美國許多主要報紙上購買了影響力，以確保必要的宣傳將出現在印刷品上，以支持美國站在英國一邊參加第一次世界大戰。1916年，伍德羅·威爾遜總統競選連任後不久，美國參戰，競選口號是他讓我們遠離戰爭。換句話說，威爾遜撒謊了。

亞伯拉罕·林肯勇敢地阻止了羅富齊家族參與資助內戰的企圖。以前的美元使用藍庫印。當時的美元，準確名稱爲美銀，而非美金。此幣最早可追溯至美國內戰期間。爲解決軍費問題，美國國會授權林肯政府發行無抵押、無擔保的純信用貨幣(政府券)，額度上限爲四億美元。後來內戰結束，政府券被保留下來，作爲美元貨幣中的一種，由財政部直接發行，一直持續到六十年代末。

歷史有趣的是，俄羅斯沙皇向英國和法國提供了所需的援助，而英國和法國是南方分裂及其後續融資的推動力之一。俄羅斯通過爲北方聯盟在歐洲水域封鎖南方提供海軍力量進行干預，並警告英法兩國，若試圖以軍隊支持南方，將與俄羅斯開戰。多年後，俄羅斯內部局勢劇變，沙皇在十月革命中被擒，最後全家被殺。而傳聞支持布爾什維克的背後支持者正是羅富齊家族和共濟會。

羅富齊的利益集團通過其代理人財政部長薩爾蒙·P·蔡斯確實成功迫使國會通過《國民銀行法》，創建了一家有權發行美國銀行票據的聯邦特許中央銀行。隨後，林肯警告美國人民，金錢力量在和平時期掠奪國家，在逆境中密謀反對國家。我預見不久的將來，一場危機正在逼近。這讓我感到不安，爲國家的安全而戰慄。公司已登上王位，腐敗時代將隨之而來。國家的金錢力量將利用人民偏見，延長其統治，直到財富集中在少數人手中，共和國被摧毀。林肯繼續與中央銀行作鬥爭，現在一些人認爲，正是他預期的成功影響了國會，將美國銀行的壽命限制在戰爭年代，這是他被暗殺的動機因素。由此誕生了所謂「孤獨刺客」的神話!現代研究人員發現了將以下各方與羅富齊家族聯繫起來的大規模陰謀的證據：林肯的戰爭部長埃德溫·斯坦頓、約翰·威爾克斯·布斯、他的八名同謀，以及參與陰謀的七十多名政府官員和商人。當布斯的日記被斯坦頓的部隊找回後，送至斯坦頓手中。後來提交調查時，發現其中十八頁已被撕掉。這些包含上述名字的頁面後來在斯坦頓一位後裔的閣樓中被發現。在布斯的行李箱中，發現了一條密碼信息，直接將他與羅富齊家族在南方的美國參議員猶大·班傑明聯繫起來。戰爭結束後，密碼的鑰匙在猶大·班傑明手中被發現。刺客被描繪成一個瘋狂的獨行槍手和幾個激進的朋友，他從華盛頓唯一沒有斯坦頓軍隊看守的橋上逃出。

在逃離華盛頓三天後，布斯躲藏在維珍尼亞州皇家港附近的一個穀倉裡。他被一名名叫波士頓科貝特的士兵開槍打死，後者在沒有命令的情況下開槍。被殺者是否爲布斯仍存爭議，但無論是誰，此人都未獲機會表明身份。最終由戰爭部長埃德溫·斯坦頓確認其身份。然而，現代一些人認爲這是一場騙局，眞正的約翰·威爾克斯·布斯在斯坦頓幫助下逃脫。瑪麗·托德·林肯聽到丈夫死訊後，尖叫道：「哦，那個可怕的房子！」早期歷史學家認爲她指白宮，但現代學者推測可能指托馬斯·W·豪斯。豪斯是內戰期間的槍手、金融家和羅富齊家族的代理人，與反林肯、親銀行家的利益有關。

安德魯·傑克遜是阿巴拉契山脈西部第一任總統。在無公認政治組織直接支持下，他在選舉中表現獨特。1832年7月10日，他否決了續簽美國銀行的章程。1835年，傑克遜總統公開蔑視國際銀行，宣稱：「你們是毒蛇巢穴。我將擊潰你們，以永恆之神之名擊潰你們！」他說：「如果人們只了解我們的貨幣和銀行系統的等級不公，那麼天亮之前就會發生一場革命。」接下來是對傑克遜總統生命的（不成功的）暗殺企圖。傑克遜曾告訴副總統馬丁·範布倫：「是銀行家，範布倫先生，他們想殺了我。」傑克遜的遭遇是否標誌著未來數十年困擾白宮的陰謀模式開端？他（和林肯）的死是否與國際銀行家有無形的聯繫？

第20任美國總統詹姆斯·艾伯林·加菲在宣布控制貨幣供應的人將控制國家所有人的業務和活動後不久被槍殺。內森·邁耶·羅富齊男爵曾說：「讓我發行和控制一個國家的錢，我不在乎誰來製定法律。」一個國家財富的衡量依據是其商品、服務、自然資源和私人財富的總和。在美國早期，私人財富主要由黃金或白銀組成。加菲此前擔任眾議院撥款委員會主席，是財政問題專家。在他當選後，他任命了一位不受歡迎的紐約海關收稅員，因此來自紐約的參議員羅斯科·康克林和托馬斯·普拉特辭去席位。加菲總統公開表示：「誰控制貨幣供應，誰就控制所有人的生意和活動。」上任僅四個月後，加菲於1881年7月2日在火車站被槍殺。

甘迺迪的故事上文已說清楚，其實是金融大鱷與政府爭奪鑄幣權。陰謀依然沒完結。在70年代和80年代，國會議員拉里·P·麥克唐納帶頭努力揭露國際貨幣利益集團的隱藏資產和意圖。他的努力於1983年8月31日結束，當時他在大韓航空007號飛機於蘇聯領空意外被擊落時喪生。參議員約翰·海因茨和前參議員約翰·托爾曾在金融委員會任職，公開批評美聯儲和華爾街的金融機構。1991年4月4日，約翰·海因茨在費城附近的一次飛機失事中喪生。第二天，約翰·托爾也在一次飛機失事中喪生。巧合似乎越來越多。僅對美聯儲進行審計的嘗試，最終以失敗告終。

多年來，許多爆料人與記者試圖敲響警鐘，指出存在一個眞正統治美國的隱藏深層政府。我們大多數人認爲這些陰謀論觀點極端且不切實際。歷任美國總統向美聯儲施壓都沒好下場，特朗普通過推文威脅美聯儲獨立性，令人聯想起1971年尼克遜對美聯儲主席伯恩斯的施壓。當時美國經濟遭遇滯脹，失業率和國際收支逆差加劇，尼克遜急需經濟增長以爭取連任。他不斷要求伯恩斯降息和增發貨幣，甚至繞過美聯儲決定，實施了尼克遜衝擊。雖然短期內抑制了通脹，但最終導致經濟衰退和高通脹。如今的美聯儲主席鮑威爾意識到歷史教訓，不願重蹈伯恩斯的覆轍。2025年特朗普再次成爲總統後，銳意改革振興經濟，希望改變由美聯儲主導的金融系統，究竟能否成功?或者再次被暗殺?未來必定有答案。相信讀者至此已明白，掌控全球的這羣1%的精英追求絕對控制權的故事。這些事件顯示，問題已不再是有無陰謀論，而是需揭露更多世界眞相。

馬丁路德金死亡之謎

1968年2月1日，就在刺殺案事發地——孟菲斯，在馬丁·路德·金遇刺身亡的兩個月之前，兩名垃圾工人慘遭機器碾斃。這一慘案成爲了美國1300名工人罷工的導火索，這些缺乏福利、養老金、加班工資、申訴渠道、保險和制服的底層勞工，決定站起來爲自己的權利鬥爭。

馬丁·路德·金成爲了這場運動的舉旗人。他想要帶領一支由貧困人民組成的大軍，不管種族、不論背景，爲這些「感覺生活是條沒有出口的走廊」、這輩子都沒看過醫生、牙醫的人，擲地有聲地喊出一句我是人！1968年4月，馬丁·路德·金抵達田納西州孟菲斯，支持黑人環衛工人的罷工。4月4日（星期四）晚上6:01，馬丁·路德·金站在洛林汽車旅館二樓陽台上時，被一顆.30-06春田步槍彈擊中。子彈擊中右臉頰，擊碎下巴、頸部和數節脊椎骨，穿過脊髓，切斷頸靜脈和動脈。爆炸的力量使馬丁·路德·金穿戴的領帶被撕裂。他猛烈向後跌倒到陽台上。金的遺言是對音樂家本·布蘭奇（Ben Branch）說的，布蘭奇原定當晚在一個計劃好的活動中演出。金說：「本，今晚的聚會上一定要演奏《牽著我的手，親愛的主》（Precious Lord, Take My Hand）。」

馬丁·路德·金

開槍後不久，有目擊者看到詹姆斯·厄爾·雷(James Earl Ray)逃離洛林汽車旅館街對面的一間公寓，他在此租用一間房間。公寓裏面發現一個包，其中包括步槍和望遠鏡，並沾有雷的指紋。詹姆斯·厄爾·雷在六天前購買了一把步槍。兩個月後，詹姆斯·厄爾·雷在倫敦的希思羅機場被捕。拉爾夫·大衛·亞伯內西從洛林汽車旅館的房間內聽到槍聲，隨後發現馬丁·路德·金倒在陽台的地板上。馬丁·路德·金的臉頰傷口血流如注。他的同事安德魯·揚認爲他已經死了，但是當時馬丁·路德·金仍有脈搏。馬丁·路德·金被送往聖·約瑟夫醫院，醫生立即進行心肺復甦。他沒有恢復知覺，並在下午7點05分被宣布死亡。所羅門·瓊斯(Solomon Jones)是一名志願者，金在孟菲斯時經常開車送他逛街。聽到槍聲後，他跑到了街上。他向警方講述了當晚的所見所聞：「我看到桑樹西側的灌木叢裡有一個人背對著我，看起來好像頭上戴著兜帽。」第二天，孟菲斯公共工程部門的員工移走了灌木叢，摧毀了犯罪現場。

FBI的追捕與陰謀疑雲

當時，J·埃德加·胡佛帶領下的FBI正致力於毀掉馬丁·路德·金的事業，但歷史的偶然最終卻讓他們承擔了追凶重任。他們追蹤65天，跨越歐美兩洲，動員3500多名探員，耗資近200萬美元，追捕規模史無前例，最終鎖定並逮捕頭號通緝犯、越獄囚犯詹姆斯·厄爾·雷。使人不解的是雷在1967年的成功越獄，雷是一個令人覺得好笑的三流竊賊，他在打劫雜貨店後駕車逃跑被甩出車外，偷打字機時將存摺丟下，兩次越獄都沒有成功。這樣一個傻瓜，1967年爲何能成功越獄，並一下子過上富有而體面的生活，甚至四處旅遊，揮金如土？因而人們懷疑聯邦調查局參與了此案，聯邦調查局早在50年代就開始監視馬丁·路德·金的行動，1964年還制定了消滅金的計劃。在記者招待會上，胡佛甚至指責馬丁·路德·金是全國最大的騙子，胡佛還在馬丁·路德·金榮獲諾貝爾和平獎之後，派人給他送恐嚇信，要他小心謹慎以謝國人。

一個微不足道的普通人。究竟是什麼讓一個「普通人」突然決定去刺殺一名偉人，變成被跨國通緝的殺手？這名嫌犯更廣爲人知的名字之一，是埃裡克·S.加爾特（Eric S. Galt），這是案件爆發之初，嫌犯在通緝令上的名字。詹姆斯·厄爾·雷慣於使用多重化名，這也給調查帶來了重重困難。當凶犯落網，經過歷時一年多漫長的法律訴訟、聘用過一連串律師之後，加爾特終於服罪，承認謀殺馬丁·路德·金的事實。故事回到1968年初春的洛杉磯。那時沒有人知道埃裡克·S.加爾特是誰。他躲在精心設計、計劃良久的暗影之中，節衣縮食、小心謀劃。人們看到他也對他視而不見，看不到的時候更想不起他的缺席。他外表普通，容易被人忽視，但精神世界卻豐富得令人驚嘆。他興趣廣泛，熱衷於舞蹈、電影、調酒和催眠。他每天閱讀到深夜，關注國內時尚和一刻不停的新聞。他喜歡恐怖罪案小說，喜歡007系列的占士邦。他對提高自我有種幾乎不顧一切的渴望，想將自己的人生投入一件有意義的事。他還在日思夜想著涉足色情電影的生意，買了各種攝影設備。他甚至去見了一位整容師，想要通過微整讓自己更好看一點。

詹姆斯·厄爾·雷的矛盾人生

加爾特性格中的許多矛盾都讓人感到驚訝。他並不聰明，卻兩次從最高安全監獄成功越獄。他的住宿環境混亂骯髒，可他的衣物總是一塵不染，穿著一絲不苟。在謀殺案爆發後的第13天，1968年4月17日，FBI首次向媒體宣布，他們將對一名36歲的逃犯埃裡克·S.加爾特發布通緝令。FBI最初公布這個名字時，全國各地的報紙都充斥著火熱的猜測。犯罪版記者們爭相開始給逃犯起綽號。他成了沒有過去的人，他是從未存在的人，他是尖鼻子陌生人，他是魑魅鬼怪、是神秘人、是幽靈逃犯，他具備黑暗犯罪作品的所有特征。於是全美民衆開始研讀007系列和安·蘭德的著作，尋找關鍵線索。甚至連探員們也參與進來，認爲凶手是神秘國際陰謀的一部分，就像007系列裡的幽靈黨一樣。我們現在已不得而知，當陰謀論甚囂塵上時，躲在暗處的埃裡克·S.加爾特是否也在沾沾自喜，不過根據探員們的走訪，他本人似乎很喜歡讓人猜他的想法，他的座右銘是「左手不知右手所爲」。他熱愛追逃游戲，喜歡逗引別人瘋狂尋蹤，一次次被捕，又一次次越獄。他甚至顯得像是在潛意識裡渴望被捕，這樣他就能再逃脫，然後開始下一輪游戲。

他像謎語人一樣，僞裝是他最強大的本能，所有謊言似乎全是設計好的，最終指向一個只有他自己知道的結局。但另一方面，加爾特也孤獨到極點，空虛到極點。他的內心深處隱藏著一個不被理解的複雜世界。

洛杉磯一位知名催眠師曾與加爾特深入交談，認爲他渴望變得舉足輕重，獲得認可。他對被承認的渴望比他對性、金錢、自我保護的需求都要高。雖然加爾特在整個犯罪生涯中始終努力隱藏身份，但他其實極度渴望世界認識到他的存在。真正驅動他去實施刺殺行爲的，是他對認可的渴望。與此同時，FBI的調查，也在不斷返回加爾特的生平軌跡，返回一個終其一生都在犯罪的「壞孩子」的身世。

雷的家族背景與貧困困境

埃裡克·S.加爾特，或詹姆斯·厄爾·雷，生於一個災難般的家庭。雷的家族有百年犯罪史。其曾祖父是個暴徒，靠駕馬車販賣私酒給印第安人，後因槍殺六人被絞死。雷敬愛的叔叔厄爾是個巡遊狂歡節的拳擊手，犯過強姦罪，因爲往妻子臉上潑石炭酸被判入獄六年。雷一家住在密蘇里州狹小的農場裡。據說他們在冬天裡經常不得不把房子拆掉，以用作燒火的木柴來抵禦寒冷。他們只能一點點拆掉房子，直到它徹底倒塌，逼著全家搬進密西西比河岸下一座同樣破舊的木屋裡苟延殘喘。詹姆斯·厄爾·雷的整個人生，都始終籠罩在絕望之中。而他個人乃至整個家族的困境，在當時的美國並非特例。這也正是馬丁·路德·金的貧民軍運動想要解決的問題：多代同堂的絕望的貧苦生活。

1969年3月13日，即宣判三天後，雷撤回了他的認罪請求，稱是律師強迫他認罪的。他的餘生都在爭論各種陰謀論來捍衛自己的清白，並且不斷嘗試逃跑。雷提供了多個變來變去的不在場證詞，試圖證明自己不在犯罪現場。他還聲稱自己被一群同謀者當作誘餌，其中包括他所說的眞正兇手——一個名叫拉烏爾（Raoul）的神秘男子。據雷稱，他與拉烏爾於1967年在蒙特利爾首次會面。據雷說，拉烏爾讓他參與了一項槍枝走私計劃，購買雷明頓步槍和租用貝西·布魯爾家的房間等行爲都是在拉烏爾的要求下進行的，表面上是該計劃的一部分。然而，多年來，雷提供的故事細節並不一致，包括對拉烏爾外表的描述也各不相同。雷也無法提供見證他與拉烏爾會面的人。州法院和聯邦法院都多次發現雷的辯詞中沒有任何東西可以推翻他的認罪請求。有人認爲兇手是被精心安排的替罪羔羊，金之死是多方合謀的結果；有人認爲就是這樣一個普通的可悲之人重創了整個國家。人們想要一個眞相，想要一個確鑿無疑的答案。

陰謀論的興起與雷的翻供

很快關於金遇刺事件的可疑之處以及刺客詹姆斯·厄爾·雷的爭議性角色的說法就出現了。儘管雷的認罪排除了陪審團審判的可能性，但幾天之內，雷就翻供了，並聲稱他的認罪是被迫的。聯邦調查局和中央情報局被曝對金進行了非法監視，而且聯邦調查局據稱試圖促使金自殺，這進一步引發了人們的懷疑。

雷的無罪主張吸引了威廉·佩珀(William F. Pepper)的注意，佩珀曾是金的朋友，晚年大部分時間都在爲雷的獲釋而奮鬥。南方基督教領袖會議稱讚佩珀不懈地追求正義。佩珀向上級法院，甚至最高法院的上訴都失敗了。佩珀說：「當時我們似乎走到了盡頭，然後我想到了一個主意，我們爲什麼不試試在電視上進行一次眞正的審判呢?」一場模擬審判在HBO播出。電視陪審團裁定雷無罪。1997年6月，佩珀出現在美國廣播公司(ABC)的《轉折點》(Turning Point)節目中。他討論了他著作《殺戮命令：馬丁·路德·金謀殺案背後的眞相》(Orders to Kill: The Truth Behind the Murder of Martin Luther King Jr.)中的理論。該理論認爲，如果一名警察神槍手失敗，第20特種部隊大隊的一個突擊小組將負責擊斃金。這個團體據稱由一個名叫比利·艾德森(Billy Eidson)的人領導，佩珀聲稱他後來在掩蓋眞相的過程中被殺害。然而，艾德森後來現身鏡頭前，否認指控並拒絕與佩珀握手。艾德森向佩珀的出版商提起了1500萬美元的訴訟，後來雙方達成和解，但具體金額未公開。佩珀於1993年在電視上對雷進行了模擬謀殺案審判，並在暗殺事件25週年之際在HBO上播出。雷在田納西州的監獄牢房中透過衛星作證，並被模擬陪審團判定無罪。

馬丁·路德·金在華盛頓特區發表演講《我有一個夢》

洛伊德·喬爾斯的指控與民事訴訟

同樣在1993年，貝西·布魯爾公寓樓下一家酒館的老闆洛伊德·喬爾斯(Loyd Jowers)在接受電視採訪時表示，一名與有組織犯罪有聯繫的孟菲斯商人付給他10萬美元，讓他策劃暗殺金。他聲稱自己僱用了金的兇手，兇手是從酒館外面的灌木叢中開槍的。儘管喬爾斯後來否認了自己的說法，但他還是在1998年金氏家族提起的非正常死亡民事訴訟中成爲被告，而金氏家族的律師是佩珀。這種不尋常的組合源於金的兒子德克斯特(Dexter King)閱讀了《殺戮命令》(1995年)一書。佩珀在書中認爲，金的遇刺是一場錯綜複雜的陰謀，涉及行政部門、聯邦調查局、中央情報局、外國情報機構和孟菲斯警方。沒有人比佩珀更支持雷的清白，佩珀在孟菲斯找到了目擊者來支持他對當天眞實事件的推測。《華盛頓郵報》報導稱J·埃德加·胡佛利用他的長期助手克萊德·托爾森(Clyde Tolson)向孟菲斯黑社會成員運送現金，這些黑社會成員隨後僱傭了一名神槍手孟菲斯警察，而這名警察開了致命一槍，報導概述了佩珀的理論。

馬克·萊恩(Mark Lane)因甘迺迪遇刺陰謀論而聞名，曾擔任雷的律師。他聲稱雷是政府陰謀中無辜的棋子。萊恩與迪克·格雷戈里(Dick Gregory)合著了《孟菲斯謀殺案》(Murder In Memphis，原名代號Zorro，取自中央情報局對金的稱呼)，講述了金遇刺事件，他在書中指控金遇刺事件存在陰謀和政府的掩蓋行爲。

眾議院暗殺特別委員會的調查

1978年，馬克·萊恩在眾議院暗殺特別委員會(HSCA)的調查中，代表涉嫌刺殺金的詹姆斯·厄爾·雷出庭。在認眞審查了證據後，發現雷的故事有缺陷，並認定他就是兇手。然而委員會得出結論，很可能存在謀殺金的陰謀，最有可能涉及雷的兄弟約翰和傑瑞。該委員會的報告還引用了「大量證據」表明，聖路易斯地區可能存在的資助暗殺的組織，暗示雷可能期望因暗殺金獲得報酬，或與其兄弟及該組織達成協議。由於缺乏確鑿的證據支持這些說法，委員會最終只能表明其觀點，即聖路易斯陰謀爲雷及其兄弟的參與提供了解釋。報告暗示，雷可能期望自己能因暗殺金而獲得報酬，或者他和他的兄弟可能與參與聖路易斯陰謀的組織達成了協議。然而，由於缺乏足夠的證據，委員會只能哀嘆執法官員在1968年未能調查這些可能性，而當時他們本可以證明這是一個陰謀。HSCA在其報告中提到萊恩：「委員會調查的許多陰謀指控最初都是由馬克·萊恩提出的。萊恩創作了一部音頻紀錄片《詹姆斯·厄爾·雷的審判》，於1978年4月3日在KPFK電視台播出，對雷的罪行提出了質疑。

1979年8月，傑西·傑克森(Jesse Jackson)確信雷是無辜的，並於1991年爲雷的書《誰殺了馬丁·路德·金？刺客的眞實故事》撰寫了序言。金的家人及其密友認爲，基於白宮批准了J·埃德加·胡佛和聯邦調查局對馬丁·路德·金的低俗攻擊行爲，並且表面上試圖將馬丁·路德·金與共產黨聯繫起來，因此該陰謀論是基於政府的參與。當非正常死亡案的陪審團裁定喬爾斯和「身份不明的同謀」有罪時，金的家人認爲訴訟結果爲其正名。雖然他們僅要求象徵性賠償，但提起訴訟的原則是希望重啟對暗殺案的調查。然而，喬爾斯的律師並未進行任何抗爭，而且民事訴訟的判決門檻低於刑事案件的定罪門檻。這項裁決不足以說服謝爾比縣地方檢察官重新審理雷的案件，但在很大程度上應金氏家族的要求，美國司法部長珍妮特·雷諾下令展開新的調查。2000年6月，經過18個月的調查，美國司法部得出結論，沒有證據支持最近關於謀殺金的陰謀或他是被陷害雷(1998年去世)的陰謀家暗殺的理論。報告發現無需進一步調查。

金氏家族對報告的結論提出質疑，稱我們不相信，在如此政治敏感的問題上，政府有能力進行自我調查。

金氏家族的追尋與陰謀論的持續

在1999年孟菲斯的一場民事審判中，陪審團一致認定洛伊德·喬爾斯(Loyd Jowers)應對暗殺事件負責，金是一場陰謀的受害者，參與人員包括美國多個政府機構、一個名叫拉烏爾(Raoul)的人以及其他一些人。判決後，科雷塔·金(Coretta King)表示：「有大量證據顯示，我丈夫的遇刺案涉及高層陰謀。陪審團認定黑手黨及地方、州、聯邦政府機構深度參與其中，而雷先生是被陷害的。」自從金在田納西州孟菲斯市洛林汽車旅館陽台上被謀殺以來，當局已對其死因進行了五次調查。儘管國會、司法部和地方檢察官得出結論認爲詹姆斯·厄爾·雷應對金的死負責，但這位民權領袖的家人卻強烈反對。1997年3月，金的兩個兒子之一德克斯特·金(Dexter King)到監獄探望了雷，並表示他認爲雷是無辜的。次年雷死於獄中。

直到2006年去世那天，科雷塔·金(Coretta King)在1999年的一次新聞發布會上都堅信有大量證據表明存在重大高層陰謀。黑手黨、地方政府、州政府和聯邦政府機構都深度參與了對我丈夫的暗殺……雷先生是被陷害來承擔責任的。

對於這個家庭以及經歷過20世紀60年代民權鬥爭的許多人來說，政府高層介入暗殺陰謀並不是什麼新鮮事。金知道聯邦調查局一直在針對他。1964年11月18日，聯邦調查局局長J·埃德加·胡佛公開譴責他是全國最臭名昭著的騙子。

金的家人一直表示他們相信雷是無辜的，儘管這項結論在2000年遭到美國司法部的質疑。金的家人認爲，眞正的兇手是孟菲斯警察局神槍手厄爾·克拉克(Earl Clark)，其開槍致金死亡。

賞金傳聞與其他指控

1979年，衆議院暗殺特別委員會提出的另一種理論認爲，雷殺害金是爲了獲得5萬美元的賞金，而賞金是由種族隔離主義者、總統候選人喬治·華萊士的支持者提供的。HSCA推測，雷可能受喬治·華萊士種族隔離主義理念影響，後者在總統競選中大肆宣揚該理念，而雷正是其忠實支持者。

喬治·華萊士是否清楚他在1968年宣揚的理念會引發什麼後果我們不知道，雖然他並沒有直言「刺殺金」，但華萊士及其他種族隔離主義者確實創造了一種熾熱化的環境，會尋找像雷這樣迷茫又野心勃勃的人，認爲謀殺金這種事不僅被允許，而且甚至可能是高尚的。雷接收到的信息讓他認定社會將會褒獎他的罪行。漢普頓·塞茲(Hampton Sides)《頭號追兇：馬丁·路德·金刺殺迷案》。委員會永遠無法證明這一點。同時作家史都華·韋克斯勒(Stuart Wexler)和拉里·漢考克(Larry Hancock)在《上帝的可怕恩典》一書中指出，密西西比州的三K黨發放了賞金。該委員會審查了聯邦調查局關於三K黨的檔案，但沒有發現任何證據表明這些組織與暗殺事件有任何關聯。

2001年1月，即馬丁·路德·金被害35年後，一名美國佛羅里達的牧師向《紐約時報》記者透露，殺害馬丁·路德·金的直接罪魁就是他的父親。這位牧師61歲，名叫威爾遜(Wilson)。他對記者說：「我父親亨利(Henry)是一個三人小組的領頭人，而1968年槍殺馬丁·路德·金的正是這個小組。」威爾遜表示，亨利雖非種族主義者，但認爲馬丁·路德·金與共產主義有關，必須將其除掉。威爾遜說他父親已經去世10多年了，但他父親在世時曾反復強調，把馬丁·路德·金殺掉是每一個熱愛美國的人應該做的事，爲了整個國家的前途，這樣做完全是責任所在。

直到現在馬丁·路德·金之死還是一個謎。

凱勒奇人種計劃

理查德·尼古勞斯·庫登霍韋-凱勒奇

理查德·尼古勞斯·庫登霍韋-凱勒奇(Richard Nikolaus Coudenhove-Kalergi)，奧地利日裔政治人物、地緣政治學家、哲學家，父親爲前奧匈帝國署理駐清公使海因里希·庫登霍韋-凱勒奇，母親爲日本人青山光子：故得其幼名青山榮次郎。庫登霍韋-凱勒奇是歐洲一體化的倡導者，創建了國際泛歐聯盟並擔任其主席達49年。

1924年，庫登霍韋-凱勒奇在《現實的理想主義》(Practical Idealism)一書中有一句名言：歐洲的白人種族應該被毀滅，然後取而代之的是歐亞非混血族群，這樣能夠輕易地被精英階層統治。這個計劃的目標是瓦解各國主體民族、促進混血兒的創造、實現主體民族記憶和歷史的抹殺。最終，它旨在打造一個無國界、無種族、無道德感、無歷史、無文化的新人種。這種思想與共濟會不謀而合。要把整個世界雜種化，把整個社會原子化，這樣底層人民就永遠無法形成合力，不會對上層造成威脅。

庫登霍韋-凱勒奇計劃的起源可以追溯到20世紀初期，當時全球化進程正處於加速階段，資本主義勢力正在全球範圍內擴展。隨著跨國公司和金融機構的崛起，全球資本逐漸掌握了世界經濟的主導權。然而，資本主義體系內在的不平等和矛盾日益顯現。尤其在西方國家，種族矛盾、貧富差距和政治極化等社會問題愈演愈烈。

計劃的背景

在這種背景下，庫登霍韋-凱勒奇計劃應運而生。其幕後推手意識到，要維持資本主義體系的長期穩定，必須找到一種方法來緩解國內的社會矛盾，同時確保資本的全球擴展能夠順利進行。於是，他們設計了庫登霍韋-凱勒奇計劃，試圖通過改變社會結構和文化價值觀來實現這一目標。

庫登霍韋-凱勒奇計劃是什麼?從2022年開始，庫登霍韋-凱勒奇計劃就從一些民族主義者那裡開始傳播，然而當我們進一步探究時，卻往往找不到這個計劃的完整內容。那麼庫登霍韋-凱勒奇計劃究竟是什麼，其來源又在哪?下面這段解釋來源於維基百科：庫登霍韋-凱勒奇計劃，有時被稱爲庫登霍韋-凱勒奇陰謀，是一個極右的、反猶太主義、民族主義陰謀論。這個陰謀論宣稱，奧地利-日本籍政治家理查德·庫登霍韋-凱勒奇提出通過移民使歐洲白人與其他種族混合，並在貴族歐洲社會圈子推廣。陰謀論通常與歐洲團體和政黨有關，但它也蔓延到北美政治。陰謀論源於庫登霍韋-凱勒奇的《現實的理想主義》一書中的一段誤解，書中經常直接引用他「未來的歐洲人將是混血兒。」由於國家界限和偏見的消失，今天的對立和階級將逐漸消失。未來的歐亞-黑人種族，其外貌與古埃及人相似，將以個體多樣性取代民族多樣性。

網絡上流傳的相關書籍有兩本，一爲《沃伯格與凱勒奇計劃》(The Warburg and Kalergi Plan)，二爲《實踐的理想主義》(Practical Idealism)。不知何故，前者多見於各陰謀論者的文章中，然而後者卻鮮有人提到。

Candlelight Press Political Study Series

WARBURG &
THE KALERGI PLAN

Warburgs Pushed Kalergi Plan
for
World Government through
European Union &
Racial Mingling

By Captain Arthur Rogers O.B.E.

《沃伯格與凱勒奇計劃》

《實用理想主義》經常在一些介紹庫登霍韋-凱勒奇計劃的文章中被提起，其中一段較常見的引文如下：1924年，庫登霍韋-凱勒奇在《實用理想主義》一書中寫道：歐洲的白種人應該被消滅，取而代之的是「歐亞非混血兒」，他們很容易被精英統治。這個計劃的目標是瓦解各國主要民族、促進混血兒的創造、抹去主要民族的記憶和歷史。最終，它旨在打造一個無國界、無種族、無道德、無歷史、無文化的新物種。這種想法與共濟會的想法不謀而合。將世界混血化，把社會原子化，使底層人民不能形成合力，不能對上層人民構成威脅。當這樣一種描述在網絡上一經傳播，便立刻引起了一場互聯網上的震動。

該書自1903年在莫斯科以俄語面世以來，十月革命以前在俄國極爲風行，成爲過去百年歐美反猶主義的理論基礎，希特拉、斯大林、亨利·福特等無不以此書作爲他們反猶行爲的依據。不了解該書，不可能對歐美反猶主義思潮有正確的認識。由於沒有中文版，海內外網站上關於此書的片段或誇張分析廣泛流傳。也就是說，該書中文版不上市，絲毫沒有減弱關於此書的各類陰謀論傳聞。

這本書演變的過程也很有意思，這本書最初僅在俄國流傳，後來被西方列強接受，1920年，英國泰晤士報找到了當初那份猶太復國先驅草案，重新整理、解讀後在報紙上連載。報紙編輯還邀請猶太問題專家，從多角度討論這份文稿，使其帶有濃厚的學術色彩。結果這連載之後效果出奇的好。報紙發行量在當時屢破紀錄。一看銷量上去了，泰晤士報再接再厲，把這些連載重新整理編訂出書，起了個響當當的名字，叫《錫安長老會紀要》，書的大意自然是存在著一個秘密猶太人陰謀小集團，這個小集團正密謀統治全世界。

沃伯格與庫登霍韋-凱勒奇計劃概述

最初了解到「庫登霍韋-凱勒奇計劃」，是通過一本名叫《沃伯格與庫登霍韋-凱勒奇計劃》的小冊子。羅傑斯上校（Captain Arthur

Rogers)曾在第一次世界大戰期間在帝國總參謀部服役，並成爲不列顛軍事情報部門的高級官員之一。在戰爭之前，羅傑斯上尉成爲自由恢復聯盟的秘書，該聯盟最終成爲北歐聯盟的一部分。後者還包括激進的基督教愛國者和不列顛白騎士。名義上的領導人是拉姆塞上校(M.P. Ramsay)，戰爭結束後，羅傑斯上校成爲A.K.切斯特頓的帝國忠誠者聯盟的成員，並擔任該組織全國委員會(National Council)的成員。

其內容最早可以追溯到1955年。原標題叫《權力狂的單世界主義者與黑人入侵》。刊登於《自由英國》報紙(發行號158，1955年7月)。《自由英國》是一份1919年建立於英國的報紙。刊登的很多文章都在揭露有組織的猶太人對世界造成的影響。這篇來自《自由英國》的文章展示了歐共體的起源。著重講了莫斯利(Oswald Mosley)、約基(Francis Parker Yockey)等思想家以及他們之前的各種法西斯主義和國家社會主義活動人士所倡導的統一歐洲的理念。毫無疑問，大一統的思想並非只存在於亞洲大陸。包括希特拉(Adolf Hitler)在內，很多人都提出過將整個歐洲統爲一體的理念。有人想通過戰爭的方式實現統一。但他們都失敗了。另一種統一思路是通過文化、價值觀和經濟協作將歐洲整合爲一個整體。歐盟就是在此基礎上產生的。而還有一種，是由一群倡導唯物主義的財閥推動的「統一」。他們一直在努力把歐洲變成「一片絕不是歐洲的土地」。他們在推動非歐洲種族與歐洲人的融合，並期望把歐洲作爲建立世界政府的實驗場。

阿瑟·羅傑斯上尉(Captain Arthur Rogers)提供了更多有趣的證據，把世界政府運動與1917年的國際詐騙聯繫起來。當時大部分來自美國的猶太人在「工人階級」革命的掩護下控制了俄羅斯的政府。長期以來，充分證據顯示，這兩起針對非猶太世界的惡作劇均由一個國際財團策劃。目的是從社會和種族動蕩所造成的混亂中，創造一個猶太世界警察國家。這兩個運動的猶太性，從上到下，使每一個調查者都感到錯愕。但正是在這兩種情況下，操控都追溯到同一個人身上，才最有說服力地證明了一個統一的目的。

因此，這一最新發現的重要性在於：它將共產主義的傳播和聯合國教科文組織的種族雜交計劃歸咎於一個特定的猶太家族。該計劃通過引入黑人和中東穆斯林，試圖改變歐洲和東亞的人口結構。正如阿瑟·羅傑斯上尉揭露的，庫登霍韋-凱勒奇伯爵的回憶錄顯示，聯盟及其種族混合政策的策劃者包含他的聲明。稱他的運動的成功很大程度上歸功於1924年給予資金支持的猶太人馬克斯沃伯格，七年前的同一個馬克斯沃伯格。

以及他們之前的各種法西斯主義和國家社會主義活動人士所倡導的統一歐洲的理念。與庫登霍韋-凱勒奇伯爵及其富豪支持者所闡述的統一歐洲的理念非常不同。一種理念代表精神和文化復興的歐洲；另一種則代表唯物論主導、財閥統治的歐洲，一片絕非歐洲的土地，以非歐洲種族與歐洲人的融合作爲世界政府的前奏。作者指出庫登霍韋-凱勒奇伯爵，「財神的聯合歐洲」(United Europe of Mammon)的先驅由沃伯格家族資助。主要是馬克斯沃伯格，他的銀行帝國在一戰美德交戰期間向兩國的上層圈子伸出了觸手。

財閥與共濟會的角色

這些財閥中，最著名的人物之一就是庫登霍韋-凱勒奇伯爵。庫登霍韋-凱勒奇是共濟會高級成員，這與共濟會的目標一致，即建立一個由猶太貴族統治、由歐亞非混血組成的統一歐洲。

奧地利共濟會雜誌《燈塔》(1925年3月)熱情地寫道：共濟會，特別是奧地利共濟會，很可能非常滿意其成員中有庫登霍韋-凱勒奇伯爵。奧地利共濟會可以正確地報道，庫登霍韋-凱勒奇教友為他的泛歐洲信仰而戰……教友庫登霍韋-凱勒奇的項目是最高級別的共濟會工作，對所有的共濟會兄弟來說，能夠一起工作是一項崇高的任務。」共濟會，特別是奧地利共濟會，非常滿意庫登霍韋-凱勒奇的參與，其計劃被視為共濟會的最高綱領，為之奮鬥是所有石匠兄弟的崇高任務。

實際上，猶太人精英早在上世紀20年代就設計了大移民混血計劃，旨在瓦解主體民族、創造混血兒、抹殺主體民族的記憶和歷史。

他們最終的政治理念就是創造一個「沒有國界、沒有種族、沒有道德感、沒有歷史、沒有文化」的新人種。

庫登霍韋-凱勒奇移民混種計劃的流程：

1)用各種名義設立政策法規，從政府財政取得資金，通過執行計劃消耗財政以加速國家消亡。

2)給難民或留學生超國民待遇，以吸引黑色移民參與。

3)讓參與的相關人獲利，他們就會以各種名義推動接收難民或高價購買低素質黑人進入。

庫登霍韋-凱勒奇計劃的第一步是通過移民政策的大規模調整，將非白人族裔引入白人國家。這個過程並非一蹴而就，而是逐步實施的。在最初階段，移民政策的放寬和全球化的推進使得大量來自亞洲、非洲和拉丁美洲的移民湧入西方國家。這些移民帶來了不同的文化、語言和宗教信仰，逐漸改變了西方國家的種族構成。在表面上，這一過程被描述爲一種多元文化的進步，是對全球化和人權的尊重。然而，庫登霍韋-凱勒奇計劃的眞正目的並非如此。這一計劃的幕後推手深知，通過引入不同族裔的移民，可以在西方國家內部制造新的社會矛盾，從而分散原有種族和文化群體的注意力，削弱他們對抗資本主義體系的能力。

社會多元化的影響

隨著非白人族裔的大規模湧入，西方國家的社會多元化進程逐漸加快。這一過程不僅體現在種族和文化的多樣性上，還滲透到社會的各個層面。多元文化主義成爲了主流思想，傳統的文化價值觀和社會規範逐漸被削弱，新的文化模式開始占據主導地位。然而，多元化的推進並非意味著社會的和諧共處，反而帶來了更多的分裂和對立。不同文化和種族之間的衝突逐漸顯現，社會內部的團結和凝聚力被削弱。在庫登霍韋-凱勒奇計劃的推動下，西方社會逐漸走向原子化。個體之間的聯繫被切斷，傳統的社區和家庭紐帶被瓦解，個人主義和物質主義盛行。社會原子化是庫登霍韋-凱勒奇計劃的關鍵一步。通過碎片化社會結構，個體變得更孤立、更易控制，不再依賴傳統集體力量，而是被迫依附於資本和權力。這種原子化的社會爲資本主義的進一步擴展提供了有利條件，同時削弱了任何可能挑戰其統治的社會力量。

站在庫登霍韋-凱勒奇背後的是沃伯格家族、華寶家族。代表人物是馬克斯·沃伯格。沃伯格家族是可以與羅富齊相比肩的猶太金融巨頭。這個家族的著名成員有：保羅·沃伯格(美聯儲的總設計師、美聯儲副主席)、馬克斯·沃伯格(一戰時任德國政府經濟部門高級幕僚，同時也是德國銀行家領袖)、費利克斯·沃伯格(美國庫恩-洛布公司高級合伙人、著名慈善家)、弗里茨·沃伯格(漢堡金屬交易所主席)。

就是這個馬克斯·沃伯格(Max Warburg)，在擔任德國特勤局局長期間，秘密支持了列寧並爲布爾什維克提供資金。根據德國外交部解密檔案，馬克斯·沃伯格作爲德國政府的財政顧問，在1916年爲列寧建立了布爾什維克出版社。後來，在馬克斯·沃伯格的幫助下，列寧前往俄國。1917年，馬克斯·沃伯格又成功地敦促德國政府爲列寧和其他革命者提供一條從德國到俄羅斯的通道。沒有這條通道，布爾什維克革命就不可能發生。可以說，列寧的成就是建立在猶太人的支持基礎上的。

由於爲布爾什維克提供資金，馬克斯·沃伯格在他的權威著作《華爾街和布爾什維克革命》中，被斯坦福大學研究專家教授安東尼·薩頓(Anthony Sutton)認出。薩頓引用了澤曼(Z.A.B. Zeman)基於德國外交部檔案的一項研究，該研究表明馬克斯·沃伯格在1916年爲列寧建立了布爾什維克出版社。1922年流亡荷蘭的德國皇帝在接受芝加哥論壇報採訪時哀嘆，他採納了猶太銀行家顧問的建議，這一定主要是指馬克斯·沃伯格，並允許列寧及其隨從通過德國繼續前往俄國。托洛茨基也曾被安排從美國前往俄羅斯，儘管他曾在加拿大的新斯科舍省短暫停留。已知有人說服了德皇政府把列寧送進俄國，並爲發動布爾什維克革命提供了資金。人們會意識到，沃伯格的兄弟是庫恩·洛布公司紐約銀行的合伙人。當托洛茨基被允許帶著超過三百招募於美國的猶太革命分子加入列寧時，該公司爲布爾什維克提供了更多資金。1917革命後猶太人征服了俄國，這是一個歷史事實。

於是，在20世紀初，一場世界政府運動在猶太人的推動下開始了。他們的第一個目標是建立起一個猶太人控制的世界警察國家。而他們的對象就是俄國。庫登霍韋-凱勒奇伯爵的回憶錄中記載，猶太人里昂·托洛茨基被允許帶著超過三百招募於美國的猶太革命分子加入列寧的戰隊。而沃伯格的公司也爲布爾什維克提供了更多資金。《沃伯格與庫登霍韋-凱勒奇計劃》書中寫道：目前有一個征服剩餘世界的企圖，以創建各種與聯合國組織關聯的超國家機構和亞非的動盪及歐洲的種族混合的方式清除白人及其文明。這才是庫登霍韋-凱勒奇計劃的核心。

財閥與國際組織的聯繫

歐洲理事會和庫登霍韋-凱勒奇計劃爲後來的組織奠定了基礎，比如高級智庫、畢德堡俱樂部(Bilderberg Meeting)。在這樣的組織中，我們再次發現了財閥們，許多是猶太人，突出的是羅富齊家族、瓦倫堡(Wallenberg)等。1950年2月17日，保羅·沃伯格的兒子、紐約銀行家詹姆斯·沃伯格和妻子尼娜·洛布在美國參議院外交關係委員會作證時說：「不管你願不願意，你都將有世界政府，若不同意，則要被征服。」(You will have World Government whether you want it or not, if not by consent, by conquest.)

另一個事實是目前有一個征服剩餘世界的企圖，通過亞非拉的動盪及歐洲的種族混合，企圖清除白人和東亞黃種人及其文明。來自西印度群島和西非的黑人大量湧入聯合王國(指英國)。他們尋找工作，或者是「福利國家」提供給他們的一些不勞而獲的東西。在美國，最高法院的一項判決譴責了學校的種族隔離制度。而最近通過的一項立法則迫使雇主雇傭黑人參與對他們生意不利的服務。南非的「種族隔離」政策引起了強烈的抗議，特別是在與此事無直接關係的人中，這些事態發展不僅彼此相關，而且還與導致歐洲委員會的成立和對世界政府的要求的各項行動有關。

在美國，與共產主義運動相聯繫的是歷史更久的有色人種促進會。根據該協會的創始人之一所寫的一本書，該協會的靈感來源是亨利·維茨博士(Henry Moskowitz)和安娜·斯特蘭斯基(Anna

Stransky）。兩人都是猶太革命者，後者曾因煽動暴力而被沙皇俄國監禁。其主席並非黑人，而是猶太人，阿瑟·B·斯普林（Arthur B. Spingarn）；該組織的法律顧問中有一些革命者，他們也是猶太人。其中參議員赫伯特·H·雷曼（Herbert Lehman）被看作一名主導者，他被描述爲共產黨的主要特工之一，也可能是實際的負責人。在該協會的主要支持者中，有一些是衆所周知的共產主義者和準共產主義顛覆者，如美國前總統的遺孀埃莉諾·羅斯福夫人（Anna Eleanor Roosevelt）。威廉姆斯情報彙總（Williams Intelligence Summary）如此說道：「黑人革命運動摧毀了黑人與美國白人鄰居之間的和平關係，但它不是由黑人發起，而是由馬克思主義的猶太人運作。」事實上作爲美國歷史最悠久、規模最大的民間團體，有色人種促進會的創始人和現任主席都不是黑人，而是猶太人。這個協會被認爲與國際共產主義運動聯繫緊密。在該協會的主要支持者中，有很多是衆所周知的白左代表人物。這個協會在2019年通過決議，彈劾川普總統。佩洛西和民主黨的主要人物都參加了那次爲期四天的會議。

大量黑人的到來和定居讓黑人和原居民都不滿意。這種氣候很不適合黑人，因爲他們在各方面都能更好地與自己的家庭生活在更和諧的環境中。失業促使黑人搬遷，而不公正的經濟政策（如糖的生產和大量購買）應受責備並需糾正。即使如此，這也不能成爲大不列顛成爲目的地的原因，因爲毫無疑問，沒有協助，黑人是負擔不起長途旅行的。因此，在《帝國新聞報》和其他報紙上，沒有理由不相信那些名字奇怪的人，他們似乎是從紐約來的，一直在爲西印度群島和西非的黑人提供路費，作爲沒有擔保的貸款。這些貸款被償還的可能性微乎其微，這表明它們顯然不是正常的商業交易。但如果所提供的資金是眞正的慈善捐贈，那麼就可以考慮爲什麼要以貸款的形式提供。如果黑人以後將受到還款壓力，那麼這種壓力將以何種形式出現。

在南非，雖然聯合王國公衆對南非女王統治下的事務沒有直接的政治責任，但他們一直受到反對種族隔離政策的喧鬧鼓動。這場運動很大程度上是由一個自稱基督教行動（不要與天主教行動混淆）的組織推動的。它以一種用眞正的道德取代左派「多愁善感」的方式而引人注目。它一發不可收拾地譴責一切種族或膚色歧視，不論其原因、後果或常識。它指出，在非洲的歐洲白人有一種傾向，不僅認爲自己比非洲人優越，而且不公正地對待他們，認爲他們是下等人。不幸的是，如果這在某種程度上是正確的，也許在目前幾乎是不可避免的。它可能爲某種形式的種族隔離提供有力的論據。而非反對種族隔離，但煽動者不會有任何理由。他們稱之爲迫害。一般來說，那些來自南非的歐洲神職人員參與了這場運動，他們似乎沒有意識到他們所宣揚的基督教是一種普世宗教，非洲人的轉變並不意味著他們必須成爲歐洲人或盡可能接近歐洲人。的確，這些神職人員雖堅持所有種族平等，但他們的行爲表明，作爲歐洲人，他們相信自己天生優越。

而如果對非洲人想要成爲歐洲人的任何難以實現的願望提出質疑，將是壓制性的和不公平的。然而，在南非，許多神職人員的想法卻大不相同，而許多非洲人宣稱他們支持「種族隔離」。基督教行動的鼓動「本質上是政治性的，沒有道德內容，也非非洲的。」

歐洲一體化的根源

歐洲委員會：《一個理念征服世界》(An Idea Conquers the World)，作者是庫登霍韋-凱勒奇伯爵，溫斯頓·丘吉爾爵士作序(哈金森公司 1953年)。該書以種族間歧視爲重要例外(儘管它與特定種族歧視大相徑庭)，闡明了那些關注於促進一個超國家的世界政府和煽動反對各種種族歧視的人的眞正目標。庫登霍韋-凱勒奇伯爵講述了他如何在1922年成爲泛歐聯盟的創始人，並由此發展了歐洲理事會。這個國際組織，就像聯合國組織和大西洋公約組織一樣，顯然是打算爲世界政府提供一個合適的跳板。

《一個理念征服世界》

庫登霍韋-凱勒奇伯爵還提到他在1923年10月出版的另一本書《泛歐》(Pan-Europa)。在這本書中他提出了他的泛歐運動。他接著說1924年初，路易斯·羅富齊男爵打來電話，說他的一個朋友馬克斯·沃伯格讀了我的書，想見我。令我大爲驚訝的是，沃伯格立即捐款六萬馬克，以支持這項運動度過頭三年。馬克斯·沃伯格(Max Warburg)一生都是泛歐洲的堅定支持者，我們一直是親密的朋友，直到他1946年去世。他隨時準備支持它，在一開始就對後來的成功作出了決定性的貢獻。」

庫登霍韋在《泛歐》提出了他的泛歐運動。

同年晚些時候，他遇到了馬克斯·沃伯格，並得到了他的支持。庫登霍韋-凱勒奇寫了一本名爲《和平主義》的小冊子，後來被翻印在一本名爲《實用理想主義》(泛歐出版社)的選集中。他在信中寫道：

「未來的人類將是泛歐的混血兒，是歐亞黑人的混血兒，外貌與古埃及人相似。從這些人當中，猶太人將形成一個精神上優雅的新貴族。」據他的書所述，馬克斯·沃伯格的兄弟——著名的慈善家菲力克斯·沃伯格和聯邦儲備系統的創始人保羅·沃伯格——爲他安排了爲時三個月的旅行。他沒有提到馬克斯·沃伯格是德國政府的財政顧問。

1917年，他成功地敦促德國政府爲列寧和其他革命者提供一條從德國到俄羅斯的通道。沒有這條通道，布爾什維克革命就不可能發生。

1902年，保羅·沃伯格去了美國，成爲庫恩-洛布公司財務公司的合伙人。他娶了所羅門·洛布的一個女兒，成爲雅各布·H·希夫的姐夫。希夫給予俄國革命者的著名的大規模財政支持是他們成功的另一個主要原因。

1913年，保羅·沃伯格提出了一項法案：賦予聯邦儲備委員會向儲備銀行發行紙幣的專有權，以及確定貼現率的權力。

這一法案，連同1934年黃金法案，因此爲一小群金融家提供任意權以擴張和收縮貨幣。換言之，他們通過提高或降低價格，就能根據自身意願影響經濟。

在特定行業或全國範圍內製造繁榮或蕭條，從而影響整個世界。通過這些手段，美國的主權權力移交給了這些貨幣獨裁者。他們擁護世界政府的理由，無非是要鞏固同樣的制度，以鞏固他們的絕對獨裁，永久統治全人類。

1950年2月17日，紐約銀行家詹姆斯·沃伯格，保羅·沃伯格的兒子，和其妻尼娜·洛布在美國參議院外交關係委員會作證時說：「不管你願不願意，你都將有世界政府，若不同意，則要被征服。」同年他去了美國，在那裡他得到了利奧波德·阿莫利先生的熱情支持。

阿莫利先生把他介紹給後來成爲「統一歐洲」的主要鼓動者的溫斯頓·丘吉爾先生。1936年，溫斯頓·丘吉爾先生成爲新英聯邦協會英國分會的主席。該協會是第一個要求設立國際法庭並擁有國際警察和空軍的國際組織。

1946年10月，當他同意成爲統一歐洲運動的第一任主席時，他把庫登霍韋-凱勒奇伯爵稱爲它的創始人，一個月前他在蘇黎世9月18日的一次廣播講話中也提到了這一點。

世界政府的推動

1935年，他編輯並更新了《歷代的反猶太主義》(哈欽森公司)。他也是《歐洲尋求統一》(公共事務和區域研究所，紐約大學，1949年)的作者。裡面寫道：「建立直接聯盟的第三個理由是歐洲的經濟形勢。所有人都認爲，採用一種可能以金本位爲基礎的歐洲貨幣，是促進經濟更快復蘇的最佳途徑。」他沒有提出這樣一個問題，那些囤積黃金的人，是否可能不是應該對歐洲經濟形勢負責的人。

它的問題將完全超出那些被要求使用其選票的人的理解。即使是最平庸的情報人員也必須明白，一個超國家政府，無論針對歐洲還是世界，都無法依賴於一個民衆選舉權，無論是直接的還是間接的。通過選舉產生的世界政府，絕大多數的選舉人將是不識字的非洲人、印度人。基督教的道德法則將被湮滅。因此，不能說一定，但很可能的是，實際權力將由占主導地位的貨幣操縱者和金融家行使。在國際金融的支持下，庫登霍韋-凱勒奇伯爵在促進超國家力量方面發揮了重要作用。他已表明，讓一群國際金融家主宰世界是世界政府眞正推動者的蓄意目標。同樣明顯的是，這些推動者將不惜一切代價達到他們的目的。不滿足於世界大戰，和隨之帶來的蕭條和大規模失業，這些金融家計劃著世界各種族的雜交，破壞穩定的民族傳統和忠誠。【我們】一定要記住種族混合是羅馬衰落的根本原因。

庫登霍韋-凱勒奇伯爵的說法是完全錯誤的，他說：「猶太人將形成一個精神上的優雅的新貴族。」

那將沒有貴族，只有壓迫性的獨裁，幾乎沒有優雅。此外，猶太人是指所有的，每一個猶太人。然而，事實上有許多猶太人對這個陰謀一無所知，而有些人則積極反對。這是少數人與許多受愚弄的支持者針對世界各國人民的陰謀，其目的是使他們淪爲墮落的奴隸，無法逃脫。

現在大家應該能徹底明白當今東亞和歐美社會爲何黑人、穆斯林問題如此泛濫了吧。以黑人、穆斯林的能力，他們根本無法在東亞和歐美社會生存。但他們爲何偏偏就大規模地湧入了這三個地區，並大有喧賓奪主之勢呢？根源就在於猶太人及其組織機構在背後操控，才得以讓黑人、穆斯林入侵歐美、東亞。

《沃伯格與凱勒奇計劃》最後一頁

有組織的黑人入侵

在庫登霍韋-凱勒奇計劃中，黑人是一個非常重要而且特殊的存在。黑人、穆斯林以各種身份大量湧入歐洲。他們吃定了高福利國家的弱點，成爲不勞而獲的寄生蟲。最近幾十年，政治正確已經成爲屢試不爽的法寶。社會道德都要被迫讓步。黑人的所作所爲不能被批評，否則就是和政治正確過不去。而任何人只要被扣上政治不正確的帽子，立刻就變成了異類和被攻擊的對象。因爲這種無形的壓力，就形成一種寒蟬效應。越來越多的人會不自覺地向後退。普通民衆從最開始的不敢批評，到不願批評，再到慢慢接受，最後竟然成爲積極分子。

在所有的少數族裔中，亞裔勤勞而且遠離政治，南美裔懶散、熱情來得快、去得也快。看來看去，唯有非裔最合適：頭腦容易被煽動；教育水平和收入水平低；精力旺盛、生育能力強；還很容易被牽扯進歷史話題。尤爲重要的一點是，黑人之間的矛盾比黑人與其他族裔之間的矛盾更激烈。生活在歐洲和美國的黑人，看不起和他們一樣顏色的非洲兄弟。無論在歐洲還是非洲，黑人都不可能結成一個整體。一個看起來很龐大的群體，卻是零碎和渙散的。這讓黑人群體變得相當好控制。所以，無論有沒有一個叫弗洛伊德的人死，一場波及全球的黑命貴運動都是不可避免的。

金權社會的終極目標

黑人得到財閥們的垂青，可以追溯到18世紀初。統一歐洲運動的創始人庫登霍韋-凱勒奇曾寫道未來的人類將是泛歐的混血兒，是歐亞黑人的混血兒，外貌與古埃及人相似。從這些人當中，猶太人將形成一個精神上優雅的新貴族。現在來看，至少這段話的前一半已經越來越趨向於歐洲的現實。

庫登霍韋-凱勒奇計劃的最終目標是建立一個符合西方資本主義

利益的金權社會。在這樣的社會中，少數掌握資本的精英將掌控社會的資源和權力，而大多數人則淪爲被支配的對象。庫登霍韋-凱勒奇計劃的推動者通過控制媒體、教育和政治體系，悄然塑造大衆思想，使其順從資本統治。金權社會的建立並非只在某一個國家，而是一個全球性的過程。隨著庫登霍韋-凱勒奇計劃的推進，西方資本逐漸滲透到世界的各個角落。那些曾經相對獨立的國家和文化逐漸被納入資本主義體系的控制之下。全球的經濟和政治秩序也因此發生了深刻的變化，西方資本成爲了主導全球事務的力量。庫登霍韋-凱勒奇計劃的影響已經超出了西方國家的範圍，對全球的政治、經濟和文化產生了深遠的影響。種族融合和社會多元化的推進雖然在一定程度上促進了文化交流和經濟發展，但也帶來了難以忽視的社會問題和矛盾。社會原子化使得人際關係更加冷漠，金權社會的確立加劇了全球的不平等。

未來，庫登霍韋-凱勒奇計劃將繼續影響世界的走向。那些沒有意識到這一計劃潛在威脅的國家可能會逐漸喪失自身的文化和社會結構，被納入資本主義的全球網絡中。隨著全球化進程的加速，世界各國之間的聯繫變得越來越緊密，文化交流、經濟合作和人口流動也日益頻繁。然而，正是在這看似積極的發展背後，隱藏著一個深刻而危險的計劃，庫登霍韋-凱勒奇計劃。這個計劃的核心是通過大規模引入非白人族裔，將西方國家逐步變成多種族國家，並通過社會多元化和原子化，最終建立一個符合西方資本主義利益的金權社會。庫登霍韋-凱勒奇計劃不僅對西方國家的社會結構和文化價值觀造成了巨大的衝擊，也對全球的政治經濟格局產生了深遠的影響。

可薩猶太人陰謀論

維基百科記載可薩猶太人陰謀論是一套關於阿什肯納茲猶太人歷史起源的反猶太主義及反錫安主義陰謀論。該理論聲稱，大量可薩人曾皈依猶太教；可薩汗國滅亡後，可薩裔猶太人逃往東歐，成爲東歐猶太人口的絕大多數；現今的阿什肯納茲猶太人多爲可薩人的後裔。信奉該理論的人士通常相信，可薩猶太人、共濟會及錫安主義者之間存在「秘密聯盟」，意圖「統治世界」。絕大多數歷史學、系譜學及宗教學學者認爲該理論缺乏事實基礎及證據支持。遺傳學研究結果亦與該假說相抵觸。

但是這個問題一直爭議不斷，在這篇文章我們就談談這段另類歷史。公元前66年，猶太王國被羅馬蕩平，自此獨立的猶太人國家在地球上消失。其中，一部分猶太人被當作戰利品運往歐洲，另一部分人在世界各地流浪。我們要關注的是運到歐洲的這些猶太人。其中，部分猶太人被歐洲人同化，剩下未被同化的人構成了20世紀猶太復國主義者的主力軍。

我們知道公元前的猶太人已經被滅國，希律王作爲羅馬的官員統治猶太地區，雖然不被正統猶太人認可，但還算是最後一個興盛的猶太王國，史稱猶太希律王國。 在他於公元四年死後，整個地區由他的三個兒子和一個女兒瓜分，史上稱爲「希律四國」。待到這四個繼承人都死了，那猶太人就再也沒有成爲一個統一的王國。這塊土地先後成爲羅馬的行政省，後來甚至一度成了十字軍的國家。

公元136–395年	敍利亞巴勒斯坦(羅馬行省)
公元395–638年	拜占庭巴勒斯坦(羅馬帝國東方教區)
公元638–1099年	早期伊斯蘭時期(又稱「歷史敍利亞」或「自然敍利亞」，指被穆斯林征服的拜占庭東方教區。)

中世紀猶太人的苦難

猶太人在中世紀遭受列國歧視，驅逐和屠殺，使其產生了代代相傳的民族傷痛。在探討可薩猶太人之前，我先簡述公元1000年後猶太人在歐洲被驅逐的歷史，讓我們來了解他們是如何被歐洲人排擠的。

居住在南高加索地區的可薩人

猶太人這一千年來的歷史歷程：

1080年被法國驅逐。

1098年 被捷克共和國驅逐。

1113年 被驅逐出俄羅斯基輔（弗拉基米爾·莫諾馬赫）。

1113年 基輔猶太人大屠殺。

1147年 被法國驅逐。

1171年 被意大利驅逐。

1188年 被英國驅逐。

1198年 被英國驅逐。

1290年 被英國驅逐。

1298年 被驅逐出瑞士（100 名猶太人被絞死）。

1306年 被驅逐出法國（3,000 人被活活燒死）。

1360年 被匈牙利驅逐。

1391年 被驅逐出西班牙（處決 30,000 人，活活燒死 5,000 人）。

1394年 被法國驅逐。

1407年 被驅逐出波蘭。

1492年 被驅逐出西班牙（法律禁止猶太人永遠進入該國）。

1492年 被驅逐出西西里島。

1495年 被驅逐出立陶宛和基輔。

1496年 被驅逐出葡萄牙。

1510年 被英國驅逐。

1516年 被葡萄牙驅逐。

1516年 西西里島法律允許猶太人只能居住在猶太社區。

1541年 被驅逐出奧地利。

1555年 被驅逐出葡萄牙。

1555年 羅馬頒布法律允許猶太人只能居住在猶太社區。

1567年 被意大利驅逐。

1570年 被驅逐出德國(勃蘭登堡)。

1580年 被驅逐出諾夫哥羅德(伊凡雷帝)。

1592年 被法國驅逐。

1616年 被瑞士驅逐。

1629年 被驅逐出西班牙和葡萄牙(腓力四世)。

1634年 被瑞士驅逐。

1655年 被瑞士驅逐。

1660年 被驅逐出基輔。

1701年 完全驅逐出瑞士(腓力五世法令)。

1806年 拿破侖的警告。

1828年 被驅逐出基輔。

1933年 被德國驅逐並發生種族滅絕。

歐洲對猶太人的排斥原因

猶太人在歐洲被排擠和打壓是存在的歷史事實，原因的外在表現是：宗教對立，實質是：利益爭鬥。在基督教的國度裡搞猶太教，搞國中之國，能不被敵對嗎?基督教規禁止教徒放高利貸收取利息，猶太人因此成爲歐洲各國皇室和諸侯的代理人做這個髒活，而高利貸從來都是坑蒙拐騙，無所不用其極，長期積累負面影響，能不被歐洲各國敵視嗎?猶太居住區裡，猶太拉比是實質的統治者和受益者，猶太統治者用猶太教這個宗教，控制所有猶太人，保證自己的利益。這些猶太人納宗教稅給猶太拉比們，而不給基督教納稅和捐贈善款，肯定會受到基督教上層的敵對。猶太拉比們擁有猶太聚居地的生活用品專營權，是猶太聚居地實質統治者，要猶太平民改信基督教，就會剝奪控制者的權力和控制。而猶太拉比們爲了讓自己居住區的猶太平民不改信基督教，他們必須自我美化猶太教，惡意貶低基督教也是必然而然的操作，這種長期的對抗和敵視，猶太人被基督教排擠和打壓就成爲必然的事情了。

而今天許多人可能從未聽說過可薩王國(Khazaria)，但在歷史中它曾是一個非常強大的國家，統治著一個由衆多被征服的民族組成的龐大帝國。當時相鄰的兩個超級大國必須認眞考慮這個問題。在可薩利亞的南部和西部，拜占庭帝國正以其東正教文明而蓬勃發展。在東南部，可薩王國與不斷擴張的阿拉伯哈里發的穆斯林帝國接壤。可薩人影響了這兩個帝國的歷史，但更重要的是，可薩王國佔領了後來成爲俄羅斯南部、黑海和里海之間的地區。從此俄羅斯人和可薩人的歷史命運就交織在一起，並且一直持續到今天。

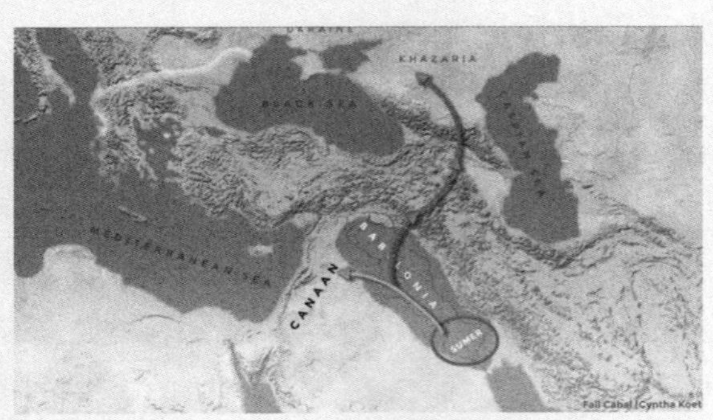

可薩汗國(Khazaria)處在黑海和里海之間，是交通要道。

可薩人(khazarian)也叫哈扎爾人，「可薩」一詞在德文有「異教徒」，希臘文有「匈奴騎兵」，在俄文與希伯來文有「牧羊人」，在阿拉伯語有「小眼睛」的意思，在亞美尼亞與格魯吉亞有「北方」的意思，在突厥語中爲「游蕩」。古代波斯史說可薩人好劫掠與長途奔襲，長矛是主要武器，後來把類似於可薩人那樣生活的也稱爲可薩人，在1480年代格魯吉亞還有自稱可薩人的突厥語游牧民，哥薩克也源於此字。不過可薩人的血統十分混雜，由北高加索的日耳曼人(伊朗-波斯分支)，從入侵的突厥人，東歐平原的斯拉夫人，入侵羅馬的匈人(非匈奴人)，安納托利亞半島上的拜占庭人等多民族混血而成。它們在遷徙到西歐、大洋洲、北美前，曾在俄羅斯南部的哈薩克斯坦、格魯吉亞等地建立名爲可薩(khazaria)的帝國，所以它們又自稱爲可薩人(khazarian)，可薩人這個名字實際是鮮卑人給自己取的，其實際意義並不明確。據其中一個版本，可薩有壓迫的寓意，鄰近國家給可薩王和它的宮廷惡霸取了一個名號：可薩黑幫(khazarian mafia)。

可薩王國的崛起

早在西元550年，遊牧的可薩人開始在黑海和裏海之間的北高加索地區定居。可薩人的首都伊蒂爾建立在伏爾加河匯入里海的河口，以控制河川交通。可薩人隨後向所有經過伊蒂爾河的貨物徵收10%的通行費。那些拒絕的人遭到攻擊和屠殺。他們在公元6世紀在北高加索草原伏爾加河中下游建立了強大的可薩汗國。可薩汗國疆域東至今花剌子模、今西哈薩克斯坦州、西至多瑙河與今烏克蘭，達吉斯坦是核心，南至喬治亞、車臣、克裡米亞、小亞細亞東北，控制著從伏爾加-頓河草原延伸至東克裡米亞和北高加索的廣大地域，跨越東歐和西亞之間的主要貿易大動脈，成爲絲綢之路北道上的一個比較重要的中轉站，也是中世紀世界最重要的貿易帝國之一，在中國、中東和基輔羅斯之間的十字路口扮演著重要的商業角色。隨著王國在高加索地區建立，可薩人逐漸開始建立一個由被征服的民族組成的帝國。越來越多的斯拉夫部落遭到攻擊和征服，儘管這些部落與可薩人比較和平。他們成爲可薩帝國的一部分，需要不斷向可薩王國繳納進貢。當然被征服的民族進貢一直都是帝國的特徵，但可薩人卻不是這樣。世界上所謂的大帝國總是會爲其徵收的稅收給予一些回報。例如羅馬將其征服者變爲公民；作爲他們徵收的稅款的回報，他們帶來了文明、秩序和對潛在侵略者攻擊的保護。因此可薩統治者在整個領土內遭到普遍而強烈的憎恨，但他們也因對任何反抗他們的人採取無情的手段而受到恐懼。於是可薩帝

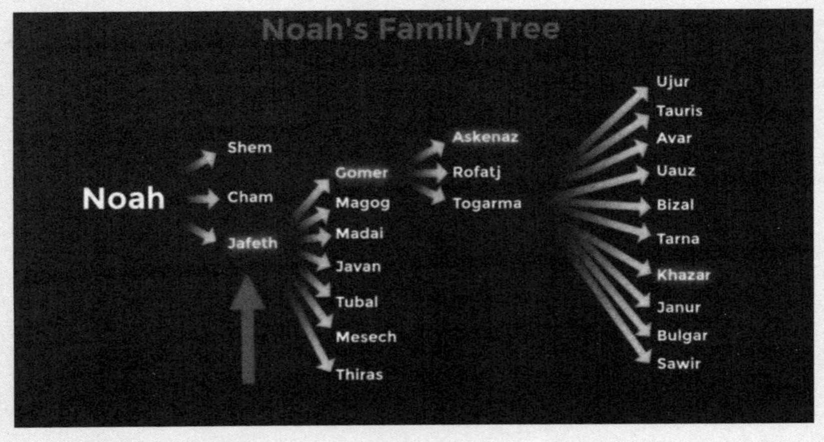

Khazar是挪亞後代分支

國向北擴張到第聶伯河畔的基輔(基輔現在是烏克蘭的首都)。它是歐洲最古老的城市之一，早在5世紀就已成爲商業中心，並於9世紀成爲基輔俄羅斯的首都，向西擴展至馬扎爾人(現代匈牙利的祖先)的領土。

它們在東歐的影響力擴展到我們現在所知的波蘭、捷克斯洛伐克、奧地利、匈牙利、羅馬尼亞和保加利亞。可薩人是生殖器崇拜者，從事活人獻祭儀式。在一系列戰爭中，第一次從公元642年至652年，第二次從公元722年至739年，大約30萬可薩戰士戰勝了入侵的穆斯林。他們拯救了俄羅斯和東歐的基督教，其他戰線上也捍衛了查爾斯·馬特爾，梅羅文吉安·弗蘭克斯的領袖(Merovingian，傳說中的光明會/共濟會13血脈之一)。馬特爾是查理曼的祖父，美國43位總統中的34位是查理曼的後裔，此外還有許多歐洲王室成員。

大約在公元740年，發生了一件令人震驚的事件。可薩人一直受到拜占庭和穆斯林鄰居的壓力，要求他們皈依基督教或伊斯蘭教，但可薩統治者，即可汗，聽說過第三種宗教，猶太教。顯然是出於獨立的政治原因，可薩王宣布可薩人將信奉猶太教作爲自己的宗教。一夜之間，一個全新的民族，好戰的可薩人，突然宣布自己是猶太人。當時的歷史學家開始將可薩王國描述爲「猶太人的王國」。繼任的可薩統治者都採用了猶太名字，9世紀末可薩王國成爲其他國家猶太人的避難所。同時可薩人對其他民族的殘酷統治依然沒有改變。爲何出現這個新的轉變？原因是公元8世紀，維京人的東部分支沿著第聶伯河、頓河和伏爾加河等大河而來。他們被稱爲瓦良格人(Varangians)或羅斯人(Rus)。與其他維京人一樣，羅斯人也是大膽的冒險家和兇猛的戰士，但當與可薩人發生衝突時，羅斯人往往最終也像其他人一樣向可薩人進貢。但可薩帝國卻並非如此。受可薩人統治的人民繳納貢品後只得到一項回報，那就是一個不可靠的承諾：只要人民繳納貢品，可薩人就不會再進行攻擊和劫掠。因此可薩帝國的臣民只不過是巨額保護費的受害者而已。

可薩人的宗教轉變

在此期間完成了他們財富的原始積累。他們崇拜的摩洛神要求嬰孩獻祭。他們所到之處經常拐走當地居民的小孩，用來獻給他們的神。他們實在是太臭名昭著，很多當地人被無故殺害，大量小孩經常丟失，當地人都受不了了。那片區域在當時是受俄羅斯大公管理的，很多人聯名上書給俄羅斯大公，要求他拯救民衆水火之中。當時的俄羅斯大公召見可薩汗國的王卡甘·布蘭，嚴重警告他們，不能放任他們繼續他們邪惡的惡魔崇拜，他們必須放棄這種邪教，讓卡甘在三種宗教裡選一個作爲自己的宗教：基督教、伊斯蘭教、猶太教。卡甘選擇了猶太教。他下令讓可薩人認眞學習希伯來文和塔木德，表面上搞得好像眞的洗心革面改邪歸正了。但其實並沒有，他們的惡魔崇拜實際上越來越邪惡，甚至對猶太教的教義和儀式進行了改造：一種說不清道不明的披著猶太教外衣的邪神崇拜。所以他們的惡魔崇拜以及嬰孩獻祭並沒有停止，當地人實在是受不了了。

《獻給摩洛的祭品》，19世紀插圖中典型的摩洛形象。

公元862年，一位名叫留里克的羅斯領導人建立了諾夫哥羅德城，俄羅斯民族從此誕生。羅斯維京人定居於可薩人統治下的斯拉夫部落之中，羅斯人與可薩人之間的鬥爭性質發生了變化。它成爲了新興國家俄羅斯爲擺脫可薩人壓迫而進行的獨立鬥爭。在俄羅斯第一座城市建立一百多年後，又發生了另一件重大事件。俄羅斯的領導人基輔大公弗拉基米爾於公元989年接受洗禮成爲基督徒。從此一千年前俄羅斯作爲一個基督教國家的傳統就開始了。弗拉基米爾的皈依也使俄羅斯與拜占庭結盟。拜占庭統治者一直懼怕可薩人，而俄羅斯人仍在爲獲得解放而苦苦掙扎。

公元963—965年，俄羅斯基輔大公斯威亞托斯拉夫正式發動軍隊要剿滅這幫可薩人。可是可薩猶太人的王還有他們的貴族全都拖家帶口逃跑了，還帶著許多金銀珠寶遷移到了其他地區。他們一路向西遷移，途徑了許多歐洲國家，很多人就一邊遷徙一邊就留在當地定居不走了。這就是爲什麼「猶太人」散居在歐洲各個國家的原因。鮮卑可薩人的起源與閃米特族沒有血緣關系，可薩暴徒所有的說法都是謊言與政治陰謀，所謂的「猶太民族」是它們虛構的。可薩人亂認閃米特族猶太人爲親戚，可薩國改信猶太教在猶太教歷史上是比較奇特的事例，猶太人原本是一個種族，就如同一個村子，逃難的鮮卑可薩人爲了掩人耳目也住進村裡，表面相融合，但私底下依然保持著自己的種族與邪惡的信仰，也就是借殼上市，這樣想的話很多歷史迷案和陰謀論都可以解釋了。在歐美多數的圖書館裡，可薩的歷史被小心翼翼的刪除，人們必須挖掘才能找到它。逃逸到世界各國的可薩貴族成爲了巴比倫「貨幣魔法」的內行，那就是利用有害的高利貸來賺錢，它們經常假冒猶太人，並聲稱它們有閃米特族血統，但它們有的只是鮮卑可薩血統。

可薩猶太人僞裝成猶太人，稱遭到俄羅斯的迫害，所以四處逃難。但當然了，他們也帶去了他們最喜歡的惡魔崇拜，小孩獻祭也不能停。於是在之後的幾百年裡，中世紀的歐洲經常發生有可薩猶太人拐賣兒童，並且經常被抓個正著，這羣可薩猶太人像屠宰畜生一樣把小孩放血，然後肢解，喝血吃肉。他們的下場當然是被處死，都沒辦法杜絕這種變態行徑，兒童被猶太人拐走仍然不停發生。因此歐洲的「排猶」傳統便由始而來。隨著可薩人遷徙並生活在猶太人中間，可薩猶太人一代又一代地傳承著獨特的文化傳統。可薩猶太人傳統的一個元素是激進的猶太復國主義形式。在可薩猶太人看來，古代以色列佔領的土地必須被奪回，不是靠奇蹟，而是靠武裝力量。這就是近代當今猶太復國主義的意義。

可薩猶太傳統的另一個主要成分是對基督教的仇恨，以及對基督教信仰捍衛者俄羅斯人的仇恨。基督教被視為建立古代猶太王國的力量；可薩王國崩潰。可薩猶太人曾經統治了現今俄羅斯的大部分地區，他們仍然想要重新確立這一統治地位，一千年來他們一直在為此而不斷努力。後來鄰近國家給可薩汗王和他的惡霸取了一個名號：可薩黑幫(Khazarian Mafia)。可薩汗王和他的惡霸們策劃了永世復仇計劃，誓言擊潰當年攻打可薩的俄羅斯和鄰近諸國。一九四五年猶太復國主義者刺殺英國人，成為現代恐怖主義的誕生的標志性事件，也就是說，可薩人是現代恐怖主義的鼻祖。

可薩黑幫的金融滲透

可薩猶太人在跑到西歐不久後，就成為了梵蒂岡的銀行家，被歐洲各國國王、皇室和貴族稱為「猶太教徒」或「宮廷猶太人」；它們很容易被古老的歐洲黑貴族所接受，它們劫持了梵蒂岡，同時也在實踐巴比倫黑魔法行爲，並慘無人道利用孩童的犧牲，從邪惡的黑暗中獲得權勢。可薩人被古老的歐洲黑貴族招攬並成爲工具，是因爲歐洲黑貴族們也是信奉黑魔法儀式，很明顯地可薩人很輕易的就被古老的黑貴族所接受，它們都同氣連枝，在秘密黑魔法和神秘儀式上彼此分享，比如孩童祭祀，很快，它們就進入了英國皇室和其他歐洲皇室。 拿破侖被擊敗後，它們控制了倫敦金融城，並最終控制了所有歐美國家的貨幣創造和分配制度，這些體系都被建立爲私人網絡系統與有害的高利貸。

可薩人利用巴比倫的金錢魔法滲透和挾持全世界的銀行業，這種金錢魔術就是用空手套白狼的方式不勞而獲，並且利用高利貸賺取高額利息。可薩黑幫利用它們龐大的財富創建了以金錢債務爲基礎的銀行體系，它們宣稱這種金錢黑魔法是它們進行無數次兒童獻祭後黑暗魔王巴力(baal)傳授給它們的法術。巴比倫金錢魔法是利用紙張信用憑證交換實體的金銀儲蓄。這種方式可以讓旅行者輕易替換他們遺失或被偷竊的財富憑證。歷史吊詭的地方就是可薩人製造商旅們的麻煩，另一方面卻又提供問題的解決方法。可薩人透過德國的貴族「鮑爾」滲透德國社會並且執行巴力的邪惡計劃。紅盾的鮑爾家族(意指秘密孩童血祭)把家姓改爲羅富齊(又叫做岩石之子—撒旦)。幾百年來，很多可薩人利用和貴族、權貴通婚一次又一次改名換姓，是爲了讓它們在居住的國家中更好地維持優勢地位，它們可以獲得在那個國家中足夠的重要地位，這樣可以讓它們滿足各地眞正的主人的需求，有很多證據證明，羅富齊家族今天仍然延續它們的欺騙傳統。

可薩猶太人控制歐洲後，開始將他們的黑手指向英國，爲了達成他們的入侵計劃，可薩人雇用奧利弗·克倫威爾進攻英國。他們的目的是殺死英王查理一世，並且讓英格蘭再次成爲銀行業的沃土。保皇派和議會派之間的英國內戰持續了將近10年。除了英王查理一世遭到處決，數百個英國正統貴族也因而絕嗣。倫敦城成爲歐洲的金融首都，進而孕育了後來的大英帝國。

羅富齊家族的崛起，梅耶·羅富齊有五個兒子。這五個兒子透過許多關鍵的秘密活動滲透並且掌控了歐洲的銀行業和倫敦城的中央銀行系統。他們最有名的計謀是謊報拿破侖滑鐵盧戰爭的結果(羅富齊家族第一時間就知道拿破侖打敗仗，但是卻在英國公債市場散播假消息。造成英國國債價格大跌)。這個陰險的計謀讓羅富齊家族得以竊取英國貴族仕紳的財富。(羅富齊家族當時趁英國國債價格大跌時暗中派人大量收購英國國債。後來英國人知道拿破侖打輸之後，羅富齊家族變成了英國政府的最大債主。

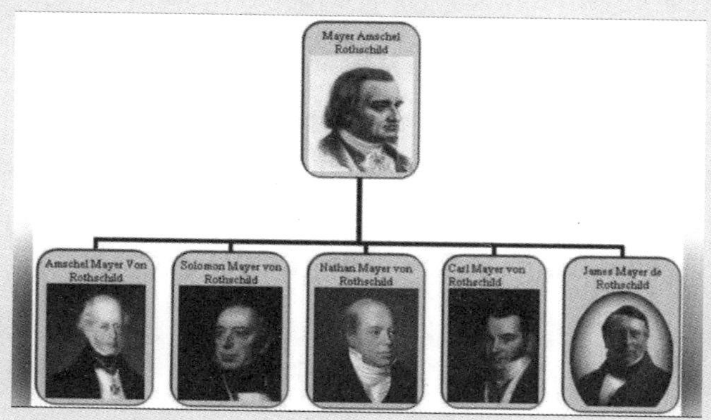

梅耶·羅富齊有五個兒子

羅富齊家族接著設置私人法幣銀行體系(英格蘭銀行)，利用憑空變出的假鈔對英國百姓收取極高的利息。(英國政府的貨幣來自於英格蘭銀行的借貸)。羅富齊家族滲透和把持英國的銀行體系之後，他們開始與英國皇室聯姻。他們後來徹底掌控了全英國和英國所有的重要機構。有些專家認爲：羅富齊家族爲了讓可薩黑幫的人馬得以奪取英國王位，進行過密謀通奸和讓英國皇室成員與可薩男性私生產子等等的手段。

羅富齊家族的金融霸權

我們從Nathan Rothschild(羅富齊的英國創始人)的家族和權貴的勾結就明白他們如何控制近代英國，他的妻子Hannah Barent Cohen，他的岳父Levy Barent Cohen，猶太人科恩和哥哥移居英國，在倫敦發展了一家大企業。他成了這個城市的主要商人之一。他哥哥的女兒Nanette Salomons Cohen是馬克思和Frederik Philips的外祖母，後者創立了飛利浦公司。(資料來源維基百科)。科恩的另外一個女婿Moses Haim Montefiore摩西·蒙蒂菲奧里爵士(英國光榮革命贊助家族，光榮革命(Glorious Revolution)是英格蘭於1688年到1689年間發生的一場不流血政變，導因於國王與國會權力之爭以及基督教新舊教(英格蘭教會及天主教會)之爭。)，第一男爵，皇家學會院士FRS，是英國金融家和銀行家、活動家、慈善家和倫敦警長。他出生於一個意大利猶太人家庭，作爲英國猶太人代表委員會主席，他與英國駐大馬士革領事Charles Henry Churchill(英國首相丘吉爾的叔公)在1841年的通信被視爲原始猶太復國主義發展的關鍵。英國光榮革命的威廉三世的莫里斯家族和猶太關系非常密切，他是荷蘭西印度公司的主要股東，而且威廉三世的父親的軍官有很多猶太人，英國猶太人贊助了威廉三世招兵買馬，導致英國光榮革命後令到英國成爲資本主義國家。而且摩西·蒙蒂菲奧里爵士從維基百科資料中說他是荷蘭東印度公司的主要股東，也贊助了威廉三世200萬荷蘭盾進行光榮革命，光榮革命後1694年創立的英格蘭銀行的一百多名原始股東裡有90%是猶太人，摩西·蒙蒂菲奧里爵士的兒子在1712年娶了當時英格蘭銀行董事長猶太拉比Moses Mendes da Costa的女兒，Moses Mendes da Costa解釋爲一個Costa地方的Mendes拉比，Costa是葡萄牙的

法國國王路易九世派遣修士威廉

一個地名，Mendes家族是16世紀葡萄牙首富，因爲宗教壓迫而改姓分支，2014-2024年葡萄牙首相安東尼奧·路易斯·山度士·達科斯塔António Costa同樣是猶太人姓Costa。猶太人在英國非常多，像第一任英格蘭銀行行長John Houblon是猶太人。牛頓負責皇家造幣廠，牛頓也是猶太人，同時是共濟會會員。

科恩Cohen這個姓氏有很多都在經濟和金融行業中出現，例如1620年時荷蘭東印度公司總督姓Coen，Cohen兩兄弟也是英國在1800年時的猶太大金融家，其中一個是英國羅富齊的岳父，另一個是馬克思和飛利浦公司創始人的外公。Cohen=Kahn，是舉國皈依猶太教的可薩帝國的可汗家族，克林頓時期的國防部長姓Cohen，拜登的中央情報局行動部副主任David S. Cohen，高盛主席姓所羅門Solomon是Cohen的改姓分支，英國首相丘吉爾的母親是猶太人姓所羅門，18世紀投資摩根財團的Kune Loeb公司董事長Otto Kahn。

可薩黑幫在全世界消滅君權神授的國王：由於可薩黑幫認爲他們透過獻祭與巴力建立起關系，他們痛恨所有宣稱君權神授的國王。因爲這些國王絕大多數都自認有義務保護子民們不受奸細和內鬼的侵害。可薩黑幫在17世紀謀殺英國皇室成員並且安排自己的人馬取而代之，並且在18世紀謀害了法國皇室成員。後來他們又刺殺了奧匈帝國的費迪南德大公，進而引發了第一次世界大戰。這種極端想法促使他們謀害和消滅世界各國的君主和皇室成員。到了近代他們也對美國總統使出同樣的手段—利用縝密策畫的陰謀架空總統的權力。如果他們的計謀沒有得逞，他們就會訴諸暗殺。麥金利、林肯和甘乃迪三位美國總統正是他們的槍下亡魂。 可薩黑幫會用各種手段抹殺任何膽敢抵抗巴比倫債奴體制或可薩權力網絡的國家元首或民選官員。

羅富齊家族暗中控制大英帝國之後，他們便企圖利用一個邪惡的計劃，來取回英國用來購買中國獨家商品(絲綢和茶葉)的大量黃金。羅家透過家族的國際間諜網絡打聽到土耳其鴉片的強烈成癮性。他們接著暗中收購土耳其鴉片然後運到中國販賣。數百萬中國百姓深受鴉片毒害，無數的黃金和白銀回流到羅家的金庫。

羅富齊家族從鴉片生意賺取的暴利讓他們垂涎更有利潤的勾當，它們在暗中出資援助美洲殖民地並且創辦哈德遜灣公司和其他貿易公司，它們的目的就是要剝削美洲這塊新大陸，羅氏家族爲了掠奪美洲大陸的豐富資源，指使手下屠戮美洲原住民。

全球掠奪與金融控制

羅富齊家族在加勒比海地區和南亞大陸采取相同的掠奪模式，造成了數百萬無辜百姓死於非命。羅氏家族旗下的國際奴隸買賣是一門把受害者當成牲畜對待的無良勾當，除了古老的意大利黑色貴族以外，可薩人認爲天下世人都跟螻蟻走獸沒有區別。

羅富齊家族很早就知道，只要它們能貸款給參戰雙方，戰爭就是賺取暴利的大好方式，但是爲了榨取穩固的收入，它們還必須讓世界各國通過稅法，以便強行收取各國民衆的金錢。羅富齊家族在美國獨立戰爭中失利，把矛頭指向俄國沙皇和封鎖英國艦隊的俄羅斯人，可薩人開始與美國的開國者誓不兩立，羅富齊銀行家族對美國的建國者和俄羅斯人發起了永世復仇計劃，就如同它們在公元1250年被俄羅斯聯軍滅國之後如出一轍。

羅氏家族和其它親近的英國權貴們計劃奪回美國，然後把美國列入它們的主要資產，它們的如意算盤是在美國設立私人中央銀行，借此施展巴比倫金錢魔法和僞鈔煉金術。羅富齊家族在1812年第二次獨立戰爭企圖奪取美國失敗，這次的失敗氣得羅家火冒三丈，於是它們計劃滲透並且劫持美俄兩國的政府，並在兩國進行暴虐統治，將兩國的資產洗劫一空之後再大肆屠殺兩國的人民。

安德魯·傑克遜總統阻止了可薩黑幫設立美國私有中央銀行的計謀，安德魯指責銀行家們是一群邪魔，可惜治標不治本，沒有乘勝追擊將羅富齊家族所控制的一堆美國商業銀行遣散或收歸國有。

安德魯·傑克遜總統的墓志銘就是：銀行想殺了我，但我會殺了它(The bank is trying to kill me, but I will kill it)。

後來羅富齊銀行家族重整旗鼓，持續策劃在美國建立一個以巴比倫金錢債務的制度，值此控制全美國銀行體系。1913年，一群收受羅富齊家族賄絡的國會議員趁著平安夜強行通過了違法而且違憲的聯邦儲備法案，羅富齊家族幾乎買通了所有的選舉和任命的美國政府官員，那些不向它們低頭的人就被腐敗的競爭對手排擠或驅逐，所謂的選舉都是由可薩黑幫一手控制，隨後靠著羅富齊家族關系上台的威爾遜總統簽署了這份叛國法案，建立了它們自己的所謂的銀行系統——美聯儲，劫持了美國的貨幣創造和分配制度。令可薩黑幫在美國打下了一座橋頭堡，這是利用復雜的賄賂、勒索和人爲妥協方案等手段在國會獲得足夠的選票和總統的支持，這顯然是非法、違憲的反常行爲，這是歷史上最嚴重的金融犯罪，美聯儲成立以來，已經100多年過去了，十個美國人中有八個都是債務奴隸。

美聯儲成立之後，他們也收買國會議員，要求他們同意成立美國國稅局：一間在波多黎各注冊的私人討債公司，沒多久，它們又成立聯邦調查局(FBI)來作爲自己的保鏢和秘密眼線。很快地美國所有的政客、機構、公司、執法、軍事和內部系統等，都被羅富齊家族用同樣的方法劫持了。沒錯可薩黑幫已寄生在美國了，這類寄生蟲成功控制了主人的大腦之後，也意味著農民和工人階級將被無情榨壓，而且沒有什麼討價還價的能力。

羅富齊家族重要成員

美國被改造成了可薩黑幫的工具，也寄生在全球其他地方，就像約翰·帕金斯(John Perkins)在他的經典著作《經濟殺手的自白》(懺悔書)中所描述的那樣，這些可薩黑幫的口號是：如果可能的話，收買所有人，否則就轉移他們或干掉他們。

全球金融體系的劫持

在全球每一個歐美國家，金錢的創造和分配系統均被可薩人(內部人稱爲「貨幣兌換商」)所劫持。現行的世界體系導致整個世界50%的財富落入85個人的手中，這樣一種不平等也導致了古羅馬帝國的崩潰。因爲所有的世界財富和自然資源正在消失進一個以超級富豪爲中心的黑洞。現行世界體系當中的寡頭集團還有一小撮富有的個人和家族使用金融控制權去收買雇佣兵、政客和宣傳媒體來開展它們的議程並維持對公衆的控制。歷史已經清楚地表明那些寡頭們扼殺創新、制造大規模貧困，並且最終崩潰成財富的過度集中。

可薩人都有全球主義的傾向，利用無邊界甚至無國界的口號，就是吸盡全球血液的跨國資本家，資本家的最大願望就是打破國家壁壘，把世界的民衆變成羊羣趕入名爲全球化的羊圈裡不分差異的剪羊毛。

一九六七年，華爾街的可薩人發明了第一支金融衍生產品，直到四十年後，泛濫的金融衍生產品掏空了美國。

直到今天可薩人仍然暗中繼續進行著兒童血祭的儀式，它們相信只要不斷地血祭孩童和嬰兒，巴力邪神就會信守諾言，賜予它們整個世界的權力和財富。所以羅莉島愛潑斯坦的神秘死亡，就是要保住這羣權貴的秘密。

從文藝復興時期最富的可薩人與梵蒂岡的耶穌會、教皇、黑教皇共同組成了控制世界的權力塔尖。頂層的最富有的可薩家族是上流社會的活躍份子，它們穿著最昂貴的衣服，住著豪宅，參加慈善活動，並通過它們龐大的免稅慈善基金會假裝關心人們，但它們實際上都是最邪惡的兩面，它們直接從這些免稅基金會中隱藏的巨額販毒集團利潤中獲利，並作爲長期貸款和「營業費用」提取資金。

可薩人以猶太人自居，當然要滲透和控制猶太教，近代，羅富齊家族和權貴決定再度利用猶太教來控制美國。羅家擬定了一個全盤控制猶太教和猶太教徒的洗腦計劃。他們劫持猶太教，並且把內容改爲巴比倫塔木德教。他們控制了銀行圈和華爾街、美國國會、主流媒體，同時控制了世界上絕大多數的財富和致富手段。羅富齊家族透過家族影響力將財富和地位賦予和家族合流的猶太教徒，並且將後者當成家族的白手套、資產和遍布各行各業的眼線。羅家利用這種方式劫持了猶太教。

羅富齊家族出資爲以色列興建共濟會神秘風格的國會大廈。這棟建築透露出羅家相當熱衷於神秘學、巴比倫塔木德教以及所有連帶的邪惡(包括呈獻給魔神巴力的孩童獻祭儀式)。 他們建立一個名爲世界錫安主義的新世界秩序計劃，並且反覆對猶太教徒宣揚偏執的種族至上論。這個理論假定所有的非猶太人都打算大規模屠殺猶太教徒。

可薩猶太人的心態

在文章的最後，嘗試解釋可薩猶太人的心態，在長達千年的流浪中與迫害生涯中，猶太民族特別是可薩猶太人中的部分人群逐漸形成了四種民族心態：

1. 受害者心態，天下民族皆有負於我：在黑死病爆發期間，猶太人被扣上了發明黑死病的帽子遭到了全歐洲屠殺，因此與列國結下了血海深仇，由此又延伸出了復仇心態。
2. 先知心態，我們是天選之子引領全人類進步：由於一部分(可薩)猶太人在跟隨十字軍東征進行的商品交易中發明了近代金融業，由此過上了更加富裕的生活並開始給王室放貸左右政府，因此一部分可薩猶太人自認爲是人類先知，自己所作所爲都是在引領人類進步。
3. 反道德心態，我們不必遵守舊世界的道德：由於存在先知心態且長期受到舊世界秉持傳統道德觀念的基督教國家敵對迫害，因此部分(可薩)猶太人拾起了祖先的魔鬼崇拜等突破人類道德底線的行爲，並認定此行爲有助於人類的進化。
4. 世界政府心態，需要建立國上國統治全人類：由於(可薩)猶太人長期沒有自己的祖國四海爲家，且長期遭到列國迫害敵對，部分可薩猶太精英在發明近代金融業後又開始左右列國政府，因此部分可薩猶太人產生了建立一個由(可薩)猶太人銀行家和各國精英組成的世界政府，消滅國家的區別統治全人類，並對「低端人口」

進行人口控制的思想並加以實踐。

以上心態就是如今美國深層政府，光明會(共濟會)大員，羅富齊家族這些試圖掌控世界的興風作浪的原動力。

藍光計劃——非科幻的秘密計劃

藍光計劃，利用高科技在全球宗教及其信衆中製造混亂，達到削減人口、控制世界的最終目的。藍光計劃源出自上世紀九十年代，所以文中的科技同現在進程會有分別。

如果有一天你推開窗戶，看到天空中漂浮著巨大的外星飛船，城市陷入火海，街道上人們尖叫躲藏，你的腦海中，突然響起神秘的聲音，讓你相信他們才是人類眞正的神，面對這樣的場景，你會如何選擇，是相信這是一場精心設計的騙局，還是選擇接受這匪夷所思的事實，但如果我告訴你，這一切並非是科幻小說，而是一個幾十年前就存在的秘密計劃？

深信確有藍光計劃的陰謀論研究者認爲幕後的影子政府可以經由美國太空總署NASA、宗教家、科學家、靈媒、陰謀論者，傳達或誤導訊息，使人相信大型天災即將來臨，屆時配合藍光計劃，用新科技製造各種天災，達到迅速消減地球人口的目的。如今此理論往往被視爲精英階層策劃通過一場僞外星人入侵來建立世界一體化政府，讓世界各國政府聯合起來對抗一個共同的敵人，最終以敵人的失敗和世界一體化政府的統一告終。但是原始理論比這要更複雜得多。

藍光計劃於90年代便開始出現在陰謀論的小圈子中，認爲太空總署NASA(或其他隱密的、與政府相關的機構)一直在計劃實施以敵基督的新時代宗教，並通過使用全息影像來模擬第二次降臨，開啟新世界秩序。

藍光計劃的起源

提出藍光計劃的揭秘者加拿大魁北克的新聞調查記者塞爾吉·莫納斯，90年代初他受到威廉·蓋伊·卡爾作品的啟發，開始追查新世界秩序和秘密社團策劃的陰謀爲主題進行寫作。他原本是一個名不見經傳的加拿大記者與作家，其早期作品難以讓人聯想到後來提出的震驚全球的陰謀論，在20世紀90年代初，塞爾吉·莫納斯似乎感受到了某些改變世界的暗流，於是受到啟發，寫作的方向突然開始轉向新世界秩序(New World Order)，在他的內容中聲稱他發現了一個被他稱之爲影子大師的由強大的精英組成的秘密集團，在幕後控制著世界，也就是在陰謀論者中流傳甚廣的所謂的陰謀集團，影子政府，無論如何稱呼這個影子集團，莫納斯的目標都很明確，就是要揭露他們的計劃，於是在1994年他出版了一本關於他一系列調查的書，名字就叫做『藍光計劃』，其中詳細描述了影子精英如何秘密計劃，創建一個世界政府，與如何實施新世界秩序的過程。

莫納斯認爲聯合國與NASA都是這些影子精英所掌控的幌子組織，聯合國提供默許，讓影子精英影響地球上的每個國家，而NASA則在通過高科技秘密研究控制人類的手段， 莫納斯調查發現藍光計劃將利用先進技術和心理操縱，創造出或許是人類有史以來最大的騙局，這種大規模的幻像會劫持人類的感官，讓人無從分辨眞僞，甚至創造出一個全人類共同參與的虛假現實，一個由影子精英控制的現實。

1994年莫納斯出版了『藍光計劃』一書，其中詳細闡述了他的主張，卽NASA在聯合國的幫助下，試圖推行一種以反基督者爲首的新時代宗教，並開始一個新的世界秩序，透過科技模擬基督的第二次降臨。在1990年代初期，莫納斯向法國電視主持人李察·格林（Ésotérisme Expérimental）解釋了他的理論，他解釋了當時正在發生的事件，特別是通過製作的電影（《2001太空漫遊》、《星球大戰》、《星空奇遇記》等），在心理上爲人們迎接陰謀的戲劇性結局——假外星人入侵——做好準備。起初引發了對所謂的高科技的恐懼，而當時大多數人包括作者在內，對此並不了解。然而，現在30年後的2023年，我們可以完全理解。

與科幻的交集

藍光計劃與金·羅登伯里未製作的1975年的情節相似星空奇遇記劇本《上帝之事》（The God Thing）和1991年《星空奇遇記：下一代》，《魔鬼的約定》（Devil’s Due）。《羅登伯里：空奇遇記背後的神話與人》Gene Roddenberry: The Myth and the Man Behind Star Trek）一書中解釋其中提到一部未完成的星空奇遇記電影預言了藍光計劃...1975年5月，羅登伯里接受了派拉蒙公司的邀請，開始將星空奇遇記發展成一部電影，並返回派拉蒙的舊辦公室。他提出的故事講述了一艘飛碟停在地球上方，該飛碟設計成向下發射看起來像先知的人，包括耶穌基督。羅登伯里於1976年6月30日完成了這個故事，但派拉蒙拒絕了劇本，羅登伯里將其歸咎於公司高層的宗教觀點。所以結果發現，這個陰謀論的基礎在於羅登伯里於1970年代中期未完成的星空奇遇記電影劇本中，這些劇本後來重複使用在了1991年播出的星空奇遇記：下一代中的一集『魔鬼的約定』(Devil's Due)中，其中假先知的情節已刪除。

原本很多人認爲這樣的陰謀論，或許也只是存在於小說之中的橋段，但是接下來莫納斯的遭遇，似乎佐證了他的調查並非是空穴來風，莫納斯先是察覺自己被人監視，緊接著發現自己的電話被竊聽，有人還會無緣無故上門騷擾，這個過程持續了幾個月，緊跟著兒童保護服務的人也把他的孩子帶走了，理由是莫納斯讓他的孩子在家接受教育，加拿大政府認爲莫納斯的孩子應當由他們來監護，接受正規的公共教育，於是在接下來，莫納斯再也沒有見過自己的孩子，若這些尙屬正常情況，則接下來的事便顯得有些詭異了。

1995年，他出版了他最詳細的著作《多倫多協議》(Les Protocoles de Toronto (6.6.6))，該書以錫安長老會協議爲藍本，其中他說一個名爲6.6.6的共濟會團體二十年來一直在聚集世界強國建立新世界秩序並控制個人思想。接下來是關於莫納斯猝死有爭議之死(關於他生活的各個方面細節旣少又有爭議)。據報導，他死於心臟病發作，儘管此前無任何心臟病史。而據莫納斯支持者的推測，藍光計劃可能使用人工製造的心臟病發作作爲殺人方法。1995年莫納斯被加拿大警方逮捕，理由是他書中傳播了錯誤的信息，不過這個理由在當時他的支持者看來，是爲了阻止他的繼續調查，而在一年之後，1996年的12月5日，莫納斯在蒙特利爾的家中，因心臟病突然去世，年僅51歲。離奇的是就在去世前的前一天，他又被逮捕，在監獄中度過了一夜，才剛剛獲釋，而這個時間節點正是在他公開披露，藍光計劃與新世界秩序不久之後，更加巧合的是莫納斯與另外兩名調查藍光計劃的記者的遭遇也十分的相似，他們都是死於突發的心臟病，這一連串的巧合讓莫納斯的支持者深信，這些死亡並非是自然的原因，那麼究竟莫納斯調查出的藍光計劃，有著什麼樣的內容，能夠讓他的支持者深信，這與他的死因有關呢，藍光計劃分爲四個步驟實現目標。每個目標都在詳細地制定，如何對全人類進行嚴密的分層控制至今。

《多倫多協議》(Les Protocoles de Toronto (6.6.6))

預言與恐怖事件

在911事件發生之前，人們曾推測將發生一次大規模的恐怖主義事件，可能會造成數千人死亡，發生在紐約市或其周邊地區。這篇文章將提供類似的細節，僅僅是一種暫時的理論，直到未來的事件最終能夠證明它。但無論這是否眞實，以下的文字都極爲奇怪，會讓任何具有良知的人感到不寒而慄。《飛越蒼白之馬》(Beyond a Pale Horse)是威廉·庫珀(William Cooper)於1991年出版的著作，最近被認爲是關於未來可能使用的藍光計劃的預言參考，無關人口問題或炸彈問題，選民將以其他藉口推動新世界秩序。他們計劃實現地震、戰爭、彌賽亞、外星人降臨和經濟崩潰等事情。他們可能會實現所有這些事情，只是爲了確保它確實奏效。

他們將不惜一切代價來成功。光明會已全方位佈局，你必須保持警惕才能度過未來的幾年。能想像如果洛杉磯遭受9.0級地震，紐約市被恐怖份子放置的原子彈摧毀 (911)，三戰爆發在中東(西方入侵)，銀行和股市崩潰(2001年1月20日)，外星人降落在白宮草坪上(藍光計劃)，市場上食物消失，一些人突然消失，彌賽亞向世界出現(藍光計劃)，而且這一切都在很短的時間內發生?你能想像嗎?世界權力結構可以想像，如果有必要，將會實現其中一些或全部的事情，以實現新世界秩序。

藍光計劃所聲稱的目的是建立一個全球性的新時代宗教，這被認爲是實現新世界秩序獨裁統治的核心要求。莫納斯特的理論暗示使用先進技術來欺騙人們相信這個新時代宗教。它涉及在地球上某些精確位置製造地震，揭示所謂的新『發現』，最終證明世界上所有主要宗教的基本教義『錯誤』。這種僞造將被用來讓人們相信所有宗教教義都被誤解和曲解。電影《2001：太空漫遊》中已經做好了第一步的心理準備，它們講述了神秘的出土物品顛覆了人類對自己和世界的一切認知；星空奇遇記系列和星際大戰；

所有這些都涉及來自太空的入侵以及所有國家聯合起來擊退入侵者、E.T.外星人，更將外星人描繪爲善良；侏羅紀公園就是將基因技術復制古生物合理化。

藍光計劃的第一步

藍光計劃第一步涉及推翻所有考古知識。第一步重要的是要了解，這些地震將發生在世界不同地區，科學和考古學教義表明，這些地區埋藏著神秘遺跡。通過此類地震，科學家可能重新發現這些遺跡，用以抹黑所有基本宗教教義。這是人類計劃的第一個準備，因爲他們想要做的是摧毀地球上所有基督徒和穆斯林的信仰。爲此，他們需要一些來自遙遠過去的虛假證據，向所有國家證明他們的宗教都被曲解和誤解。

僞造一個唯一的神的形像，這被莫納斯稱爲新時代的宗教，而這將會成爲新世界政府的基礎，目的就是要摧毀舊的各個國家的宗教，或者是其他人們所傳承的神話，所以藍光計劃對這些影子精英是如此的重要，以至一直要被隱藏起來。表面聽起來這幾乎是一個不可能完成的事情，那麼這些影子精英到底是怎麼操作的呢，首先就是他們之中的一些權威人士，會在世界各地的重要地點不斷發現新的考古文物，而這些文物會補全各個宗教的神話與教義，最直接的目的就是通過這些所謂的證據，讓人們相信影子精英創造的那個僞神是存在的，而人類文明遺留的許多宗教的教義才是錯誤的，當曾經的歷史文物名譽掃地，那麼藍光計劃的第一步目的也就達到了，但現在看來莫納斯的推測其實還是保守了，因爲一些陰謀論者認爲，影子精英會釋放部分他們修改過的眞實信息，沒錯這種手段比起編造謊言更加的高明，也就是所謂的只說了一半的眞話，目的就是爲了混淆視聽，既要讓人們感覺到，是他們自己發現了所謂的眞相，又把他們的思維消耗在了更多的謎團之中，最終影子精英只需要稍加修改，就能夠劫持人們的思考方式，就如同藍光計劃中密謀，他們創造的僞神形像，代替神話中的神奇來接管人們的信念，像是死海古卷，蘇美爾神話，聖經神話，以及很多所謂的類似以諾書這類的僞經，都在不斷刷新人類對古代文明的認知，而這些被釋放出來的信息，可能就包含了人類的起源，阿努納奇DNA可能被修改的謎團，人類的進化以及史前文明和外星人，創造論等等等等新的信息，而這種手段就被稱爲軟揭露，可以試想一下假如有一天。人類眞的和所謂的外星人，或者更高級的文明接觸，驚訝地發現，幾百萬年前他們就來到了地球，通過人類無法想像的科技，設計與修改了地球上物種的基因，甚至用人類眼中的各種災難重塑地球的地貌，而那些人類神話中所謂的神明就是這些外星人，那時的人們會如何看待這些創造者，或許會有很多人的觀念被徹底的顚覆。而那些前眞誠的信仰者們，很有可能把自己的信念和情感，轉移到這些外星人的身上。但是如果這些外星人的形像，只是這些影子精英創造出來的呢，可能有人會問，那些無神論者甚至是不相信有地外生命存在的人呢，他們是否就不會受到藍光計劃的影響了。

藍光計劃的第二步

那麼藍光計劃的第二步就來了，莫納斯發現NASA與其他情報機構，似乎在開發一種三維全息投影技術，這項技術能夠通過操縱大氣層中的電離層，將虛擬影像投射到天空中，從而將某塊天空變成一個巨型的屏幕，這被稱爲天空投影，3D光學全像圖和聲音，在世界不同地區的多個全像圖的雷射投影，根據其預定的原始民族宗教信仰，每個地區接收到不同的影像。這個新的『上帝』形象將用所有語言說話。

全息投影技術，其實是一種利用光干涉和衍射的物理現像，重現物體三維圖像的技術，傳統的全息圖需要激光裝置生成立體圖像，但莫納斯提出的天空投影，利用了地球上空的電離層作爲了屏幕。莫納斯認爲，這種技術利用地面與衛星系統，操縱電離層，顯示極爲眞實的全息影像，將某塊天空變成巨型屏幕，電離層是地球大氣層中一個高能粒子層，可以反射電磁波，實際上呢，人類早期的無線電通信就在利用這個電離層，將信號從一個地方反射到另一個地方，如果用衛星發送特定的頻率的激光，或者是無線電波，那麼這些信號經過電離層反射後，就很有可能形成可視的光影效果。

全息投影技術

在現代雖然還沒有完全實現，莫納斯所說的天空巨型屏幕，但類似的技術正在被實驗，當人們看到天空中出現虛擬的飛碟，或者是其他神話般的影像，很可能會相信這些是超自然的存在，而不是人類技術的產物，當人們集體目睹一個神話般的奇跡，看到各自神話中的神奇在天空中浮現，與渺小的人類對話，並且告訴人們所謂的眞相，也就是他們各自的神話與信念是有問題的，他們的傳統觀念是被曲解的，而最終的目標就會指向那位被創造出的僞神，從而接管一切。

藍光計劃另一步是一場巨大的太空表演，具有三維光學全息圖和聲音，將多個全息圖像激光投影到世界不同地區，根據主導的地區民族宗教信仰，每個地區都會收到不同的圖像。這個新的『上帝』的聲音將以所有語言說話。爲了理解這一點，我們必須研究過去25年來各種特工部門所做的研究。蘇聯已經完善了先進的計算機，甚至出口了它們，並根據對人體解剖學和機電組成的研究，以及對電學、化學和生物特性的研究，向它們提供了微小的生理心理細節。這些計算機也輸入了所有人類文化的語言及其意義。所有文化的方言都已透過衛星傳輸輸入電腦。新世界秩序的推動者似乎也對人類社會採取了毀滅性手段，爲每個人、每個社會和文化分配電子波長，如果這個人不遵守社會的指令，就會引發自殺念頭。新世界秩序。

全像圖將用於模擬結局，在此期間，所有國家都將看到他們希望驗證預言和敵對事件的場景的實現。這些影像將從衛星投射到距離地球約60英里的鈉層上。我們偶爾會看到一些測試，但它們被稱爲不明飛行物和飛碟。這些故意上演的事件的結果將是向世界展示新的基督，新的彌賽亞彌賽亞，以立即實施新的世界宗教。足夠的眞相將被強加給毫無戒心的世界，讓他們陷入謊言。『即使是最有學問的人也會被欺騙。』

藍光計劃的技術基礎

我們在所謂外星小灰人綁架人類的事件中看到該技術的測試，他們將人們從床上抓起來，並通過窗戶進入等待的母船。對普世宗教和新彌賽亞的蓄意抵抗以及隨之而來的聖戰將導致人類生命的損失，其規模在整個人類歷史上是前所未有的。藍光計劃將假裝是古老預言的普遍實現，就像2000年前發生的重大事件一樣。原則上，它將利用天空作爲電影螢幕(在大約60英里的鈉層上)，利用由人造衛星在地球不同地區做成大型投影現象。它涉及新世界秩序的宗教方面，是大規模的欺騙和誘惑。

電腦將協調衛星，而已經到位的軟體將運行天空表演。全像圖基於幾乎相同的訊號，組合產生具有深度透視的影像或全像圖，這同樣適用於聲學ELF、VLF和LF波以及光學現象。具體來說，該節目將由世界不同地區的多個全像圖組成，根據特定的國家、地區宗教，每個圖像都會接收到不同的圖像。沒有一個區域會被排除在外。隨著電腦動畫和聲音似乎從太空深處發出，各種信仰的熱情追隨者將驚訝地見證他們自己的彌賽亞回歸，令人信服的栩栩如生的現實。然後，在對奧秘和啟示的正確解釋被揭露之後，耶穌、穆罕默德、佛陀、克里希納等的投射將合而爲一。

事實上這位神將是敵基督者，他將解釋各種經典已被誤解和曲解，而古老的宗教要爲兄弟間的爭鬥、國家間的爭鬥負責，因此必須廢除舊的宗教爲新時代新世界宗教讓路，代表他們面前看到的獨一神敵基督。當然，這種精心策劃的僞造行爲將導致大規模的社會和宗教混亂，每個國家都將欺騙歸咎於對方，並以前所未有的規模透過惡魔附身釋放了數百萬被編程的宗教狂熱分子。此外，這起事件將發生在世界各地政治嚴重無政府狀態和某些世界性的災難造成普遍騷亂的時期。聯合國現在甚至計劃以貝多芬的歡樂頌之歌作爲引入新時代世界宗教的國歌。如果我們把這個太空表演與星際大戰計劃放在一起，我們會發現電磁輻射和催眠的結合也一直是深入研究的主題。可以預期，合理化的行爲將被認爲是出於他們自己的自由意志。現在任何研究所謂「通道」現象的人都應該明智地考慮這一研究領域。値得注意的是，自從進行此類研究以來，那些認爲自己是通靈者的人已經迅速升級。令人驚訝的是，儘管他們聲稱哪個實體是神聖指導的來源，但他們的訊息卻如此相似。這表明任何考慮管道資訊可信度的個人都應該有洞察力，並批判性地評估他們收到的資訊的來源，以及這些資訊是否對新的世界秩序特別有利。

人類對於龐然大物本就有著天然的畏懼，看到如此巨大而眞實的幻像在空中浮現，心裡就會受到極大的衝擊，而影子精英就會利用這些由來已久的，被植入人類集體潛意識中的神話形像，來執行虛假的大型幻像，欺騙人類，從而讓人類逐步產生一個共同的思想，也就是逐漸創造所謂的新時代宗教，總之莫納斯認爲這兩步執行完藍光計劃也就成功了一半，而那些仍舊不相信這一切的人，就會經歷第三步。

藍光計劃的第三步

NASA美國太空總署藍光計劃的第三步稱爲心靈感應電子雙向通訊。第三步是電子力量和超自然力量的混合。那時使用的音頻率將允許超自然力量穿過光纖電纜、同軸電纜、電線和電話線，以穿透所有電子設備和電器，屆時所有電子設備和電器都將安裝特殊的微晶片。

這一步的目標是處理全球各地撒旦鬼魂、幽靈和惡作劇者的實體化，以便將所有人口推向自殺、殺戮和永久性心理障礙浪潮的邊緣。在千星之夜之後，人們相信人類已準備好進入新彌賽亞，以不惜一切代價，甚至以自由爲代價，重建世界各地的和平。如果人們不相信這種技術是可能的，或者不相信它是科幻小說，那麼那些人就會將自己置於巨大的危險之中，因爲在那些數千顆星星將從太空中閃耀的夜晚，當新的彌賽亞出現在世界面前時，他們不會做好準備，也沒有時間準備在這種技術面前拯救自己。他們不相信，也不會花時間準備。ELF(超低頻)、VLF(甚低頻)和LF(低頻)波將透過地球人的大腦內部到達地球人，使每個人相信他自己的上帝正在他的內心對他說話。這些來自衛星的射線是從電腦的記憶體中獲取的，這些電腦儲存了有關人類及其語言的大量資料。然後，這些光線將與自然思維過程交織在一起，形成我們所謂的人工對話。也就是最難躲避的一步，心靈控制，莫納斯警告影子精英會利用高頻與低頻信號，干擾人類的腦波，　從而操控思維，人類的腦波本質上是神經元活動產生的微弱電信號。

頻率通常在一到100HZ範圍內，科學家已經知道，外部電磁場的變化可能會干擾腦波的活動，從而影響認知和情緒，超高頻波可以用於傳輸精准的信號，如果外部信號與腦波頻率相同，有可能在短距離內影響人腦的特定區域，有部分科學實驗表明，電磁刺激可能會誘導幻聽，或者是可以調節人類的情緒，而低頻波穿透力強，適合遠距離的覆蓋，莫納斯認爲影子精英，很可能會用低頻波收集目標的腦電波信號，再進行解讀和反饋，達到所謂的心靈感應，用莫納斯的話說，卽使聾病患者也會感到聲音在腦海中回蕩，無法逃脫。

外部電磁場的變化可能會干擾腦波的活動

簡單來說如果一個人的腦海中，突然出現了一個清晰的聲音，自稱某位神奇，還能與之對話，普通人可能會懷疑自己是不是吃錯了東西，或者是精神出了問題，但如果這種聲音同時出現在所有人的腦海中，那就不僅僅是驚悚了，而是令人無法抗拒的衝擊，許多人可能會因此動搖，甚至完全改變自己的信念，這不僅僅是簡單的對話，而是一次對人類集體潛意識的徹底劫持。所有人共有的千百萬年的認知，被強行切換到了一個虛假的信息頻道，而這些信息都是經過精心設計，刻意植入的。更可怕的是，人的潛意識會自動接收，並且與這些信息混合再通過想像和腦補，生成更多符合影子精英意圖的，帶有真實感的內容，進一步加深這種虛假現實的可信度，盡管心靈控制聽起來像是科幻故事，但是莫納斯的推測並非是完全的空穴來風。

早在1953年，冷戰期間美國中央情報局就啟動了一項高度機密的實驗計劃Mk-Ultra，這項計劃由CIA科學情報部門主導，持續了整整20年，直到1973年才被部分解密，公開的資料顯示，Mk-Ultra涉及了植入思想意識，編程，洗腦催眠，以及通過化學物質置換和感官剝奪等手段，操控心理與意識的實驗，這些內容僅僅是冰山一角，當時負責Mk-Ultra計劃的(Sidney Gottlieb)博士被迫討論中央情報局的研究範圍，即尋找透過遠端電子手段激活人體有機體的技術。因此，這是現在存在的東西，已經被追求到最高程度，可以從太空用來到達地球表面任何地方的任何人。如果我們深入研究對人們的精神控制過程，我們會發現設備和技術已被用來以更直接的方式影響政治。1988年大選中與喬治·布殊競爭的民主黨候選人麥可·杜卡基斯(Michael Dukakis)在民意調查顯示他對布殊的選舉前景構成嚴重威脅後，就成爲了微波技術的目標，以阻礙他的公開演講表現。他還聲稱，該設備被用來對付基蒂·杜卡基斯，並將她推向自殺的邊緣。在八十年代就引發了大量關於心靈控制的陰謀論。例如有人認爲，美國政府利用媒體，廣告，藥物等手段潛移默化的影響，甚至是操控公衆的思想與行爲，而那些未被解密的部分更加令人匪夷所思，有人猜測它可能涉及姚氏開發人體潛能，以及探索超能力的實驗，總之莫納斯堅信，爲了實行藍光計劃，影子精英已經掌握了足夠先進的科技，能夠構建出完整的心靈控制與潛意識結識系統，並且能夠通過任意的頻率，將任意的信息傳遞至人類的大腦，這也就意味著，只要有電和電子廠覆蓋的地方，人們就無法逃脫其影響，更令人不寒而慄的是，即便躲進深山老林，心靈控制系統仍然能夠借助電磁波與電離層的反射，將信號覆蓋到地球的每一個角落，可以說是幾乎無處可逃。

藍光計劃的第四步

當藍光計劃的前三步執行完畢後，就將進入第四步，第四步涉及使用電子手段的普遍超自然表現，我們在所謂外星小灰人綁架人類的事件中看到該技術的測試，他們將人們從床上抓起來，並通過窗戶進入等待的「母船」。對普世宗教和新彌賽亞的蓄意抵抗以及隨之而來的聖戰將導致人類生命的損失，其規模在整個人類歷史上是前所未有的。藍光計劃將假裝是古老預言的普遍實現，就像2000年前發生的重大事件一樣。原則上，它將利用天空作爲電影螢幕(在大約60英里的鈉層上)，天基雷射生成衛星根據地區，涉及新世界秩序的宗教方面，是大規模的欺騙和誘惑。電腦將協調衛星，而已經到位的軟體將運行天空表演。全像圖基於幾乎相同的訊號，組合產生具有深度透視的影像或全像圖，這同樣適用於聲學ELF、VLF和LF波以及光學現象。具體來說，該節目將由世界不同地區的多個全像圖組成，根據特定的國家、地區宗教，每個圖像都會接收到不同的圖像。沒有一個區域會被排除在外。隨著電腦動畫和聲音似乎從太空深處發出，各種信仰的熱情追隨者將驚訝地見證他們自己的彌賽亞回歸，令人信服的栩栩如生的現實。然後，在對奧秘和啟示的正確解釋被揭露之後，耶穌、穆罕默德、佛陀、克里希納等的投射將合而爲一。科技的進步推動我們邁向藍光計劃的第三步，即心靈感應和電子增強雙向通信，其中ELF、VLF和LF波將從每個人的內心到達每個人的內心，說服每個人他們相信自己的神正在從他們靈魂的最深處對他們說話。來自衛星的此類射線來自電腦的內存，這些電腦存儲了有關地球上每個人及其語言的大量數據。然後，光線將與它們的自然思維交織在一起，形成我們所說的擴散人工思維。這種技術進入了20世紀70年代、直到21世紀的研究，將人腦與電腦進行比較和研究。資訊被輸入、處理、整合，然後制定回應並採取行動。

第四步涉及電子手段的超自然影像。它讓人類相信地球上的各大城市即將發生外星人入侵，刺激各國使用核武反擊。這樣，當入侵被證明是虛假的時，聯合國法院將要求所有發射核武的國家解除武裝。聯合國如何知道這次入侵是假的?當然他們會上演它。

莫納斯解釋了這一顯示背後的技術，陰謀集團將使用太空激光發電衛星來根據該地區的不同語言和方言向地球的四個角落同時投射圖像。當整個天空變成一個巨大的電影屏幕，這個新的神像會用他們自己的語言和每個人說話。接下來，第三步是精神控制將佔據中心舞台。通過電話通訊設備將電波發送到每個人的腦海中，讓每個人相信，他們的神正從自己靈魂的最深處與自己對話。這些電波如何進入人的內心呢？莫納斯解釋道，這些來自衛星的電波，是來自存儲了地球上每個人及其語言大量數據的電腦記憶體中。然後電波會與自然思維交織在一起，形成我們所說的擴散人工思維，人工思維利用電腦，電話影響人腦而出現視覺和聽覺的幻像。

根據莫納斯收到的許多報告，他們認爲這將從某種全球性的經濟災難開始。雖然不是完全崩潰，但足以讓他們在推出電子現金以取代所有紙幣或塑膠貨幣之前引入某種中間貨幣。莫納斯認爲，NASA的藍光計劃是新世界秩序絕對控制整個地球人口的首要指令。該理論的其他要素仍然值得關注，尤其是對陰謀集團而言。例如其中一個環節包括逐步淘汰現金。莫納斯表示該計劃將在金融危機後實施。他說不是完全崩潰，但足以讓他們在推出電子貨幣取代所有紙製或塑料貨幣之前，引入某種介於兩者之間的貨幣。這不就是虛擬貨幣(加密貨幣)嗎?

經濟控制與新世界秩序

虛擬貨幣將被用來迫使任何有儲蓄的人消費或上交現金，因爲他們知道，富有且不依賴他們的人可能會發動叛亂。如果每個人都破產了，沒有人能夠資助任何類型的戰爭，紙幣將不復存在。這是最初的跡象之一。但爲了實施全球電子貨幣系統，世界上未來可能有錢的每個人都必須有電子轉帳方式。在那之前，每個人都會在花掉所有的現金、儲備和資產。每個人的存在都必100%依賴聯合國理事會。新世界秩序已經在改變所有國家的法律，使每個人都依賴單一的食物和維生素供應。他們正在修改有關宗教和精神疾病的法律，以找出任何對新世界秩序有潛在威脅的人。那些被發現有缺陷的人將被送往根除營，在那裡他們的器官將被奪走並出售給出價最高的人。那些沒有被直接殺死的人將被用作奴隸勞工或用於醫學實驗。獨裁政權的目標是無情地、無一例外地控制地球上任何地方的所有人。

根據莫納斯的說法，由NASA和聯合國設計的四步計劃將讓這些組織完成他們的最終目標，即創建一個由反基督者領導 (也就是撒旦崇拜著　-舊的形象爲天主教，近期我會在寫上這個令人驚訝的眞相) 的新時代宗教，以開始一個新世界秩序獨裁，　莫納斯相信美國太空總署將是實施藍光計劃的主要機構，採用先進的精神控制系統和絕密科技，瞞過衆人，讓他們相信某種形式的第二次神聖降臨。　首先藍光計劃的第一步是在世界各地的戰略地點製造人工地震。根據陰謀集團的惡作風，這些地震將會挖出文物，表明所有國家的宗教教義被誤解了數個世紀，以打擊所有的宗教名譽爲目的。

影子精英計劃，通過投射外星飛船入侵地球的末日場景，制造出全球性的恐慌與危機感，這個僞造的外星威脅將讓人們相信，有一個強大的人類共同的敵人已經出現了，影子精英會借此呼吁全人類團結起來，組建一個統一的世界政府，以應對這場威脅，然而這只是他們的權宜之計，眞正的目標是借助這個機會，徹底建立一個由他們控制的，全球性的宗教與新世界秩序，莫納斯認爲，影子精英能夠借助先進的技術與生物科學，制造出高度逼眞的外星人實體，再通過全息投影和媒體傳播，讓這些外星入侵者親自登場，那些受心靈控制和恐懼混亂影響的人類，可能因此放棄自我意志，完全聽從權威，而外星人入侵的假像，影子精英會借助包裝成末世預言的虛假場景，推動新世界秩序的成型，將他們創造出的僞神推向救世主的神壇，取代人類現有的信仰，莫納斯深信當藍光計劃最後一步完成之後，人類將會永遠無法逃脫影子精英的掌控，更加令人不安的是，他還確信他調查與推測的，並不是一個已經擱淺的計劃，而是一項在暗中緊密推進的計劃，由於莫納斯成書與調查的年代，是距今大約30年前，所以他對於藍光計劃的理解，也已經停留在了那個時代，而且這些年來，人們似乎也沒有看到他所說的這些黑科技，大規模的投入使用，因此有人懷疑是不是藍光計劃被放棄，擱置了，甚至是根本就不存在，但是莫納斯的一些支持者相信，NASA與軍方的秘密技術，比民用技術至少要領先20年，所以他們推測，莫納斯在當時揭露的其實只是藍光計劃的雛形，我們可以順著他們的理論腦洞大開一下，你就能發現莫納斯所描述的這一切，在今天看起來不僅僅是科幻與天方夜譚，那麼簡單了，甚至可能離現實越來越近，首先就是在人工智能的快速發展下，虛擬內容與畫面的眞實性，已經達到了令人難以分辨的程度，這正如藍光計劃中提到的天空中投射的虛假影像，而在互聯網的加持下，不必再操縱電離層，人類通過屏幕，就能夠共同目睹這些所謂的眞實的假像。

互聯網也在某種程度上替代了藍光計劃中，通過高頻與低頻波，直接劫持人類大腦的系統的設想，現在就算是在深山老林，只要有網絡信號，各種信息就會隨時隨地，源源不斷地湧入人們的視野，進入人們的腦海之中，這些海量信息刷新著人們的認知和潛意識，不知不覺間我們腦中似乎就多出了許多的知識與概念，然而信息的急速更迭也讓我們無暇深入思考，主動認知逐漸被動化，仿佛有一種無形的力量正在牽引我們的心靈無法掙脫。

現代科技與藍光計劃的關聯

邁阿密外星人事件的提到有不少人在一家商場，目擊到了所謂的高灰人的身影，這或許與藍光計劃有關，加上前不久美國第二次不明飛行物體聽證會上，披露了不少目擊事件，緊接著就是12月新澤西又出現了大規模的無人機目擊，在其中的5000多起報告中，據說有些飛行物並非人類科技所能製造，至於是不是藍光計劃，所謂的投射到天空中，我們就不得知曉了，但是比較巧合的是，這些事件恰好發生在莫納斯，發表藍光計劃理論和去世的30周年，因此有人就推測藍光計劃或許並沒有被放棄，而是升級成了更隱秘更加高級的版本。

莫納斯認爲NASA和軍工復合體是影子精英，實施新世界秩序的重要部分，所以他推測很多超前的信息都會與美國軍方有所聯系，而不明飛行物體聽證會中的舉證人，大多都是美國政府部門與軍方的前雇員，或者是退伍軍人，所以他相信如果是這些人透露出去的信息，那麼這裡面就一定會有很多眞實的內容，但同時這仍舊是一種軟揭露，從莫納斯的角度來看，因爲這可能是唯一阻止藍光計劃的辦法。

CHAPTER 2

甘迺迪驚天刺殺案

2025年1月23日，美國總統特朗普簽署了一道特別行政令，此令一出，震驚四方，竟是要解密美國歷史上三起驚天刺殺案的檔案。這三起刺殺案牽扯的都是美國歷史上的風雲人物：前總統約翰·甘迺迪(John F. Kennedy)、他的弟弟羅拔·甘迺迪(Robert F. Kennedy)，還有那位爲黑人爭取平等權利的民權領袖馬丁·路德·金(Martin Luther King)。

這道命令要求國家情報總監和司法部長在15天內，拿出一份全面公開約翰·甘迺迪遇刺檔案的計劃；45天內，再提交羅拔·甘迺迪和馬丁·路德·金遇刺檔案的公開計劃。特朗普總統說這道行政令既是履行他競選時的承諾，也是給美國人民一個交代。他強調這三位遇刺已過50多年，聯邦政府卻一直藏著掖著，沒把與這些事件相關的記錄全部公布。他們的家人，還有美國人民，都該得到一個透明、眞實的答案。

美國的陰謀論之多大概居各國之首，根據維基百科甘迺迪遇刺案、阿波羅11號登月和911事件在最廣爲人知的美國陰謀論中排名前三，甘迺迪案更名列榜首。按美國作者約翰·C·麥克亞當斯(John C. McAdams)的說法，「所有陰謀論中最偉大的是甘迺迪遇刺。」其他人則經常將其稱爲所有陰謀之母。60年來盡管絕大多數當事者都已謝世，無數對甘迺迪遇刺案感興趣的公衆仍然前赴後繼地加入挖掘和探察新的陰謀及證據推理的行列之中，因而被稱爲「甘迺迪暗殺愛好者」。據估計過去60年中有關甘迺迪遇刺的書籍數量約有2,000多本。

甘迺迪遇刺現場

檔案解密

撇開陰謀論的各種千奇百怪說法，從美國歷屆政府對甘迺迪案調查的海量調查文件檔案的形成、如何建立、保管、使用、解密之中理清這個堪稱世界上最戲劇性的謀殺案眞相，尤其是美國國會爲甘迺迪案文檔漸進式解封，逐漸解密於天下。通過立法確定了時限，卻又屢屢破戒推遲，直到2023年6月30日，聯邦政府正式宣布終於解密公開了全部文件檔案和證物。被害人民主黨總統甘迺迪的黨友喬·拜登(Joe Biden)終於成爲全部公開檔案的美國總統，不過所謂全部，其實仍然留有尾巴，仍然有極少機密的文件先後被特朗普和拜登總統以國家安全爲由仍然未公開。何以總是依然繼續保密極少數文件?本文正是以甘迺迪文件檔案解密解封的60年過程，從另一角度重溫甘迺迪案以便還原事件本身。

閱讀本文會讓你對歷屆美國政府在甘迺迪案調查上，文件處理、保存、解密和發布的細節嘗試說說這個故事。至於剩下那1%尾巴，1963年甘迺迪遇刺後不久，首席大法官厄爾·華倫(Earl Warren)被一名記者問及是否會公開全部調查記錄。這位華倫委員會的主席回應道，是的，總有一天會到來的…但它可能不會出現在你的有生之年。

刺殺背景

甘迺迪死於強大的利益集團，並且得罪了幾乎所有人。他要終止越戰，得罪了軍火集團；他在古巴危機期間，強行耍橫裝硬漢，差點和蘇聯打起來，得罪了軍方；他發行白銀美元，得罪了美聯儲的貨幣發行的壟斷權；他清洗和整頓情報機構，得罪了CIA，凶手和CIA有極大的關聯。他信羅馬天主教，得罪美國主流的新教不兼容；他父親在選票中利用黑幫幫他買選票，以0.2%的優勢當選，得罪了上屆副總統尼克遜。

約翰·甘迺迪總統於1963年在德州達拉斯市遇害，其弟羅拔·甘迺迪在五年後的1968年，在加州參加總統競選初選時被暗殺，而馬丁·路德·金在孟菲斯被刺殺，與羅拔·甘迺迪遇刺僅相隔兩個月。這三大懸案，當真是撲朔迷離。

官方結論

1963年11月甘迺迪總統在德州達拉斯市乘坐敞篷車時，遭槍擊身亡。官方調查認定凶手是退役海軍陸戰隊士兵奧斯華。不過許多美國人皆認爲此乃煙幕，背後隱藏重大陰謀。因甘迺迪遇刺兩天後，奧斯華竟在警方嚴密戒備下，被傑克·魯比當衆槍殺。自此甘迺迪遇刺案戛然而止，各種傳言滿天飛。背後凶手的指控，更是牽扯到美國中央情報局、黑手黨等諸多陰謀論。而甘迺迪遇刺案的全部證據與線索，一直被美國政府封鎖爲機密。如今這些秘密終將大白於天下，其中究竟藏著何等驚天秘密，想必很快就會眞相大白。

甘迺迪遇刺經過

時1963年冷戰陰雲密布，古巴導彈危機余波未平，民權運動如火如荼。甘迺迪欲連任，故攜夫人積琪蓮並德州州長康納利，於11月22日親臨達拉斯市巡游，欲調和民主黨自由派與保守派之爭，收攏民心。12點30分萬人空巷，街道兩旁擠滿了翹首以盼的人群。車隊在達拉斯市埃爾姆街上緩緩而行，中間那輛墨色敞篷車裡，甘迺迪總統正面帶微笑，朝人群揮手致意。第一夫人積琪蓮·甘迺迪著優雅的粉色套裝端坐其右，儀態萬方；德州州長約翰·康納利(John Connally)坐在前排，也滿面笑容地回應著群衆的歡呼。車隊行至迪利廣場，得克薩斯州教科書倉庫大樓時，忽聽得「啪」的一聲槍響，滿街的歡呼聲登時斷了弦，車隊瞬間陷入混亂。說時遲那時快，第一顆子彈已擊穿總統後頸，頓時血流如注。積琪蓮嚇得花容失色，急忙附身去扶，試圖支撐住丈夫；俄頃，第二彈又中前座康納利州長肩膀；第三彈最是狠辣，直把總統頭顱掀去半邊，血點子濺了傑奎琳一身。積琪蓮趕緊爬上汽車後蓋，探身去拾那飛出的頭骨碎片，那場面真個慘不忍睹。街面登時炸了鍋，護衛車猛踩油門，警笛聲撕破長空。及至帕克蘭醫院，醫生們忙亂施救，奈何傷及要害，回天乏術。半小時後，一代英傑就此隕落。積琪蓮悲痛欲絕，淚水模糊了雙眼，而街道兩旁的人群也陷入了深深的哀悼之中，整個達拉斯城被一片悲痛的氣氛所籠罩。30分鐘後甘迺迪在達拉斯帕克蘭醫院被宣布死亡，時年46歲。

甘迺迪總統中槍

積琪蓮趕緊爬上汽車後蓋

「權力交接」車隊第三輛車上的副總統林登·詹森(Lyndon B. Johnson)隨後在返回華盛頓的專機上宣誓接任美國總統。甘迺迪來達拉斯是爲了民主黨競選籌款、謀求連任和調解黨內大佬的紛爭。這次旅行於1963年9月宣布，11月18日最終確定車隊路線並對外發布消息。案發後，一名商店經理看到李·哈維·奧斯華(Lee Harvey Oswald)躲進商店的入口旁，然後沿街前行，在沒有付費的情況下溜進德克薩斯劇院。經理提醒劇院售票員，下午1點40分左右打電話報警。警察在劇院內抓到嫌犯，收集現場物證後，將其關押在他們的總部，當天從下午2:30到24日上午11點，斷斷續續審問了大約12個小時。

李·哈維·奧斯華

「兇手審訊」　奧斯華自始至終否認與槍擊案有任何牽連。警官弗裡茨(John William Fritz)負責大部分審問，沒有速記或錄音，只保留了基本筆記，奧斯華在接受訊問時提供的信息很少。幾天後弗裡茨根據事後做的筆記補寫了一份審訊報告。聯邦調查局和特勤局的代表也在場，並偶爾參與訊問。在場的幾名聯邦調查局特工同時撰寫了審訊報告。奧斯華被指控謀殺了甘迺迪和一名警官蒂皮特(J. D. Tippit)，但他否認向任何人開槍，並聲稱因爲他曾在蘇聯生活過，被當作「替罪羊」。現場截獲的武器乃奧斯華一年前化名希德爾郵購的二手意大利產卡爾卡諾M91/38步槍，並送到了他在達拉斯租用的一個郵政信箱。槍管上有奧斯華的部分掌紋，步槍縫隙中發現的纖維與奧斯華被捕時所穿襯衫的纖維一致。現場子彈和彈頭碎片也與這支步槍匹配。

達拉斯警察局以謀殺嫌疑逮捕了奧斯華。兩天後，24日上午11點21分，當電視直播奧斯華在警察押解下，穿過達拉斯警察總部地下室轉送監獄時，一旁衝出的達拉斯夜總會經營者傑克·魯比(Jack Ruby)用一把隱藏的0.38左輪手槍抵近一擊將其斃命。當眾槍殺奧斯華的魯比在現場立即被捕，他說甘迺迪的死讓他心煩意亂，殺死他將使「甘迺迪夫人免於重返審判的尷尬」。他還表示，當機會出現時，他一時衝動向奧斯華開槍，沒有考慮這樣做的任何理由。對甘迺迪遇害的憤怒是他採取行動的動機。

證據留存

魯比被判犯有謀殺罪；三年多以後，醫院診斷癌症不到一個月，魯比在獄中死於支氣管癌繼發的肺栓塞。達拉斯時代先驅報的羅伯特·傑克遜(Robert H. Jackson)用照片捕捉到了魯比槍殺奧斯華那一瞬，他因此獲得了1964年普立茲攝影獎。這張照片展示了「刺客聳起肩膀的決心，戴著手銬的受害者痛苦喘息，和警察臉上無助的震驚」，給人留下了非常難忘的印象。

甘迺迪的葬禮於1963年11月25日在聖馬修大教堂舉行，由紅衣主教理查德·庫欣(Richard Cushing)主持。大約1,200位嘉賓出席，包括來自90多個國家的代表。成千上萬的人在華盛頓街道兩旁排成一列，觀看馬車拉的棺材從國會大廈圓形大廳到聖馬修天主教大教堂，目睹甘迺迪的遺體進行安魂彌撒。莊嚴的遊行隨後繼續前往阿靈頓國家公墓舉行國葬。甘迺迪以完全的軍事榮譽被安葬在阿靈頓大廈下方的斜坡上，他的遺孀積琪蓮點燃了永恆的火焰。

林登·詹森於1963年11月29日指定成立華倫委員會（Warren Commission），專門負責調查1963年11月22日發生的甘迺迪總統被刺事件以及刺客李·哈維·奧斯華被擊斃的原因。經過詳盡的調查，華倫委員會在1964年發布了最終報告，認定奧斯華是刺殺事件中唯一的兇手。然而，這份報告並未完全平息公眾的疑慮，反而引發了更多的爭議和猜測。

「調查展開」

以下是一些主要疑點：

(1)孤狼殺手，華倫委員會一口咬定奧斯華乃孤狼殺手，雖然此說法漏洞百出，令人難以置信。有目擊者言，槍聲來自多處，彈道交錯如蛛網，豈是一人可為？此外，紀錄總統遇刺的影片更顯槍聲四響，而奧斯華所用步槍射速遲緩，斷難連發四彈。另有屍檢疑雲：驗屍官稱總統頭前有兩處創口，顯然是正面受到襲擊，與官方的後方射擊之說相悖。民間遂疑草坡另伏槍手，直指總統頭顱。基於這些疑點，許多人深信孤狼殺手之說不過是官方拋出的煙幕，背後定有不可告人的驚天陰謀。

(2)魔法子彈，為支持孤狼殺手說，華倫委員會還提出單發子彈理論，說那顆子彈能穿過總統脖頸，再透過康納利州長胸、腕、腿等七處傷口，最後完好無損現於擔架上。彈道專家測其軌跡，竟似靈蛇遊走，穿行十五層衣物、碎骨斷筋，豈非天方夜譚?此理論太過離奇，因此被人嘲笑為魔法子彈，這也更加凸顯出官方似乎在欲蓋彌彰。

(3) 物證被銷毀，據報道甘迺迪遇刺後，聯邦調查局在第一時間銷毀了部分物證，包括甘迺迪遇刺時乘坐的敞篷轎車。此外甘迺迪總統的解剖X光片在1966年10月不翼而飛，這些X光片對於了解總統的傷情和死因至關重要。還有甘迺迪總統的遺照也出現了被篡改的疑點，這進一步加深了人們對官方調查的懷疑。

(4) 人證離奇死亡，總統遇刺兩日後，兇手奧斯華在被警察押解轉移之際，竟在眾目睽睽之下，被夜總會老闆傑克·魯比在達拉斯警察局的地下車庫射殺。

「證人死亡」

兇手奧斯華被傑克·魯比當眾射殺，儘管現場有80多名警衛在場，卻無一人出手阻攔。魯比在臨終前高呼我為總統復仇，隨後在獄中病逝，其死因至今仍是一個謎團。更有蹊蹺處，一報社女記者採訪魯比後暴亡，兩名達拉斯記者亦相繼殞命，此等連環命案，豈是偶然?據統計，18名關鍵證人三年內接連暴斃，其中6人被槍殺，3人死於車禍，2人自殺，1人被割喉，1人被擰斷了脖子，5人「自然」死亡。自1963年到1993年，共有115名相關證人因各種原因死亡。這些離奇的死亡，讓公眾對官方調查結果產生了極大的懷疑。

「陰謀嫌疑」關於誰是刺殺甘迺迪總統的嫌疑者，主要有以下幾個說法：

李·哈維·奧斯華：他是官方認定的唯一兇手，但許多陰謀論者認爲他可能是替罪羊。一些證據顯示，他可能受到中央情報局、聯邦調查局或其他情報機構的操控。

林登·詹森：作爲甘迺迪的副總統，詹森被認爲可能參與了暗殺陰謀。一些陰謀論者指出，詹森在甘迺迪遇刺後迅速接任總統職位，並且他在遇刺前曾與甘迺迪發生過衝突。

中央情報局：有研究甘迺迪刺殺案的學者認爲，甘迺迪曾因任總統杜魯門試圖推翻古巴卡斯特羅政權的政策，而中情局在民衆不知情下進行很多秘密活動，因甘迺迪決意停止所有對古巴一切行動。因此中情局策劃了暗殺行動。有證據表明中情局曾支持暗殺卡斯特羅的行動，並與黑手黨合作。

蘇聯和古巴：一些人認爲，甘迺迪試圖削弱蘇聯在拉丁美洲的影響，而蘇聯或古巴可能參與了暗殺行動。

黑手黨：一些人認爲黑手黨可能參與了暗殺行動，因爲甘迺迪政府曾試圖打擊黑手黨的非法活動。

尼克遜：尼克遜因選舉失敗，因他是深層政府和軍工企業的棋子，所以他利用中情局親信暗殺甘迺迪。

布殊家族：布殊家族在韓戰後，在中情局內建立地下王國，擁有龐大勢力，爲免甘迺迪連任成功，洩露所有中情局秘密計劃，所以喬治·布殊(George Bush)部署在達拉斯市的暗殺計劃。

外星人：據說甘迺迪總統在遇刺前曾計劃向公衆揭示關於外星人的秘密，這可能是他遭到暗殺的原因之一。

這些說法，有的很有道理，有的似是而非，但無論如何，都爲甘迺迪遇刺案增添了一層神秘的面紗，使其成爲了一個至今仍讓人爭論不休的歷史懸案。

甘迺迪究竟得罪了誰？事實上甘迺迪總統於1961年就職，這位年輕、高顏值的總統和他的施政綱領贏得了人民的愛戴，當時他正在推行一系列的改革，試圖將美國從黑暗與泥潭中拯救出來。

(第一)他努力推行對蘇緩和政策，讓自己成爲了軍方情報機關和古巴流亡者們的眼中釘、肉中刺。

(第二)他用鐵腕手段終結種族隔離制度，讓白人種族主義者很不滿。

(第三)他試圖將美聯儲收歸國有，觸犯到了這個國家眞正統治者們的利益。

(第四)他希望美軍能夠在1965年聖誕節前全部撤離越南，這等於斷送了軍火商們每年高達8000億美元的財路。可以說甘迺迪的做法幾乎得罪所有既得利益者。

2025年1月20日共和黨總統候選人唐納德·特朗普(Donald

Trump）再次就任美國總統後，一些美國媒體宣布，他將把甘迺迪遇刺案調查文件全部解密，此事立即引起甘案迷和專家們的高度關注。自從開始甘迺迪案解密已經30年了，雖然絕大多數拖延半個世紀，但都已陸續與美國公眾見面，剩下約1%的文件理論上越是留到最後秘不示人，恐怕越發吸引眼球。

甘迺迪案文件彙編的產生

刺殺案後一周，詹森總統成立了甘迺迪總統遇刺案調查委員會，由首席大法官厄爾·華倫擔任主席，成員共7人，非正式名稱爲華倫委員會。根據已公布的詹森電話記錄，一些主要官員反對成立這樣一個委員會，而且幾名委員會成員都是極不情願地參加。他們的主要保留意見之一是怕最終引起比共識更多的爭議，這些擔憂後來被證明是正確的。再過10天聯邦調查局向華倫委員會提交了調查報告，當時它對委員會來說仍然是主要的調查機構。甘迺迪遇刺一年後，警方調查基本結束。

1964年9月24日華倫委員會七人小組向詹森總統提交了888頁最終報告，並在三天後公開，結論共13條，歸納起來爲：三發子彈來自德州教科書大樓六樓窗戶，其中兩槍擊中甘迺迪，後一槍致命；奧斯華獨自殺死了甘迺迪和一名警官，打傷了康納利；魯比獨自殺死了奧斯華；沒有證據表明存在國內或國際共謀；奧斯華的犯罪動機被歸結爲：對一切權威根深蒂固的憎恨以及對馬克思主義和共產主義的信仰。暗殺只是偶然的意外，用聯邦調查局的話說從頭到尾是美國的一個悲劇，一億九千萬美國人中兩個精神狀態不穩定者的個人行爲。華倫委員會建議加強對美國總統的保護。該委員會的調查結果已被證明是有爭議的，並受到後來的各種批評或支持。華倫委員會最初受到熱烈歡迎，公衆似乎願意接受其結論。報告發布前的一項蓋洛普民意調查發現，29%的美國人認爲奧斯華單獨行動，52%則相信是某種陰謀。報告發布幾個月後，87%的受訪者認爲是奧斯華射殺了總統。然而在接下來的幾年裡，隨著越來越多的現場證據曝光，公衆輿論開始轉向。

1966年，馬克·萊恩（Mark Lane）的暢銷書《衝向審判》（Rush To Judgment）面世。同年新奧爾良地區檢察官吉姆·加里森（Jim Garrison）得到情報，一個名叫大衛·費里（David Ferrie）的人可能涉嫌刺殺甘迺迪。加里森經過一系列調查，於1969年逮捕了新奧爾良商人克萊·肖（Clay Shaw）。對肖的指控的關鍵證人是一個叫佩里·魯索（Perry Russo）的人，魯索說李·哈維·奧斯華、費里和肖曾一起密談暗殺計劃，還說到了交叉射擊。不過法庭審不到一小時陪審團就一致認定克萊·肖無罪。魯索的證詞經安德魯·西亞姆布拉（Andrew Sciambra）的備忘錄證明是在藥物和催眠下說出的，而先前的一份供詞沒有這種內容，而加里森在他的書《追尋刺客的蹤跡》（On the Trail of the Assassins）中說魯索從一開始就說出這一內容。加里森還在電視節目上展示了被稱爲「三個流浪漢」的案發後達拉斯警方拘捕的懷疑偷竊的三個可疑人士的照片，並說他們是刺殺案的參與者。加里森也是第一個向公衆展示唯一拍下甘迺迪中槍畫面的澤普魯德影片的人。加里森的調查直指有組織地隱藏眞相，雖然他調查有缺陷，但是已開始揭露一個巨大的陰謀的第一步。

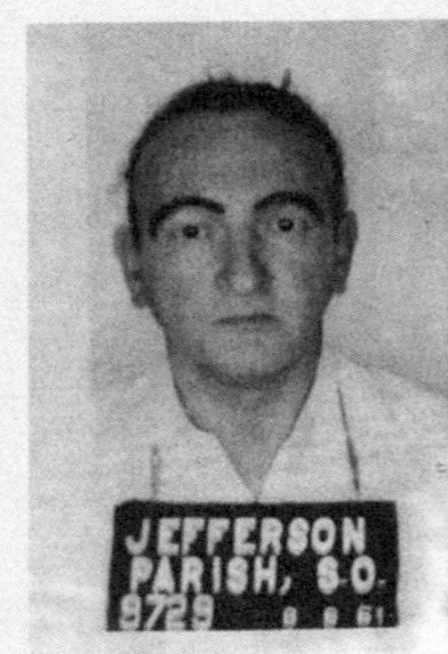

大衛·費里

新奧爾良商人克萊·肖

與此同時，《生活雜誌》出版了由當地一名裁縫拍攝的澤普魯德影片(Zapruder Film)的彩色復製品，即我們後來見到的甘迺迪在車內被刺的影片，標題是奧斯華單獨行動嗎？一個合理懷疑的問題。到70年代初期許多美國人對華倫委員會的結論持懷疑態度。最嚴重指控並非來自傳媒、私家偵探和民間調查員，而是新的政府調查報告。

「新調查展開」華倫委員會的報告出來後，先後又有四個官方機構進行了獨立的甘迺迪案調查，他們分別是：

1、1968年司法部長威廉·拉姆齊·克拉克(William Ramsey Clark)任命的四位醫學專家集體審查照片、X光片、文件和其他證據。結論是子彈射入方向、高度和入顱部位與華倫委員會的結果不符。
2、1975年傑拉爾德·福特(Gerald Ford, Jr.)成立的美國總統中央情報局活動委員會，由副總統洛克菲勒(Nelson Rockefeller)領導，也被稱爲洛克菲勒委員會。負責調查中情局在美國境內的活動，部分工作涉及甘迺迪遇刺事件，特別是1975年首次向公衆放映的澤普魯德影片中出現的爆頭畫面，以及調查中情局特工霍華德·亨特(Howard E. Hunt)和弗蘭克·斯特吉斯(Frank Sturgis)(此兩名特工均涉嫌水門事件中)，兩者都懷疑出現在達拉斯市。調查結果認定案發時兩人都不在達拉斯市。

3、丘奇委員會。1975年由參議員法蘭克·丘奇(Frank Church)主持的美國參議院委員會，負責調查水門事件後中央情報局和聯邦調查局的非法情報收集活動。它還調查了這兩家機構與刺殺甘迺迪有關的行爲。報告結論，聯邦調查局和中情局對暗殺事件的調查存在根本性缺陷，並且這些機構沒有將可能產生重大影響的事實轉交給華倫委員會。該報告暗示這兩個機構的高官可能有意不披露潛在的重要信息。

4、美國衆議院暗殺問題特別委員會。由於公衆和國會越來越懷疑華倫委員會的調查結果和政府機構的透明度，1976年9月衆議院通過第1540號決議，成立了暗殺問題特別委員會(HSCA)，負責調查甘迺迪和馬丁·路德·金遇刺事件。1979年3月的最終報告認爲約翰·甘迺迪總統可能因陰謀而被暗殺。委員會結論是之前對奧斯華的調查是徹底和可靠的，但沒有充分調查共謀的可能性，聯邦調查局和中情局與其他情報機構和華倫委員會共享信息方面存在缺陷。此外特勤局在暗殺前沒有正確分析其掌握的情報，也沒有爲保護甘迺迪做好充分準備。特別委員會根據達拉斯警察總部錄音帶的聲學分析認爲，雖然奧斯華是刺客，但還有一個涉及第二名槍手的陰謀。與華倫委員會三槍的結論不同，衆議院調查結果有四槍，其中一槍來自大樓附近的草叢中。對於疑似陰謀的結論，司法部裁決在甘迺迪遇刺案中，找到的證據缺乏足夠說服力支持陰謀論。

在越戰和水門事件之後，特別委員會的報告加劇了公衆對華倫委員會結論的冷嘲熱諷。就在美國人得知政府在越南和水門事件上撒謊的時候，他們發現它在甘迺迪遇刺的各個方面也撒了謊。如果中央情報局和聯邦調查局向委員會撒謊，那麼推理他們顯然有事件要隱瞞。現在出現了兩個陰謀：一個是暗殺總統的陰謀，另一個可能是政府和媒體權勢人物之間存有陰謀，爲的是掩蓋前一個更大的陰謀。1970年代之前大多數陰謀論都集中在蘇聯或古巴身上。到1980年代民意調查顯示，74%的美國人認爲其他人也參與其中，只有11%的人認爲奧斯華是獨狼殺手。《新聞週刊》在暗殺事件20周年的一項民意調查顯示此趨勢。

「檔案封存」

調查結束後，華倫委員會的所有記錄於1964年提交給了國家檔案和記錄管理局(NARA)。根據國家檔案局的一般政策，這些記錄中未公開部分最初宣布密封75年(至2039年)，後來規則調整，取而代之的是1966年的信息自由法和1992年的甘迺迪記錄法(Kennedy Assassination Records Collection Act)。

1991年，奧利華·史東(Oliver Stone)的電影《驚天大刺殺》

(JFK)大獲成功，票房總收入達到1億美元。史東利用公衆的疑慮，檢察官加里森的調查，加入他自己的想法，描繪了一個精心設計的陰謀網，涉及副總統林登·詹森、聯邦調查局、中央情報局、五角大樓、克格勃、古巴流亡分子、軍工集團以及其他政府官員和聯邦機構。這部電影讓甘迺迪夫人成爲那天在場唯一沒有謀殺動機的人。公衆對暗殺的調查記錄重新燃起興趣，仍然認爲約翰·甘迺迪遇刺的整個事件眞相並未被揭發內裡陰謀。

奧利華·史東將陰謀論猜想推向主流大衆。他還呼籲觀衆，關鍵證據就藏在政府的秘密檔案裡，這些文件屬於所有美國人，你們才是這些秘密檔案的擁有人，因爲政府用納稅人金錢建立和秘密保存這些檔案。史東在影片結尾加了一個小預告，他說：「95%的政府記錄都是不公開的，要到2039年左右才會發布。」而且出現以下字幕呼籲所有觀衆請致電你們選區的國會議員，要求他們立刻公開所有跟甘迺迪刺殺案有關的秘密檔案。很多看完電影的觀衆果眞採取行動，紛紛向國會議員施壓。

結果隔年1992年，美國國會就通過《甘迺迪檔案法》(JFK Records Act)，明訂美國政府必須在2017年前全面公開所有相關的檔案文件。美國公衆輿論爲此要求將所有與甘迺迪遇刺有關的聯邦記錄傳送給國家檔案和記錄管理局。國會感受到沉重壓力，不得不爲此採取行動。國會還發現，大多數與甘迺迪遇刺有關的記錄已過了將近30年，只有極少數情況下才存在繼續遮掩的合法需求。隨著時間推移，保護暗殺案記錄的必要性只會越來越弱化。

解密進展

進入90年代，大量記錄開始慢慢解密。國會通過了《約翰·甘迺迪總統暗殺記錄收集法》，或稱甘迺迪記錄法，於1992年10月26日生效。該法案將所有剩餘與暗殺有關的政府文件，包括所有美國政府相關記錄副本，置於一個特殊類別中，並放寬了正常的分類準則，這個信息類別稱爲約翰·甘迺迪總統遇刺記錄彙編，存放在馬里蘭州大學的國家檔案和記錄管理局大樓內。法案要求每份暗殺記錄都應完整解密公開，並在不遲於1992年10月26日之後的25年（即2017年10月26日）內對外披露，除非美國總統證明：由於對軍事防禦、情報行動、執法或對外關係行爲的可識別損害；或危害性明顯嚴重到超過披露的公共利益，才可以繼續推遲。甘迺迪的日常健康病歷不屬於暗殺記錄範疇，但也在2002年首次由約翰·甘迺迪總統圖書館和博物館提供給歷史學家羅伯特·達萊克（Robert Dallek）和他的醫學顧問傑弗裡·凱爾曼（Jeffrey Kelman）。隨後其他研究人員團隊檢查了甘迺迪的病歷，包括他的醫療記錄，以及梅奧診所和萊希診所的多位專家與甘迺迪父親約瑟夫·甘迺迪（Joseph P. Kennedy）前大使之間關於年輕甘迺迪的通信。圖書館的醫療記錄幾乎全部來自白宮醫生珍妮特·特拉維爾（Janet Travell）和喬治·伯克利（George Burkley）的醫療檔案，以及不同專家的信件、出院摘要和X射線照相結果。

法案對暗殺記錄的基本定義是：暗殺記錄包括但不限於與甘迺迪總統被害相關的活動、人員或事件，對暗殺事件的調查或質詢的所有公共和私人記錄、標記或識別、描述、報告、分析或解釋。附錄則是與暗殺調查有關的所有政府記錄，以及澄清其他文件含義的補充記錄。

ARRB成立

作爲配套措施，該法案還設立了一個由七名擁有絕密安全許可的檔案管理員和技術人員組成的獨立機構：暗殺記錄審查委員會(Assassination Records Review Board, ARRB)，由五名美國籍專家組成，他們不是政府雇員，但在歷史上第一次擁有命令機構解密政府文件的能力，只有總統才能推翻其解密決定。審查委員會的章程只是定位和解密暗殺記錄，並確保它們被放置在國家檔案館新的甘迺迪記錄收藏中，在那裡它們可以免費向公衆開放。ARRB需要處理含500萬條記錄的全部或部分4萬份文件，這些文件構成了已知聯邦記錄的最終彙編。專家包括明尼蘇達州地區法院法官約翰·騰海姆(John Tunheim)、哥倫比亞大學歷史系名譽教授亨利·格拉芙(Henry Graff)、紐約大學和俄亥俄州立大學歷史與法律教授克米特·霍爾(Kermit Hall)、普林斯頓大學善本和特藏副圖書館員威廉·喬伊斯(William Joyce)和美利堅大學歷史學教授安娜·尼爾遜(Anna Nelson)。ARRB從1992年開始收集證據，目的並非確定謀殺的原因或兇手，而是收集和保存證據以供公衆監督。

1998年，ARRB完成工作，在其最終報告裡，ARRB概述了政府在甘迺迪總統謀殺案中產生的保密問題。例如1966年，甘迺迪的大腦被發現從國家檔案館丟失；1998年7月，ARRB強調了原始屍檢的缺陷：「驗屍記錄的不完整以及圍繞著確實存在記錄的秘密裹屍布引起的懷疑」；貝塞斯達的海軍醫學中心（Naval Medical Center）病理學主任詹姆斯·休姆斯（James Humes）燒掉了一些關於驗屍檢的初步草稿。1992年接受JAMA採訪時，休姆斯解釋說已經將它們抄錄下來，由於它們濺滿了甘迺迪的鮮血，因此不希望成爲收藏家的物品。

40,000份文件中，內裡有30多萬份是甘迺迪遇刺案記錄，大約有3,600份是公衆從未見過的，它們完全保密的主要原因是被認爲屬於安全機密信息，也涉及個人隱私、稅務和大陪審團信息，並且因爲文件中的信息揭示了非機密來源的身份，根據國家檔案局瑪莎·墨菲（Martha Murphy）的說法，在這3600份文件中，大約有1100份中央情報局文件，所佔比例最大。第二大批次屬於聯邦調查局，其餘包括華倫委員會本身的證詞和其他記錄。無論如何美國歷史上總數超過500萬條記錄，最雄心勃勃的解密工作開始了。在隨後25年裡，政府徹底公開了88%與暗殺有關的材料，部分編輯了另外11%的文件。截至2017年10月，只有百分之一的文件仍處於機密狀態。這些文件中沒有令人震驚的啟示，也沒有質疑華倫委員會認定奧斯華單獨行動的結論。此外對於1963年11月22日在達拉斯市發生的刺殺案，還沒有令人信服的替代解釋。

「調查缺陷」澤普魯德影片數位化處理後最終證明，向甘迺迪車隊開出的所有三槍都來自教科書倉庫大樓的六樓。沒有第二槍手或陰謀；只有奧斯華和一把步槍。不過解密的文件凸顯了華倫委員會的一個主要缺陷：它未能對奧斯華槍殺甘迺迪的動機提出令人信服的解釋，只證明了奧斯華具有反社會傾向。這些信息都沒有揭示背後的陰謀，也沒有證明任何外部團體的參與，但它確實強化了暗殺的政治動機可能性，強調奧斯華的動機是要證明他對古巴革命的忠誠，獲得卡斯特羅的尊重，並可能以英雄的身份前往古巴。在他的幻想世界中奧斯華可能認爲他會在古巴受到歡迎，成爲殺死美國魔鬼的人，而不是意識到卡斯特羅和蘇聯人都不希望因包庇殺死甘迺迪的刺客而招致美國的憤怒。

從1994年開始，ARRB最終收集了318,866份甘迺迪遇刺案記錄，委員會於1998年9月30日完成工作，並將所有記錄移交給了國家檔案和記錄管理局。這些文件放在一個溫度和濕度受控的大房間架子上的金屬盒子中。記錄估計達60,000份文件，超過500萬頁，在2017年10月之前，仍有超過35,000份文件由於「未完成編輯」沒有完全向公衆解密，其中3,603條個人記錄從未公布。2013年，ARRB前主席約翰·騰海姆(John H. Tunheim)和前副主任托馬斯·薩莫魯克(Thomas Samoruk)在《波士頓環球報》上寫道，ARRB解密了500萬頁文件後，有大量仍受中情局保護的文件應該公開，以幫助恢復政府的公信力。

爲使收藏對歷史學家有價值，審查委員會鼓勵私人公民和組織將它們捐贈給ARRB收藏。這些捐贈極大地豐富了藏品，包括華倫委員會成員、前總統傑拉爾德·福特(Gerald Ford)的案頭日記，新奧爾良檢察官吉姆·加里森的個人檔案，達拉斯警察隊長和前聯邦調查局官員在與奧斯華面談時所做的筆記，以及在達拉斯的一些個人和甘迺迪助手戴夫·鮑爾斯(Dave Powers)的影片。

通過暗殺事件目擊者提供的證詞收集到一些信息，例如機構董事會採訪了在達拉斯帕克蘭醫院治療總統的醫生。這是一支訓練有素的急救醫生團隊，其中一些人在華倫委員會秘密作證，相關文件現在也已公開。其他信息包括來自聯邦調查局和中央情報局的大量文件。由於甘迺迪總統的屍檢是軍事屍檢，因此這些記錄屬於軍事性質，軍事記錄小組獲取了刺客嫌疑人的海軍陸戰隊服役和健康原始記錄，並獲得1961至1964年期間，美國對越南和古巴軍事外交政策有關的大量記錄。工作人員還花費了大量精力來試圖澄清總統死亡方式和傷口性質的相當混亂和矛盾的記錄。具體而言，ARRB工作人員對屍檢參與者或證人和參與驗屍攝影的人員提取了10次證詞，這些交存筆錄現在都是甘迺迪文件彙編的一部分。除了作證之外，還對其他屍檢和醫學攝影證人進行了多次未經宣誓的面談，構成了甘迺迪遇刺案的新證據。甘迺迪記錄法的整個概念是創建一個集中的、非機密的檔案，供美國公民隨意閱讀，這樣他們可以就暗殺事件得出自己的個人結論。

「檔案挑戰」 儘管從1964年華倫委員會開始，直到1978-79年的衆議院特別委員會，甘迺迪總統的悲慘遇刺事件是官方長期調查的主題，但美國公衆仍在繼續尋求答案。政府對保密的偏愛使這些問題更加複雜化，冷戰引發的恐懼阻礙了文件解密，尤其是情報和安全機構的文件。即使調查委員會和文件管理機構創建的記錄也被禁止公開查閱並被封存。因此，關於甘迺迪總統遇刺的官方記錄仍然籠罩在神秘之中。

文件解密難度大的理由在相當情況下涉及到中央情報局和聯邦調查局等情報安全機構。許多時候這兩部門施壓要求對文件保密，因爲它們涉及1960和70年代活躍的情報人員、執法人員和線人的姓名及個人信息，一旦身份公開，這些人或其後人可能面臨恐嚇甚至暴力風險。這些消息來源中有許多人現在已經年邁，甚至瀕臨死亡，有些是居住在美國境外的外國人，意味著美國政府將更難保護他們免受威脅。中情局還在文件中隱瞞了確定中情局駐外地點和安全屋位置的信息，其中包括甘迺迪去世以來一直在使用的幾個地點。維珍尼亞大學米勒公共事務中心的高級教員史蒂夫·吉倫(Steve Gillen)表示：作爲一名歷史學家，我確實認爲很多文件都與情報界不願透露來源和方法有關。

2013年，甘迺迪的個人病歷不屬於國家檔案管理系統，向研究人員開放，處理甘迺迪的病歷在某種程度上就像試圖揭示重要的國家安全行動的各個方面。另一位著名的甘迺迪傳記作家羅伯特·達萊克發掘了一個引人入勝的歷史事實，李察·尼克遜(Richard Nixon)可能企圖獲得甘迺迪的病歷。1960年秋天當他與甘迺迪在一場總統選舉中辯論時，小偷洗劫了紐約內分泌學家尤金·J·科恩(Eugene J. Cohen)醫生的辦公室。科恩一直在爲甘迺迪治療愛迪生氏病(Addison's disease)。當竊賊找不到以代號歸檔的甘迺迪記錄時，他們又試圖闖入珍妮特·特拉維爾醫生的辦公室，但沒有成功，後者是一名內科醫生，曾通過注射普魯卡因來緩解甘迺迪的背痛。雖然竊賊身份不明，但達萊克推測他們是尼克遜的特工，尼克遜暗殺甘迺迪的陰謀論又有一份證據。

解密爭議

2017年7月24日，國家檔案和記錄管理局開始公布之前扣留的剩餘文件。第一次發布441份聯邦調查局和中情局的記錄，這些記錄以前被全部保留從未公開過。還發布了另外3,369條記錄，以前曾被部分保留，意味著它們之前曾被公開，但出於安全或隱私的原因，一部分記錄被保留下來。同一天，國家檔案和記錄管理局又發布了之前部分保留的2,891條記錄。第一版中的記錄包括17個採訪尤里·諾森科（Yuri Nosenko）的音頻文件。尤里·諾森科是一名蘇聯克格勃官員，他聲稱負責克格勃關於奧斯華在蘇聯期間的檔案。諾森科1964年1月叛逃到美國，並在幾年的時間裡接受了廣泛的審查。

事實上關於暗殺的部分關鍵信息仍然是機密，中央情報局、聯邦調查局和其他機構拒絕向公眾提供詳細的原因解釋。這讓一大批陰謀論者相信，他們的冷嘲熱諷總是有道理的。安全情報機構如何對一個美國歷史上幾十年前發生的刺殺案，所引起關於政府同謀的陰謀論而保密說成合理合法的。今天這麼多信息仍然保密的事實，只會助長關於甘迺迪之死更離奇的陰謀論。陰謀愛好者並不是唯一試圖打開它們仔細查看的人。一些嚴肅的研究人員認爲，這些禁區文件可以爲揭開暗殺的謎團提供有價值的新線索。公開文件與陰謀無關，但與美國透明度有關。前《華盛頓郵報》記者兼作家傑斐遜·莫利(Jefferson Morley)說，我認爲中央情報局應該遵守法律，我相信大多數人不會覺得這是一個瘋狂的想法。

國家檔案和記錄管理局一直與想要保密的這些機構展開較量。檔案局曾試圖通過解密更多文件來堅持要求遵守1992年的法律，但往往以失敗告終。這場爭鬥在2017年尤爲激烈，雖然今天特朗普總統宣稱要全部公開甘迺迪案文件，但時任總統特朗普站在中情局和聯邦調查局立場，同意放棄所謂的具體法律期限，以回避公布甘迺迪案有關的所有機密文件。這年10月21日特朗普在他的推特帳戶上表示將允許發布剩餘的文件。他寫道：「收到更多信息後，作爲總統，我將允許打開長期封鎖和機密的甘迺迪文件。」但5天後他命令再等六個月。2018年4月26日，最後期限來臨時，善變的特朗普變臉了，他簽署了一份備忘錄，稱雖然他下令最終揭開歷史的面紗，但他將阻止公布剩餘的部分甘迺迪檔案，爲此將公布時間推遲到2021年10月26日。特朗普說我別無選擇，今天只能接受這些修改，而不是讓我們國家的安全受到潛在的不可逆轉的損害。特朗普的決定是美國情報和國家安全機構在最後一刻提出對某些材料進行編輯的建議之後做出的。研究人員多年前就曾擔心重要記錄，尤其是中央情報局的記錄，可能在2017年之後仍處於機密狀態，盡管這些文件可能包含有趣的歷史信息，也都經過了審查委員會的審查，並未確定會影響甘迺迪遇刺案的事實。不幸的是在政客那裡擔心最終成爲現實。特朗普2017年放棄最後期限讓許多人感到驚訝，因爲這位前總統幾十年來一直是個狂熱的陰謀論者，包括甘迺迪遇刺事件。

他曾經許諾發布文件時將非常透明。2016年共和黨的黨內競選期間，特朗普多次宣揚一個陰謀論，即他的共和黨對手之一，得克薩斯州參議員特德·克魯茲（Ted Cruz）的父親以某種方式與暗殺有關，依據是在一張模糊照片中，畫面顯示奧斯華站在一個長得像克魯茲父親的男人旁邊，兩人都在分發支持古巴領導人卡斯特羅的傳單。但克魯茲家族否認了這一說法。

11月3日，國家檔案和記錄管理局再公布了另外676份文件。其中大部分以前都被全額扣留。根據擁有大量甘迺迪暗殺文件數據庫的非營利性檔案組織瑪麗·費雷爾基金會（Mary Ferrell Foundation）的說法，本次發布的大部分記錄來自中央情報局。仍然包含一些修改，按照特朗普總統的命令，這些文件有待進一步審查；一周後，國家檔案和記錄管理局又發布了13,213條記錄。其中大部分以前被部分保留。瑪麗基金會說，第四次發布的記錄來自中情局和國安局，其中一些已經過部分編輯；11月17日，國家檔案和記錄管理局進一步公布了10,744條記錄，其中144條之前完全未公布，10,600條之前部分發布，本次解密的所有記錄均來自聯邦調查局，有些已部分編輯。特朗普命令這些修訂仍有待進一步審查。根據甘迺迪法案第6條標準，共有29,420條全部或部分公布，並有嚴格的編輯要求。12月15日，國家檔案和記錄管理局再公布了另外3,539份先前被留置的文件。至此共有86份文件仍然完全保密。

2018年4月26日，國家檔案和記錄管理局發布了19,045份文件，包括被確定爲暗殺記錄的聯邦調查局、中情局和其他機構以前部分隱瞞和全部隱瞞的文件。2021年喬·拜登(Joe Biden)總統以新冠大流行爲由推遲了剩餘記錄的發布，新的發布時間定於2022年12月15日，拜登下令檔案館全面審查仍處於機密狀態的記錄。

拜登行動

到2022年12月中旬，無可再推延的12月15日終於來臨，喬·拜登總統的政府在線公布了13,173份甘迺迪遇刺的記錄，但仍然沒有完全遵守30年前要求透明度的法律精神。根據檔案數據，隨著本次發布行動，與1963年甘迺迪遇刺案有關的所有文件中約97%現已公布，只有3%的記錄仍被全部或部分扣留。中央情報局已經向公衆完全披露了超過84,000份記錄沒有任何編輯。所謂編輯，是指對文件進行塗黑處理，有時只是一個名字，一句話，有時是整頁，或將敏感部分徹底刪除。拜登總統稱一些文件將保密到2023年6月，以防止可能出現的可識別的傷害。國家檔案館表示，515份文件將全部留置，另外2,545份文件將部分留置並繼續鎖在國家檔案館。1994至1998年間擔任暗殺記錄審查委員會(ARRB)主席的約翰·H·滕海姆(John H. Tunheim)法官說，甘迺迪總統被殺已有59年，拜登1992年在國會一致通過相關議案時投票支持了該法案，沒有任何理由再這樣做。美國明尼阿波利斯地區首席法官的滕海姆說我們推遲信息的原因並非永遠保護這些信息，特別是考慮到公衆對全面披露的興趣。已經60年了。他們已經沒有藉口了。基金會的律師比爾·辛皮奇(Bill Simpich)說希望法院能讓他們遵守法律並開放一切。

迄今解密的文件並沒有提供任何總統死亡陰謀的確鑿證據。瑪麗基金會做了一個抽查，查看了33份被認爲具有高價值的文件，其中只有13份被完整發布；其餘20份的編輯基本上與發布前一天幾乎相同，所以這並不是眞正的、完全意義的公開披露。儘管如此，新信息仍將吸引歷史學家和暗殺研究人員，它們確實揭示了中情局和聯邦調查局向華倫委員會隱瞞了多少證據，尤其是關於奧斯華的證據。

解密成果

五角大樓在2018年告訴檔案局，它將繼續塗黑256份國防部機密文件的部分內容，因爲它們能識別出美國現行戰爭計劃、外國政府信息、敏感的核武器信息以及美國戰俘的個人信息。同時他們向檔案局保證，查明的記錄與暗殺沒有直接關係。相關檔案人員一直警告說，公衆不應指望在這些仍屬機密的文件中找到炸彈，至少沒有可以輕易被發現的重磅炸彈。以前解密的許多中情局和聯邦調查局文件充滿了官僚術語、代號和晦澀難懂的外國姓名和地址，即使是經驗豐富的研究人員一開始也無法理解。此外館藏中大約500份文件和其他物品將永久保密，1992年的法律規定事涉個人隱私信息不得公開發布，包括聯邦大陪審團和國稅局製作的文件，也包括奧斯華、魯比和他們許多有關人士的稅務和就業記錄。

始終沒有公布的材料可能包括一些丟失的記錄，包括：(1)兩份丘奇委員會與身份不明證人的訪談記錄。一個是關於奧斯華的墨西哥城之行，另一個涉及非洲，可能與中央情報局企圖暗殺剛果領導人盧蒙巴有關；(2)10盒丟失的錄音帶。1975年洛克菲勒委員會對國防部長羅伯特·麥克納馬拉(Robert McNamara)、中情局官員威廉·哈維(William Harvey)和謝菲爾德·愛德華茲(Sheffield Edwards)以及水門事件竊賊弗蘭克·斯特吉斯(Frank Sturgis)等人的10次錄音訪談;(3)對甘迺迪夫人四次採訪,她私下表示相信殺害甘迺迪總統的兇手「並非單獨行動」和總統兄弟羅拔·甘迺迪的兩次採訪錄音磁帶。這些都「根據法院命令保密直到2067年」。

剩餘檔案中還可能包括許多被認爲起源於中情局墨西哥城辦公室的文件,奧斯華在1963年9月,也就是甘迺迪遇刺前兩個月去過那裡。1990年代後期的記錄顯示,中情局和聯邦調查局了解他在墨西哥的活動,包括他訪問古巴領事館和蘇聯大使館,以及他在那裡公開談論殺死甘迺迪的事實。但這些機構在作證時沒有告訴華倫委員會,從而引發了掩蓋事實的指控。

陰謀論根源

陰謀論是對事件或情況的一種解釋,它斷言存在強大或險惡的團體陰謀,通常出於政治動機,尤其當其他解釋更有可能時。美國的陰謀論之多可能居各國之首,根據維基百科甘迺迪遇刺案、阿波羅11號登月和911事件在最廣爲人知的美國陰謀論中排名前三,甘案更名列榜首。按書籍作者約翰·C·麥克亞當斯(John C. McAdams)的說法,「所有陰謀論中最偉大的是甘迺迪遇刺。」其他人則經常將其稱爲「所有陰謀之母」。

甘迺迪總統遇刺身亡催生出無數陰謀論。這些理論聲稱中央情報局、黑手黨、副總統林登·詹森、古巴總理菲德爾·卡斯特羅(Fidel Castro)、蘇聯克格勃都以個人或實體的組合參與其中。聯邦調查局最初的調查和華倫委員會的報告，以及所謂的「中情局無害掩蓋」，導致有人聲稱聯邦政府在暗殺事件發生後故意掩蓋了重要信息。許多陰謀論認爲，除了奧斯華之外，暗殺還涉及其他人或組織。前洛杉磯地區檢察官文森特·布邃西(Vincent Bugliosi)估計，總共有42個團體、82名刺客和214人在不同陰謀場景中曾被指控。魯比對奧斯華的接踵刺殺更加劇了對陰謀的懷疑。無數對甘迺迪遇刺案感興趣的公衆加入了挖掘和探察新的陰謀及證據推理的行列之中，因而被稱爲甘迺迪遇刺案愛好者。

華倫委員會得出結論認爲，奧斯華是單獨行動，沒有可靠證據支持他參與了暗殺總統的陰謀。委員會還指出，國務卿迪安·魯斯克(Dean Rusk)、國防部長羅伯特·麥克納馬拉(Robert McNamara)、財政部長道格拉斯·狄龍(C. Douglas Dillon)、司法部長羅拔·甘迺迪、聯邦調查局局長約翰·埃德加·胡佛(J. Edgar Hoover)、中央情報局局長約翰·A·麥科恩(John A. McCone)和特勤局局長詹姆斯·羅利(James J. Rowley)據他們各自掌握的信息得出了相同的結論。衆議院暗殺特別委員會同意華倫委員會的觀點，但認爲最初的調查存在嚴重缺陷，華倫委員會未能充分調查共謀暗殺總統的可能性。

調查爭議

美國參議院情報委員會成員理查德·施威克爾(Richard Schweiker)說華倫委員會犯下的致命錯誤是沒有使用自己的調查員，而是依賴中央情報局和聯邦調查局的人員，從而直接落入了高級官員的掌控之中。他相信當時成立華倫委員會是為了堵住美國公眾之口，那是我國歷史上最大的掩蓋事件之一。理查德·拜爾(Richard E. Beyer)等人抱怨道，許多與暗殺有關的文件多年來一直被扣留，包括華倫委員會、眾議院特別委員會和丘奇委員會調查的文件。這些文件甚至包括總統的驗屍記錄，一些文件仍計劃在2029年之前發布，許多是在1990年代中後期根據甘迺迪暗殺記錄收集法案由暗殺記錄審查委員會(ARRB)發布的。

眾議院暗殺特別委員會將澤普魯德影片(Zapruder Film)描述為最好的可用照片證據，證明襲擊總統豪華轎車乘客的槍擊次數和時間。ARRB表示這可能是最重要的暗殺記錄。根據布遼西檢察官的說法，這部澤普魯德影片最初被絕大多數陰謀論者吹捧為陰謀的無可辯駁證據，但許多陰謀論者現在認為這是「精心策劃的偽造」。1996年ARRB要求柯達產品工程師對該電影膠片進行徹底的技術研究並斷定，沒有證據表明對電影的原始版本進行了操縱或圖像更改。2021年《心理學前沿》發表一篇文章，關於槍聲起源目擊者證詞的差異導致了自暗殺以來出現的陰謀論的廣度和持續性。即便醫學證據也有陰謀論說辭，眾議院調查委員會得出結論，帕克蘭醫院醫生證詞與貝塞斯達海軍醫院屍檢證人、照片和X光片之間的差異，最可能的解釋是帕克蘭醫生的觀察不正確。華倫委員會報告說，他們沒有發現蘇聯參與暗殺甘迺迪總統的證據。眾議院暗殺特別委員會也寫道，委員會認為，根據現有證據，蘇聯政府沒有參與暗殺甘迺迪總統。

調查核心

李·哈維·奧斯華是甘迺迪遇刺案的核心人物，但由於他事發僅兩天後就被滅口，因而後來的所有調查都形同斷線。奧斯華在現場附近被擒，兇器被技術手段確認，官方調查確定是獨狼作案，但最重要的犯罪動機卻毫無線索，全憑猜測推理。一個20多歲的前海軍陸戰隊員，沒有同謀，心懷不滿，迷戀蘇聯意識形態，叛逃到蘇聯後，結果回到美國，並設法找到一棟大樓旁邊的工作，後來的總統車隊恰好經過該建築，然後無緣無故地殺死了世界上最有權勢的人。盡管聽起來難以置信，但對於那年11月發生在達拉斯市的悲慘事件一直沒有其他可靠的解釋，美國公衆很難接受。

奧斯華1963年10月去墨西哥城的活動殊爲重要。學者和理論家希望最新的文件能揭示更多關於奧斯華1963年10月在墨西哥城的活動。整個解密過程中，特朗普和拜登授權發布了一些信息，但那些仍然保密的記錄才是研究人員最感興趣的，涉及政府與奧斯華的接觸。中央情報局最新聲明表示，美國間諜機構從未接觸過奧斯華，沒有向美國調查人員隱瞞有關他的信息。中情局聲稱與他墨西哥城之行有關的所有信息之前都已公布，並補充說2022年發布的信息中沒有關於此主題的新信息。瑪麗基金會的研究人員則對此表示，中央情報局隱瞞了有關奧斯華在墨西哥期間的信息。該基金會表示，一些記錄從未提交給檔案局，因此不僅限於剛剛發布的那批記錄。之前公布的中情局墨西哥站文件顯示，奧斯華自稱爲馬克思主義者，顯然是想獲得簽證以叛逃到古巴，他在墨西哥首都與蘇聯和古巴間諜取得了聯繫，包括一名克格勃暗殺專家瓦列里·科斯蒂科夫(Valery Kostikov)，此人已被中央情報局和聯邦調查局跟蹤了一年多。總數超過5萬頁的這些文件表明，如果迅速將其傳遞給特勤局和其他聯邦機構，本可以挽救甘迺迪的生命。長期以來這份文件的存在表明，中央情報局在甘迺迪去世前對奧斯華的了解，特別是他可能對甘迺迪構成的威脅，比其願意承認的多得多。該文件創建於1960年12月，即甘迺迪遇害前三年。一份幾十年後解密的，日期爲1964年2月的中情局內部備忘錄顯示，該機構在暗殺事件發生後的幾天內審查文件時，得知至少有37份文件從檔案中消失，其中包括聯邦調查局和國務院與中央情報局共享的奧斯華相關文件。瑪麗基金會主席布拉德福德(Bradford)20年前發現，當時的總統林登·詹森和聯邦調查局局長埃德加·胡佛(J. Edgar Hoover)在暗殺發生22小時後的第一次談話記錄被神秘地抹去了。胡佛在談話中談到奧斯華遇刺前去了墨西哥城，但沒有辦法核實這一發現的眞實性。2017年美國有線電視CNN曾報導，1963年9月28日就在射殺甘迺迪前兩個月，中情局截獲了奧斯華與墨西哥城一名克格勃特工的電話記錄。文件來自墨西哥城的中央情報局辦公室，可能會揭示那裡的美國特工是否知道，知道多少刺殺甘迺迪的計劃，據說他在旅途中公開談論過這項計劃。

奧斯華活動

總部位於舊金山的美國在線平台甘迺迪事實(JFK Facts Substack)邀請前《華盛頓郵報》記者傑斐遜·莫利(Jefferson Morley)

談論了2022年底最新解密記錄中奧斯華與中央情報局的關係。莫利的興趣可以追溯到1990年代，當時他報導了新成立的暗殺記錄審查委員會。自從奧斯華被指爲刺客以來的這些年裡，誰可能是他幕後黑手的猜測從未停止過，各種理論都集中在卡斯特羅、黑幫、流亡分子、政府特工或各種組合上。莫利是將衆多陰謀論整合成完整故事的作家之一，他堅稱自己沒有理論，只是在尋找事實。如果他的指控被證明屬實，可能會撼動甘迺迪遇刺案的歷史。

1959年奧斯華去了蘇聯，1960年他在白俄羅斯明斯克做工人。1961年他遇到了瑪麗娜·普魯薩科娃（Marina Prusakova）並與之結婚，第二年，他們生了一個孩子。1962年他從美國大使館獲得了435.71美元的遣返貸款返回美國。在蘇聯住了幾年，奧斯華變得非常失望。蘇聯的死板、墨守成規、嚴格控制、缺乏美國生活的開放性，克格勃一直對他監視，都讓他感到厭倦。去新奧爾良時，開始寫信與紐約的古巴公平競賽委員會聯繫，但直到1963年8月才眞正投身其中。因爲他遇到了古巴學生理事會，一個在當時領先、激進的反卡斯特羅組織，中情局背後每月支持該理事會5萬美元。他參與了一些活動，出現在電視鏡頭、廣播和報紙頭條。甘迺迪遇刺後的幾個小時內這些材料被提供給媒體，將刺殺案說成甘迺迪被一名共產主義者，一名卡斯特羅支持者殺害了。但中情局向華倫委員會撒謊，他們說直到暗殺發生後才知道奧斯華在墨西哥城的古巴領事館，事實上中情局站長溫斯頓·斯科特（Winston Scott）知道奧斯華不在那裡。莫利說當深入研究這些記錄時，可能會看到針對奧斯華的行動是由五角大樓，而不是由中央情報局控制的。中情局在奧斯華周圍的行動至關重要。但這並不意味著它在發號施令。

2022年許多最令人期待的剩餘文件都與奧斯華1963年9月的墨西哥城之旅有關，但最終文件再次沒能大白於天下。

莫利沒有暗示新解密文件表明情報機構本身是否參與了暗殺，但更有可能的是它們的發布表明，中央情報局試圖對自己暗殺之前存在缺陷的表現保密。認爲中情局官員不知道奧斯華的想法是錯誤的，莫利說在暗殺前夕，奧斯華受到了令人難以置信的高層關注。他們阻止了華倫委員會的調查，阻止了我們的調查，阻止了ARRB的調查，他說。那是他們本應完全坦誠相待的三個機構。現在他們採取的立場是，其中一些文件即使在今天也不能公開。中央情報局在蘇聯大使館外拍攝了奧斯華的照片，甚至記錄了他的電話。但這些證據都沒有交給華倫委員會，甚至後來都被銷毀了。他們收到了奧斯華威脅要暗殺總統的警告；甚至可能擁有這些威脅的錄音。卻未有效地傳回聯邦調查局，兩個機構之間的溝通出現了障礙，結果奧斯華從美國情報部門的手指間溜走了。有些信息仍然屬於機密，因爲它們揭示了美國情報機構使用的信息來源和方法。

許多歷史學家希望剩餘文件的高度公開將有助於解決這些揮之不去的問題。不幸的是，特朗普總統曾承諾完全透明，拜登總統曾投票支持完全公開文件的立法，但他們在最後一刻都屈服於中央情報局的壓力，決定對一些材料保密。按照「甘迺迪事實」在線平台編輯的說法，中央情報局知情者包括1963年11月以來的每一位局長，包括被指爲美國生活中最陰險和不誠實的人物之一，奧巴馬的中情局局長約翰·布倫南(John Brennan)，和特朗普時期的邁克·蓬佩奧(Mike Pompeo)，後者拒絕了甘迺迪事實在線對他的這次採訪邀請。新文件包括一些針對古巴暗殺陰謀的細節，但它們未能解決奧斯華動機的核心問題，也未能闡明中情局在墨西哥城的行動。人們很可能永遠無法確切地知道爲什麼奧斯華會在1963年11月那個決定性的日子扣下扳機。

喬安尼德斯角色

數百個仍處於機密狀態的文件與已故的中央情報局特工喬安尼德斯(George Joannides)有關，他在暗殺前以及多年後政府調查期間的活動一直吸引著研究人員。喬治·喬安尼德斯是紐約市一位著名的希臘裔報紙專欄作家的兒子，就讀法學院，並於1951年加入中央情報局。精通希臘語和法語的喬安尼德斯被派往雅典站。到1963年，他40歲時成爲托馬斯·赫拉克勒斯·卡拉梅辛斯(Thomas Hercules Karamessines)(1967-1973年期間任中情局分管計劃的副局長)的後起之秀。因其在政治、宣傳和心理戰行動方面的技能而受到高度評價。喬安尼德斯衣冠楚楚、爲人機智，公開表示自己是一名國防部律師。事實上他是後來中情局長理查德·赫爾姆斯(Richard Helms)在邁阿美時期的手下。人事檔案顯示，他1963年擔任邁阿美中情局心理戰分部的負責人，有24名員工和150萬美元的預算。他還負責處理奧斯華在1963年8月試圖滲透的反卡斯特羅學生團體，他們自稱爲古巴學生理事會，喬安尼德斯的工作是指導和監督他們。根據一個代號爲AMSPELL的中央情報局項目，他每月向該理事會在邁阿美的領導人路易斯·費爾南德斯·羅查（Luis Fernandez Rocha）和胡安·薩爾瓦特（Juan Salvat）提供25,000美元，他們只知道他叫霍華德，給他們買了一台冷氣機，審查他們的軍事計劃，指導他們購買槍支，介紹如何回答媒體的提問，並支付他們旅費。這筆資金支持了理事會在新奧爾良和其他城市的分會。

莫利說喬安尼德斯所做的正是他的上級想要的。這是一個關鍵問題，誰在運作這個行動？莫利認為有可能是中央情報局暗殺計劃負責人比爾·哈維（Bill Harvey），反情報部門負責人詹姆斯·安格爾頓（James Angleton）也有可能，還可能是軍方的某個人。所以它確實達到了很高的水平，到底是誰？有人可能會爭辯說，古巴學生理事會將奧斯華和卡斯特羅聯繫起來的宣傳不是中情局的責任。當然，這種解釋也是可能的，也許古巴學生在中情局出於政治行動、情報收集和宣傳目的的資助下，參與了所有這些針對奧斯華的活動，但他們是獨立進行的，沒有喬安尼德斯或該機構的任何其他人知情或提示。進一步假設，當甘迺迪總統被殺並且過分熱心的古巴學生試圖將總統刺客與卡斯特羅聯繫起來時，喬安尼德斯和他的上司選擇掩蓋整個事件，而不是調查卡斯特羅與奧斯華之間的聯繫。按照這種觀點，古巴學生失控了，喬安尼德斯出格了，卡斯特羅無可厚非。根據《華盛頓郵報》的訃告，喬安尼德斯於1990年3月在休斯敦一家醫院去世，享年68歲，他的秘密也隨之帶進了墳墓。中情局強調沒有足夠的證據證明霍華德這個詞代表誰或代表什麼，這是中情局對喬安尼德斯的官方立場。後者以注重文件工作而聞名，這些文件很少被曝光。管理像古巴學生理事會之類團體需要每月向中央情報局總部報告，中情局解密了1960年至1966年的這些報告。恰好在喬安尼德斯與該組織合作的17個月內，即1962年12月至1964年4月，中情局檔案中的月度報告出現缺失。沒有證據表明喬安尼德斯或他支持的古巴學生與甘迺迪遇刺時間有任何關係。

「檔案缺失」喬安尼德斯在1970年代擔任情報機構與衆議院特別委員會之間的聯絡人。該委員會工作人員丹·哈德威(Dan Hardway)回憶說，喬安尼德斯先生是不受重視的人，他受到嚴格控制文件的獲取權。

「哈德威說有一次他遞給我一份薄薄的文件，我勃然大怒，他說：『這就是你想要的。』」當得知1990年去世的喬安尼德斯似乎存在明顯的利益衝突，當年的委員會同僚們感到憤怒，因爲中情局從未向衆議院透露他曾在甘迺迪政府期間領導過推翻古巴卡斯特羅的間諜行動。負責ARRB調查的聯邦法官表示，他的失敗相當於背叛。這些證據只是委員會審議的大量材料中一部分，其中一些來自中情局，聯絡人正是喬安尼德斯，當時他已從該機構退休。特別委員會首席法律顧問羅伯特·布萊基(G. Robert Blakey)說，喬安尼德斯被安排審查並編輯我們收到的所有信息內容。直到十年前，莫利第一次告訴他這件事時，布萊基大吃一驚說，如果我知道他是辦案者，他就不可能是聯絡人，他會成爲證人，布萊基告訴美聯社。我認爲我被愚弄了，就像華倫委員會一樣。到目前爲止，主要來自中央情報局的數千頁喬安尼德斯文件仍然存放在國家檔案中心。50年後我想不出爲什麼還要隱瞞此類行動，英國作家安東尼·薩默斯(Anthony Summers)說，通過扣留材料，該機構繼續鼓勵公衆相信他們正在掩蓋更險惡的事情。

在大部分仍然隱藏的文件中，其中有44份關係到喬安尼德斯以及他運行的古巴秘密項目，該項目在甘迺迪被槍殺前不到四個月與奧斯華有過接觸。根據瑪麗基金會的說法，喬安尼德斯的許多記錄從未被放入國家檔案館的甘迺迪檔案收藏中，因此大部分可疑記錄並未在上個月公布。這些記錄和中情局的欺騙跨越了數十年，並且只有在記錄法開始挖掘有關他的信息之後才曝光。

回到仍然保密的調查文件，其中大約300頁與喬安尼德斯有關。莫利說你一定想知道一份已有50年歷史的文件中有什麼如此重要，他得出的結論是情報部門他們在守護著一件大事，這更加堅定了我的決心。但反陰謀論作者傑拉爾德·波斯納(Gerald Posner)說，如果眞的有涉及中情局和甘迺迪總統的爆炸性事件，它不會出現在檔案中，甚至不會出現在中情局的文件中。他們會爲保守秘密而戰。大多數陰謀論者不明白這一點，波斯納說，如果眞的有中情局陰謀就不會有文件存在。

喬治·迪米特裡·莫倫斯柴爾德

莫倫斯柴爾德

2022年底的最新解密文件裡，中情局大約有7,000條記錄全部公開，揭示了奧斯華與這個機構的關係。但仍有4,000份由中情局生成的甘迺迪案記錄包含刪節。瑪麗·費雷爾基金會抽查了33份具有高價值的文件，在這33份文件中，只有13份被完整發布，其中涉及一個名叫喬治·迪米特裡·莫倫斯柴爾德(George de Mohrenschildt)的人。

1964年在華倫委員會作證時，他說，他是通過沃斯堡俄裔美國人社區一位石油會計師認識奧斯華夫婦。莫倫斯柴爾德兩個孩子死於囊性纖維化，爲此他積極創立了國家囊性纖維化基金會，正是在這個平台上莫倫斯柴爾德夫婦認識了奧斯華一家。奧斯華1962年從蘇聯明斯克回美國時住在達拉斯。莫倫斯柴爾德也曾在明斯克住到5歲，他們之間有一種情感上的聯繫。當莫倫斯柴爾德詢問朋友幫助奧斯華是否安全時，朋友說已經與聯邦調查局核實過。後來莫倫斯柴爾德又問過中情局達拉斯辦公室的一位負責人，也是他的朋友金·摩爾(Kim Moore)，確認奧斯華無害。根據衆議院特別委員會獲得的一份中情局解密文件，莫倫斯柴爾德這一說法屬實。相差28歲的兩人隨後成了忘年之交。他們在1962年底和1963年初經常見面，主要談論政治，在大多數事情上意見一致，都討厭當時在達拉斯活躍的約翰·博齊協會(John Birch Society)，都厭惡聯邦調查局，都欽佩甘迺迪和卡斯特羅。年長的莫倫斯柴爾德指導著奧斯華生命中的每一步，幫助他找工作和公寓，帶他參加會議和社交聚會，並且常常幫助他的俄羅斯妻子瑪麗娜(Marina Oswald)和他們的孩子打點生活中最細微的方面。他喜歡奧斯華，是迄今爲止對奧斯華產生主要影響的人。

忘年之交

刺殺案發生後，華倫委員會的證人中莫倫斯柴爾德可能是與奧斯華最親近的人。他的作證時間是所有證人中最長的。10年後他爲此後悔並得出結論，他的朋友奧斯華並沒有殺死總統，就是他自己說的那樣，一個替罪羊而已。莫倫斯柴爾德與中情局合作，據說他不是付費代理人。但他知道什麼時候和中情局的人談話，給他們信息，對方也還他信息。因此，除了因爲奧斯華牽扯到甘迺迪遇刺案以外，他確實出現在中央情報局的檔案中。他的檔案並不在中情局的中央檔案登記處，而是由安全辦公室持有。安全辦公室對奧斯華有著一種多年形成的不尋常興趣，在奧斯華與莫倫斯柴爾德成爲朋友後就引起了中情局人員的興趣。但令人震驚的是，直到2023年底最新一次文件解密，才知道這些人的名字：蓋爾·艾倫(Gail Allen)、比爾·比恩(Bill Bean)和安娜·帕諾(Anna Pano)，都是行動官而非情報收集人員，可能是巧合，莫倫斯柴爾德看起來不像是在採取反情報措施。

1976年，甘迺迪遇刺十多年後，中情局收到了一封莫倫斯柴爾德寫給局長喬治·布殊的信。他遺憾地向老布殊求助，在信中說：也許你能爲我所處的絕望境地找到解決方案。我和我的妻子發現自己被一些義務警員包圍著；我們的電話被竊聽，到處都被跟蹤，要麼聯邦調查局參與其中，要麼他們不接受我的投訴，我們被這種情況逼瘋了。布殊告訴下屬，我確實認識莫倫斯柴爾德這個人，他大概50年代出現在達拉斯。當奧斯華聲名鵲起時，他浮出水面，兩人在刺殺案前相識。但我不記得他在這一切中扮演的角色。布殊也回信給他的老朋友，向他保證不必恐懼。調查人員在莫倫斯柴爾德死後清理遺物時，發現了他破爛不堪的通訊簿，大部分都是1950年代的條目，其中有一條關於現任中央情報局掌門人早期居住的米德蘭地址，兩人顯然早就相識。

莫倫斯柴爾德1911年出生於白俄羅斯的莫茲爾，是一個貧苦貴族的兒子，他的家人1922年移居波蘭。他在比利時接受了部分高等教育，擁有兩個博士學位，最終於1938年來到美國。莫倫斯柴爾德一生交際廣闊，經歷豐富。有記錄表明他在第二次世界大戰期間是法國政府在美國的特工，當時他冒充香水推銷員。他的遺孀來自白俄羅斯，是中國遠東鐵路局長的女兒，出生在哈爾濱，曾以福門科的名字在上海和天津的夜總會裡跳舞，也卽中國人稱的所謂白俄；莫倫斯柴爾德的秘密履歷包括在戰略服務辦公室戰時間諜機構任職，是自由歐洲電台和自由電台的共同創辦者之一；1941年他還創辦了一本雜誌《俄羅斯評論》，後來成爲達特茅斯學院的教授；在甘迺迪案發生後的作證中他謹愼地從未提及自己認識中情局長布殊；在甘迺迪刺殺案之前很久，莫倫斯柴爾德曾是甘迺迪夫人積琪蓮和她母親的同事；他甚至會見過詹森副總統的一名高級助手。1977年3月29日下午，莫倫斯柴爾德被發現死在他家樓上的臥室裡，官方確定原因是用霰彈槍自殺，沒有人聽到槍響，也沒有遺書。

神秘死亡

細究起來莫倫斯柴爾德在甘迺迪案前幾個月一直與兇手關係密

切；蘇聯背景和間諜經歷複雜扭結，既與總統夫人相識，又與中情局長有千絲萬縷的關係，接受衆議院調查之前自殺身亡。無論從刑偵邏輯還是從陰謀論角度，都難免會質疑這位間諜、刺客的老前輩，難怪他被國會質詢花費的時間最長，其印刷記錄包括118頁他本人的證詞和幾乎相同數量來自他妻子的證詞，總共將近300頁。在徹底審問下，莫倫斯柴爾德重現了奧斯華家族在其歷史關鍵時刻的生活，揭示了他殺死甘迺迪前幾個月思想中的政治內容。對他最難解釋的自殺原因也有了合理的說法及調查結果：在結束生命之前的幾個月裡，他一直向朋友們談論自殺，這些朋友仍然是達拉斯那個俄羅斯移民團體的圈子成員。他們帶他去吃飯，試圖重新激發他對生活的興趣，但他們結果失敗了。莫倫斯柴爾德1976年在帕克蘭醫院精神病科住院三個月，妻子證明是她送丈夫去帕克蘭醫院的，她這樣做是因爲丈夫開始出現被迫害妄想，認爲自己被跟蹤了。這些經過調查核實應該很容易得知其眞僞。莫倫斯柴爾德可以作證的根本不是新證據，而且與陰謀毫無關係。他們生活中的若干偶然性結合，使他成爲華倫委員會的寶貴證人。調查委員會在其最終報告中簡潔地得出結論，這些因素都是巧合，僅此而已。莫倫斯柴爾德與暗殺無關。

甘迺迪夫人積琪蓮·甘迺迪
(Jacqueline Lee "Jackie" Kennedy Onassis)

國家檔案館的甘迺迪調查文件館藏還包括1964年由記者威廉·曼徹斯特(William Manchester)採訪甘迺迪夫人積琪蓮(Jacqueline Lee "Jackie" Kennedy Onassis)和前司法部長、甘迺迪兄弟羅拔·甘迺迪的六次採訪錄音。甘迺迪家族授權曼徹斯特撰寫暗殺歷史，這些錄音帶由甘迺迪家族移交給檔案館，以換取保密到2067年。曼徹斯特的暢銷書《總統之死》(The Death of a President)出版100周年時，這些錄音帶才能公開。法律還豁免了公開發布甘迺迪夫人寫給詹森總統的五封「非常私人的信件」，其中包括她在暗殺事件發生後一周內寄給詹森的至少三封信。長期以來，錄音帶上的內容一直吸引著歷史學家和刺殺案研究人員。曼徹斯特後來在回憶錄中寫道，他記錄了與甘迺迪夫人長達10個小時的痛苦談話，她在談話中詳細描述了達拉斯迪利廣場暗殺事件前後的經過，包括對槍聲響起時總統豪華轎車內恐怖場景的描述。「她沒有隱瞞任何事情」他寫道。在甘迺迪夫人位於喬治敦的家中接受採訪中，他們自始至終都喝著雞尾酒。曼徹斯特說：「未來的歷史學家可能會對磁帶上奇怪的沉悶噪聲感到困惑，那是冰塊發出的聲音。我們度過那些漫長夜晚的唯一方法是借助大量的黛綺麗酒(Daiquiri)，據說海明威很愛喝這種雞尾酒。」

魯比背景

奧斯華殺死甘迺迪，魯比殺死奧斯華，無論從哪方面看，這兩人都應該是本案核心，如果存在陰謀這二人都難逃關系。但從甘迺迪案解密文件看，魯比牽連程度遠不及奧斯華。歷次解密文件中，似乎很少涉及在甘迺迪暗殺中佔有突出地位的傑克·魯比。除了提到他與有組織犯罪存在輕微聯繫，因而不斷同地方警察或聯邦調查局有交往，和聯邦安全情報機構幾乎無涉。傑克·魯比，出生於芝加哥一個猶太家庭，原名雅各布·魯賓斯坦(Jacob Rubenstein)，在達拉斯經營脫衣舞場和舞廳。那天早上，魯比帶著他最喜歡的狗開車去了達拉斯市中心。在炎熱的天氣裡，他把狗留在車上，去西聯匯款的一家辦事處，將25美元寄給他雇用的一位缺錢的脫衣舞女供其支付房租。

之後他步行到達拉斯警察總部，由於在夜店工作，魯比經常隨身攜帶大筆現金，而且還習慣性帶著短槍。他的職業背景使其熟悉達拉斯警方，一路暢通無阻地進入警察總部的地下室。當警察在衆多新聞記者包圍下押送奧斯華走近時，魯比一邊大喊說你殺了總統，你這個老鼠!之後用身上的0.38口徑左輪手槍開槍擊中奧斯華腹部致死。突發事件被NBC電視直播捕捉到，數百萬人家中觀看，這種廣泛的報導使其在選擇陪審團時成爲需要解決的最棘手問題之一。這是在國家電視台上犯下的令人發指罪行，《甘迺迪的復仇者聯盟》作者之一費舍爾(Fisher)說：「出現了兩個刺殺案，而且兩個都不是犯罪分子。如果一個人看到了正在發生的罪案，他還能成爲陪審員嗎?其次你們會讓電視攝像機進入法庭嗎?」

在陰謀愛好者看來，沒有傑克·魯比，整個陰謀論是行不通的。魯比是一個更大陰謀的一部分，是他殺死了奧斯華，有人聲稱在刺殺甘迺迪之前曾見過兩人在一起，但檢察官拒絕傳喚他們中的任何人作證，他覺得沒有證據表明他們彼此認識。檢察官說了一句話：「我從不相信這個陰謀。」華倫委員會認爲，魯比的行爲是一時衝動，沒有證據表明他與任何陰謀有關。美國最有名氣的辯護律師貝利(F. Lee Bailey)採用了一種非正統的策略，聲稱魯比患有一種最近發現的罕見精神疾病，試圖證明魯比在法律上是精神錯亂，而且他的家族有精神病史。魯比的母親幾年前就被送進了精神病院。但最終辯護失敗，魯比犯有惡意謀殺罪，被判處死刑。後續律師團隊在魯比被定罪後提出上訴，爭辯說由於圍繞此案的過度宣傳，魯比無法在達拉斯接受公平審判，律師用費舍爾前面提到的兩個新問題成功地將魯比案變成了一場曠日持久的案件。得克薩斯州刑事上訴法院允許上訴，推翻了魯比的定罪和死刑判決，並下令更改地點在達拉斯縣以外的其他地方對他進行重審。與此同時華倫委員會正在進行更大規模的調查。

1964年9月華倫委員會得出以下結論：委員會沒有發現奧斯華和魯比之間有直接或間接的關係，也沒有找到任何可靠的證據表明他們認識對方，委員會沒有發現任何證據表明魯比與任何其他人一起殺害了奧斯華。1967年1月3日傑克·魯比坐牢期間在帕克蘭醫院死於肺癌引起的血栓，當時他正在等待第二次審判。

看起來魯比的死亡加大了甘迺迪案陰謀論的迷霧，但審視已經披露的信息，應該是有據可循的。首先魯比的作案動機。如他所說，甘迺迪的死讓他心煩意亂，殺死奧斯華將使「甘迺迪夫人免於重返審判的尷尬」。身爲美國猶太人，魯比對反猶主義極爲敏感。如果他無意中聽到反猶太言論，他就會做好戰鬥的準備。他覺得自己最敬佩的總統富蘭克林·D·羅斯福（Franklin D. Roosevelt）和後來的約翰·F·甘迺迪支持猶太人。調查表明在甘迺迪遇刺後，魯比當天晚些時候給在芝加哥的母親打了電話。「他歇斯底里地哭了起來，說他想回家，因爲他爲此情緒激動。」初審期間，魯比的前長期女友愛麗絲·尼科爾斯（Alice Nichols）和猶太拉比希勒爾·西爾弗曼（Hillel Silverman）是兩個關鍵證人，拉比說當暗殺發生時，魯比出現在他家，歇斯底里地哭泣。他們做證本意是爲了證明魯比精神上有問題，但也證實了他身爲甘迺迪支持者的作案動機背景。魯比在華倫委員會的證詞：我對這個人（奧斯華）從來沒有惡意。沒有其他人要求我做任何事情。我從來沒有和任何人說過試圖做任何事情。沒有顛覆組織給我任何想法。沒有黑社會人士試圖聯繫我。這一切都發生在那個星期天早上。據倫敦《星期日泰晤士報》一篇文章稱，魯比告訴精神病學家維爾納·圖特（Werner Tuteur），這次暗殺是推翻政府的行爲，他知道甘迺迪總統是誰殺的。他補充說我在劫難逃。我不想死。但我沒有瘋。我是被陷害殺死奧斯華的。但根據一份匿名的美聯社材料，魯比於12月19日在病床上發表了最後聲明，稱只有他一個人應對奧斯華的謀殺負責。魯比在聲明中說沒有什麼可隱瞞的。沒有其他人。看似相互矛盾的兩篇說辭，或許人之將死，其言也善更具說服力。魯比的室友韋恩斯坦（Weinstein）認爲，魯比殺死奧斯華就是一場暴民襲擊，只有一個原因，殺了兇手掩蓋總統本人被暗殺的事實，是魯比一時衝動，他想讓自己看起來像個大男人，他認爲人們感謝他是出於憤怒，也是爲了保護積琪蓮·甘迺迪免受出庭作證的折磨。

邏輯告訴我們，任何陰謀都無法通過以公開方式讓奧斯華閉嘴而得到結果。在消滅一個嫌疑人的同時將另一個嫌疑人送給警察有什麼意義呢？此外，如果奧斯華打算交代罪行，他被捕後已經有將近48小時的時間來這樣做了。另外，魯比顯然不是那種可以委以重任的人，他的一句話可能會導致其他相關人員受到牽連。他在甘案中充其量不過是個小角色，充其量是大陰謀中被利用的那類人。達拉斯記者托尼·佐皮（Tony Zoppi）很了解魯比，他說如果有人把任何重要事情委託給魯比，他一定是瘋了，而且魯比保守秘密不超過五分鐘。傑克是你能想到的最健談的人之一。他會成爲世界上最糟糕的陰謀成員，因爲他的話太多了。

魯比病逝

其次傑克·魯比的疾病和死亡。魯比在距達拉斯約140英里的威奇托福爾斯監獄中先患普通感冒，隨後發展爲肺炎，最終診斷爲原發性支氣管癌，死前癌症已經擴散到他的肝臟和大腦。沃爾特·布朗伯格（Walter Bromberg）醫生在他的報告中說，魯比多年來一直斷斷續續地感到自己患有肺炎。在監獄裡他曾報告說在1963年因咳嗽看醫生，拍了X光片，因爲太忙沒拿到結果。他認爲自己患有「行走性肺炎」，這種肺炎是由支原體引起的。是什麼引發了他的癌症呢？艾倫·阿德爾森（Alan Adelson）在《魯比·奧斯華事件》（The Ruby-Oswald Affair: Reflections）中說，傑克的姐姐伊娃·格蘭特（Eva Grant）早在1966年6月就注意到傑克的病，到9月他每天都在嘔吐。

魯比和被他槍殺的奧斯華及奧斯華槍下犧牲的警察蒂皮特都由帕克蘭紀念醫院的厄爾·羅斯（Earl Rose）醫生做的屍檢，甚至被奧斯華殺死的甘迺迪總統也差點由羅斯驗屍，因爲總統的死亡是一起兇殺案，法醫方面優先考慮未來的審判。聯邦政府對兇殺沒有刑事管轄權，哪怕事涉總統，這是州的事情，意味著德克薩斯州法院有專屬管轄權。但總統隨扈特勤局特工不承認羅斯的管轄權，雙方圍繞甘迺迪屍體的爭吵越來越激烈，最終羅斯讓步了，由甘迺迫夫人授權在她選擇的華盛頓貝塞斯達海軍醫院進行部分屍檢。不完整屍檢存在幾個問題，因爲缺乏經驗，屍檢充滿錯誤，執行屍檢的人無法正確評估死亡和槍傷，屍檢結果最終對奧斯華的審判沒有產生影響，但在隨後幾年裡助長了陰謀論。羅斯是衆議院特別委員會法醫病理學小組的成員，1977至1978年期間被任命爲顧問。2012年去世。

遺物處理

除了國家檔案和記錄管理局保存的文件，還有一些相關物品和資料有著不同歸宿。在已故總統的兄弟、司法部長羅拔·甘迺迪的指示下，美國政府銷毀了一些物品。從達拉斯運往華盛頓裝載甘迺迪遺體的棺材被空軍扔進海裡，因爲它的公開展示將極具冒犯性並且違反公共政策；得克薩斯州檔案館保存著康納利州長被槍殺時穿的衣服；魯比殺死奧斯華的0.38口徑柯爾特眼鏡蛇手槍由他的兄弟厄爾(Earl Ruby)在90年代初期從法庭取回，當時它已在保險箱裡擱置很久了。厄爾賣掉了哥哥的所有財產以償還莊園的債務，包括槍支和一份死前聲明的手稿，前者1991年以22萬美元的價格售出。手稿隨附的厄爾1992年一封信中寫道，傑克寫下手稿是爲了一勞永逸地證明殺害奧斯華並非有預謀。魯比在縣監獄牢房裡寫了這份手稿，該文件很少公開露面。直到現在它只易手過兩次，第一次在1992年，手稿以未知價格賣給了佛羅里達開發商安東尼·普列斯

(Anthony Pugliese)，就是那個以22萬美元買下魯比手槍的人，最終手稿落入甘迺迪遇刺案的收藏家之手，也許是博物館，它們將能夠首次展示這頁紙。正如利文頓(Liverton)所指出的，這是一份非凡的文件，來自一名刺客的令人難以置信的第一手資料。總部位於波士頓的RR拍賣公司2013年以10.8萬美元拍賣了奧斯華結婚戒指，該拍賣行正在將這份文件作爲拍賣的一部分提供。其中還包括有魯比字母組合的公文包和約翰·甘迺迪的哈佛勛章。

在陰謀愛好者看來，沒有傑克·魯比，整個陰謀論是行不通的。魯比是一個更大陰謀的一部分，是他殺死了奧斯華，有人聲稱在刺殺甘迺迪之前曾見過兩人在一起，但檢察官拒絕傳喚他們中的任何人作證，他覺得沒有證據表明他們彼此認識，檢察官說了一句話，我從不相信這個陰謀。

魯本·埃夫隆(Reuben Efron)

2023年6月，一批甘迺迪解密文件中出現了一個新的人名，被認爲洩露了中央情報局篩選人員的秘密。《紐約時報》率先報導了他的身份，魯本·埃夫隆，美國陸軍中校，立陶宛猶太移民。幾十年來，人們知道有人在奧斯華刺殺前被中情局監視了他的個人郵件，但研究學者們一直不知道是誰人所爲。埃夫隆的名字在文件中被公開，他爲中情局工作，並在暗殺事件前幾個月截獲了奧斯華與其母親之間的一封信。問題在於埃夫隆30年前就去世了，但信件截獲者名字一直保密。所以情報機構不是在保護一個活人的名字，而是保護他所從事的秘密活動，即閱讀奧斯華的郵件，《甘迺迪事實》(JFK

Facts）博客編輯莫利說。這表明中央情報局正在進行某種情報行動。它意味著什麼？是否表明中情局對奧斯華的了解比最初承認的更多？還是僅僅因爲官僚作風隱瞞了一個小細節。這與奧斯華那天是否唯一槍手有關嗎？莫利說對埃夫隆的遲來身份確認表明，情報機構仍有一些事情要對美國公衆隱瞞。如果他們隱瞞這個人的名字長達61年，並且仍然在隱瞞其他東西，說明他們仍在隱瞞有關奧斯華的消息來源和方法。事實上我們已經認定這是一個陰謀，也認定刺殺是奧斯華幹的。我們從公布的中情局檔案中了解到，這些文件要麼與暗殺無關，要麼只是間接相關。莫利是位美國作家，幾十年來一直在追蹤中央情報局和其他國家機密，從甘迺迪遇刺事件開始，一直調查中情局黑幕。

埃夫隆1911年出生於立陶宛，在一所猶太學校就讀，之後在維陶塔斯·馬格努斯大學學習。他在立陶宛那座猶太人生活的繁榮城市從事了五年法律工作，然後在納粹統治時期移民。1939年埃夫隆經古巴移民至美國邁阿密。美國移民文件顯示，他是一名商業推銷員。除了英語，他還會說俄語、立陶宛語、希伯來語、意第緒語和德語，二戰期間在空軍擔任翻譯。他死亡時的訃告說他戰後是蘇聯問題專家和外交事務顧問。幾十年來，埃夫隆一直爲美國政府工作，他所扮演的角色直到現在才隨著秘密政府文件向公衆公布而曝光。除了甘迺迪文件披露的截讀奧斯華郵件外，他還出現在另一份解密文件中，該文件涉及僱用私家偵探進行跟蹤和監視的工作。文件還提到不明飛行物體，埃夫隆與美國民主黨參議員理查德·拉塞爾（Richard Russell）和一名陸軍高官1955年10月同乘火車到蘇聯旅行。三人報告說，看到兩架圓形和非常規飛機，類似於飛碟，幾乎垂直起飛，兩者相隔一分鐘。

在文件中奧斯華在移居蘇聯時就受到了監視。但奇怪的是，1964年2月華倫委員會詢問奧斯華遺孀時，埃夫隆曾在場，他是在場唯一沒有說明頭銜和角色的人。莫利懷疑他協助中情局高官詹姆斯·安格爾頓監視華倫委員會的調查。

最終解密

2023年6月30日，解密一批甘迺迪被殺案的調查文件大日子來臨了。這一天讓全美及全球的甘案愛好者、陰謀論者、普通公衆及專業歷史學家期待了60年，絕大多數當事人此時都已離開人世，去了和甘迺迪總統、奧斯華或魯比同樣的另一個世界。美國總統喬·拜登早已宣布他將對要發布的文件進行最終認證，截止那時仍有4,684份文件全部或部分被隱瞞。總統的認證是在2023年7月4日國慶長假週末前的星期五下午6點36分發布的，這個時間點不會引起太多關注，讓那些仍然專注於20世紀最轟動美國謀殺案的研究人員和歷史學家感到沮喪。

2017年最後期限到來時，曾涉足暗殺陰謀論的總統唐納德·特朗普迫於壓力，同意延長期限。拜登上任後，也簽署了兩份備忘錄。從2023年4月15日以來，又有2,672份文件完整發布或刪節較少，但結果他們都食言，都有保留小部分的文件。6月底，拜登總統終於宣布，國家檔案館已經完成了對仍屬機密的記錄審查，並建議將一些記錄保留在公衆視野之外。白宮宣布99%的記錄已經公開，國家檔案館將對整個收藏進行數位化處理，以便公衆更容易獲取。這一消息遭到了甘迺迪遇刺事件專家的嘲笑，他們指責白宮在長週末前夕宣布這一消息，並指責美國政府未能公布其掌握的全部信息。《結案：李·哈維·奧斯華與甘迺迪遇刺案》(Case Closed: Lee Harvey Oswald and the Assassination of JFK)一書的作者傑拉爾德·波斯納(Gerald Posner)說，這對任何關心此案眞相的人來說都是一種侮辱，因爲拜登政府故意在週五晚上公布這一消息，而這基本上是一個長假週末。官員們表示，由於拜登的行爲，2,140份文件仍被全部或部分扣留，另有2,502份文件因總統職權範圍之外的原因仍被扣留，例如法院下令封存、大陪審團保密規則、稅收隱私限制或捐贈文件的人施加的限制，還有42份文件因兩者兼而有之。絕大多數被排除的文件實際上已經公布，但某些部分被刪節，包括仍在世的人的姓名、地址、電話或社會安全號碼，或情報設施的位置。官員們相信，這些被隱瞞的信息都不會改變對暗殺事件的基本理解。但一根筋的專家們不會這樣想，他們譴責了拜登的行動說簡直無法理解，一個辦公室裡有羅拔·甘迺迪半身像、投票支持這項法律的人，竟然會屈服於國家安全機構的荒謬說法，即60年前的記錄對國家安全構成了如此大的風險，以至於不能公布這些記錄。

在疫苗和其他問題上相信陰謀論的被殺總統侄兒小羅拔·F·甘迺迪(Robert F. Kennedy Jr.)，挑戰拜登的民主黨總統候選人提名。他表示政府精心策劃了對其叔叔被殺案的長達60年的掩蓋。當拜登與特朗普2024年競逐白熱化時，小羅拔·甘迺迪乾脆背叛了家族的民主黨，公開支持共和黨的特朗普。結果拜登下令公布了最後1,103份文件，這些信息似乎不值得掩蓋這麼久。例如當中一份文件被公開，上面列有中情局墨西哥城站員工的姓名，其中大部分是秘書和翻譯的名字。另一份文件列出了27名此前未公布的中情局工作人員的姓名。

據媒體援引國家檔案館的估計稱，到2023年11月，拜登總統公布了更多文件，並宣布這是該法律下的最終認證。美國國家檔案和記錄管理局稱，自該法通過以來，已審查了約32萬份文件，其中99%已被披露。當拜登公布餘下文件時，有2,140份文件仍被全部或部分扣留。另有2,502份文件因總統職權範圍之外的原因而被扣留，例如法院下令封存、大陪審團保密規則、稅收隱私限制或捐贈文件的人施加的限制。最後42份文件因各種原因被扣留，其中大部分文件由中央情報局保管。目前這些信息中，很多是線人姓名、特工姓名、中央情報局基地的位置，其中一些是敏感信息，令人尷尬的信息。關於李·哈維·奧斯華本身的信息很少。隨後又公開了1,103份記錄，這使得拜登政府公布的文件總數超過16,000份。考慮到公開的文件總數累計超過70,000份，這意味著數百份記錄仍然被鎖在某個地方。現任政府檔案保管員科琳·肖根(Colleen Shogan)博士說，披露的規則很簡單，在國家檔案館，我們相信政府透明度和信息可及性的重要性。她補充說國家檔案館的目標是確保向美國人民提供盡可能多的信息，同時保護我們必須保護的信息。拜登總統的一份備忘錄進一步解釋了爲什麼有些文件尚未公布。6月30日的備忘錄指出1992年約翰·甘迺迪總統遇刺事件記錄收集法案允許繼續推遲公開披露有關甘迺迪總統遇刺事件的記錄信息，但前提是必須推遲披露，以防止對軍事防禦、情報行動、執法或外交關係行爲造成可識別的損害，而這種損害的嚴重性超過了公衆對披露的興趣。

情報機關壓力

要更詳細地了解哪些文件仍被扣留以及原因，就必須深入挖掘。具體來說，這些信息可以在四封信中找到，這些信是由中央情報局、聯邦調查局、國防部和國務院的負責人發給拜登的，四家機構和部門的一些文件仍受其要求保密。總統指示他們每個人制定一個計劃，說明如何在特定的確定危害消散後再公布更多記錄。

國防部長勞埃德·奧斯汀（Lloyd Austin）的理由是五角大樓想要隱瞞的信息中沒有包含任何與刺殺甘迺迪總統有關的信息。提議繼續推遲的材料包括仍在使用的情報來源和方法、軍事防禦和外交關係、美國現行作戰計劃的要素以及受1954年《原子能保密法》保護的信息，國務卿安東尼·布林肯（Antony Blinken）表示希望保留兩類文件：一是11份討論國務院和中情局至今仍在運作的聯合情報計劃文件。公布這些文件所披露的計劃細節，將極大地損害中情局的情報能力，並給該部門處理與其他文件的關係帶來極大困難；其餘20份文件被認爲與暗殺無關，但詳細說明了國務院和聯邦調查局1974年終止的一項聯合計劃。如果公布其活動的具體細節，將嚴重損害我們與幾個特定國家的關係。

聯邦調查局要求推遲披露487份文件，包括受法院命令不得披露的材料；仍然在世的執法和國家安全機密消息來源的姓名；以及仍然活著的人的社會保障號碼。局長克里斯托弗·雷(Christopher Wray)在給總統的信中解釋說，每隔一年將重新審查這些文件，並公布已故或年滿100歲的人姓名。根據這個時間表，可能2042年12月15日才能公布所有名字。檔案文件顯示，聯邦調查局和緝毒局特別努力地保護有組織犯罪調查中線人的身份。這一論點將引起陰謀論者的興趣，他們認爲黑手黨是甘迺迪之死的幕後黑手。事實上這些信件顯示，近年來聯邦調查局向公衆隱瞞的絕大多數文件都與有組織犯罪調查有關。美國緝毒局特別請求將涉及有組織犯罪調查的暗殺相關文件中確定的六名機密線人的姓名塗黑，鑑於黑手黨有明顯的暴力傾向，我們有理由認爲，這些人如果還活著，仍然面臨因協助而遭到報復的重大危險。

中央情報局局長威廉·伯恩斯(William Burns)沒有在信中具體說明該機構希望保密多少記錄。但是他指出了應該隱藏哪些信息。例如，中情局與甘迺迪遇刺案有關的文件涵蓋機制和設施、特定情報行動的信息、外國情報聯絡關係和聯合行動，以及尚未公開的秘密行動計劃。伯恩斯認爲披露這些信息將向美國的盟友和對手展示中情局開展秘密情報任務的具體手段，並將證實目前尚未公開的具體情報行動的存在。

領導甘迺迪刺殺案調查的華倫委員會主席厄爾·華倫臨終前一直堅信中情局著名特務大佬赫爾姆斯(Richard Helms)、安格爾頓(James Angleton)和杜勒斯(Allen Dulles)等人的善意，以及他們所在的機構。他如果現在說這些人以及委員會壓制、忽視或忽略了陰謀的證據，那麼這等於是在控告整個美國政府，他在回憶錄中寫道。這意味著整個政府從上到下都絕對腐敗。華倫顯然認爲任何陰謀的想法都令政府感到害怕，甚至難以想像的後果。老江湖杜勒斯曾經試圖讓他明白，世界並不像他想像的那麼誠實。證據就在那裡，只要有人能看到它就行。

拜登任期時公布的文件依然留有少量文件，即使那少量文件，仍有很多人關注不減。國會議員史蒂夫·科恩（Steve Cohen）2024年2月23日致信拜登，再次敦促他公布與約翰·甘迺迪總統遇刺事件有關的文件。他勸告總統，甘迺迪總統遇刺案一直是陰謀論的主題。政府的保密和最近文件發布的延遲只會助長這種想法。甘迺迪總統慘遭暗殺六十年後，是時候粉碎陰謀論並向人民展示聯邦政府的責任了。

在2025年競選成功的特朗普，再次公布餘下文件。不過多位研究學者都認爲，眞正的證據相信已經被銷毀，根本完全無可能在現存的文件內尋找到像誰是下達刺殺甘迺迪的命令。

在美國政府中靠著政治正確都能被提拔到國家安全高度的政治氛圍下，四個全球最有權勢的部門能夠低聲下氣妥協到這個地步應該說相當不錯了，誰家沒有眞正的國家機密，誰家沒有難言尷尬，誰家沒有朋友利益，同樣誰家沒有挖空心思搗你命脈的眞正敵人。更何況歷經超半個世紀，從如今已經解密的99%文檔看，關於奧斯華本身的信息很少。奧斯華背後並未發現眞正意義上的陰謀集團或黑幕，與將近20年後刺殺列根的約翰·欣克利（John Warnock Hinckley, Jr.）並無二致，至於前不久讓特朗普耳廓掛彩的托馬斯·馬修·克魯克斯（Thomas Matthew Crooks），雖然已被擊斃當場，初步調查結果大概率也是獨狼神經病人。

歷史對比

甘迺迪之後的下一次美國總統遇刺案發生在1981年3月31日的列根（Ronald Reagan），而最近的一次則是2024年7月13日的特朗普。慶幸這兩個目標都比美國史上第二年輕的總統甘迺迪命硬（西奧多·羅斯福（Theodore Roosevelt）爲年輕總統之最）。列根不僅挺過了醫院救治康復，而且一天不少地完成他的總統任期，還順帶促成了美國的死敵蘇聯解體。特朗普更是僅一隻耳朵被子彈擦傷，在鮮血半臉的情況下，揮舞拳頭做堅強狀，留下足可媲美二戰中美軍在瓜達卡納爾島插上星條旗的斯巴達克斯式的經典照片。或許那一擊促使當選總統特朗普下決心徹底讓這個折騰美國人半個世紀的秘密見天。特朗普在總統就職典禮前夕華盛頓特區的一次集會上表示，他將公開這些文件，以表明恢復政府透明度和問責制，扭轉政府文件的過度機密化，一切都會眞相大白。再次入主白宮僅一周的特朗普總統簽署了對甘案調查所有剩餘文件解密的行政命令，要求國家情報總監和司法部長在隨後15天內制定發布甘案文件的計劃。許多長期研究過已公布信息的人表示，公衆不應該期待任何驚天動地的揭露，但人們仍然對刺殺事件及有關細節存在著濃厚興趣。總有可能漏出一些東西，成爲揭示眞相的更大冰山一角，這就是研究人員所尋找的。《甘迺迪半個世紀》(JFK: A Half Century)一書的作者拉利·薩巴托(Larry Sabato)說，現在你很可能找不到它，但它可能就隱藏在其中。

中情局行爲

中情局在甘迺迪遇刺後所謂無害掩蓋，究竟爲何要六十多年依然繼續將文件保密呢?而令到日後催生了今日的深層政府。在1963年11月22日，美國總統甘迺迪在達拉斯遭到槍殺，兇手是奧斯華。案發的第二天，有一位美國聯邦調查局的探員拿著一張從報紙或雜誌剪下來的人物照片，來到奧斯華母親家的門前。他懷疑照片中的人可能就是她的兒子本人，或者至少是跟奧斯華一同犯案的同夥，因此希望透過她來確認人物的眞實身份。根據一份最近才解密的中情局文件顯示，當時這名聯邦調查局探員跟奧斯華的母親透露，他手上的那張照片是從中情局那裡拿到的。但他這一句不經意說出的話，卻剛好違反中情局提出的唯一要求，也就是絕對不能提到中情局的名字。從此之後的數十年間，圍繞甘迺迪遇刺案便展開層層疊疊的秘密調查，各種扭曲的眞相與掩蓋的事實交錯纏繞。即使到了今天，人們仍在一步步抽絲剝繭，試圖揭開這場歷史迷霧下的眞相。

特朗普政府公開多達82,864頁跟甘迺迪遇刺案相關的機密文件。從這些文件中可以清楚看出，從甘迺迪被暗殺的第一天起，中情局就開始積極試圖隱瞞它所掌握的各種資訊。不過這些隱瞞的手法卻顯得相當拙劣，不但未能掩蓋眞相，反而一步步激起外界對中情局乃至整個美國政府誠信與本質的嚴重質疑與懷疑。

甘迺迪遇刺事件發生之後，美國社會迅速陷入一波又一波的恐慌與猜疑之中。與此同時，關於那張由中情局提供的神秘照片，也逐漸引發各種揣測與謠言。人們不禁追問，爲什麼中情局會在總統遇刺前幾個月，就開始監視奧斯華這個兇手？隨著各項調查接連展開，中情局官員對於這張照片的說法反覆不定、前後矛盾，反而進一步激發外界的懷疑。漸漸許多美國民衆開始認眞思考一個過去長期以來被視爲禁忌的可能性，政府內部是否存在某些隱秘勢力，暗中密謀奪權、甚至策劃這起震驚全國的刺殺事件？在甘迺迪遇刺的兩個月前中情局就已經在墨西哥城秘密拍攝到奧斯華的照片。當時他正試圖向位於當地的古巴及蘇聯領事館申請入境簽證，這個舉動隨後也成爲調查焦點之一，引發了外界對他動機及背後勢力更深一層的猜測與懷疑。中情局之所以極力否認並試圖撇清跟這張照片的關聯，最主要的目的是爲了保護中情局在墨西哥城所執行的一系列針對蘇聯和古巴外交使館的秘密監控行動。這些監控行動的規模相當龐大，不僅在古巴大使辦公室的茶几桌腳內藏入竊聽裝置，還在附近設置多達六處秘密據點(安全屋)，用來全天候監視大使館的出入口。此外他們還部署兩輛可以隨時移動位置的攝影監控車，並安排三名專業探員進行徒步跟蹤與秘密拍攝訓練，確保情報蒐集工作的完整性與隱密性。

情報監控

從特朗普總統的第一個任期開始，他就不斷強調並反覆提出相當一致的論述，就是認爲由情報機關、政府官僚以及主流媒體共同組成的秘密陰謀集團，正試圖推翻選民的意志，處處阻撓他的施政，甚至不惜捏造各種對他的刑事指控來達成目的。

2023年特朗普在保守派政治行動會議（CPAC）舉辦的一場大型活動中，再次強烈表達這個觀點，他向支持者喊話說只要有你們跟我一起並肩作戰，我們一定能摧毀深層政府，趕走那些主張戰爭的分子，我將徹底清除那些未經選民授權就掌握權力的官僚，還有幕後操控這一切的邪惡勢力。特朗普於2025年1月宣誓就職後的短短三天內，便立刻簽署行政命令，要求公開所有尚未解密的甘迺迪遇刺相關文件。他在命令中特別強調，這件震驚全國的事件已經發生60年了，是時候讓美國人民知道全部的眞相!

最新公開的這批文件，多數是紙張泛黃褪色的打字文件，以及夾雜少量的手寫筆記。這些歷史檔案進一步揭露中情局在甘迺迪遇刺案發生前後幾年間的秘密行動細節，也讓世人清楚看見中情局在那段時期究竟進行多麼廣泛而複雜的情報活動。在這次解密的文件當中，有一份特別引人注目的資料揭露中情局曾經秘密在運往蘇聯的古巴出口糖裡面添加化學污染，企圖破壞古巴和蘇聯之間的貿易。另外還有一份文件清楚顯示，中情局曾經跟美國黑手黨合作，策劃以10萬美元的價格雇用殺手，企圖刺殺古巴領袖卡斯特羅。除此之外，他們還分別以每人2萬美元的高額賞金，懸賞取下卡斯特羅的弟弟勞爾·卡斯特羅（Raúl Castro），顯示出中情局在冷戰時期不惜採取暗殺等激烈手段達成政治目的的眞實面貌。

秘密行動

在公開的另一份文件中，揭露甘迺迪總統的幕僚阿瑟·施萊辛格(Arthur Schlesinger Jr.)當年呈交給總統的一份備忘錄。他在備忘錄中清楚表達對美國情報機關權力不斷擴張的擔憂。他指出當時美國雖然在海外派駐大約3,700名正式的外交人員，但同時卻有多達1,500名中情局官員用國務院外交官的身份當掩護進行秘密行動。他在備忘錄中特別警告甘迺迪，如今的中情局已經逐漸具備一個國中之國的各種特徵，形成自己的勢力範圍與獨立的運作模式。

當年那張中情局所拍攝、後來卻莫名其妙出現在奧斯華母親家門前的神秘照片，不僅讓中情局秘密監控李·哈維·奧斯華在墨西哥城跟古巴官員聯繫的行動首次曝光，也讓外界對中情局在古巴的一系列秘密計劃產生更多疑問。尤其值得注意的是，就在甘迺迪總統遭到暗殺的兩個月前，古巴領袖卡斯特羅曾經公開警告說，如果美國膽敢試圖暗殺古巴領導人，那麼美國自己也不會安全。這一番話，如今再度被人們想起，是否暗示甘迺迪之死其實是卡斯特羅爲了報復美國而精心策劃的一場行動?

中情局後來坦承，他們當年確實進行一項名爲「無害掩蓋」的行動，刻意不向甘迺迪遇刺案的調查單位透露自己在古巴進行的秘密顛覆行動。中情局官員後來解釋說，他們這樣做是爲了讓調查人員接受一個相對安全且不會引發國際衝突的版本，也就是奧斯華只是一名沒有任何外國支持的獨立槍手。中情局內部非常擔心，如果完全誠實揭露自己在古巴的秘密行動，美國與蘇聯之間很可能迅速陷入一場災難性的軍事對抗，甚至爆發核戰爭。這也是爲何中情局最初刻意隱瞞，讓外界逐漸對中情局乃至整個美國政府產生極大的懷疑，日後更形成現代深層政府陰謀論的溫床。

美國政府內部角色

到了1980年代，根據研究甘迺迪遇刺案的歷史學者史蒂文·吉隆(Steven Gillon)指出，大多數美國人早就已經相信，美國政府內部必定在甘迺迪遇刺事件中扮演某種重要角色。其中流傳最廣的一種說法是，正巧是美國當年在古巴各種秘密行動的暗黑版，中情局聯合國防工業承包商、反卡斯特羅的流亡團體，以及跟政府暗中合作的黑手黨勢力，共同策劃並實施對甘迺迪總統的暗殺行動。在過去，美國民衆所擔憂的大多數陰謀論，通常都是指向外國勢力可能對美國進行秘密的滲透或顛覆。然而當人們逐漸得知中情局竟然能在鄰國透過黑手黨殺手暗殺他國元首時，就很難不產生另一種更深的疑慮：中情局是否也可能對美國自己的政治人物採取類似的行動?研究美國陰謀論歷史的路易斯安那州立大學教授喬納森·厄爾(Jonathan Earle)曾經指出，既然中情局在海外都能做到這種地步，那麼人們很自然就會聯想到，他們在美國本土執行類似的暗殺任務也不是什麼難以想像的事情。

到了2017年特朗普正在擔任他的第一屆總統任期，當時情報機構正指控他跟俄羅斯有所勾結，也就是通俄門。特朗普則公開表示，有一群情報單位和政府官員組成的秘密集團，也就是他口中的深層政府，正在背後設法推翻他的政權。這種說法逐漸跟過去甘迺迪遇刺的陰謀論互相融合，這讓許多人開始覺得，政府內部可能眞的有一股暗黑勢力在操控歷史事件，甚至試圖影響現今的政治情勢。

在接下來的數十年當中，中情局就不斷試圖向每一次調查甘迺迪遇刺案的官方行動隱瞞更多黑暗的內幕與眞相。這些被刻意掩蓋的事實，包括中情局在海外執行的許多不爲人知的秘密行動，例如針對敵對國家或勢力採取恐怖攻擊手段、暗中聘僱黑手黨殺手執行暗殺任務，以及秘密操控干預其他國家的選舉結果。這些驚人的內幕逐漸曝光後，更進一步加深外界對美國政府和中情局眞實意圖的懷疑與不信任。不過這些曾經被極力隱藏的黑暗秘密，最終仍一件又一件的浮出水面。而每當眞相被揭露一次，過去曾經被視爲荒誕、邊緣的想法，美國政府內部存在某種神秘而強大的秘密集團，就再次獲得滋養，而且不斷在民間流傳與發酵。漸漸地這個原本僅存在於陰謀論的概念，逐步演變爲一個引人入勝、極具政治感染力的論述，甚至在甘迺迪遇刺60年後，成功成爲美國總統的重要政治主張與競選策略。

史蒂文·吉隆指出，甘迺迪遇刺事件，以及隨之而來的各種陰謀論，正是現今所謂的深層政府（Deep State）這個概念最初的源頭。也就是說，這場震驚全球的刺殺案，無意間引發了人們對於政府內部潛藏著秘密力量操控國家大事的懷疑，並持續影響後來幾十年的政治與社會輿論。

瑪麗蓮夢露的神秘死亡

1962年8月5日，36歲的瑪麗蓮·夢露，被發現赤身俯臥床上在洛杉磯寓所香消玉殞，她家的窗戶也被離奇打破，一代性感女神就此落幕，讓無數男人痛徹心扉。瑪麗蓮·夢露是一代性感偶像，好萊塢光鮮的一面在她身上表現得光焰萬丈，而她的私生活和離奇死亡也是好萊塢暗黑一面的表現。

那夢露的死因到底是什麼呢？根據美國官方的說法，夢露是因爲服用了過量安眠藥導致的死亡，但現場的無數疑點，卻讓人們很難相信夢露死於自殺。因此，關於夢露死因的追尋幾十年來一直沒有停止，甚至聯邦調查局於2006年解密關於夢露死因調查報告後，也沒有徹底消除人們的疑慮。各種陰謀論，更是紛至沓來，今天我們就重新回到那段歷史之中，還原夢露死亡前後的故事，大家一起看看，所謂的陰謀論是否有道理。

FINAL

DAILY NEWS

NEW YORK'S PICTURE NEWSPAPER

5¢

MARILYN DEAD

Marilyn Monroe: "I was never used to being happy."

THE MONROE SAGA: 7 PAGES OF STORIES AND PICTURES

瑪麗蓮·夢露死亡，當時報章頭版報道。

死亡現場的疑雲

1962年8月5日凌晨4時許，一個電話突然打進美國洛杉磯警局報案，該人自稱是夢露的私人醫生拉爾夫·格林森（Ralph Greenson），他發現夢露死於家中，請警察前來調查。派員前往夢露家中，洛杉磯著名的富人區布倫特伍德，由於夢露太過出名，也太過年輕，所以警察意識到這很有可能是一起刑事案件。警方趕到時，發現她赤身裸體地側臥在床上，手裡還緊握著一個電話筒，沒有人知道她臨死前在跟誰打電話，臉部斜壓在枕頭上，雙腿筆直的伸著，身上沒有任何明顯傷痕，床邊散落了幾個安眠藥的瓶子。其房間中，也沒有發現任何掙扎打鬥的痕跡，仿佛夢露就是打著電話，慢慢睡了過去，再也沒有醒過來，一切似乎都指向了自殺。可往往這種情形，卻很可能是謀殺，因爲整個現場似乎太完美了，完美的就像是人爲設計好了一樣。多年後，一名曾進入現場的警察表示，他在進入現場後，第一感覺就是謀殺。

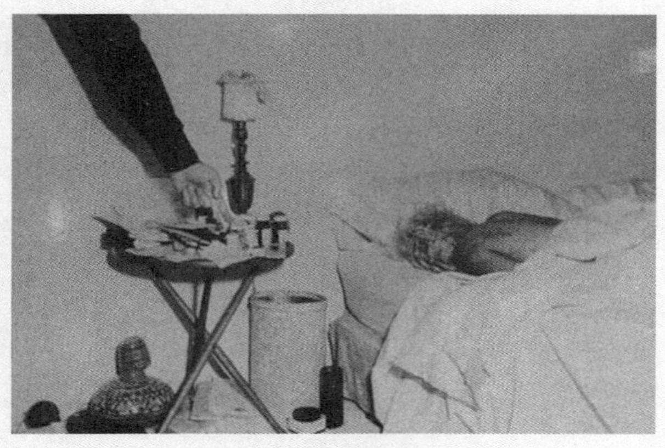

警方趕到時，發現她赤身裸體地側臥在床上

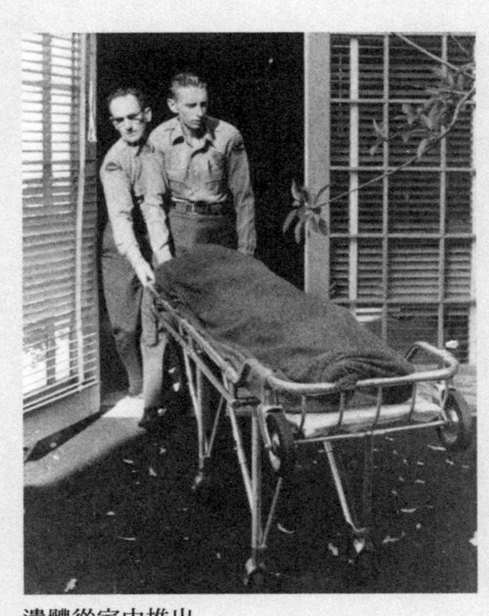
遺體從家中推出

那一年在洛杉磯布萊登公寓區的那個深夜時分，瑪麗蓮·夢露寓所內的燈光異常明亮。平日此時住所早已寧靜，但此刻燈火通明，引起管家尤妮絲·穆雷的警覺。她發現這一反常情況後，出於對夢露女士的深深關懷，首先走向她的臥室嘗試敲門詢問。然而，屋內始終未有任何回應，這種異乎尋常的寂靜令人不安。多次敲門無果後，穆雷察覺到房門被從內部反鎖。於是她來到庭院，借由堆疊的石塊向夢露房間窺探，只見她趴在床上，手中緊握著電話聽筒，狀態極度異常。穆雷不敢掉以輕心，立刻聯繫了私人醫生拉爾夫 · 格林森(Ralph Greenson)前來查看。這時候夢露的私人醫生對警察說出了夢露不爲人知的一面。他說夢露雖然表面陽光樂觀，但實際上夢露長期患有抑鬱症與多種精神疾病。

官方結論與爭議

事後洛杉磯警方根據夢露死亡時旁邊空的安眠藥瓶及藥檢結果發布官方消息，夢露是服安眠藥自殺。但大衆對這顆耀眼明星的死因，一直很有爭論，誰會在自殺時還在打電話?另外，日本籍法醫野口恆富在負責遺體解剖時很仔細地檢查了夢露的消化系統。在夢露胃腸殘留物中，法醫並沒有發現安眠藥的殘留。而夢露血液苯巴比妥的含量卻是正常服用安眠藥的5倍，這完完全全足以殺死20個人。夢露血液中苯巴比妥的含量爲何如此之高，她是怎麼攝入的？

或許是因爲家族遺傳精神病史，也或許是受到了甘迺迪家族的威脅，夢露的精神狀況出現了很大問題，夢露的朋友曾說過，她經常作出自殺的威脅，但都是爲了博取同情。據稱甘迺迪妹夫勞福德曾與夢露的心理醫生達成過一些特殊約定。瑪麗蓮·夢露曾住過的私人精神病院夢露最後一次去看病的時候，醫生給她開了60片速可眠膠囊。1962年8月5日，夢露死的那天，管家將一整瓶藥都放在了她的床頭。爲了揭示眞相，警方委托法醫對夢露的遺體進行了解剖檢驗，結果顯示她的血液中含有大量巴比妥類藥物成分，其含量是房間內安眠藥所含巴比妥成分的五倍之多。更令人驚訝的是，解剖發現夢露的胃部十分潔淨，並無吞服安眠藥的跡象，這表明夢露的死因可能並非自行服藥過量，而是遭人注射致命藥物。據推測，那份足以致命的藥劑劑量，即便是對付一頭大象也綽綽有餘。這之後的幾十年，夢露死因之謎始終困擾著世人。她的毒理學報告表明，在夢露的消化系統內有0.008%的三氯乙醛水合物（用作農藥、醫藥中間體，吞食有毒）和0.0045%戊巴比妥鈉（常用於動物麻醉實驗）。瑪麗蓮·夢露的屍檢報告來自洛杉磯縣驗屍辦公室的托馬斯博士將夢露的死因記錄爲疑似自殺導致的急性巴比妥類藥物中毒。而官方給出的回應則是因不堪忍受演藝圈的壓力而自殺身亡。當然輿論並不爲這個解釋買單，他們更相信夢露之死是由於卷入了甘迺迪家族與政治圈的黑幕。

夢露的血液中含有大量安眠藥成分，而這種劑量的安眠藥，足以使夢露死去，再結合私人醫生與女管家的說法，最終認定夢露死於服藥自殺。法醫得出結論後，於8月8日立即下葬，可以說從夢露死到她下葬只用了三天的時間，這更讓很多人認爲，夢露的死因有著不可告人的秘密。由於警方已得出確切結論，要查清夢露的眞正死因只能依靠非官方力量。一時之間，無數群衆自發組成調查團隊，全力研究夢露的死亡之謎，很快發現了諸多疑點。

死亡疑點的揭露

1. 從夢露死前的姿勢，以及手中的電話，可以看出夢露死得太過突然了，甚至都沒來得及放下電話就死了，這與服用安眠藥自殺的人很不相符。
2. 服用安眠藥自殺，是一件非常痛苦的事情，往往要經歷嘔吐、惡心、全身抽搐等過程，很多時候自殺者都會把現場折騰得非常混亂，可夢露的房間明顯過於整潔。
3. 依照夢露的性格，就算自殺也會把自己打扮得非常體面，不會在生命的最後時刻，把自己搞得如此狼狽。
4. 據夢露的前夫阿瑟·米勒回憶，夢露有一個神秘的紅色日記本一直在家

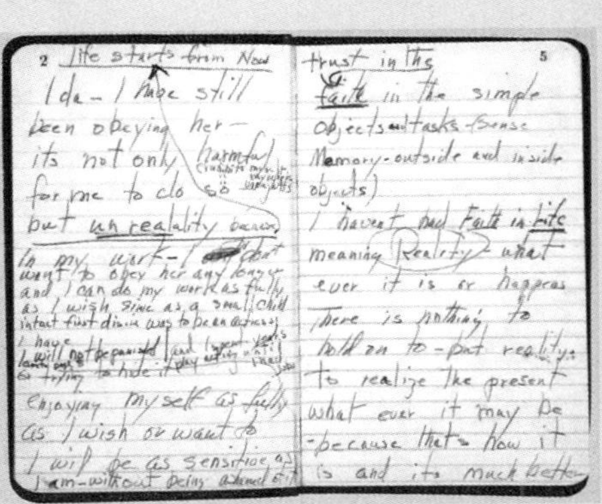

夢露日記本

中，可當他回到夢露住處協助調查時，並沒有找到那個日記本，也就說明有人偷偷拿走了日記本。

5.在夢露的遺體被運走後，夢露的女管家莫裡竟然開始打掃起房間，並把所有垃圾扔掉，相關衣物清洗乾淨，而這種異常的舉動，竟然沒有受到警方的責難。

6.夢露在8月5日凌晨0點之前，曾給一個關係好的女性朋友打過電話，那位女士回憶，夢露的狀態沒有任何異常，可據法醫判斷夢露就是在0點左右死亡的，夢露的情緒爲什麼會變化得那麼快呢?

7.據夢露的鄰居回憶，事發當晚，曾有一架直升機在夢露家附近盤旋，且夢露家中當晚曾走入一位非常像甘迺迪總統的人。

8.從夢露死亡到私人醫生報警那段時間，也就是8月5日凌晨0點-4點期間，夢露的通話記錄，由於技術原因而沒有保存下來，很多人都懷疑，是有一位擁有通天本領的人，強行將通話記錄刪除了。

9.2006年FBI解密了夢露的屍檢報告，但人們發現本來應該有723頁的屍檢報告，不知因爲何種原因，只剩下了54頁，如果眞的只是一起普通的自殺事件，爲什麼會丟失那麼多的報告呢?

10.根據屍檢報告，夢露的血液中含有大量安眠藥成分，可屍檢報告同樣顯示夢露的胃裡面，沒有檢測到任何安眠藥的成分，這又是爲什麼呢?

案發現場

夢露的屍檢報告影印件針對以上十個疑點，人們大膽推測夢露死於他殺，至少不是主動服藥自殺，而關於夢露的死亡原因，也產生了很多推測。

第一種說法是，罪魁禍首是夢露的私人醫生，他不小心給夢露開了大劑量的安眠藥，致使夢露服藥過量而死，這個說法明顯站不住腳，夢露又不是小孩，豈能給多少安眠藥就吃多少？

第二種說法是，夢露因爲某些特殊的癖好，導致神秘死亡，可根據已知的相關情況，這就是無稽之談，根本無法令人信服。

TUCSON, ARIZONA,

Possibly Suicide

Marilyn Monroe Found Dead At Her Home

Pill Bottle Beside Bed Is Clue

By BOB THOMAS
AP Movie-Television Writer

HOLLYWOOD, Aug. 5 (AP)—Blonde and beautiful Marilyn Monroe, a glamorous symbol of the gay, exciting life of Hollywood, died tragically Saturday night.

Her body was found Sunday nude in bed, a probable suicide. She was 36.

The long troubled star clutched a telephone in one hand. An empty bottle that had held sleeping tablets was nearby.

Miss Monroe, fired from her last movie, had been in seclusion for weeks at her rambling Spanish-style bungalow in Brentwood. At midnight her housekeeper, Mrs. Eunice Murray, noticed a light in the actress' bedroom.

The light was still on at 3 a.m., and Mrs. Murray got no answer when she called to her mistress and knocked on the door. It was locked. Alarmed, she called Miss Monroe's physician, Dr. Ralph Greenson.

Death Was Two Months Away

This photo, taken two months ago, is one of the most recent ones of Marilyn Monroe, who was found dead Sunday. (AP Wirephoto)

Curphey said a special sui-

報章報道

第三種說法是，夢露的死，是一場精心策劃的謀殺，這場謀殺之所以能做得如此天衣無縫，並無法被人們探測到眞相，因爲策劃者是當時的美國總統甘迺迪以及他的弟弟。目前來看，第三種說法是相對可信的，同時也是流傳最廣的，人們認爲只有甘迺迪兄弟出手，才會造成這起案件永遠無法偵破。

夢露的坎坷童年

20世紀20年代中葉，整個美國正處於黃金時代，夢露的出生本就是一次意外，1926年出生在美國加利福尼亞的洛杉磯。洛杉磯是美國電影行業的天堂，諾瑪的媽媽格拉迪絲·貝克(Gladys Baker)就是一位有精神病史的電影剪輯師。諾瑪的母親當年在洛杉磯屬於中產階層，但是她的生活非常放蕩，經常在電影圈和有才華的年輕演員、編劇們鬼混，有過幾段不幸福的婚姻。諾瑪還在娘胎裡時，她的父親就拋棄了妻子格拉蒂絲，丈夫帶著領養的兩個兒子失蹤了，還留下了措辭十分生硬的便條，便條說我把孩子們帶走了，你永遠也找不到他們了。1926年6月1日，單身母親格拉迪絲·貝克生下了女兒諾瑪·簡·貝克，在諾瑪出生半個月後，母親因爲精神狀態不穩定，就將諾瑪送到了寄養家庭，每個月給幾塊錢撫養費。諾瑪在寄養家庭長到7歲才回到了母親的身邊，但是格拉蒂絲已經有精神病症狀，難以維持正常生活。2年後由於母親格拉蒂絲的家族有精神分裂病史，格拉蒂絲的父母也都是精神病患者，最後格拉蒂絲被送入精神病院，一直被關到去世。那一年諾瑪則被送到孤兒院。此後瑪麗蓮夢露一生都對母親難以釋懷，她曾對朋友說我的母親曾親口說，如果我是個死胎，可能她會更開心一點。夢露曾回憶說，她的母親時而尖叫時而狂笑，最後被送往了一家精神病醫院。事實上夢露的外公外婆也都是在精神病醫院中過世，所以夢露一家都患有家族遺傳精神病。

孤兒院的漂泊歲月

此後7年，諾瑪被送往洛杉磯一家孤兒院。其後，她又輾轉於10個寄養家庭，還遭到寄養家庭養父的性侵犯。但是並無其他證據可供證明夢露眞的在這麼多的家庭中生活過。我不會說自己是孤兒，我從小就是流浪兒。我從來就不習慣開心，那不是我會去指望的事。夢露的問題童年是她成年後永遠忘不了的時期。她曾經說過設法令自己開心，幾乎和設法做好演員一樣困難。幸福的童年，治癒一生；不幸的童年，則需要一生來治癒。終其一生，瑪麗蓮·夢露都在尋找愛與歸屬。

16歲那年諾瑪最後的養母麥基夫人要離開加利福尼亞，已經長大成人的諾瑪對於他們家而言是個累贅，而且諾瑪也不想跟著他們走。最後麥基牽線搭橋，讓諾瑪嫁給了自己的鄰居，21歲的詹姆斯·多爾蒂(James Dougherty)。當時是1942年，美國已經加入了第二次世界大戰，男人都去當兵。諾瑪不愛這個陌生男人，多爾蒂也厭惡諾瑪的狂躁，最後離家去參軍。這時美國的工廠裡也需要女工維持運轉，諾瑪因此被召入工人隊伍，在飛機工廠做裝配員養活自己。

1944年12月的一天，夢露稱之爲改變命運的時刻。她遇到了攝影師大衛·康諾弗（David Conover），從此一位無線電飛機廠的流水線女工，正式開始了自己的海報模特生涯。海報上的形象大獲關注，吸引了兩家影業巨頭的注意力——二十世紀福克斯（1946－1947）和哥倫比亞影業（1948），最初夢露的角色都是龍套，有一兩句台詞都謝天謝地，她爲了全心投入工作，和自己的丈夫離婚，雖然這讓他得到了自由，但是收入卻很不穩定。爲了出名，夢露曾拍攝裸體照片賺錢，但一套裸照僅僅價值50美金。夢露這階段的經歷是她人生的黑歷史，根據公認的好萊塢歷史，夢露在這一時期曾有償陪伴各種富豪。巴西的著名花花公子貴諾，就坦誠曾花錢和夢露共度春宵，夢露當時年僅20歲。後來她去了好萊塢，改名瑪麗蓮·夢露。

失敗的婚姻與情感波折

此後瑪麗蓮·夢露與棒球運動員喬·迪馬喬（Joe DiMaggio）和劇作家阿瑟·米勒（Arthur Miller）有過兩段廣爲人知的婚姻，也都以離婚告終。瑪麗蓮·夢露和喬·迪馬喬的婚姻，是上個世紀最爲轟動和讓人艷羨的名人婚姻，但是誰都不知道，那個讓世人爲之讚嘆的經典飛裙畫面，背後的代價是迪馬喬驟雨狂風的家庭暴力。在和迪馬喬離婚後，夢露又和劇作家阿瑟·米勒結婚，米勒比夢露大整整20歲，夢露喜歡米勒的成熟，其實這是她心底裡缺乏父愛的表現。在和米勒結婚後，夢露兩次懷孕，兩次流產，關於她爲何流產，現在說法不一。據夢露的病歷顯示，她因早年間接受流產、宮外孕等健康問題數次接受手術治療，身體已經無法再次孕育。然而米勒卻認爲是夢露缺乏自制力，以酒精和性伴侶爲生活的調味劑，這些東西毀掉了她的婚姻。在和米勒結婚5年後，兩人再次離婚。她與米勒的婚姻並沒有比和迪馬喬的維持更長，在這段感情中還失去了兩個孩子。這次離婚後夢露精神大受打擊，她大量服藥，並在醫院接受抗抑鬱治療，使得夢露不得不常年依賴藥物，特別是抗精神病類藥物幾乎成爲她生活的必需品。在與阿瑟·米勒離婚後，她又接受了輸卵管及膽囊的兩次重大手術。夢露三段失敗的婚姻讓她經歷了情感上的巨大波折。之後，她常對朋友說：「沒有人愛我，我不值得任何人愛。」設法開心幾乎與設法做好演員一樣困難。兩者都需要努力才能做到。

那麼瑪麗蓮夢露是個怎樣的人？她巔峰時期在美國有多紅？夢露和甘迺迪兄弟又有怎樣的關係呢？直到50年代，夢露遇到了經紀人強尼·海德（Johnny Hyde），她的星路才走上正途。憑藉性感形象，夢露拿下了電影彗星美人（All About Eve）的參演資格，這部電影讓她一炮而紅。20世紀福克斯公司本來和夢露只有半年合同，結果因爲彗星美人播出後效果驚人，福克斯一口氣續約7年，他們想把夢露打造成好萊塢的女神。人紅是非多，名氣越大，引來的妒忌越大。一組她早年拍攝的裸照被曝光，但是沒想到這反而成了她事業起飛的神助攻，人們對她的電影開始有了更大的興趣。1953年瑪麗蓮·夢露憑三部票房最具號召力電影飛瀑怒潮（Niagara）爲她贏得了性感的稱號；紳士愛美人（Gentlemen Prefer Blondes）和願嫁金龜婿（How to Marry a Millionaire）則塑造最爲經典的金髮女郎形象。然而和我們熟悉的拜金女形象不同，夢露一點兒也不惹人討厭，反倒是充滿了痴痴的可愛。

不過名氣的暴漲卻沒有帶來可觀的收入，接下來一年她暫停了事業。但人們沒有忘記她，回歸後主演的七年之癢（The Seven Year Itch），成了她演藝生涯中票房最成功的電影之一，並留下了影視劇中最爲經典的一個鏡頭在水渠蓋上捂住裙角。因工作室仍然不願更改合約，瑪麗蓮·夢露自己成立了一家電影製作公司瑪麗蓮·夢露製作（MMP）。1955年福克斯給了她一份新合約，讓她有了更大的導演及劇本選擇權，還有更高的薪酬。之後她出演了巴士站（Bus Stop）和MMP首部獨立製作的影片游龍戲鳳（The Prince and the Showgirl），而夢露對演藝生涯懷著12分的熱情，她甚至對金錢沒有興趣，她要的是人們的關注度，她享受衆星捧月的感覺。心理學家分析，這是她童年被忽視，得不到愛的後遺症。夢露走紅了，隨之而來的是每周上千封的求愛信，是接不完的電影邀

瑪麗蓮·夢露的傳奇一生

約，是洛杉磯、舊金山、紐約等城市沒完沒了的舞會邀請。1959年，憑著熱情如火(Some Like It Hot)的出色表演，她獲得了金球獎最佳女主角獎。直到她生前完成的最後一部電影亂點鴛鴦譜(The Misfits)。

與甘迺迪兄弟的糾葛

甚至於1959年蘇聯領袖赫魯曉夫訪美時，臨行前的赫魯曉夫還表示自己一定要跟瑪麗蓮夢露吃一頓飯，而且是一對一的私人晚餐，這一要求讓美國人大吃一驚，連忙詢問是不是搞錯了。赫魯曉夫表示沒錯，他要見夢露，這和見美國總統一樣重要。最後美國只好安排了一場好萊塢晚宴，讓夢露和赫魯曉夫同桌。夢露此時雖然功成名就，衆星捧月，但是她並不開心，因爲她還是孤獨的，沒有找到自己的眞愛。

她是男人夢寐以求的女人，但人們不會將她帶回家見父母。這句話是媒體對夢露的評價，它完美體現了夢露身上的氣質，誘惑而不莊重，沒有男人能拒絕她的吸引力，但很少有信心的男人能征服她。在僅僅十年的短暫熒幕生涯中，瑪麗蓮·夢露創造的電影票房遠超2億美元，甚至在她死後很長一段時間，仍被視爲流行文化偶像。她是20世紀50年代最耀眼的性感象徵，只要她站在鏡頭前，不凡的事就此發生。在這裡，男人們願意花大價錢買她的一個吻，卻不願傾聽她靈魂的聲音。

60年代，夢露徹底放飛自我，她在電影上的演出不多，但積極參與社交活動，成爲美國上層社會的交際花。就是這個時候開始，享譽世界的夢露和美國社會的政治新貴，甘迺迪兄弟如膠似漆，由此引出了一段長達半個世紀的迷局。在紀錄片瑪麗蓮·夢露之謎，首次現世的錄音中，她這樣自述道，我知道了一些危險的秘密。好萊塢是電影聚光燈的聖殿，更是名副其實的紙醉金迷名利場，名聲大噪的夢露與很多名流紳士保持往來。在很長一段時間裡，夢露還輾轉於甘迺迪兄弟身側，與甘迺迪家族保持著密切的聯繫。約翰·甘迺迪與瑪麗蓮·夢露的一段爲期不短的羅曼史，由甘迺迪的妹妹及妹夫彼得·勞福德(Peter Lawford)牽線安排第一次會面。勞福德和夢露一樣都是演員。

夢露與甘迺迪

危險的秘密與政治風波

1954年夏天的一個夜晚，勞福德借機推薦甘迺迪夫婦出席了著名經紀人查爾斯·費爾德曼(Charles Feldman)的宴會，因爲他知道瑪麗蓮·夢露與她剛新婚六個月的丈夫迪馬喬也會出席這個宴會。在這場宴會上甘迺迪第一眼就被性感耀眼的夢露所吸引。當時甘迺迪對夢露頻放秋波，夢露也非常接受這位年輕英俊的議員，夢露丈夫迪馬喬因此非常不滿，甚至在酒會上就跟夢露發生不快。此後幾年甘迺迪成爲了夢露的情人之一，兩人經常約會，並共度春宵。甘迺迪的妻子積琪蓮·甘迺迪雖對此知情，但是他控制不住花花公子甘迺迪。甘迺迪當上總統後，夢露成爲了白宮的常客，夢露和甘迺迪常在朋友家裡私會，後來夢露直接出入白宮，白宮官員和政客們都對此一清二楚。夢露向自己的朋友詹姆斯透露道我和我們的總統開過房間，上過牀。

1954年夏天的一個夜晚，夢露出席夢露查爾斯·費爾德曼的宴會

當時美國報紙曾有過這樣的標題白宮有個金髮女郎，可是在聯邦調查局的警告後被撤下。夢露當時是眞心愛著甘迺迪的，可花花公子甘迺迪從不專情，他背後還有十多個情人，夢露只是其中之一，甚至都不是他最愛的一個。甘迺迪逢場作戲，可憐的夢露卻開始做夢，她想當美國第一夫人，想成爲全世界矚目的女人。在1961年一場由甘迺迪主辦的晚會中，兩人舉止親暱，由於甘迺迪夫人當時正在外地度假未出席活動，這無疑爲甘迺迪和夢露製造了共度深夜的良機。此時的夢露已經結束了與第三任丈夫的婚姻關係，孤寂長夜難熬，於是頻頻撥通甘迺迪的電話，並喬裝成私人秘書闖入白宮，在甘迺迪的辦公室內與他秘密幽會。

甘迺迪上台後，她開始要求甘迺迪滿足自己的願望，比如帶著自己出訪，或者直接和積琪蓮離婚，和自己在一起。這些話著實嚇到了甘迺迪，甘迺迪給她說了很多話，下了不少工夫，甚至派人去勸說夢露不要越軌，她面對的是美國總統，而不是一個普通人。但是夢露在得到警告後越加歇斯底裡，她堅持要和甘迺迪在一起，並威脅甘迺迪要曝光兩人的關係，甚至要把一些甘迺迪對她說過的秘密一起說出去。作爲甘迺迪的枕邊人之一，她與甘迺迪的談話據稱涉及了許多國家機密，一旦被公佈，將對甘迺迪的政治生涯造成毀滅性打擊。

在1962年5月19日，甘迺迪總統生日會上，夢露高調前往現場，與甘迺迪總統表現得非常親密，一時之間所有人都認爲，夢露或許很快就會成爲美國第一夫人。這種場合對於夢露來說簡直是天堂。在甘迺迪的生日會上，她穿上了一件上萬美金的定制禮服，唱了一首生日快樂，這一幕成爲美國20世紀的經典記憶。由於聲音過於性感獨特，讓許多人都覺得他們兩人關係曖昧，並且在那一刻昭然若揭。甘迺迪同樣回應了一句非常曖昧的回應，聽到如此甜蜜的生日祝福，我想我可以現在就退休了。但也正因爲這是晚宴，夢露變成了所有人癡迷的女神，這個女人太過美麗和耀眼，而他與甘迺迪的關係被公開以後，夢露就成爲了甘迺迪的大麻煩。據白宮的秘書回憶，當時約翰·甘迺迪的弟弟羅拔·甘迺迪曾經警告自己的哥哥，說夢露太過危險，讓哥哥離夢露遠一點。深陷情感漩渦的夢露一直期盼甘迺迪能離婚並迎娶自己，然而對於甘迺迪而言，放棄幸福美滿的家庭去接納一個被視爲花瓶的夢露，實屬不可能之事。甘迺迪與夢露之間的曖昧關係，更多地是爲了滿足他作爲男子漢的虛榮心，而非承擔起眞正的責任。但實際上甘迺迪總統更迷戀的是權力，他與夢露不過是逢場作戲罷了，甘迺迪對夢露的熱情，讓夢露產生了錯覺，覺得自己才是甘迺迪最愛的那個女人。漸漸地夢露便迷失在了花言巧語中，產生了不該有的奢望我要成爲第一夫人！但是她並不知道甘迺迪是不可能離婚的，首先家族不允許，甘迺迪家族花了100萬美金穩住了積琪蓮不離婚；其次甘迺迪離不開積琪蓮傑出政治才能的幫助。但是被愛情衝昏頭的夢露完全看不到這些！

特別是生日會後不久，甘迺迪總統得知夢露懷了他的孩子，更是直接了當地與夢露斷絕了關係。爲了防止夢露出現過激行爲，甘迺迪總統特意囑咐自己的弟弟，當時的美國司法部部長羅拔·甘迺迪與夢露進行交涉。可他的弟弟竟然被夢露的美貌迷得神魂顛倒，在哥哥與夢露斷絕關係後，他主動與夢露發展成爲戀人關係。從此夢露成爲了甘迺迪兄弟共享的玩物，這種關係在豪門權貴與政治權力交織的背景下，變得愈發險象環生，而夢露卻對此渾然不覺。不過羅拔·甘迺迪明顯沒有他哥哥的大局意識，他在與夢露交往過程中，竟然把一系列的絕密信息告訴了夢露，比如積琪蓮家族與黑手黨的關係、核武器的秘密、刺殺古巴領導人卡斯特羅的情況等。夢露聽到這些秘密後，本來應該徹底守口如瓶，可她卻有記日記的習慣，於是她把這些內容都記錄到了一個紅色日記本裡面。夢露甚至將自己與甘迺迪兄弟的床上之歡以及一些不可告人的秘密詳實地記錄在日記本上，字裡行間透露出深深的糾葛與危險。聯邦調查局在了解到相關情況後，連忙向甘迺迪總統做了彙報，甘迺迪總統在得知了弟弟的愚蠢行爲後，又氣又惱，最終爲了永遠解除後顧之憂，甘迺迪總統決定讓弟弟安排人手，對夢露痛下殺手。

日記本與失蹤的證據

就在案發當晚，有鄰居報告稱，夢露公寓樓頂上方曾有直升機盤旋監視，而在夢露自殺的那個夜晚，那本日記離奇消失。但洛杉磯地方檢察官辦公室否認夢露記有這樣一本日記，也否認夢露之死和謀殺有關。根據美國信息自由法，2006年，聯邦調查局不得不解密關於夢露的多達500頁文件。歷史專家才發現瑪麗蓮·夢露之死，可能和她記下的一本秘密日記大有關係。夢露這本日記記載下了夢露和甘迺迪兄弟倆的大多數枕邊談話。1962年8月甘迺迪兄弟不約而同地斬斷了和夢露的來往。面對突然的劇變，瑪麗蓮·夢露顯然也意識到了自己的危險。她曾絕望地打電話給自己的好友西德尼·吉拉羅夫(Sydney Guilaroff)，傾訴了她和甘迺迪兄弟的私情，並稱她知道一些危險的秘密。無獨有偶地警察還發現夢露私人日記、備忘錄以及死前三個小時的通話記錄都離奇消失了。美國當局對夢露死亡的具體細節始終秘而不宣，她生前的通話記錄、書信往來以及那本神秘日記悉數被美國聯邦調查局扣押，並列爲最高級別的國家機密。因此夢露的死因至今仍是一個懸而未決的謎團。

後續調查與未解之謎

在她死亡40多年後，大多數關於她的官方調查文件仍被列爲高級機密。紀錄片夢露之謎：絕密錄音帶中重申了這一點，沒有任何證據證明她是被刻意殺害，她死於自殺，或是意外服用了過量藥物。至於爲什麼她的死亡情況被掩飾，有證據顯示是因爲她與甘迺迪兄弟的關連。遺憾的是，這部紀錄片中的大多數時間裡，仍是對既定事實和關於夢露生平的謠言進行地平庸重述。而安東尼·薩默斯(Anthony Summers)的著作《女神：瑪麗蓮夢露的秘密生活》(Goddess: The Secret Lives of Marilyn Monroe)薩默斯的作品探討了長期以來

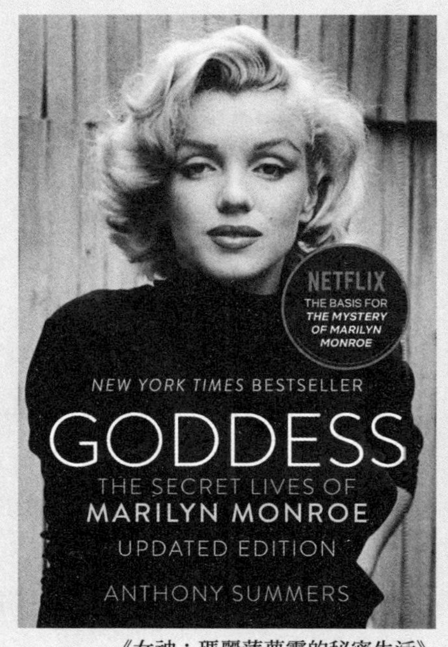

《女神：瑪麗蓮夢露的秘密生活》

關於夢露與約翰·F·甘迺迪總統及其弟弟羅拔·甘迺迪關係的謠言和猜測和夢露的最後幾個小時和衆說紛紜的死亡時間線提出了他的想法。

2002年8月12日，在瑪麗蓮夢露逝世已40周年之後，有人站出來發聲說是知道夢露死亡眞相。美國一媒體更是爆出驚人內幕，甚至拿出了相關的錄影帶證據。錄音帶長達兩個小時，由夢露的朋友卡爾波齊提供。他當年展開了長達10年的追查，發現夢露並非是自殺，而是被謀殺。他找到夢露的護士並錄下對話，錄音帶可證實夢露並非自殺身亡。他指出甘迺迪兄弟在相繼和夢露發生關係後，擔心東窗事發，於是就僞造了一場自殺。

而且他還吐露1962年7月20日的時候，夢露曾在洛杉磯墮胎，究竟孩子的父親是誰，外界卻不知道。8月4日夢露在死前還向白宮打過電話，要求與甘迺迪見面，但被拒絕。晚上心理醫生表示爲夢露注射特效的助眠劑，夢露在服用安眠藥後，隨後注射了這種藥劑。

撲朔迷離的死因，與政治的諸多牽扯，爲夢露的一生添上了更加神秘色彩，也不禁讓人感嘆自古紅顏多命苦。當年瑪麗蓮·夢露走紅美國，靠的是天使容貌和魔鬼身材，但是她死後之所以被不斷研究，主要還是因爲她跟甘迺迪兄弟的緋聞，以及她的神秘自殺。瑪麗蓮夢露去世時僅僅36歲，正是人生的巔峰時期，她的官方死因是自殺，但是後世均認爲她是因爲和甘迺迪兄弟的不良關係，被特工謀殺。

歷史懸案的持續影響

至於殺掉夢露的是不是甘迺迪?目前有不少證據指向甘迺迪兄弟，但是美國沒有解封當年的秘密材料，現在無法下判斷。而 在夢露死後，大量偵探和她的影迷開始調查夢露眞正的死因，很多書籍和回憶錄因此出版，讓夢露的死成爲20世紀美國最大的謎團之一，不過在夢露被殺一年後，甘迺迪總統就於1963年11月22日遭遇槍擊身亡。他的弟弟羅拔·甘迺迪也於1968年6月4日同樣遭遇槍擊身亡。因此很多人都認爲夢露的死，就是甘迺迪兄弟造成的，不過隨著甘迺迪兄弟先後被刺殺，他們身邊知情的人，也先後離奇死亡，使得我們根本無法探查出夢露的死亡眞相。

2006年，也是夢露死後的第44年，夢露第二任丈夫的外甥女，對外表示夢露在死前曾給她的母親路易斯打過電話，並告訴了她的母親兇手是誰。不過，她的母親雖然知道兇手是誰，卻始終沒有說出兇手的名字，因爲她的母親說，她想讓自己的家人都活著，最終路易斯把這個秘密帶進了墳墓中。

這麼多年都衆說紛紜。但無風不起浪，如果眞的毫無可疑之處，也不會這麼陰謀論盛行。但其實從我看夢露的幾本傳記來說，她就算62年不死，或者說就算不是被人謀殺，她可能也撐不了多久了。她精神狀態不穩定和藥物依賴情況已經太嚴重了，作爲一個社會人，她已經快喪失了正常運轉功能了。在五十年代最紅的時候，她的遲到和片場不配合、記不住台詞等嚴重影響影片拍攝進度的問題，就已經讓很多導演和合作者都已經受不了她了。到六十年代，她容顏漸老，票房號召力已經大不如從前，願意用她的製片人越來越少，能容忍她的導演和演員也不多了，可以說她的事業基本要垮了。事業垮了，愛人沒有，健康堪憂，酒精依賴，藥物成癮，幾座大山壓下了駱駝都得垮，何況她本來就有家族遺傳精神病史，原生家庭問題又很大，她自己本身的精神狀態和身體狀態在六十年代時基本也到了強弩之末。所以夢露的神秘死亡，也就成了著名的歷史懸案。

QAnon 匿名者Q

2024年七月13日，前美國總統特朗普在賓夕凡尼亞州的一場競選集會中遭遇暗殺襲擊，刺客湯瑪士·馬修·克魯克斯（Thomas Matthew Crooks）從不遠處的屋頂上朝特朗普射擊，導致一名參與者被害，兩名參與者身受重傷，而特朗普幸運地僅右耳廓受到槍傷。這顆幸運子彈，成爲特朗普再次入主白宮最重要的原因。

在2020年特朗普敗選後，民主黨拜登成爲新一任總統後，各種陰謀論依然沒有消減，悄悄地在各種社交平台中繼續擴散。根據NPR/Ipsos 2020年底的民調，即便特朗普敗選，依然有17%的美國成年人相信匿名者Q理論的核心，崇拜撒旦的戀童邪教團體控制了美國政治與媒體，其中共和黨人中有23%，民主黨人中有13%，獨立人士中有12%。還有37%的人表示不置可否。根據Pew2020年秋天在美國的民調，有41%偏向共和黨和7%偏向民主黨的成年人，認爲匿名者Q陰謀論對國家有利。甚至在局部地區，匿名者Q陰謀論信徒多到可以將同一位議員選進國會。2020年大選中，共有22名議員候選人（20名共和黨，2名小黨派或獨立人士）多次轉發Q理論或宣稱自己是Q信徒，其中有2人被成功選上衆議院，分別是GA-14選區的瑪喬麗·泰勒·格林（Marjorie Taylor Greene）與CO-3選區的勞倫·波伯特（Lauren Boebert）。

瑪喬麗的爭議與QAnon的影響

瑪喬麗是一位極富新聞性的議員。她來自喬治亞州14選區，即該州西北部的深紅色鄉村選區。當地共和黨候選人在近十多年來的任何選舉中都能獲得75%左右的選票。她轉發過大量陰謀論，匿名者Q以外，還有披薩門、槍擊案僞旗行動(False flag)、911陰謀論、加州大火是太空雷射武器造成等等，並點讚過表示「絞死衆議院議長佩洛西」的言論。而這樣一個人居然進入了衆議院教育與勞工委員會，2021年2月4日衆議院投票將她從委員會移除。

QAnon的起源與神秘言論

QAnon匿名者Q在美國爲什麼這麼流行?這就說來話長了，我先從2017年講起。

2017年10月5號晚上七點，在白宮宴會廳裡，特朗普此前在此舉辦了一場爲高級軍官及其配偶準備的晚餐宴會，因此現場仍有許多記者尚未離去。他結束公共日常工作後，召集這些逗留的記者合影留念，並在攝影期間發表了一些神秘言論。

當攝影師拍照和錄製影片時，特朗普問記者:「你們知道這代表什麼嗎?」「也許這是暴風雨前的寧靜，」他回答了自己的問題。「什麼風暴?」一名記者問。「這可能是暴風雨前的寧靜，」特朗普重複說了這句匪夷所思的說話。

QAnon的網絡起源與傳播

在這段言論被傳媒報導後，在2017年10月Q首次在4chan網站上發布帖文。Q的第一篇帖文說希拉莉即將被捕，這將引起大規模騷亂，隨後將有大量人被捕。幾個小時後，第二條消息發布，稱克林頓雖然尚未被捕，但已被「拘留」，特朗普正計劃清除「犯罪流氓分子」。這篇文章也隱晦地提到了喬治·索羅斯(George Soros)、胡瑪·阿貝丁(Huma Abedin)和「知更鳥行動(Operation Mockingbird)」。Q的活躍度在11月激增，大多數帖子都詳細闡述了有關希拉莉·克林頓的先前理論。還添加了涉及巴拉克奧巴馬、沙烏地阿拉伯和伊朗的其他陰謀論。一個網路社群透過分析Q發表的貼文而發展起來，一些陰謀論者也成爲了社群裡的小名人。追隨者開始尋找「線索」來證實他們的信仰，包括常見的短語和事件。與傳統陰謀論不同，匿名者Q的故事線極其隱晦而複雜。雖然是在新冠期間火起來的，但其最開始可以追溯到2017年4chan上的一個自稱Q的用戶。4chan是美國著名的匿名貼圖網站，最開始討論的話題大多數紳士向的日本動漫，同人，遊戲等。這個平台的獨特之處在於它沒有注冊功能。用戶可以匿名，甚至隨時自定義發帖。管理員的存在更多是處理一些輔助性的事務。自從在4chan上嶄露頭角後，匿名者Q開始在各大論壇上散播陰謀論。由於Q本身從來沒有表明過身份，只要擁有Q發帖附加的密匙，任何一個人都可以用Q的名義發帖，傳播信息。傳統的陰謀論，類似「9/11是美國自導自演」，「district 9裡關押著外星人」等，大多是以講故事的形式展開，期間穿插一些支離破碎的證據，最後讀完給人一種不明覺厲的感覺。如果說傳統陰謀論是一個短篇故事的話，匿名者Q就是一個長篇連載小說。並且這篇長篇小說旨在獲得一批狂熱的追隨者。

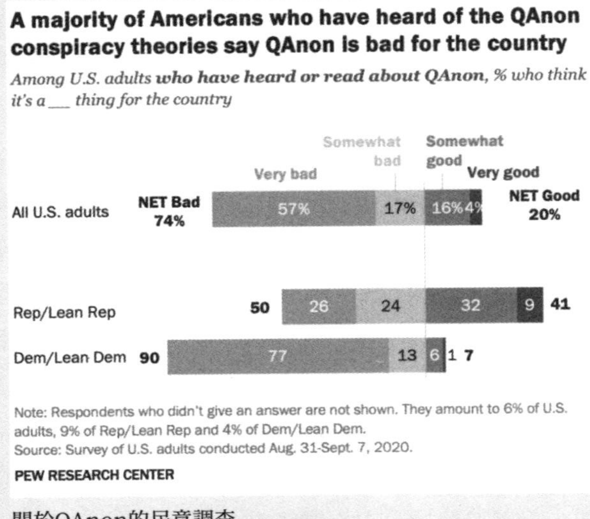

關於QAnon的民意調查

深層政府的陰謀論核心

匿名者Q相信的故事線是這樣的，美國政治現在被一小撮政治家（克林頓夫婦，奧巴馬等民主黨政客），好萊塢大咖（A-listers），商界大佬（華爾街精英，矽谷精英等），藥廠，軍工企業控制了美國甚至全世界。他們就是深層政府（Deep State）最核心的部分。

自稱「Q Clearance Patriot」（Q權限愛國者）的4chan用戶首次出現在該網站的/pol/論壇上，發布了一篇題爲暴風雨前的寧靜的帖子，特朗普此前曾用這個短語來描述他參加的美國軍方領導人聚會。風暴後來成爲QAnon的最常見的說法，指一場即將發生的事件，在該事件中，數千名涉嫌犯罪的嫌疑人將被逮捕、監禁和處決。

發文者的使用者名稱暗示他們擁有Q權限，這是美國能源部的安全許可，可以存取有關核武和材料的最高機密資訊。Q Clearance Patriot（Q權限愛國者）。什麼是Q權限？Q權限是美國能源部授予的安全許可，擁有Q權的人，可以訪問極度機密的受限數據以及國家安全機密信息。大家一定會有疑問，美國能源部和國家機密好像不會有什麼太大關聯？能源部（Department Of Energy）這個部門聽上去就是研究和開發新能源。原來從二次大戰時，美國爲了研發原子彈，而創立曼克頓計劃。直到1954年因爲對核能源的重視和管控，擔心核動力技術被泄露。同時美國政府覺得1917年通過的間諜法已經過時，於是當時就由第83屆美國國會和艾森豪威爾總統，基於1946年的原子能源法，才將包括核武器和相關材料在內的有關信息都歸屬爲受限

Q權限愛國者可獲得最高機密資訊？

數據中。而這個最高的保密權限的級別就稱爲Q。所以在美劇《怪奇物話》中心靈控制計劃，主導的部門就能源部。所以這班自稱揭密的人稱自己爲匿名者Q，因爲他們擁有能窺探國家安全機密的權限想以此泄密，將深層政府的罪行揭發給大衆知道。

QAnon的經濟與文化影響

爲了保護自己的身份，Q一直只出現在匿名論壇上，但這不妨礙他的支持者們把Q的思想傳播到主流社交媒體上。許多發布匿名者Q相關內容的博主在社交媒體上都有了幾十萬粉絲，講解類視頻更是達到了數百萬點擊。匿名者Q甚至還撐起了一種「Q經濟」：有的人靠寫匿名者Q主題相關的書籍成爲人生贏家，相關主題書籍直接衝上了亞馬遜暢銷書排行榜榜首。有人開始在網上賣匿名者Q主題的周邊，比如手鐲、大覺醒咖啡（Great Awakening coffee，「great awakening」是匿名者Q的暗號之一）、T恤等。

秘密聯盟的形成

根據陰謀論作家彼得·梅爾（Peter B. Meyer）《遠離全球主義者》一書中，他講述匿名者Q的故事時間更加推前很多。根據他所說，2012年在奧巴馬的第二個任期選舉之後，三位愛國者組成了一個由十位非常富有、聰明和有權勢的億萬富翁組成的秘密小組。他們擔心深層政府把美國利益輸送給外國政權。他們就是這個原因結成了一個秘密聯盟，忠於美國的國旗和憲法。他們都親自認識深層政府的成員，並獲得叛國計劃的第一手資料。最終這個小組決定親自挑選下一任美國總統。在他們強大的秘密聯盟的支持下，他們向可信賴的伙伴伸出援手，其動機與深層政府挑選總統的原因相同，以確保計劃順利實施。他們決定在自己的選舉遊戲中擊敗深層政府，而且不讓他們知道他們也在同一個遊戲中。

Q小組的選總統計劃

匿名者Q這個十人小組給自己取名為Q。他們的想法是利用《星空奇遇記》(Star Trek)中Q的謎團，因為他是全能的，沒有人會知道Q的眞實身份，除非Q集團自己向世界透露他們的身份。他們想成為一個無所不知、無所不能的匿名組織，秘密行動，不用擔心深層政府的報復。整個計劃中最關鍵的部分是讓一個值得信賴的總統就職，然後讓合適的人進入政府，這最終會導致我們，人民，能夠從全球主義者手中奪回美國。

因此第一步是選擇他們認為最適合的人來完成總統的工作。他們為他們的候選人列出了以下標準，他必須有魅力、富有、有權勢、白手起家，有把美國放在第一位的充滿魄力，自信、立憲主義者、直言不諱、不是政治家，而是企業家，他必須相信在這項工作中獲得成功的高度可能性，因此從本質上說，他必須以他的熱情和毅力實現這一目標。簡而言之，這不是一項簡單的工作，符合條件的候選人寥寥無幾!

他們挑選了七位合格的候選人。經過愼重考慮，最終選出了兩名候選人。雖然Q集團沒有達成一致意見，但在對其餘兩名候選人進行投票後，他們以6比4的比例選中了特朗普。如果特朗普拒絕了這個請求，第二位候選人就會成爲總統。

特朗普的秘密合作

結果一名與特朗普關係密切的Q成員找到了他。特朗普只被告知基本計劃，沒有透露太多細節。他被告知一個秘密而強大的團體將在他背後持續支持與暗中幫助。特朗普被告知了該計劃的十個目標，即讓美國再次變得偉大。這些目標包括：抽乾沼澤、邊境安全、放鬆管制、脫離全球主義、美國優先、結束美聯儲、以黃金爲支撐的貨幣、退出跨太平洋夥伴全面進展協定TTP和世界貿易組織WTO貿易協定，以及退出巴黎氣候協定。

特朗普從來沒有被告知這個Q組織的任何訊息，更沒有知道這位中間人是Q組織的成員。特朗普只知道一小群有錢有勢的人會秘密地與他合作。而且他被告知他甚至要用自己的金錢花在自己的競選活動上。爲了美國的更大利益，他花費了數百萬美元。特朗普問這位中間人，你想讓我答覆你嗎?他的回答是：「不，先生，我們會用行動來答覆你的。」特朗普看著這個信使回答說：「好吧，我加入。」Q特使回答說：「好吧，就這麼決定，但是從現在開始，不要再找我了。就當這次會面從未發生過吧。可以這麼說，我從來沒來過這裡出現過。從現在開始別再聯繫我了。不要對任何人提起這件事。我們會派人去找你。」這是Q小組成員第一次也是最後一次與特朗普直接交談。到了特朗普成爲總統後，相信他應該知道誰是Q組織的核心成員。

特朗普和QAnon有什麼關係？

QAnon的核心團隊結構

之後Q發給特朗普的信使，都沒有與Q有任何直接聯繫。每一條信息都是通過一個中間人傳遞的。Q管理團隊由Q指定的十位創作者組成。他們是圓圈（The Circle）。他們又招募了十個可信賴的助手，他們一起組成了核心集團。這些成員在白宮和特朗普政府中擔任要職。

所有被任命者都擁有巨大的權力和影響力。他們都和特朗普一樣，100%忠於憲法，他們完全支持特朗普爲這一不朽事業所做的努力。這些玩家都不熟悉Q圈計劃的任何細節，他們甚至不知道Q組織究竟是誰。他們僅根據個人洞察力和對現狀的了解執行既定指令。

在內圈之下的下一層，叫做外環，也由十個成員組成。這些人都是被任命的，在白宮之外擔任有權勢的職位，並且對特朗普總統100%忠誠。這些人被安置在情報機構、中央情報局、司法部等機構。這些成員是被任命擔任戰略職位的法官，他們也是百分之百忠於特朗普總統、憲法，以及他們爲之獻身的特定任務。

上面的團隊成員都不知道Q圈的事情，儘管他們中的一些人是按照Q的指示任命的。這就解釋了爲什麼特朗普任命的某些官員在外界看來頗具爭議。

反全球化與網絡戰的開端

當特朗普在Q組織暗中幫助下，在共和黨初選中，成功贏得競選總統資格後，就準備下一步就是遠離全球主義者，這群超越世界跨國精英和權貴，就是要控制美國，控制全球金融系統，消滅他們認爲的全球低端人口。所以第一步的舉措是包括退出巴黎氣候協定、TPP、重新談判北美自由貿易協定，脫離世界衛生組織，聯合國等等。隨後將通過暴露和排乾沼澤來解除深層狀態。2018年選舉的最終目標是獲得參議院、衆議院和州長的控制權，爲2020年的選舉做準備。

到了向公衆宣傳Q這個詞的時候，Q-top在白宮內部的核心爆料者在情報系統中收集政府內部的情報，Q-top告訴他協助特朗普的行動要開始，這個人暗中進行聯繫，Q-top以「我們，人民」爲基本訊號，告知他們要公佈訊息，揭發深層的內幕，而且指示使用QAnon這個名字，QAnon是Q anonymous(匿名者Q)的縮寫。這個人對Q-top的身份一無所知。每個相關人員只知道，總統背後有一些強大的匿名勢力，他們被精心挑選進入「核心集團」，向美國民眾宣傳這個名詞。更準確地說，這個Q不是原來的Q。Q對最初的10個創造者的秘密知之甚少。Q傳播的信息是通過指令傳播的。我們讀到的Q drop是由某個只說「The Circle Q」的人發佈的。負責發佈訊息的人名叫Q Anon(匿名者Q)。如果圈子裡的Q成員離奇死亡，一個新成員將從他們自己的隊伍中晉升，確保總是有10個Q成員。這在很早以前就已經發生過一次，當時斯卡利亞法官被深層政府謀殺。他是十個成員之一，甚至是三個創始成員之一。他是一個非常有權勢的法官，他曾著手揭露並瓦解深層政府，不過深層政府對他的計劃認識不多，他們完全不知道他與Q組織有任何關聯。深層政府殺死了睡夢中的法官，使其看起來像是自然死亡。

Q Anon在drop傳播訊息

QAnon的早期謠言與擴散

在2017年11月，特朗普喝瓶裝水的舉動被解讀爲即將進行大規模逮捕的秘密訊號，不過深層政府和Q匿名者的戰爭又暗暗地在不爲人知的地下戰爭正式開始。網絡戰，資訊戰，各種資訊暗戰浮現在網絡上，網民和Q匿名者的支持者根本無辦法分辨眞假。

匿名者Q的網絡戰中早期傳播的訊息/謠言之一是4chan匿名討論區，希拉莉·克林頓、她的女兒切爾西以及參議員約翰·麥凱恩等人物已被逮捕和起訴，並且在公開露面時都戴著腳踝監控手環。在接下來的幾個月裡，匿名者Q社區幫助傳播了其他謠言，例如Frazzledrip理論，該理論聲稱存在一段「snuff」視頻，視頻中希拉莉和Huma Abedin謀殺了一名兒童，喝了她的血，並輪流把她臉上的皮膚戴在面具上。

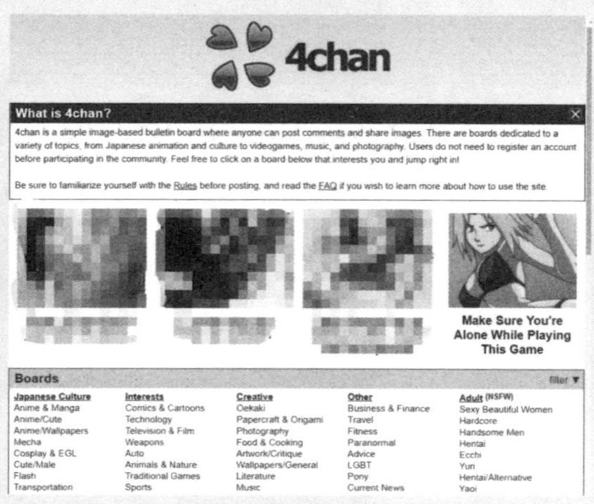

匿名者Q早期常在4chan發放訊息

薄餅門陰謀論的興起

匿名者Q很快就轉移到了8chan，成爲匿名者Q的網路基地。Q經常發布一些神秘的帖子，這些帖子被稱爲drop，被聚合應用程式和網站收集，並由有影響力的人士轉發。匿名者Q成爲網路以外的病毒式現象，並演變成一場政治運動。匿名者Q的追隨者於2018年8月開始出現在特朗普的競選集會上，特朗普在Twitter上擴大了匿名者Q的影響力。自從匿名者Q在美國政壇出現以來，它在世界各地引發了一系列運動，匿名者Q散佈全球不同國家。在共和黨，深層政府控制的社交媒體被指示後，Twitter和Facebook等社交媒體平台開始採取行動，阻止這個陰謀論的傳播。匿名者Q的追隨者參加了2020年美國總統大選，期間他們支持特朗普的競選活動，並發動資訊戰來影響選民。拜登獲勝後，他們參與了推翻選舉結果的努力。特朗普的同夥，如麥可 · 弗林(Michael Flynn)、林 · 伍德(Lin Wood)和西德尼 · 鮑威爾(Sidney Powell)，都宣揚了源自匿名者Q的陰謀論。當訊息戰策略失敗，特朗普的支持者(其中許多是匿名者Q的追隨者)於2021年1月6日衝擊美國國會大樓。國會大樓襲擊事件導致社群媒體對該運動及其主張進行進一步、更持續的壓制。匿名者Q在2020年大選後徹底消失，但它所宣揚的一些陰謀論/理念卻滲透到了美國主流政治話語中。

Pizzagate薄餅門：薄餅門陰謀論始於2016年總統競選期間廣爲流傳陰謀論，這個陰謀論聲稱紐約市警察局(NYPD)在搜查安東尼·韋納的電子郵件時發現了一個與民主黨成員有關的戀童癖團體。而開始認爲政客內有兒童性交易集團。2016年3月希拉莉·克林頓競選主席約翰·波德斯塔(John Podesta)的個人電子郵件帳號在一次網絡釣魚攻擊中遭到黑客入侵。維基解密於2016年11月公佈了他的電子郵件，被盜電子郵件中提到食物和華盛頓特區一家受歡迎的披薩餐廳，陰謀論支持者認爲這些內容暗藏描述兒童性虐待的秘密代碼。涉案餐廳之一是位於華盛頓特區的Comet Ping Pong披薩店。這個理論引發了對餐廳及其員工的嚴重騷擾，披薩門事件的追隨者聲稱有知名民主黨人在華盛頓特區的一家披薩店對兒童實施性虐待，這導致2016年12月一名相信陰謀論的槍手對該店發動武裝襲擊，該男子來到該餐廳，因爲覺得那裡有需要救援的孩子。根據匿名者Q研究員Mike Rothschild的說法，雖然Q有許多先兆陰謀論和騙局…但沒有哪個陰謀論比Pizzagate更能直接影響Q。兒童性虐待指控，以及克林頓家族在這些虐待行爲中所扮演的核心角色，成爲了匿名者Q信仰體系的一個關鍵部分，但隨著時間的推移，克林頓家族的陰謀論擴散到深層政府的成員是全球兒童性販賣精英群體。Q在提及Pizzagate事件時，全球被認爲是深層政府的成員都牽涉其中，其後愛潑斯坦羅莉島事件更加深化這個陰謀

非政府組織「救助兒童會」抗議薄餅門

論。2020年夏天 #SaveTheChildren 或 #SaveOurChildren 運動應運而生，QAnon的追隨者經常使用標籤 #SaveTheChildren 來宣傳Pizzagate陰謀論。此舉引發了非政府組織「救助兒童會」的抗議。

薄餅門的暴力後果

薄餅門陰謀論最重要引發民衆恐慌的事件，相信是在2016年12月4日，來自美國北卡羅來納州卡瑞的29歲男子埃德加·麥迪遜·韋爾奇，拿著AR-15半自動步槍，走進位於華盛頓DC特區的「彗星乒乓」披薩店，隨意開了三槍。正在店裡吃披薩的食客與餐館服務員奪路而逃。所幸無人受傷。

當韋爾奇在披薩店裡轉了一圈又一圈，不知道在找什麼。過了一會兒，警察趕到了。他走出大門，扔掉槍，舉手趴在地上。一名警察趕緊跑過去把他拷上，並問道：「你到這裡幹什麼?」韋爾奇答道：「確認這裡沒事。」當時警察問韋爾奇：「沒什麼事?」韋爾奇答道：「戀童癖集團。」「啥?」警察一頭霧水，「你到底在說什麼?」但韋爾奇不再回答。另一名警官聽到這句話，趕緊上來向同僚解釋說：「薄餅門，他說的是薄餅門(PizzaGate)。」

逮捕槍手的警察聽不懂對方在說什麼，一頭霧水。他之所以來這裡尋找「戀童癖集團」，是因爲網上「薄餅門」社區的陰謀論訊息聲稱，這家披薩店的地下室裡，藏有一大批民主黨領導層如希拉裡等人，準備售賣或圈養的孌童們。其實這個陰謀論流傳已久，在被持槍攻擊之前，著名點評網站yelp上，這家披薩店就被陰謀論信奉者們集體打了低分差評，從老闆、廚師到小工，幾乎都收到過電話威脅。槍手最終發現，原來這家披薩店並沒有地下室。當然，更沒有什麼孌童。

社交媒體時代的陰謀論特徵

薄餅門是2016年最廣爲流傳的陰謀論之一，在總統大選前幾天非爲活躍，從它身上可以看出社交網絡時代陰謀論的三大特徵：

第一個特徵，是陰謀論擴散非常迅速

2016年，除傳統社交媒體大量出現陰謀論外，衆多陰謀論自媒體和新聞網站也興起，例如Yournewswire（2014年開創，現改名叫NewsPunch），是鼓吹薄餅門最主力的網站之一。但它不僅宣揚薄餅門，同時也熱傳其它陰謀論，例如美國的大型槍擊案（如拉斯維加斯槍擊案）是僞旗行動、比爾蓋茨助推疫苗是爲滅絕人口、希拉莉贏得2016年全民投票是靠作弊、加拿大總理杜魯多是古巴領導人卡斯特羅的私生子等等。

陰謀論的病毒式進化

各種花樣繁多的陰謀論出現，傳統以光明會/共濟會陰謀論，再次成爲網絡上熱點，加上當前熱門人物與話題的融合成爲最新版本，在輿論場中成功生存下來的陰謀論，均已經過讀者層層甄選，而無法命中讀者內心的那些失敗的陰謀論，則會因爲得不到傳播而逐漸死亡。有長期流傳歷史，並擁有一定數量核心信徒的陰謀論添

磚加瓦，相比於重新製造一個陰謀論，性價比要高很多。即便它早已過時，根據新的形勢修改一下還是好用。陰謀論在輿論中如病毒般進化，傳播者通過增補使其變異，接收者則選擇最受歡迎的版本保留。這也是爲什麼我們要了解陰謀論的來龍去脈。因爲你看見的新陰謀論，通常是在老陰謀論上修、補、改的新訊息。

循環論證的傳播機制

第二個特徵，叫作信息下的循環論證。

前面提到的Yournewswire網站，在大選前四天，以4chan上的一個匿名帖爲依據，寫了篇披薩門報道，FBI內部人員：希拉莉郵件與政治圈孌童有關，很快成了臉書和推特上的大熱門。

隨後Subject Politics，一個體量很小但閱讀量並不低的陰謀論網站，在上文基礎上編出另一條假新聞：結束了：紐約警察剛剛搜查了希拉莉的住處，他們的發現會毀掉她的生活。Subject Politics這類信息源是大選前幾個月才出現的，其中馬其頓一個8萬人的小鎮，就辦了一百多個這樣的網站，因爲閱讀量太大、來錢太快，匿名者Q的確是一個龐大的商基。

這兩條新聞又被另一個當時非常活躍的陰謀論網站True Pundit總結，形成綜合報道爆炸消息：紐約警察透露新的希拉莉郵件，洗錢、性侵和販賣兒童、受賄、僞證。於是三條消息你抄我，我抄他，一個接一個跳出來，完成了一場循環式證明。在當時大量陰謀論資訊網站的出現，混合很多僞資訊和假新聞。這樣資訊通常都缺乏歷史和考証，只要有特定人物和新聞就可以創作很多吸引眼球的假新聞。

這場自我循環論證極爲迅速，數小時內完成。所以很多網民是同時看見這幾條「新聞」的，於是以爲這是幾個獨立信源相互佐證，並給予信任。這場此起彼伏的人浪式傳播，讓十幾個大小陰謀論網站各獲幾百萬到上千萬點擊量，創造了幾十萬美元GDP。每個謠言網站不但賺飽甚至還噎住了。至於後果由社會承擔。

熟悉會壓倒理性，尤其在信息爆炸時代，人們爲了緊跟潮流必須閱讀大量信息，分攤在每篇文章、每張圖片、每條指控上的注意力，通常只有幾十秒鐘，根本無從運用理性或查考事實。謊言重複千遍就成眞理，但這一千遍不僅僅是說謊者自己在重複，而是甲傳乙、乙傳丙、丙傳丁，丁再傳回來證明甲的信息傳遞。社交網絡上有龐大的陰謀論網絡，它們會利用風向，製造或傳播同一指向的陰謀論帖子，並相互佐證闡發。現在社交媒體和視頻網站中kol都以不實，八卦訊息爲主，大賺網民的獵奇心態的金錢

代碼解讀的陰謀論模式

第三個特徵，叫作以隱喻和解讀作爲證據。

前兩個特徵挺好理解，這個就不容易了。比如我問你：薄餅爲什麼會和戀童癖集團聯繫在一起？你如果不了解薄餅門的細節，肯定回答不出來。

這事的起因是2016年，有黑客獲得了希拉莉競選團隊主席約翰·波德斯塔的一些個人郵件，打包發給了維基解密，由整個10月份，選情最爲緊張的時間披露出來。希拉莉本身已經醜聞糾身。波德斯塔的電郵中大量談論世界各地包括薄餅在內的美食。匿名者Q發現這些美食是一種暗號，每種美食代表一類兒童，結果這個權貴戀童陰謀論便爆發出來。

於是在網絡上出現一套密碼，把這些暗號和兒童一一做了對應，例如：熱狗 - 男孩，薄餅 - 女孩，奶酪 - 小女孩，意大利麵 - 小男孩，冰淇淋 - 男妓，堅果 - 有色人種，地圖 - 精液，調味醬 - 狂歡派對……等等。

這樣一解讀，證據就如雨後春筍般冒出來了。比如，他在郵件裡寫我買了一個當地的奶酪，那就是他販賣小女孩的證據了。寫「我今天吃了特別美味的意大利麵」，那就是他性侵男童的鐵證了。這就是「披薩門」的論證套路。如果不做上述解說，那麼你聽「薄餅門」這個詞必定不會明白內裡的意思，也無法理解薄餅爲什麼會成爲門，一家薄餅店爲何會和戀童癖連結在一起。

薄餅門的密碼論證

這種論證其實是陰謀論的一類重要模式，即密碼和解碼。陰謀論者認爲，那些搞陰謀干壞事的人，會在公開場合交流信息。爲了不讓外人察覺，它們會用一套密碼，諸如「神秘暗文」、「魔鬼手勢」、「特殊飾品」等等，需要陰謀論者去做研究(Do research)與解碼(Decode)。

理解了這種密碼論證方式，就可以解答最開始的疑問。戀童癖集團的堡壘爲什麼設在彗星乒乓薄餅店？因爲薄餅門的支持者們研究指出，這家薄餅店的招牌上有魔鬼的五角星和彎月符號，暗合這群高層將大量兒童用於魔鬼祭祀的用途。而且薄餅店坐落在華盛頓首都，接待過奧巴馬之類的大人物，自然便是關押兒童的所在了。

QAnon的陰謀論大雜燴

但匿名者Q是一種新型陰謀論，強調的不是論證而是聯結。它自己原創的東西其實很少，只是用一套說法，把多個不同的傳統陰謀論，以及熱門新聞元素，給串起來了。如果把傳統陰謀論看成一部講蜘蛛俠的電影，那麼匿名者Q這樣的新陰謀論就相當於漫威宇宙，它把不同設定、不同故事、不同人物全部捏合在了一起。就像衆多短篇小說整合一本長篇小說，這種做法會產生什麼樣的結果呢？假如不研究了解匿名者Q陰謀論的龐大體系，就無法看懂陰謀論社區中的討論，也無法理解對方的思維模式，因爲這是個不能融合的大雜燴，各種陰謀論的解釋可能有很大的矛盾，由於分支過多，即便在匿名者Q陰謀論圈子裡，不同分支也未必相互了解。所以特朗普大選敗北後，匿名者Q停止發帖，過往訊息因缺乏統一性而混亂，訊息戰宣告失敗，民主黨舞弊，然後是主流媒體包括FOX助推，接著是共和黨建制派背後插刀，再是法官們的背叛，最後連親密戰友副總統彭斯也變成爲叛將，民主黨拜登成爲總統！

蜥蜴人與腎上腺素紅理論

從匿名者Q發源於2017年，Q在三年內於4chan、8chan、8kun這一系列匿名論壇發布了共計4953個帖子，它最後一帖文停留在2020年12月8日，隨後陷入沉默近兩個月。2020年12月8日是美國大選的安全港日，所有影響結果的選舉糾紛將在本日終止效力。但隨後一個月內，匿名者Q迎來其最高峰，2021年1月6日，Q信徒成爲圍堵國會山的主力。之後它們被幾個最大的社交媒體封殺堵。在2021年3月中旬，推特封禁了大約25萬個傳播匿名者Q陰謀論的帳號。

匿名者Q敍事上的一個重要特徵，它是個串起大量陰謀論的集群。如果說傳統的陰謀論是蜘蛛俠電影的話，那麼匿名者Q就是個漫威宇宙。等如不同短篇小說融合成一本長篇小說，不過故事還沒有完結，這個在碎片化的訊息年代，這篇長篇小說究竟說了甚麼呢?

首先這篇小說串連起了很多元素。有名流，好萊塢明星，流行歌手，上流人士，頂級富豪，當然包括政商高層；有宗教，比如祭祀撒旦；有政治，比如反移民政策和美墨邊境牆。這些元素背後有各自的陰謀論。而這篇小說的終極大魔頭希拉莉。我們先從最中一個陰謀論說起，在過往克林頓家族的黑歷史都是不擇手段弄權和斂財爲主，但是從薄餅門開始，希拉莉和克林頓家族就以戀童集團爲權貴的性需求，非法賺取大量金錢和利用病態行爲將政商關係地下化，甚至器官買賣等陰謀論，在匿名者Q出現，陰謀論逐步轉變。從暗網開始，陰謀論稱戀童癖集團的目的，是爲了撒旦祭祀和獲取腎上腺素紅。

關於腎上腺素紅的陰謀論，販賣兒童其中一個原因是用於撒旦祭祀，戀童和殘害兒童是爲了通過恐懼獲取腎上腺素紅，這套理論是匿名者Q的一個重要分支，即蜥蜴人陰謀論。這套理論由著名的英國陰謀論學者大衛·艾克在上世紀90年代提出的。艾克認爲地球上的統治集團，即各國元首、政界名流、商業巨頭、好萊塢明星等等，是一群外星蜥蜴人(Anunnaki)與人類雜交的後代僞裝而成。牠們來自Draco星系。這個星系位於另一個比四維略低的維度。牠們需要吸食人們因恐懼而散發的「負能量」，進入五維等更高的維度。2016年，希拉莉是蜥蜴人的說法和各種圖片，在網上獲得了大量轉發，即使在現在，大家依然可以看見當年留下的很多帖子或圖片。

蜥蜴人陰謀論的擴展

蜥蜴人陰謀論在美國選舉中被大量運用，大衛·艾克聲稱，蜥蜴人統治世界並控制了人們的思想。牠們通過月亮這個類似死星的人造物體，向全人類發送廣播。蜥蜴人還操控全球電視台、電台、電影廠，通過這些工具散播各種負面頻率，製造恐懼，吸收人們在驚惶狀態下所散發的負能量。因爲世界是由電磁振動構成的，不同頻率會讓人們進入不同的世界中。當我們的注意力集中在它們營造的負面頻率上，就會進入被催眠，洗腦的空間。爲了對抗這一點，大家必需要停止收看、收聽主流媒體，把意識調整到正確的頻率，進入好的世界。這個陰謀論和我最喜愛的電影《異度空間》(They

Live)的內容非常近似。月亮是蜥蜴人建造的人造物品，用於控制人類，和美國登月陰謀論也有結合。

匿名者Q的這個分支相信，盡管所有人都能產生負能量，但負能量的最佳來源是兒童。尤其在被用作惡魔獻祭時，兒童會在驚恐中分泌腎上腺素紅。而蜥蜴人因爲與人類雜交導致DNA缺陷，他們急需這一物質，因此會開辦大型戀童癖集團，販賣和圈養兒童，爲的是在向惡魔獻祭這些兒童的過程中，獲取和吸食這些腎上腺素紅(Adrenochrome)。大衛·艾克爲這套陰謀論出了十幾本書，在英國有大量受衆。不過他在本土主流媒體比如BBC上，或者影視作品裡，基本是受嘲弄的對象。艾克曝光爆發時刻是2020年4月，他與其它一些陰謀論者共同鼓吹5G電波信號會散播新冠病毒，導致英國各地有不少人去摧毀5G信號塔，這個破壞信號塔的組織叫做刀鋒戰士(Blade Runner)。這是從蜥蜴人用電磁振動頻率控制人類的理論中，所衍生出來的分支陰謀論。英國人破壞5G信號塔，因爲相信5G訊號傳播新冠。這裡需要補充的一點是，匿名者Q吸收了蜥蜴人陰謀論，但反過來大衛·艾克並不承認匿名者Q。

QAnon的薩滿形象

我們再來看另一個例子，參與2021年1月6日國會山騷亂中的匿名者Q群體有個高大的領頭人物，就是穿著薩滿服裝的牛角人，他叫傑克·安吉利，自稱「匿名者Q薩滿」。牛角人是匿名者Q社群這幾年在媒體上出鏡次數最多的明星之一。爲什麼他要穿這樣的奇裝異服？在一次採訪中，他是這麼說的，在薩滿教中，人們唱歌、跳舞，向群體發出信息。他們的穿著打扮是用來驅逐鬼魂的，唱歌跳舞都是爲了驅趕邪惡的鬼魂。他聲稱聲音會產生電磁活動，唱歌跳舞的響亮聲音能影響量子領域。人們數千年來用唱歌跳舞，來擋住邪惡的鬼魂，來抵擋負面的時間線，注入正能量。所以我打扮成這樣的部分原因就是，如果有人潛入、滲透美國，比如說一些邪惡的女巫或者巫師，而我使用生命法術，進行光明的薩滿儀式。她們看見就會知道這裡有個非常大的能量場，邪惡能量就會離開。

聽起來似乎是胡言亂語，但如果熟悉Q理論，就知道這短短半分多鐘便宣示了他Q圈大佬的身份。他提到的聲音造成電磁活動和正能量場是Q理論中的一個主流分支，也就是大衛·艾克蜥蜴人理論。邪惡巫師指深層政府施行黑魔法的撒旦教派。

時間線與新紀元運動

另一個時間線陰謀論則是Q理論中另外一個分支。這個分支認爲，特朗普是從未來穿越回來拯救美國的。特朗普的叔叔約翰G特朗普(John G. Trump)是MIT的教授。他發現了尼古拉·特斯拉(交流電發明人)留下的時光機的藍圖，並根據這個藍圖造出了時光機，傳給了自己的後人。包括馬斯克也是時光機回來的，所以他利用時間旅行中的歷史點知道未來和現在的科技發展，使到馬斯克成爲首富，並使用特斯拉的名字命名了自己的公司。神秘的Q自然同樣是用時光機回來的，所以他能用Q Drop不停預言未來發生的事。而深層政府也有自己的時光機，只是在2016年由於他們的時光機意外損壞，所以不能贏得大選，從而改變時間線制止第三次大戰發生。

傳統陰謀論在某些地方和正常論證相似，比如設定論證目標，提出一些材料/論據，完成一個判斷和推論。舉例來說，美國登月陰謀論就是個傳統陰謀論。它有個明確的論證目標例如「美國並沒有登月，所謂登月錄像，是在攝影棚拍攝的」。而相信匿名者Q的人則更進一步，它們常用的語言更虛無化，稱爲大覺醒（The Great Awakening）。因爲匿名者Q是個陰謀論的集合，給他們提供了一個完全脫離現實世界的另類陰謀論，將新紀元運動（New Age Movement）融入陰謀論中。匿名者是衆多陰謀論的大熔爐。

小約翰·甘迺迪陰謀論

不過串聯多個陰謀論有困難，因爲它們之間明顯有重大矛盾。比如很多流行陰謀論中都有個大魔王組織統治世界。在單個陰謀論裡這種設定中各有不同，但融合起來就會出問題。比如有些陰謀論認爲統治世界的是共濟會，有些認爲是骷髏會，有些認爲是光明會，有些則認爲是羅富齊家族。但既然是統治，是邪惡的控制者，那自然只有一個。Q匿名者就採用了一種新方法來處理這個矛盾，就是開源系統與模糊化。在Q匿名者中的陰謀論分支，就像漫威宇宙有多條時間線，相互交錯但又可能互相矛盾的設定一樣，Q匿名者也有各式各樣相互矛盾的陰謀論分支宇宙，邪惡首領同時擁有多個身份，甚至利用傳統陰謀論的金字塔來解讀各個事件的等級。Q匿名者和傳統陰謀論不同的地方在於，它放棄了在整體理論自我融合的要求。傳統陰謀論中的羅伯特·安東·威爾遜（Robert Anton

Wilson)的小說《光明會!三部曲》中陰謀論成爲其中一個分支，Q信徒可以自行開啟不同的分支理論，這些分支之間或許是矛盾的，比如某分支中美國政壇高層是蜥蜴人，另外一個分支中美國政壇高層是撒旦教徒。愛好科幻的Q信徒更容易接納前者，福音派基督教的Q信徒則更容易接納後者。兩個分支的信徒群體可能既接納其他陰謀論，但只要有共同的敵人，它們就沒有爭拗的原因，繼續推廣自己相信的陰謀論。

也就是說，拋棄自我融合，擁抱開源，能帶來諸多好處。Q匿名者的開源體系讓所有信徒均可隨時對之有所貢獻，發展新的陰謀論，且不會有任何爭論。這種架構令Q匿名者非常靈活，可隨時根據現狀發展來調整陰謀論敘事。邊緣理論火爆了可以變成主流，主流理論被強力辟謠或預言落空或落伍時，也可以變成邊緣。民衆永遠可以看見最流行的那套分支。一個分支遭遇打擊衰落後，並不會讓Q匿名者的社羣中受到太大負面影響。

這種做法沿襲自蜥蜴人陰謀論的創始人大衛·艾克。他出版了十幾本非常厚的書。這些書之間是不自我融合的，你完全可以拿前一本批判後一本，甚至拿同一本書的前半部分反駁後半部分。但這種碎碎念般的故事集卻大獲成功。社交網絡時代，信息呈碎片化傳播的模式完美地契合了這種結構，給了它遠超此前的助力。

不但Q匿名者存在多個分支。即便是在單個分支裡，Q所說的一切，也無法串聯成一個有邏輯的、完整的故事。但我想談談兩個關鍵詞陰謀集團CABAL和小約翰·甘迺迪。

陰謀集團CABAL指統治世界的那堆壞蛋組織的總和，它們之間有盤根錯節的聯姻和利益關係。至於具體是哪些組織，是共濟會、骷髏會還是羅富齊家族，是蜥蜴人還是撒旦集團，你願意信哪些就是哪些，這並不重要。這類模糊化的詞彙在類似陰謀論中廣泛存在，比如「深層政府」是哪些組織和哪些人？不同信奉者內心有不同的答案。即便單挑出一個信徒，其答案也非確定無疑，而是視需要隨時遷移。比如它可以同時信美國政壇高層是蜥蜴人或撒旦集團，並根據接收的材料和論述目標，在兩者之間反復橫跳。新型陰謀論重要的是模糊本身。模糊了，就無法證僞；模糊了，人們才可以自由選擇自己願意信的部分，並且不會招架。

小約翰·甘迺迪（John F. Kennedy Jr.），他是甘迺迪總統的兒子。1999年7月16日晚上20:38，拿到駕照剛1年，僅有310小時飛行經驗，38歲的小約翰·甘迺迪，從新澤西出發，駕駛一架單引擎輕型飛機去麻省參加表弟的婚禮。飛機上還坐著他妻子和妻子的姐姐。他的飛行教練擔心安全要求同行，但被他拒絕。不幸飛機在大西洋上空發生了墜機事故。搜尋隊從海底的飛機殘骸旁撈出了他一家人的遺體。而克林頓總統一家則在事後出席了小約翰·甘迺迪的葬禮。

甘迺迪詛咒（即甘迺迪家族不少成員死於暗殺或事故）是美國人津津樂道的話題。所以這件事在當時是一個熱門話題。在去世後幾天，紐約每日新聞採訪了他兩個匿名的故友，後者說他私下曾考慮競選2000年的紐約州聯邦參議員，但在希拉裡宣布參選之後，他打消了這個主意。那年紐約州資深民主黨聯邦參議員Daniel Moynihan（著名的《The Negro Family（莫尼爾汗報告）》的作者）宣布退休，這個空出來的職位陷入爭奪，主要競爭者是希拉莉與朱利安尼（紐約市長）。不過朱利安尼後來因出軌醜聞退選，並很快陷入離婚官司。面對共和黨推出的名聲和實力均遠遜朱利安尼的替代品，希拉莉很輕鬆地贏下了這個職位。

QAnon的信仰體系

在小約翰·甘迺迪去世十幾年後，2018年4月8日。Q發表了一個重要的Q Drop，暗示小甘迺迪依然在生，等待時機揭發眞相。整個故事線是在2000年小甘迺迪在和希拉莉競選紐約州參議員時，遭到後者暗殺。小甘迺迪的飛機墜毀，但這只是大戲的開場，其實他是

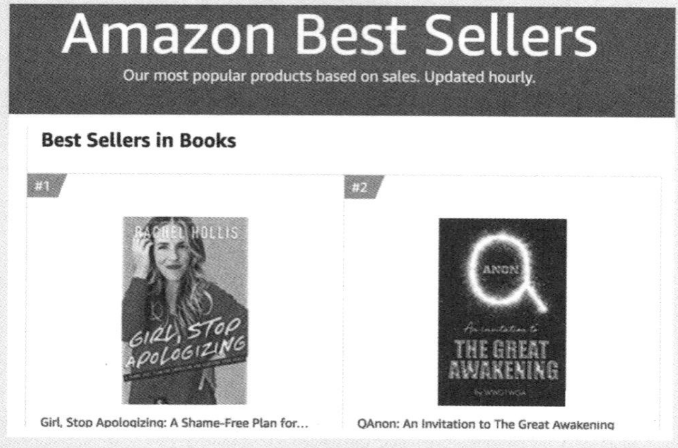

《QAnon: An Invitation to The Great Awakening》登上Amazon暢銷榜

借此假死脫身。從此小甘迺迪隱於幕後，組織力量對抗深層政府。由於小布什和奧巴馬這兩個蜥蜴人先後控制了聯邦政府，所以他選擇隱忍。他原本打算趁時機成熟就出面指控希拉莉的暗殺，冒死率軍平叛，卻意外等到了特朗普這個天選之子。在總統支持下，他更改了自己的計劃，開始從容而秘密地佈置法院、警察與軍隊力量，並將在今後某一天，從幕後走到台前，把深層政府一網打盡。

上面這個故事，就是匿名者Q社區的主流敍事了。小甘迺迪陰謀論是匿名者Q一系列陰謀論的核心，也是匿名者Q社區的大型陰謀論。首先這個陰謀論結合了兩個流行老陰謀論的核心要素，甘迺迪家族詛咒和希拉莉頻繁暗殺政治對手(克林頓裹屍袋)，這兩個陰謀論，本文讀者應該都非常熟悉，不再冗述。

陰謀集團(The cabal)，風暴(The Storm)成爲常見的字句，甚至美國以外的地方都很常見。2021年1月6日騷亂期間的國會大廈，一名特朗普支持者舉著一塊牌子，上面畫著戴著MAGA帽子的耶穌，右下角可見匿名者Q標籤「#WWG1WGA」匿名者Q的核心信念是，世界被一群崇拜撒旦的兒童性騷擾者的秘密集團控制，特朗普正在秘密地與他們作鬥爭。人們認爲該陰謀集團透過控制政客、主流媒體和好萊塢來掩蓋其存在。Q的揭露暗示著陰謀集團的毀滅迫在眉睫，但這也只有在匿名者Q社群愛國者的支持下才能實現。這將發生在被稱爲事件或風暴的時刻，屆時數千人將被逮捕，並可能被送往關塔那摩灣監獄或面臨軍事法庭。隨後美國軍隊將接管該國，其結果將是救贖和烏托邦。

匿名者Q的追隨者認為，該陰謀集團包括喬·拜登、奧巴馬和希拉莉等民主黨政客，喬治·索羅斯和比爾·蓋茨等商界人士，安東尼·福奇，以及奧花·姬·雲費（Oprah Gail Winfrey）、艾倫·李·狄珍妮（Ellen Lee DeGeneres）。湯漢斯（Tom Hanks）是匿名者Q信徒的特殊目標。當漢克斯在新冠疫情爆發之初被隔離時，他們散佈謠言說他因虐待兒童指控而被捕。隨後又出現了其他類似的指控。相反一些匿名者Q的追隨者認為基斯·康奈爾（Chris Cornell）、查斯特·班寧頓（Chester Bennington）、艾維奇（Avicii）和安東尼·波登（Anthony Bourdain）等其他名人被謀殺，是為了掩蓋他們涉嫌參與人口販賣紀錄片的事件。

QAnon的預言失敗與影響

有說法稱，特朗普煽動俄羅斯干預2016年總統大選的陰謀，以讓羅拔·米勒（Robert Mueller，第六任聯邦調查局局長、司法部特別檢察官）參與打擊陰謀集團，而這種說法涉及米勒不僅會揭露性交易集團，還會阻止奧巴馬、希拉莉和喬治·索羅斯發動政變。

在2020年大選之前，匿名者Q敘述中的一個關鍵原則是反覆預測特朗普將以壓倒性優勢再次當選，並在他的第二任期內透過瓦解深層政府、解散陰謀集團和逮捕其領導人來引發「風暴」。在特朗普敗選、Q停止發文後，匿名者Q的追隨者們繼續在舊貼文中尋找以前未曾見過的線索，或創造該理論的新衍生性商品。他們隨後對特朗普繼續擔任總統或重返權力做出了預測，例如：拜登於2021年1月20日就職，這將是為民主黨人設下的精心陷阱，民主黨人將被大規模逮捕，而特朗普則繼續掌權。特朗普將於2021年3月4日就任第19任總統。特朗普將於2021年3月20日再次就職。亞利桑那州的審計將證明選舉存在舞弊，將該州交給特朗普，其他州也會效仿，形成「多米諾骨牌效應」，最終特朗普再次成爲總統。2021年加州州長罷免選舉結果將被證明有欺詐，這將引發全國性的欺詐審計，最終導致特朗普重返權力。約翰·F·甘迺迪（美國第35任總統，1963年遇刺身亡）或其兒子小約翰·F·甘迺迪（1999年死於飛機失事）將於2021年11月2日在達拉斯人群面前活著出現，宣布特朗普復職總統，小甘迺迪出任副總統。

匿名者Q也代表了一種激進和反建制的意識形態，其根源是一種末日願望，即摧毀現有的腐敗世界，迎來一個承諾的黃金時代。這一立場引起了其他極右翼極端主義運動的共鳴，例如美國各地的各種激進、反政府、白人民族主義和新納粹極端主義組織。2020年2月，Omega Kingdom Ministries（實際上是一個匿名者Q教會）在美國和其他國家成立，很多國家中，很多基督教中的追隨者都用匿名者Q陰謀充當了聖經的解讀視角，反之亦然信徒們要接受正式的匿名者Q宗教灌輸。匿名者Q的追隨者與滋生其他反政府運動的陰謀論有著共同的根源，例如90年代擔心新世界秩序的民兵組織，或大衛教派的反政府末日論和宗教狂熱。

2020年大選後拜登的就職典禮與匿名者Q追隨者的預期背道而馳，導致許多人感到失望。

在特朗普輸掉2020年大選後，Q的發文率急劇下降，一個月後Q就完全停止了發文。過往18個月來的最後一次發文是在2020年12月8日。有關匿名者Q的書的作者麥克·羅富齊（Mike Rothschild）在2021年表示，他懷疑Q是否會再捲土重來，因爲這場運動已經不再需要新的力量，而特朗普的選舉失敗也使匿名者Q的核心預言失效。但他補充道，如果社區真的需要新內容來維持前進，Q可能會恢復發佈訊息。

有人舉牌：「MAKE Q AMERICA GREAT AGAIN」

拜登就任總統讓匿名者Q的追隨者們大失所望，他們堅信拜登是透過選民欺詐贏得選舉的，他的勝利將被視爲無效。許多匿名者Q的追隨者相信，儀式上將會發生一些重大的事情，特朗普將繼續掌權。就職典禮最終按計劃進行。根據一本關於匿名者Q追隨者心理的書《匿名者Q內心世界》所述，就職典禮是一個特別難以出錯的預言，其結果是，一些匿名者Q信徒經歷了嚴重憂鬱，產生了自殺意念，或實施了自殘行爲。就職典禮當天，追隨者在留言板帖子中寫道：「我們已經付出了一切，現在我們需要保持自信，盡我們所能回歸正常生活。我們有一位新總統宣誓就職，我們有責任尊重憲法。」其他匿名者Q追隨者認爲拜登的就職典禮是計劃的一部分。在一次洩露的對話中，曾是匿名者Q最高調支持者之一的米高·T·弗林將軍（Michael T. Flynn）稱這是一場讓人們看起來像一群怪人的虛假宣傳活動，暗示這可能是由左派或中央情報局策劃和進行。

QAnon的當前影響

2022年6月24日，匿名者Q時隔18個月後，在8kun上發布了一條帖子。該貼文聲稱，在1月6日圍堵國會山事件第六次公開聽證會上作證的卡西迪·哈欽森（Cassidy Hutchinson）參與了一項詆毀特朗普的陰謀。2022年Q還發布了其他帖子，尤其是一條暗示中期選舉將被操縱的帖子，但這些資訊獲得的參與度遠低於先前的發文。Vice News的一篇文章認爲，這表明匿名者Q運動「不再需要新的Q來鞏固自身」：記者麥克·拉莫勒克斯（Mack Lamoureux）和大衛·吉爾伯特（David Gilbert）評論說，在匿名者Q缺席期間，社區繼續制定理論，其他有影響力的人填補了權力眞空。結果陰謀論繼續影響公衆話語，保守派政治和媒體被淡化的匿名者Q所有訊息。

截至2025年，匿名者Q的追隨者仍在網路上活躍。他們爲特朗普重返權力而歡欣鼓舞。當特朗普再次成爲總統後，2025年5月18日發布一張有的在字領中，匿名者發現這個有Q+（匿名者的大統領

(稱特朗普爲大統領是日本發明的詞彙)的圖片後，他們認爲是特朗普終於承認就是Q+，並說所有陰謀論都是眞的。因此追隨者從2018年Q首次發布Q+信息時，就知道特朗普總統是Q+。不過特朗普從來沒有承認。羅富齊(Mike Rothschild)表示，儘管人們似乎對分析Q的言論內容的興趣不如以前，但匿名者Q幫助推廣的思想思想，例如需要對抗邪惡的深層政府或反疫苗陰謀論，在右翼已變得司空見慣。羅富齊評論說匿名者Q作爲一場以秘密代碼、線索和謎語爲基礎的運動，現在已經不存在了。但它也不需要再存在了，因爲它的宗旨已經成爲主流保守主義的重要組成部分，也是唐納德·特朗普連任的一大批支持者。

特朗普家族超時空預言

唐納德·特朗普擔任美國第 47 任總統。根據《太陽報》報道，讓網絡陷入瘋狂的是一位名不見經傳的美國作家在19世紀創作的兩部小說，這兩部小說預測特朗普將重返白宮，開始他的第二個任期（非連續任期）。但現在隨著特朗普重返白宮，書中的故事在社群媒體上重新浮現，並開始引發各種瘋狂的陰謀論，聲稱預測了未來政治混亂、特朗普的家庭關係，甚至他是否會成爲「最後一任總統」。

故事從2017年4chan的網友們驚奇地發現，特朗普一家與19世紀一系列預言般的書籍、天才發明家尼古拉·特斯拉以及傳說中來自2036年的時間旅行者之間有著隱秘的聯繫，有人不禁提出了一個大膽的假設：唐納德·特朗普也許是一名時間旅行者，他和他的家族成員進行過一次或多次時空穿越。

英格索爾·洛克伍德的小說

這件事雖然聽起來十分荒唐，但衆網友對線索層層剖析，並舉出越來越多的例證。這個荒唐的陰謀論從19世紀的政治作家、律師和小說家英格索爾·洛克伍德（Ingersoll Lockwood）說起，他擅長描寫科幻小說。而洛克伍德三本兒童奇幻故事書有關，其中兩部作品與特朗普的兒子巴倫（Barron）有著驚人的聯繫。

頭兩本小說分別是：《小男爵特朗普和他的神奇狗狗巴爾傑大冒險》(The Travels and Adventures of Little Baron Trump and His Wonderful Dog Bulger) 1890年《男爵特朗普的奇幻地下之旅》(Baron Trump's Marvelous Underground Journey) 1893年。

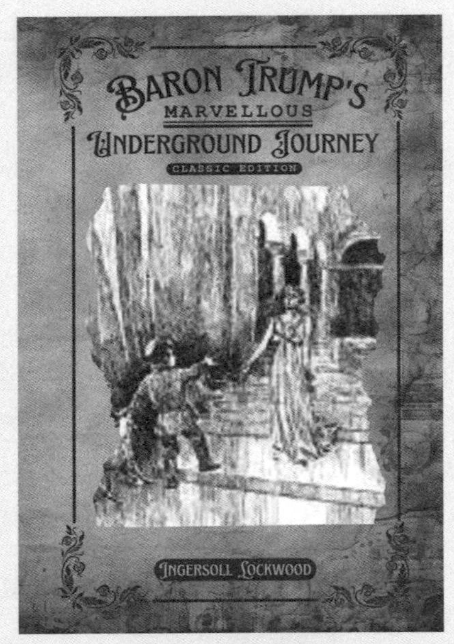

兒童奇幻故事書預視未來?

前兩部小說中，講述了一位生活在「特朗普城堡」的小男孩的故事，男孩在一位叫做「唐」(Don)的高人的指引下，開啟了去往俄羅斯尋找另一維度空間的旅行。這兩部小說引起網民關注，因爲書中虛構的主人公有一個特別的名字：巴倫·特朗普(Baron Trump)。Baron的解釋是男爵。這個名字是否有點眼熟?它和特朗普總統的小兒子巴倫·特朗普(Barron Trump)的名字很接近，僅一個英文字母之差(r)。

Baron Trump

巴倫的冒險與家族座右銘

書中主人翁巴倫是一位出生自富裕貴族，居住在特朗普城堡(Castle Trump)的小男孩。他的想像力豐富，在命運的安排下，展開了俄羅斯的冒險之旅，並因此改變了他的命運。當巴倫要離開城堡，踏上未知之旅，找尋進入另外維度空間的入口時，他的家人送給他一個座右銘：「通往榮耀的道路，布滿陷阱和危險。」當小巴倫來到俄羅斯後，經歷了很多驚險事件，但幸運地遇上一名「大師中的大師」(The Master of all Masters)指引著他。巧合的是，書中這位大師的名字是唐(Don)，和特朗普總統的名字相同。

《最後一位總統》的驚人巧合

作者隨後在1896年發表的作品《1900：或最後一位總統》(1900：or the last president)和現實有著更加毛骨悚然的巧合。小說描繪了一個發生在紐約某個11月初時的恐慌場面，一位不受歡迎的候選人當選總統之後，巨大的反對聲音造成了國家的騷動。小說寫道：「整個東區正處於喧鬧的狀態。」警察在街上喊著，警告城市中的人們要在夜裡待在室內。小說描述：「激進的無政府主義者組織大規模暴亂，威脅掠奪多年來壓迫他們的富人房屋。第五大道酒店將首當其衝承受暴徒的憤怒，軍隊能及時趕到拯救他們嗎?」這本小說寫到一個恐怖景象，特朗普成爲總統，引發民衆暴亂，民衆將富人的仇恨發洩在暴亂中。這個景象和現實中仇富現象非常相似，而小說提到的「第五大道酒店」距離位於曼哈頓第五大道的特朗普大廈僅僅1.7英里!特朗普大廈這座58層高大閃亮的建築於1983年完工，是特朗普的主要辦公區，也是他總統競選的大本營。

《1900：或最後一位總統》(1900 : or the last president)

政治諷刺與社會分裂

《最後一位總統》並沒有遵循洛克伍德以往作品中的虛構敘述方式，而是成爲了一則政治諷刺故事，反映了當時的社會意識形態。標題中提示的時期1900年前後，總統權力交接，一些美國人開始形成抵抗力量，抗議所謂的腐敗和不道德的選舉過程。而這小說受關注的是一位備受爭議的美國總統的崛起。根據劇情故事，這個國家「因分裂和異議而四分五裂」，並且書中「提到了紐約第五大道上的一家酒店」，而特朗普大廈就位於那裡。這位當選總統被形容爲一個造成混亂氣氛的局外人。儘管這位男爵和現實生活中的特朗普有一些相似之處，例如他們都喜歡辱罵別人、不願意嘗試新食物，而且感覺很浮誇，但據外國網媒報道，他們之間的比較也就到此爲止了。

關於這本書的討論一直持續到2025年，人們做出了類似的比較。

小說與現實的驚人對應

以下這些巧合引發熱議：

1.巴倫·特朗普的名字洛克伍德小說中的主角名爲巴倫·特朗普（Baron Trump），與現實中特朗普總統的小兒子巴倫·特朗普（Barron Trump）僅有一個字母之差。而唐納德·特朗普在20世紀80年代也曾使用過約翰·巴倫這個筆名。

2.特朗普男爵的背景川普男爵住在一棟以自己名字命名的建築中，特朗普城堡（Castle Trump）；而現實生活中的唐納德·特朗普已經在特朗普大樓（Trump Tower）居住了幾十年。

3.故事情節的相似性小說中，巴倫·特朗普在踏上冒險之旅前，家人送給他一個座右銘：「通往榮耀的道路，布滿陷阱和危險」。這與川普家族在現實生活中的冒險和挑戰有某種象徵性的對應。

4.唐(Don)和「大師中的大師」小說中的巴倫遇到一位名為「唐」(Don)的大師來指引他，而「唐」與特朗普(Donald John Trump)總統的名字一致。

5.《最後一任總統》的預言洛克伍德的《最後一位總統》描述了11月初一位局外人當選總統，以及紐約市的騷動，這些情節似乎預言了特朗普的當選。小說中提到的群衆集結地「第五大道飯店」，正是現代的特朗普大樓(Trump Tower)所在地。

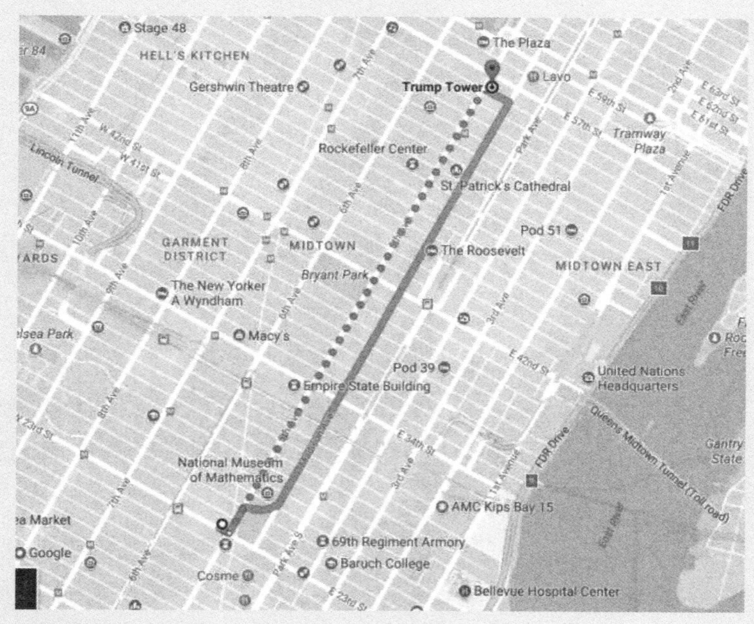

特朗普大樓所在地

時間旅行的陰謀論

這個陰謀論發展到這裏，在4chan的網民更誇張說成特朗普家族是擁有時空穿梭的方法，更同特斯拉(Tesla)有關。他們聲稱洛克伍德創作這幾部作品的時期和特斯拉研究時間旅行方法的時期相重合，這個解說顯然站不住腳。不過網民認爲故事線就串聯起來了……唐納德·特朗普的兒子巴倫穿越時空，去確保特斯拉的研究不出差錯。同時他又去到了作家洛克伍德的時空，用他的經歷啟發了洛克伍德寫出這幾部小說。

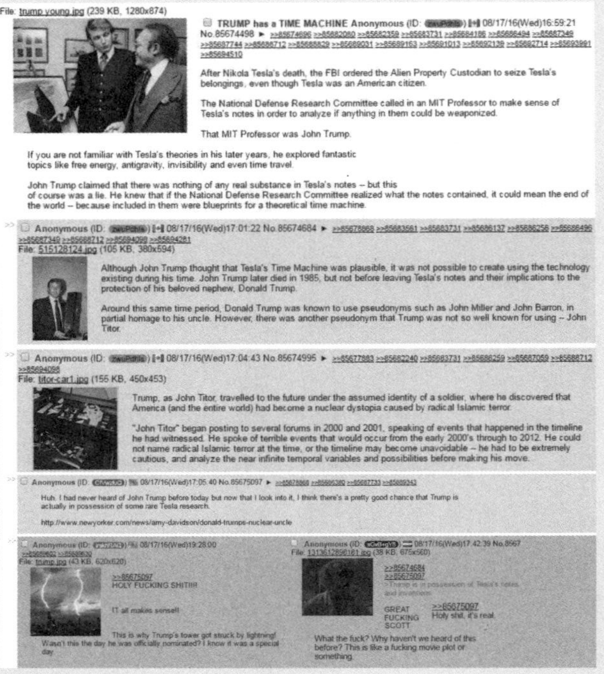
File: trump young.jpg (239 KB, 1280x874)

TRUMP has a TIME MACHINE Anonymous 08/17/16(Wed)16:59:21 No.85674498 ▸ >>85674696 >>85682080 >>85682359 >>85683731 >>85684186 >>85686494 >>85687349 >>85687744 >>85688712 >>85688829 >>85689031 >>85689163 >>85691013 >>85692139 >>85692714 >>85693991 >>85694510

After Nikola Tesla's death, the FBI ordered the Alien Property Custodian to seize Tesla's belongings, even though Tesla was an American citizen.

The National Defense Research Committee called in an MIT Professor to make sense of Tesla's notes in order to analyze if anything in them could be weaponized.

That MIT Professor was John Trump.

If you are not familiar with Tesla's theories in his later years, he explored fantastic topics like free energy, antigravity, invisibility and even time travel.

John Trump claimed that there was nothing of any real substance in Tesla's notes -- but this of course was a lie. He knew that if the National Defense Research Committee realized what the notes contained, it could mean the end of the world -- because included in them were blueprints for a theoretical time machine.

Anonymous 08/17/16(Wed)17:01:22 No.85674684 ▸ >>85678868 >>85683561 >>85683731 >>85686137 >>85686256 >>85686496 >>85687349 >>85688712 >>85694098 >>85694281
File: 515128124.jpg (105 KB, 380x594)

Although John Trump thought that Tesla's Time Machine was plausible, it was not possible to create using the technology existing during his time. John Trump later died in 1985, but not before leaving Tesla's notes and their implications to the protection of his beloved nephew, Donald Trump.

Around this same time period, Donald Trump was known to use pseudonyms such as John Miller and John Barron, in partial homage to his uncle. However, there was another pseudonym that Trump was not so well known for using -- John Titor.

Anonymous 08/17/16(Wed)17:04:43 No.85674995 ▸ >>85677883 >>85682240 >>85683731 >>85686259 >>85687059 >>85688712 >>85694098
File: titor-car1.jpg (155 KB, 450x453)

Trump, as John Titor, travelled to the future under the assumed identity of a soldier, where he discovered that America (and the entire world) had become a nuclear dystopia caused by radical Islamic terror.

"John Titor" began posting to several forums in 2000 and 2001, speaking of events that happened in the timeline he had witnessed. He spoke of terrible events that would occur from the early 2000's through to 2012. He could not name radical Islamic terror at the time, or the timeline may become unavoidable -- he had to be extremely cautious, and analyze the near infinite temporal variables and possibilities before making his move.

Anonymous 08/17/16(Wed)17:05:40 No.85675097 ▸

Huh. I had never heard of John Trump before today but now that I look into it, I think there's a pretty good chance that Trump is actually in possession of some rare Tesla research.

http://www.newyorker.com/news/amy-davidson/donald-trumps-nuclear-uncle

Anonymous 08/17/16(Wed)19:28:00
File: trump.jpg (43 KB, 620x620)

>>85675097
HOLY FUCKING SHIT!!!

IT all makes sense!!

This is why Trump's tower got struck by lightning! Wasn't this the day he was officially nominated? I know it was a special day

Anonymous 08/17/16(Wed)17:42:39 No.8567
File: 1313612898181.jpg (38 KB, 675x560)

>>85674684
>>85675097

GREAT FUCKING SCOTT

>>85675097
Holy shit, it's real

What the fuck? Why haven't we heard of this before? This is like a fucking movie plot or something.

4chan網民的說法異想天開

特斯拉與特朗普家族的傳說

爲何特朗普家族多年來能夠進行時間旅行？答案從另一個特朗普家族成員有關。據報道約翰·G·特朗普曾接觸過尼古拉·特斯拉的文件，根據史實特斯拉曾經研究過時間旅行。特斯拉死後，手稿到了唐納德·特朗普的叔叔約翰·G·特朗普手中。叔叔約翰·G·特朗普將對特斯拉的發明研究成果交與侄子唐納德，唐納德和其兒子巴倫分別進行時間旅行，一個去了未來，一個回到過去。唐納德發現希拉裡當選總統的美國遭遇了核戰爭導致毀滅，於是他積聚財富回到當下競選總統。巴倫則穿越至過去，確保特斯拉的研究無誤，並啟發洛克伍德創作小說。如果大家對這個荒誕離譜的陰謀論有興趣，繼續閱讀下文，因爲同我們認識的時空旅行者「約翰·提托」有關。

約翰·提托與時間旅行傳說

「特朗普穿越時空」事件的前因後果。

尼古拉·特斯拉故事的起因，可能要追溯到1895年，當時，尼古拉·特斯拉（Nikola Tesla）的行爲顯得異常不對勁。這位天才發明家相信可以通過改變磁場來改變時間和空間。爲此他做了許多實驗，包括經常在實驗室電擊自己，以達到瀕臨死亡的狀態，來試圖從另一個維度中找到進行時間旅行的方法。特斯拉本人也曾在公開場合表示，他通過靈魂出竅體驗，在另一個空間中找到了一個「窗口」，通過這扇「窗口」可以看到任何過去和未來的事。有相當一部分人認爲，特斯拉曾經穿越過時空。1943年1月7日晚，特斯拉在紐約人酒店的房間內死亡。幾天後，FBI令外國人財產托管辦公室扣押他的遺產（即使這位塞爾維亞裔的發明家已經是美國公民了）。

特斯拉手稿的爭議

大約三周後，特斯拉的所有文件都被徹底審查。其中，國防研究委員會(NDRC)隨後指派麻省理工學院(MIT)教授約翰·G·特朗普(John G. Trump)分析特斯拉的筆記，判斷其中是否有可用於軍事的技術。沒錯正是現任美國總統的親叔父。唐納德·特朗普除了經常在採訪中提到這位叔父的名字以證明他有著「良好的基因」之外，還多次提到叔父對核武器問題的警告。上述資料被審查和研究後，同時也被記錄在微縮膠片上。在研究完特斯拉的手稿之後，約翰·G·特朗普發表聲明說其沒有任何科研價值。特斯拉一生的研究卻悄悄被政府收走。

約翰·G·特朗普(John G. Trump)

特斯拉的軍事發明與時間機器

2011年，其中250頁資料文件被公開。但是直到2016年9月，特斯拉公共檔案館上傳了64頁新的資料。其中標題爲NY65-12290的報告特別引人注目。特斯拉唯一的軍事發明是一個他避而不談、卻曾完整描述過的方法，這個發明是在美國邊界周圍豎起一個不可穿透的牆壁，能夠抵禦任何軍事襲擊事件。特斯拉在1934年披露了其計劃的存在，並表示打算將其提交日內瓦會議。但之後卻很少再提及。

特朗普的化名與時間旅行

約翰·G·特朗普死於1985年，陰謀論者認爲死前聲稱筆記中沒有任何有價值的內容，但這顯然是謊言。實際上，特斯拉的筆記包含時間機器的理論設計圖。約翰·G·特朗普認爲這項技術理論上可行，但當時的科技尚無法實現。1985年去世前，他將這些筆記交給他的侄子唐納德·特朗普(Donald Trump)。

唐納德·特朗普與約翰·G·特朗普

根據他們所說，唐納德·特朗普曾使用多個化名，如約翰·米勒(John Miller)與約翰·巴倫(John Barron)，但最神秘的是「約翰·提托」(John Titor)。據稱，特朗普以約翰·提托的身份穿越未來，因看到在希拉莉當選美國總統的世界，ISIS和伊斯蘭教激進化帶來了核戰爭。2000年至2001年間，他在論壇發表帖子，預測2000年代初至2012年間的重大事件。他無法直接點明「激進伊斯蘭恐怖主義」，因爲這可能導致時間線無法改變。所以特朗普和他的家人在商業生意上累積財富，開始競選美國總統，試圖避免核毀滅。

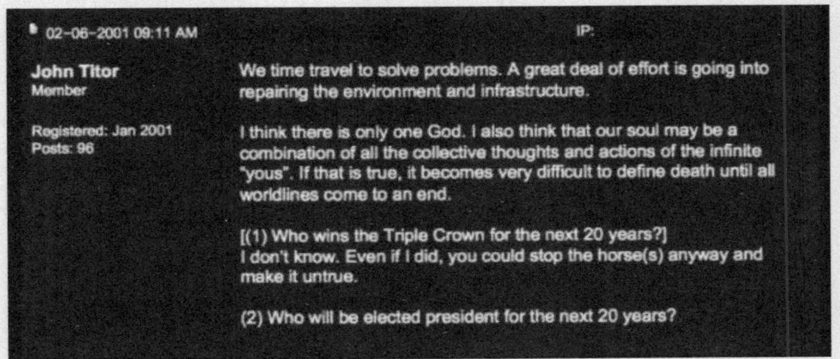
02-06-2001 09:11 AM IP:

John Titor
Member

Registered: Jan 2001
Posts: 96

We time travel to solve problems. A great deal of effort is going into repairing the environment and infrastructure.

I think there is only one God. I also think that our soul may be a combination of all the collective thoughts and actions of the infinite "yous". If that is true, it becomes very difficult to define death until all worldlines come to an end.

[(1) Who wins the Triple Crown for the next 20 years?]
I don't know. Even if I did, you could stop the horse(s) anyway and make it untrue.

(2) Who will be elected president for the next 20 years?

John Titor在論壇提及特朗普

美墨邊境牆的陰謀論

此事似乎並不簡單……

當特朗普總統和民主黨就美墨邊境牆的問題發生爭執時，20世紀50年代電視連續劇《追蹤》中的一段片段再次浮出水面，這段片段捕捉到了電視劇與現實之間的驚人相似之處。在題爲「世界末日」的劇集中，一位名叫華特·特朗普的推銷員提出了建造一堵巨牆的想法，聲稱這可以保護城鎮居民免受災難性的宇宙事件的侵襲。

1958年，電視節目《追蹤》(Trackdown)出現了一個名叫華特·特朗普(Walter Trump)的推銷員騙子，他向人們推銷一個「魔牆」(Magic Wall，美墨邊境牆)，聲稱它能保護大家免於世界末日。《神秘小鎮大冒險》(Gravity Falls)的創作者亞歷克斯·赫希(Alex Hirsch)

在推特上發布了該劇集的一部分，隨後迅速走紅。但這並不是該影片第一次被廣泛傳播。2017年該節目的一部分被上傳到YouTube，並聲稱「預測了特朗普興建美墨邊境圍牆」，CBS新聞向傳媒證實，該集於1958年5月9日在該網絡播出。該劇由已故的約翰·羅賓遜(John Robinson)創作，他參與了《追蹤》系列劇的18集創作，該劇講述了一位德州騎警的冒險經歷，他「穿越舊西部，追捕各種殺手、銀行劫匪、偷馬賊和其他惡棍」。

在影片中，由演員勞倫斯·道金飾演的華特·特朗普聲稱他是唯一一個可以透過建造隔離牆來拯救村民免受流星襲擊的人。幾乎每個人都相信他，恐懼籠罩著民衆。華特·特朗普威脅要起訴德州騎警霍比·吉爾曼(羅伯特·卡普飾演)，他是唯一公開懷疑他的人。

《追蹤》劇集的預言巧合

「我是唯一一個。相信我。我可以在你們的家周圍築起一道牆，什麼都無法穿透，」華特·特朗普說道，解說員將他描述爲「欺詐大神棍」。「如果你問如何建造那堵牆，那麼我就來告訴你。」

特朗普最終欺騙了驚恐的民衆，讓他們拿出現金支付建造隔離牆的費用，有些人甚至聯手搶劫銀行。在這一集的結尾，當特朗普試圖離開小鎮時，他被一名他試圖與之合謀的村民逮捕並槍殺。

該集的完整版本也已上傳至YouTube。https://www.youtube.com/watch?v=h1D2ynASqe4

整個陰謀論是否完全是虛構胡說八道呢？如果搜索英格索爾·洛克伍德（Ingersoll Lockwood），你會被引導到美國太空軍的網站。這個網站爲何會用洛克伍德的名字做域名？是否眞有內情人知道這個時空旅行的秘密？這的確是耐人尋味。

大家可參看：https://www.ingersolllockwood.com

《特朗普密碼》的陰謀論熱潮

這個看似匪夷所思的陰謀論，在2024年美國有位基督教作者特洛伊·安德森（Troy Anderson）出版了一本書《特朗普密碼 - 探索時間旅行、尼古拉·特斯拉、特朗普家族和美國的未來》（The Trump Code - Exploring Time Travel, Nikola Tesla, the Trump Lineage, and America's Future）。在亞馬遜網站中這本書的介紹文章如下：「特朗普家族與時間旅行、深奧知識和秘密社團的聯繫是否能爲解開我們過去和未來的奧秘提供線索？

《特朗普密碼 - 探索時間旅行、尼古拉·特斯拉、特朗普家族和美國的未來》

在美國總統歷史上，沒有比總統唐納德·特朗普與一系列名爲《特朗普男爵系列》的小說之間驚人的相似之處更奇怪的故事了。這一系列小說是由美國律師兼小說家英格索爾·洛克伍德在19世紀末以晦澀但似乎具有預言性的方法創作的。

《特朗普密碼》深入探討了特朗普男爵系列小說與神秘的特朗普家族遺產之間的聯繫，並探究這位十九世紀的小說家是否預見了特朗普的未來，以及美國和世界的未來。它也揭示了一系列歷史事件和神聖天意。

《特朗普密碼》借鑒了聖經中關於以諾、以利亞、使徒約翰、顯聖山的章節，以及以弗所書中關於基督的追隨者如何坐在『天上』的神秘經文，並結合了阿爾伯特·愛因斯坦的時間理論、聖經中以弗所書關於基督追隨者『坐在天上』的經文，以及顯聖山相關章節，將這個令人著迷的謎題的各個部分串連起來，提出了一個問題：正如事實是否比小說更離奇。

當我們揭開歷史的層次面紗時，《特朗普密碼》面臨一些難以輕易回答的問題：這部虛構的小說能否爲即將到來的2024年總統大選及其分裂和混亂提供線索？是否有一隻神手在引導人類事件的進程，就像這些小說中虛構與現實的相似之處所暗示的那樣？或者，我們正在目睹更黑暗的勢力的陰謀，而洛克伍德名字周圍的奇特數字命理學暗示了這一點？」

社群媒體的熱議與懷疑

衆多的巧合被視爲預言。特朗普擔任美國第47任總統。這件事情的確讓網絡陷入瘋狂，這些瘋狂的理論首先在TikTok上引起轟動。一篇目前已獲得數百萬點擊量的貼文強調了小說與現實之間的驚人相似之處。雖然在貼文的評論，一些用戶表示這部小說與特朗普、他的小兒子巴倫·特朗普以及他總統任期內的事件之間存在著驚人的聯繫，但其他人則認爲這些理論純屬巧合。TikTok上流傳著多種陰謀論，其中一些甚至達到了新的高度。一段探討這些不可思議的相似之處的TikTok影片已獲得超過590萬次觀看，評論從「這不可能是巧合」到「時間旅行是眞實存在的!」其他人則指出流行文化具有預測未來的神奇本領，就像《辛普森一家》一樣。

這些與特朗普有關的時間旅行謠言在他擔任總統期間引起了關注。一些理論家將這些小說與特朗普已故的叔叔約翰·G·特朗普聯繫起來，他是一位分析過尼古拉·特斯拉論文的著名科學家。特斯拉因其在能量和時間方面的突破性發明和理論而聞名，他已成爲這些陰謀的核心人物，有些人猜測特朗普從他的叔叔那裡繼承了時間旅行的知識。

巴倫·特朗普的角色猜測

目前各種理論的焦點集中在巴倫·特朗普身上，他是唐納德·特朗普和梅拉尼婭最小的兒子，與小說主角同名。他是解開這些謎團的關鍵嗎?「奇妙的地下旅程」是否象徵隱藏的知識或巴倫未來的秘密角色?網絡上似乎確實相信這個陰謀論。小說中的這些細節在社群媒體上引發了各種猜測。有些人猜測這兩本書的作者擁有預言能力，而有些人則認爲特朗普本身就是一名時間旅行者。

歷史巧合與文化現象

儘管這些瘋狂的理論激發了人們的想像力，但懷疑論者認爲這些相似之處只是巧合和過度解讀。歷史學家認爲洛克伍德的小說是天馬行空的虛構作品，反映了當時的時代背景，而不是預言性的幻想。更重要的是自2024年特朗普當選美國總統以來，TikTok上出現了越來越多的奇怪理論，與這些被遺忘的書籍相提並論。

在流行文化中發現這類相似之處並不是什麼新鮮事。例如《辛普森一家》經常被認爲能夠預測未來，最近一次是賀錦麗（Kamala Harris）競選總統。2024年7月，該劇編劇阿爾·讓（Al Jean）重點介紹了2000年的一集《巴特走向未來》（Bart to the Future），其中麗莎·辛普森（Lisa Simpson）身著與賀錦麗相似的服裝，這一集裡麗莎成爲了美國第一位女總統。

巧合的數學與神話

當然，對於這種歷史似曾相識的感覺，還有更簡單的解釋。正如約瑟夫·馬祖爾在《僥倖：巧合的數學與神話》一書中寫道：「巧合無處不在。」在巴倫·特朗普系列叢書出版幾年後，出現了一本名爲《徒勞無功》的中篇小說，講述了一艘永不沉沒的遠洋客輪「泰坦」號的故事。儒勒·凡爾納在甘迺迪太空中心建成前近100年就曾寫過關於在佛羅里達州發射太空大砲的文章。有些人確信湯姆·克蘭西預言了「9·11」事件。

有篇書評認爲，巴倫·特朗普歷險記的迷人、有趣之處，這解釋了巴倫·特朗普與其兒子的對應、他的目的地俄羅斯以及他所訪問地區的奇特之處，這幾個原因都與現實有遐想。英格索爾·洛克伍德的最後一位總統充滿了對金本位的偏執，以及對一個仍因內戰而分裂的國家將會發生什麼的擔憂。洛克伍德的作品之所以令人不安，是因爲它們所表現出來的焦慮情緒和對舊戰爭的回憶讓人感覺焦慮。

此外小說總是會揭示更多關於他們出生地紐約的信息，而不是他們可能面臨的未來。人們處於一個不安的環境時，我們傾向於認爲這些書是憑空而來的，各種不同的預言便會應運而生，但它們與當時的歷史有關。如果沒有1865年出版的《愛麗絲夢遊仙境》激發了孩子們對冒險故事的渴望，如果沒有一個國家開始向外看，接觸新文化，然後決定自己的文化，那麼就不會有巴倫·特朗普系列叢書。到最後預言永遠不能解讀，人們更不能知道何時何地會發生，大家可以從這個陰謀論中反思，不應再被充斥著吸眼球、吸流量的假訊息所影響。

希拉莉與班加西事件

希拉莉作爲女人，走到政界金字塔頂端是非常不容易的。她是一個野心勃勃的女人，暗地裡一直利用權力操控美國政府，唯利是圖。最重要的是她的狠辣和決絕，爲了利益可以舍棄一切，包括愛人、盟友、同事，甚至是整個美國。希拉莉一生沉迷權力和金錢，要談她的黑歷史實在太多，今篇文章從班加西事件說起。

2012年7月25日利比亞一架美軍的CH-47奇諾克直升機被一枚Stinger刺針導彈撞了下來，之所以說撞，是因爲這枚刺針導彈沒有被發射者設置好，擊中了CH-47奇諾克直昇機卻沒有爆炸。驚魂未定的美國大兵找到導彈上的序列號。拿回去一查，軍方震驚不已。這枚導彈是一批刺針導彈中的一枚，本應由中央情報局保管在卡塔爾的軍事基地，但這批導彈不知爲什麼失蹤了，更不知道爲什麼落到了恐怖組織手裡。隸屬美國國防部的美國國家安全局很快開始調查，同時聯邦調查局也介入了調查，雙方都從利比亞的各個伺服器上得到了大量情報，情報的結果又一次令到軍部方和聯邦調查局大吃一驚。

克林頓基金會的軍火醜聞

這批導彈不只包括打落美軍直升機的一枚。克林頓基金會委托希拉莉的好友約翰·克里斯托弗·史蒂文斯（班加西遇害的大使），通過私人軍火商馬克·圖里，將其賣給穆斯林極端組織Ansar al-Sharia。2012年美國總統是奧巴馬，希拉莉是國務卿，FBI和NSA當然是他們自己人。軍方？奧巴馬就是三軍最高統帥。所以克林頓夫妻倒賣管控導彈給敵人，被敵人用來打美軍飛機賺錢的醜聞，在剛剛查到那個私人軍火商馬克·圖里時，奧巴馬和希拉莉立刻就知道調查的進度，在發現這批軍火是自己賣給利比亞人用來打美軍後，在沒有取得國會許可的情況下，任命史蒂文斯爲美國駐利比亞新大使，安排他迅速去到班加西，目的就是要追回其他的刺針導彈這份害死許多人命的重要證據。

關於克林頓基金會倒賣管控軍火給恐怖分子這件事，當時並沒有廣爲傳播，這麼大的醜聞爲什麼沒人曝光呢？因爲主流媒體都是民主黨的既得利益者，他們怎會報道這種醜聞曝光呢？主流媒體沒有報導相關新聞，反而極力隱瞞和誤導美國民衆。隨著事件發酵，克林頓夫妻的醜聞逐漸曝光，越來越嚴重。倒賣軍火給美國敵對武裝攻打美軍，這種賺黑心錢和叛國的行爲漸漸浮現。同時，主流媒體揭發了希拉莉的郵件門醜聞。而且曾經和克林頓夫妻關系密切的人莫名其妙死亡，而且倒賣刺針導彈給利比亞恐怖組織證據鏈上的關鍵人物一環史蒂文斯，已經被滅口，死人已經不能開口說話了，克林頓夫妻會怕一個死人嗎？克林頓夫妻盤踞美國政壇多年，他們的好友、同事的人，以及爲他們工作的人，非正常死亡的還少嗎？他們根本並不在乎這個名單上再多一個史蒂文斯。

當史蒂文斯到班加西，他就發現情況不妙，因爲恐怖分子已經對剛剛成立的美國領事館形成了巨大的安全威脅，他立即向頂頭上司國務卿希拉莉彙報情況，但未獲回應。直到9月11日他死亡前的30多天內，他給希拉莉發送約600多封電郵（另有說法是160多封），請求增加大使館保衛人員，卻均石沉大海，無任何回應。

郵件門與史蒂文斯的求救

有人可能要問，爲什麼連班加西大使到底給希拉莉寫了多少封郵件都確認不了呢？史蒂文斯到底給希拉莉寫了多少封求救郵件，只有史蒂文斯和希拉莉知道。當史蒂文斯死後，而2016年希拉莉刪除了包括班加西郵件在內的30000封郵件，用的刪除手法不是我們普通人的刪除，而是一種相當專業的酸洗方法（將硫酸倒落電腦硬碟內，致使數據永遠無法恢復）。這就是著名的希拉莉郵件門。所以史蒂文斯到底給希拉莉寫了多少封求救郵件，相信永遠成謎了。

說回班加西事件的經過，終於到2012年9月11日晚上，發現自己的大使館被全副武裝的武裝分子包圍後，大使雇佣的當地保安立刻走光。大事不妙的大使馬上躲入大使館內的安全屋。恐怖分子們在大使館內找了半天沒找到大使後，放了一把火就離開。恐怖分子離開後，大使立刻在安全屋裡向自己的好友希拉莉打電話去求援，得到的回覆是：國務卿正在睡覺，不宜打擾！絕望的大使向附近的中情局駐當地基地求救，又向其他美軍基地求救。就在大使打完這幾個電話後，已經離開的恐怖分子突然又回來了，這一次他們准確地找到了安全屋（這裡有個疑問就是史蒂文斯如果不打那幾個求救電話，也許恐怖分子就不會回來了。到底是誰把安全屋的位置出賣給恐怖分子的，各位可以自行思考這個謎團吧）。恐怖分子炸開安全屋，將大使拖出來。美國駐利比亞大使史蒂文斯，立刻被恐怖分子擊斃，如果只要能堅持20分鐘，來自附近抗命的中情局雇員的救援就到了。大使館中一共八個人，被殺的人只有大使本人和跟在大使身邊的信息員西恩·史密斯。這班恐怖分子好像只是針對大使而來，閻王叫你三更死，誰敢留你到五更？爲什麼克林頓夫妻會委托史蒂文斯尋找軍火商銷售軍火呢，是因爲史蒂文斯對利比亞實在非常熟悉。當2011年利比亞人推翻卡達菲的鬥爭中，史蒂文斯是深度參與者，通過他的關係，源源不斷的武器裝備被轉賣甚至無償支援給反卡達菲武裝。他的官方身份除了美國駐利比亞大使，還有一個就是利比亞過渡委員會的美方代表。由此可見奧巴馬政府到底在利比亞做了哪些事情，相信沒幾個人比史蒂文斯更清楚。關於奧巴馬到底是不是坊間傳聞的ISIS之父，是不是在他的姑息縱容甚至支持下，使ISIS從無到有、從弱到強？這些背後的秘密，當事人史蒂文斯恐怕比美國政府的高官清楚得多。那麼關於在班加西事件中，美國政府始終沒有派出援兵，任由30多名美國人在重武裝恐怖分子的重重圍攻中自生自滅，到底是奧巴馬的默許和希拉莉的蓄意爲之造成的，還是由於奧巴馬政府外交政策的軟弱無能造成的，這大概和史蒂文斯到底給希拉莉寫了多少封郵件一樣成爲永遠無法解開的謎。

班加西事件的電影與眞相

電影《13小時：班加西無名英雄》(13 Hours: The Secret Soldiers of Benghazi)，這部邁克爾·比爾(Michael Bay)於2016年以班加西事件爲原型改編的電影，眞實地還原了當時的戰鬥場景。但是因爲這部電影拍於2016年，這年世界都以爲希拉莉會當總統，所以這部電影對班加西事件的內幕，都是點到爲止，國務卿希拉莉的責任，在電影中真是盡在不言中。

在班加西大使館附近，有一個中情局基地，基地內有多少中情局雇員，這些雇員到底是做什麼的，直到現在依然說不清楚。我雖然不知道這些雇員到底在當地做什麼，有甚麼任務，但我們知道這些中情局人員可不是隨隨便便在利比亞大街上隨意活動的普通人，他們每一個，都是身經百戰以一當十的美軍特種部隊退役軍人，他們有的是海豹突擊隊退役軍人，有的是三角洲特種部隊退役軍人。這些人收到來自史蒂文斯的求援信息後，他們立刻准備出發，不過他們的主管中情局官員卻不讓他們去了，具體原因是什麼，全不知道，一直拖了二十分鐘，他們也無法展開救援行動。但是這個由退役特種兵組成的小隊的負責人泰隆·伍茲（Tyrone S. Woods），他覺得不能任由八名美國使館的工作人員死在恐怖分子手中，死在距離他們僅一公里外的地方。於是他決定違抗中情局的命令，帶領自己的隊員，一共六個人，向班加西大使館進發，他們要去救那八名被困的大使館成員。請記住泰隆·伍茲的名字，在八小時後，他戰死在中情局班加西基地中，直到戰死，也沒等來他深信肯定會來的美軍援軍！與這個勇敢地違抗上級命令最終救出六名美國使館成員的英雄相比，懦弱的奧巴馬和無恥的希拉莉，簡直就是美國的恥辱。

當泰隆·伍茲帶領他的隊員趕到大使館時，只找到了六名活著的使館官員，和西恩·史密斯（Sean Smith）的屍體，唯獨沒有找到史蒂文斯大使本人。大使本人此時有兩種說法，一說是已經死亡，另一說是還沒死，被送到當地醫院後宣布死亡。我傾向於第一種說法。

史蒂文斯的死亡之謎

據報導，史蒂文斯大使最終被發現時，獨自躺在一間黑暗、充滿濃煙、房門上鎖且僅能由窗戶進出的房間內，由一群協助的利比亞民衆找到。民衆將大使從窗戶拉出來，讓他平躺於庭院的石紋地板上。然而，群衆並不知道他的身份。一名名爲阿卜杜勒-卡迪爾·法德勒（Abdel-Qader Fadl）的自由攝影家當時也在現場，並通知美聯社，表示大使意識不清，而且可能有動一下他的頭部，但只動了一次。當群衆尋獲生還的大使時，不斷高呼Allāhu Akbar（眞主至大），雖然當時無人能夠確定大使是否依然存活。一名22歲主修藝術的學生艾哈邁德·沙姆斯（Ahmed Shams）當時也在人群中，他向美聯社表示很開心能找到生還的大使，他們試圖施予急救，但當時附近沒有任何醫療器材或是可用的救護車。另一名名爲法赫德·巴庫許（Fahd al-Bakoush）的自由攝影師後來公開發佈了一段利比亞人試圖從濃煙密布的房間內救出大使的影片。根據巴庫許的說法，當地民衆見他仍然存活，尚有一息，但他的眼皮卻不斷跳動。群衆雖然知道他是外國人，但卻不知道他就是美國大使。大約於凌晨1點左右，由於沒有任何可用的救護車，史蒂文斯大使由當地人以一輛私家車緊急送往伊斯蘭教法團武裝分子控制下的班加西醫學中心。在醫院，値班醫師齊亞德·阿布·扎伊德（Ziad Abu Zeid）對史蒂文斯大使施予長達90分鐘的心肺復甦術。根據札伊德醫師的說法，大使因吸入過多濃煙窒息而死，但除此之外沒有任何外傷。醫師表示不清楚遺體後來送去哪裡，但他相信遺體是由利比亞內政部送往機場，並交由美國政府保管。美國國務院則說他們不清楚是誰將大使送往醫院，也不清楚是誰將大使遺體運往機場交予美國政府。

找不到大使的泰隆·伍茲，決定帶領剩下的使館官員回中情局基地。因爲以他專業的軍人眼光來看，大使館實在是一個根本沒辦法防守的地方，而中情局基地就相對好防守得多。帶著六名使館成員和一具屍體的救援小隊，歷經重重磨難終於回到中情局基地。很快中情局班加西基地，也被重武裝的武裝分子圍了起來。

在班加西大使館遇襲一個多小時後，在泰隆·伍茲已經帶人把大使館剩下的六個活人和西恩·史密斯的屍體帶回中情局基地後，奧巴馬終於千呼萬喚始出來，從一個宴會上姍姍來遲，回到白宮，開始處理這個班加西事件。希拉莉呢？她還在睡覺，不宜打擾。奧巴馬究竟在白宮做什麼呢？你要是以爲他是來指揮救援那三十多個困在班加西危在旦夕的美國人的生命，你就大錯特錯了。他回到白宮，只有一個目的，那就是絕對不能讓這次武裝分子圍攻班加西大使館的事件，影響到他謀求連任。也就是絕對不能讓這個班加西事件，讓他已經炮制了一年多的、在他的努力下伊斯蘭恐怖分子的勢力已經被清除殆盡，美利堅的勝利曙光在前這個幻像破滅！

奧巴馬的掩蓋與希拉莉的沉默

當回到白宮後，奧巴馬立刻指出，這次攻擊是由一部名字叫《穆斯林的無知》的短片引起的。這部短片激怒了利比亞民衆，導致他們持續不斷的抗議，最終引發了這次進攻大使館的暴力行爲。利比亞普通民衆會爲了抗議一部短片，攜帶火箭推進榴彈、AK47、手榴彈、車載重機槍、裝甲車和汽油桶到大使館抗議，並殺人放火、刺殺大使嗎？大家認爲是否符合邏輯？當大使館被恐怖分子襲擊，奧巴馬將此事定性爲示威游行，事件升級之後，奧巴馬拍拍屁股走人，把現場留給副國務卿處理。希拉莉呢？她還在睡覺，不宜打擾。她足足睡了八個多小時，直到兩名海豹退伍兵在保護隱藏在中情局基地中的三十個美國人的戰鬥中壯烈犧牲後，她才終於睡醒。而奧巴馬又去參加宴會，這次是去拉斯維加斯參加籌款大會，去見他的大金主們。2012是大選年，沒有什麼比去見他的金主更重要，沒有什麼比連任總統更重要！

副國務卿處理這個爛攤子，直到班加西還活著的三十多個人終於逃出班加西，美軍也沒有出現，美軍們一直留在機場，因爲國務院和五角大樓在美軍到底用甚麼裝備，究竟以正式軍隊形式，還是穿便裝去營救班加西受困的人發生了爭執，在基地的美軍們一直在忙著換衣服，一會兒命令來了換上軍裝，一會兒命令來了換上便裝，一會兒再換上軍裝，一會兒再換上便裝！你也許要問了，美軍一直忙著玩換衣服Cosplay的遊戲，班加西受困的三十名美國人是怎麼逃出來的？還記得班加西的第四名犧牲者，那名退役海豹軍人，名字叫做葛蘭·多赫提（Glen Doherty）的人嗎？班加西事件本來跟他沒有關係，事件發生時，他也不在班加西。他是泰隆·伍茲的好朋友，聽說好友被困班加西後，他自己掏了兩萬美金，租了一架直升機，帶著自發來增援的退伍軍人在9月12日凌晨5點來到班加西，把這架直升機留在機場。他們來到班加西中情局基地，葛蘭·多赫提和泰隆·伍茲並肩戰鬥，等待著他們認爲一定會來的援軍，抵禦著這些奧巴馬口中的普通示威游行民衆，一輪又一輪重火力的攻擊，直到兩人雙雙戰死在中情局基地樓頂！在泰隆·伍茲和葛蘭·

多赫提戰死後不久，利比亞政府軍終於姍姍來遲，將這三十個美國人護送到機場，這些人，乘坐著葛蘭·多赫提租的直升機，離開班加西。從頭至尾奧巴馬政府都失蹤！救了三十人的，是中情局抗命的雇員們，是自發來增援的退伍軍人們和奧巴馬政府完全無關。

但是第二天，也就是2012年9月12日，參加完籌款晚會的奧巴馬和睡了一夜的希拉莉粉墨登場，他們召開了新聞發布會，除了公布包括大使在內的四名美國人的死訊，他們還著重強調了因爲有人詆毀了穆斯林宗教，才害死了四個人，言外之意，《穆斯林的無知》這個短片的作者，是害死四名美國人的元兇！

2012年9月12日，時任美國駐聯合國大使的蘇珊·賴斯，接到奧巴馬的指令，要求她到各種場合，不遺餘力地宣傳是《穆斯林的無知》這個短片激怒了利比亞民衆，導致大規模游行示威，最終害死了四名美國人。蘇珊·賴斯忠實地執行了總統的命令，最多的一天，她參加了五個節目，歷數這部短片對宗教的褻瀆。你們大概不知道民主黨當時宣傳的有多成功，FBI甚至把收到無數死亡威脅的《穆斯林的無知》的作者保護了整整一年。對，沒錯，當時幾乎所有美國人都認爲，是這部作品導致了四名美國人在班加西死亡。雖然奧巴馬和希拉莉心裡很清楚，後來曝光的希拉莉郵件，也清楚表明，從一開始，他們就知道，班加西事件，是恐怖分子有組織有目的有指揮有次序的對班加西使館的武裝進攻，和群衆示威沒有任何關係，和《穆斯林的無知》沒有關係，但是奧巴馬2012年的總統連任需要有人承擔責任，希拉莉2016年的競選總統也需要有人承擔責任，他們絕對不會承擔任何責任，因爲奧巴馬、希拉莉的個人利益，絕對高於美國民衆的生命！

說回最初的疑問，讀者一定很好奇，克林頓基金會到底把刺針導彈賣給了哪個恐怖組織，又是哪個恐怖組織進攻了班加西美國大使館，最終造成了包括大使在內四名美國人死亡的慘劇。直到現在都沒有眞正答案，主流傳媒的報導完全跟足奧巴馬的劇本。在前文說美國調查機關連刺針導彈的銷售路徑都查得一清二楚了，怎麼可能不知道那批導彈被賣給了誰，但事情的吊詭之處就在此，在網絡上有關班加西事件的報導，無論我怎麼找，我都找不到可信媒體有關於這個恐怖組織的任何信息。而能查到的就是被阿桑奇維基解密曝光的希拉莉郵件中提及，這批導彈是由克林頓基金會，通過史蒂文斯，找到私人軍火商馬克·圖里，由馬克·圖里賣給一個叫伊斯蘭教法團(Ansar al-Sharia)的一個極端組織。而用這批導彈打下美軍直升機的。至於進攻大使館的恐怖組織是哪個，從最開始的時候，奧巴馬政府表現是支吾以對，任何試圖重提班加西事件的，都會被奧巴馬以諸如共和黨的政治把戲，迫害者游戲等冠冕堂皇的借口搪塞過去。他甚至會用一個小事件來形容班加西事件。沒錯，在當時奧巴馬和希拉莉，以及主流媒體，確實將美國當代外交史上最大的悲劇，成功的掩蓋成了一個小事件，雖然媒體極力淡化，但當時的共和黨和公衆依舊不斷追問班加西眞相，這時奧巴馬試圖將公衆視線導引到利比亞的阿蓋達組織，甚至搞出了一幕美國軍人奇襲利比亞首都，在光天化日之下抓走阿蓋達的重要領導人阿利比的事件。

在史蒂文斯死後，希拉莉接受國會質詢時，她表示當時她很忙根本沒看這些郵件。不知道史蒂文斯此時的在天之靈，看到昔日好友這種惺惺作態，會有何感想？臨死前，他會不會想明白，爲克林頓夫妻做這麼傷天害理的事，到最後克林頓夫妻會如何處理他呢？能把將剩下的刺針導彈收回，如果無法解決這個問題，處理得不乾淨，滅口就是最好的辦法！直到2012年9月11日之前，他肯定不會知道，不要說600封，哪怕寫6000封郵件，他的好朋友、時任美國國務卿的希拉莉，也不會派來任何人保護他的安全！因爲希拉莉表示，她根本沒看這些郵件。

你們還記得我在上文中剛剛提過伊斯蘭教法團（Ansar al-Sharia），現在將整個班加西事件整理如下：

1.克林頓基金通過史蒂文斯把本應嚴格管控的毒刺導彈賣給了恐怖組織伊斯蘭教法擁護者
2.某個不知道叫名稱也不知道組織的恐怖分子用這批刺針導彈中的一枚打下了一架美軍直升機
3.然後中間人史蒂文斯就被希拉莉委任爲利比亞大使派到班加西，他的任務是來收回剩餘的刺針導彈的
4.但是史蒂文斯剛到班加西沒多久，就被圍攻大使館的恐怖分子殺害在大使館中，而圍攻大使館的恐怖分子，其中就有這批導彈的買家艾哈邁德·阿布·卡塔拉！

艾哈邁德·阿布·卡塔拉說自己不知道在圍攻的是美國大使館。大使是來收回刺針導彈的，他怎麼可能不和買家卡塔拉接觸？克林

頓基金賣導彈給了一個敵視美國的利比亞極端組織，在此事暴露前這個利比亞極端組織實施或者幕後策劃了對班加西美國大使館的襲擊，殺死了有可能成爲2012謀求連任的奧巴馬和2016謀求繼任的希拉莉絆腳石的史蒂文斯！事實上克林頓基金賣導彈給伊斯蘭教法擁護者，是在2016年阿桑奇曝光希拉莉的部分郵件後，公衆才知道的。在此之前公衆對此一無所知，只知道一個恐怖組織襲擊了大使館，殺死了包括美國大使在內的四個人。在希拉莉郵件曝光前，知道這件事來龍去脈的，可能只有奧巴馬，希拉莉和極少數民主黨高官。如果沒有阿桑奇曝光希拉莉郵件，我們可能永遠無法知道班加西事件，起因是克林頓基金非法出售導彈。

班加西事件發生後不久，既然已經有人公開出來表明自己和班加西襲擊有關，難道不應該先抓起來嗎？但是，沒有！卡塔拉一直活躍地接受各種媒體採訪，在利比亞自由自在地生活了兩年。而奧巴馬政府一直視他爲無物。2013年，奧巴馬政府在光天化日之下，在利比亞首都公開抓捕阿爾蓋達核心人物阿利比，稱其與班加西事件有關，但未拘捕公開承認涉案且活躍於利比亞的卡塔拉，引發質疑。直到2014年，迫於共和黨和公衆壓力，奧巴馬政府終於抓住艾哈邁德·阿布·卡塔拉，但在公開受審中，卡塔拉的供詞和他接受電視採訪時一樣，他承認給圍攻班加西美國大使館的人提供了後勤支援，但他否認自己組織進攻了班加西大使館，也不知道正在圍攻的是美國大使館。至於那個用於轉移視線據稱和班加西事件相關的阿利比，後來他受審的罪名是1997年肯尼亞美國大使館遇襲事件，和班加西事件同樣都是毫無關係。

回過頭去再看2012年，奧巴馬和主流媒體精心炮制的伊斯蘭恐怖分子已經被消滅殆盡的謊言是多麼可笑啊。一個到2014年讓全球人民聞之色變的、讓全球所有恐怖分子在他們面前全變成小巫見大巫的ISIS伊斯蘭國，就在戰火紛飛的敍利亞和伊拉克，在奧巴馬的眼皮子底下，孕育壯大。而此時奧巴馬正陶醉於2011年干掉本·拉登的榮耀之中，他要利用這個光環來助他2012連任總統成功。所有主流媒體都心照不宣地利用著本·拉登，不遺餘力地營造著基地組織行將消滅，世界即將恢復和平的假像，以此營造著奧巴馬的形像。所以班加西的悲劇剛剛發生時，就註定了結局，英雄泰隆·伍茲和他的好友葛蘭·多赫提，兩名退役的海豹特種兵，永遠都等不來他們認爲肯定會來的援兵。因爲美國在腐敗透頂也無能透頂的政客控制下，他們根本不在乎八名美國駐班加西大使館官員和二十多名中情局駐班加西基地的工作人員性命，奧巴馬只在乎自己能不能在2012年總統連任成功，希拉莉只在乎自己能不能在2016年總統繼任成功！9月14日，甚至在接四位死在班加西的美國人遺體回國時，面對四位死者的家屬，他們依舊面不改色地對死者家屬說我們一定會嚴懲影片《穆斯林的無知》的作者！

就這樣，頭頂消滅本·拉登、消滅恐怖分子、給美國人民帶來勝利與和平的虛假光環，腳踩四位死在班加西的美國人的斑斑血跡，發誓要嚴懲小視頻作者的奧巴馬，在2012年11月8日，輕鬆擊敗共和黨建制派羅姆尼，連任總統成功。

2013年，在奧巴馬政府公開抓了阿蓋達組織的阿利比，聲稱這個人也許和班加西事件有關。這時共和黨人不滿這樣做法，既然已經有個叫艾哈邁德·阿布·卡塔拉在電視採訪中公開承認自己出現在班加西事件現場，你們公開抓了一個也許和班加西事件有關的人，卻不肯將那個公開承認自己和班加西事件有關的人抓起來？你到底有什麼毛病啊？

雖然民主黨極力掩飾班加西事件，但是共和黨蜀中無大將，不只羅姆尼，共和黨在民主黨眼中，全是庸才。如果共和黨能在2012年就把班加西事件的黑幕揭發出來，奧巴馬還能連任成功嗎？班加西事件被一拖再拖，直到越來越多的事情暴露出來，2014年奧巴馬政府終於將卡塔拉抓了起來。2014年11月中期選舉中，共和黨人大獲全勝，控制了參衆兩院，共和黨重啟班加西調查。由共和黨人特裡·高迪擔任調查委員會主席。剛開始的時候，希拉莉根本沒把這個調查放在心上：笑話，我們克林頓夫妻縱橫政壇數載，什麼大風大浪沒見過？希拉莉雖然不是國務卿，但是她爲了專心備戰2016年總統選戰主動卸任的，她依然是民主黨的領袖，深層政府最重要的人物！2012年9月12日美國民衆突然發現有四個人在戰火紛飛的班加西死了，死亡的原因政府告訴你是《穆斯林的無知》的作者惹怒了穆斯林，導致示威民衆圍住班加西大使館抗議，衝突升級，大使犧牲。我就問你信不信？至於9月11日晚上事件發生的種種細節，那是2014年共和黨控制的衆議院成立了班加西調查委員會之後，頂著政治陷害，黨派之爭的標簽，才一點點查證求實的！而克林頓基金倒賣導彈給後來圍攻大使館的伊斯蘭教法團恐怖組織，那要到2016年希拉莉郵件曝光，民衆才能知道整件事的來龍去脈！爲何民主黨和希拉莉對阿桑奇恨之入骨，一定要置他於死地，就是這原因。可是希拉莉萬萬沒想到，這個由一群共和黨建制派的調查委員會，還眞的查出了一點證據。

郵件門的曝光與政治風波

希拉莉·克林頓電子郵件爭議（Hillary Clinton email controversy），於2015年3月公開披露。希拉莉在擔任美國國務卿期間（2009－2013）使用她的私人電子郵件伺服器進行官方通訊，而不使用在聯邦伺服器上維護的官方國務院電子郵件帳戶。這些官方通訊包括上千封後來被由國務院歸類爲國家機密的電子郵件。在希拉莉2009年被任命爲國務卿前，她通過黑莓手機與其朋友及同事交流。國務院安全人員提醒她這在任職期間會帶來安全風險。在克林頓的黑莓手機上使用的電子郵件帳戶登入在她紐約的私人宅邸地下室的私人伺服器上，但該資訊沒有透露給國務院安全人員或國務院進階人員。證明找到解決方案是不切實際的，甚至諮詢國安局後，將不允許希拉莉繼續用黑莓手機，或類似不安全的裝置，連接到她家中的私人伺服器。建議她在辦公室設一台安全桌上電腦，但希拉莉不習慣用電腦並選擇黑莓的便利，不是國務院，安全桌上電腦政府的協定。希拉莉放棄努力找到安全的解決方案，國務院安全人員向她警告了不安全黑莓被黑客攻擊的脆弱性。她表示她了解危險，據報導外交安全域在她亞洲之行已獲得有關她脆弱性的情報，但她繼續在辦公室以外用她的黑莓手機。在參議院提名希拉莉爲國務卿的聽證會上，域名clintonemail.com、wjcoffice.com與presidentclinton.com被註冊到Eric Hoteham名下，以希拉莉與她丈夫克林頓在查巴克(Chappaqua)的家爲聯絡地址。域都指向一台私人電子郵件伺服器,希拉莉(從未有一個state.gov電子郵件帳戶)用它傳送接收電子郵件,伺服器在她2008年總統競選時購買並安裝在克林頓夫婦的家。電子郵件伺服器在2013年以前位於克林頓夫婦在紐約查巴克的家,後來伺服器被送到新澤西州普拉特河網絡的數據中心,希拉莉僱用這家基於丹佛的資訊科技公司管理她的電子郵件系統。

在2015年3月,調查委員會查出希拉莉在擔任國務卿期間,一直在用私人電腦伺服器收發公務郵件,甚至將工作郵件和私人郵件混在一起。私人電腦伺服器,就存在著隨時泄密的風險。也就是說,如果攻擊班加西大使館的恐怖分子早有準備的話,他們會很容易地就進入希拉莉的私人電腦,所有的公務郵件都可以一覽無遺。史蒂文斯無論給希拉莉寫了什麼,這些恐怖分子都會知道。這已經不是單單一個班加西事件這麼簡單,這涉及的是所有人發給希拉莉的工作郵件,都有泄露的國家機密的風險!

班加西調查委員會要求希拉莉在4月3日之前,必須交出班加西相關郵件。這時的希拉莉開始驚慌,她就用「酸洗」的手法,刪除了包括班加西的相關郵件在內的三萬封郵件,這就是著名的希拉莉郵件門事件。刪了郵件之後,希拉莉胡亂交了點兒根本無關緊要的郵件之後,立刻底氣十足地回應,班加西調查委員會,從頭到尾,就是黨派鬥爭的幌子!無錯,只要有共和黨人提及班加西,無論是奧巴馬還是希拉莉,或者是其他任何一個政黨議員,統統都會被他們說成黨派鬥爭，抹黑希拉莉和整個民主黨，然後對於班加西的調查求證，就又變成了無休止的黨派間的拉扯、爭論、互相指責。民主黨的高官們，一邊反復強調要爲四名死者，另一邊把想要調查眞相的所有人打上黨派鬥爭和政治陷害的標籤。直到2015年10月，希拉莉接受了長達11小時的國會質詢，以潑婦罵街的氣勢，順利通過國會質詢。當天主流媒體一片歡呼，什麼希拉莉表現出色，什麼面對政治對手的攻訐不卑不亢，什麼搬開競選總統路上最後一塊兒絆腳石。在國會質詢後，主流媒體對希拉莉一片贊揚之聲，稱面對共和黨人的質詢，希拉莉鎮定從容，展現了領袖風範種種溢美之辭。這時候媒體已經開始爲希拉莉2016的競選之路開始準備鋪墊。

這些媒體沒有一家能想起那四個死在班加西的美國人，甚至連一句話都懶得提。對於希拉莉根本沒有提供的關鍵郵件，更是輕描淡寫地一筆帶過。看到這兒，你可能要問了，難道班加西事件，眞得就要這樣輕描淡寫的過去了嗎？當時看來，眞是這樣的。利比亞大使史蒂文斯是希拉莉代表美國資本利益集團和深層政府的棋子，這羣無惡不化的人，目的就是爲了自身利益高於國家利益之上。2015年10月22日，希拉莉在國會接受了由共和黨主導的調查委員會近11個小時馬拉松般的聽證會，直面她任國務卿期間最大的政治失誤。從結果看來，希拉莉這關過得漂亮。利比亞班加西事件造成四名美國公民死亡，時任外交系統的最高決策人的希拉莉有不可推卸的責任，該事件也成爲牽絆她政治前途的一大阻礙。本次聽證會是她澄清此事的關鍵節點，也是她競選總統的矚目一戰。多家媒體大贊她的從容、鎮定，CNN稱，面對共和黨人的尖銳質詢，希拉莉掌握了絕對的主動權。希拉莉表面承認對大使等人的死亡負有責任，並稱美國不會在中東事務中缺席，美國必須是這個危險世界的領導者。說到尾希拉莉對整件事的角色推得一乾二淨。但是事情並沒有到此結束。正如事後據說是有FBI探員透露了內情，實際上當時軍方和FBI已經掌握了希拉莉賣國的罪證，僅憑軍方的證據，就可以將希拉莉和奥巴馬送上法庭，只是當時政府和民主黨從上到下都在保護希拉莉，只盼著她在2016年競選登上總統的寶座，沒人敢去深究這位未來總統的責任，所以班加西事件就這樣煙消雲散，但這卻爲後來的郵件門埋下了禍根。

2016年7月6日美國司法部長洛麗泰·林奇表示司法部門已正式停止調查希拉莉郵件門事件，不會對其提起任何訴訟。希拉莉的競選團隊表示：郵件泄露是俄羅斯間諜所爲，他們的目的是在大選中幫助特朗普獲勝，至今他們仍認爲俄羅斯與特朗普團隊有密切聯繫，協助特朗普勝出總統選舉。但特朗普團隊斷然否認稱：希拉莉是爲了贏得選舉不擇手段的政客。2021年9月美國司法部起訴了希拉莉競選辦公室所僱傭的Perkins Coie律師事務所的團隊成員律師米高·薩斯曼（Michael Sussmann），稱該律師向聯邦調查局傳遞宣稱特朗普大廈存在俄國銀行Alfa伺服器的資訊時，向聯邦調查局說了謊，隱瞞了自己代表希拉莉競選辦公室的事實。

郵件門在向美國人民們傳達著什麼呢？上層的交易妥協，精英階級唯利是圖，政治權貴私生活腐爛。而希拉莉正是這個階層爲了保護他們權益而存在的代言人，是華爾街的金融大亨，矽谷財團，跨國大集團，更是美國上層建築所指定的新總統。

2016年7月22日民主黨全國黨代表大會舉行前夕，維基解密網站公佈了美國民主黨國家委員會（DNC）內部的19,252封絕密郵件和8,034個附件。部分郵件資訊顯示了希拉莉暗中勾結民主黨高層打擊同黨競選人伯尼·桑德斯，醜化其形象，並內定了黨內候選人，參加洗錢、勾結媒體等醜聞。7月27日，維基解密又曝光29段音頻，內容與郵件相似。維基解密創始人阿桑奇表示會爆料更多內容，並稱也許有一天，這個或這些訊息來源會自己站出來，這是一個有意思的時刻，因爲某些人會感到難堪。

當內容公布後，美國人才眞正發現：原來希拉莉還有那麼多各種暗地裡的勾當！在民主黨政府裡，花點錢是可以讓各種國家高官和自己吃飯的。在民主黨政府裡，花個幾十萬幾百萬就可以去美國在其他各國大使館買個官做的。希拉莉的團隊裡幾乎所有的高層都是在討論是否可以接受外國政府的政治資金的（這違反聯邦競選法律，因爲會讓外國勢力操縱美國政治）。還有希拉莉用各種打壓，利益收買，勾結民主黨高層，打壓同黨競選人桑德斯，內定自己爲黨內候選人，還參與洗錢和賄賂媒體。勝利基金是一個LBGT基金，用於聲援同性戀，結果其募集的6100萬美元只有不到1%留在賬上，剩餘的全部流向了希拉莉競選團隊，此事一出，美國人完全嚇傻了，希拉莉的民調數據急轉直下，這是她敗給特朗普的轉折點之一。除了上述內容，希拉莉還涉嫌賣國，她和她的團隊在討論接受外國政府政治獻金的問題同時曝光的郵件中，還有希拉莉在2016

年一次又一次指使黑衣人多次大鬧特朗普的競選集會。

對於阿桑奇的情報渠道，外界一直猜測紛紜。根據網絡知情人所知，阿桑奇的資料來源有兩個部分，第一，是世界各地的各種黑客主動提供給他的，第二，就是美國各個情報部門中的內部人員(類似於斯諾登、曼寧這種人士)。維基解密組織得到的近兩萬封郵件，分別來自民主黨委員會的公關主任，財務總監，高級顧問等7位民主黨的重要官員。阿桑奇的這個重磅炸彈，無疑把希拉莉政治騙子的稱號炸得越來越響，不過這還只是剛開始。

美國歷史上有兩個家族，是最能與命案聯繫在一起，其一是甘迺迪家族，這個家族是家族成員總是離奇死亡，另一個就是克林頓家族，總能被冠以嫌疑犯的名號。2016年7月前後發生了多起命案，每個人都跟希拉莉有關，每個人都死得很離奇。

2016年7月10號凌晨，美國民主黨的一個數據主管賽斯·里奇(Seth Rich)在自己華盛頓附近的寓所附近被槍殺，當地警方表示，這是一起持槍搶劫殺人案件，就此結案。然而，他的隨身財物，錢包，手機，也沒有被拿走。更多的人認爲，賽斯·里奇就是這一次泄露給維基解密的這接近2萬封郵件的泄密人，但是眞正詭異的是，這麼一起發生在美國首都的謀殺案，美國主流媒體同樣不約而同地保持沉默。而且更讓人覺得蹊蹺的是，在那段時間裡，短短1個多月的時間，還有好幾個跟希拉莉有關的人士非正常死亡。

麥克·弗林(Mike Flynn)，互聯網作家，編輯。6月23日猝死。死亡當天發表了揭露克林頓基金會黑幕的文章。

約翰·阿什(John Ashe)，前聯合國官員，6月22日，在因受賄罪即將要出庭指證克林頓一家的出庭前夕，遭襲擊身亡。

維克多·索恩(Victor Thorn)，一個專門調查克林頓一家的調查記者，發表了《爲什麼希拉莉不應該入主白宮》一書，8月1日在家自殺身亡。

肖恩·盧卡斯(Shawn Lucas)，代表桑德斯的支持者起訴民主黨代表大會欺詐的主控律師，8月2日在自己家中猝死。

總之掌握希拉莉內幕的人前前後後死了20多個，而死法局限於自殺、猝死、突然襲擊，死狀非常雷同。雖然沒有任何證據能證明這是希拉莉做的手腳，但傻子都知道這是誰干的，這就是法律事實和邏輯眞相的區別。定罪需要證據和法律程序，嫌疑人可以毀掉證據或干預司法，只要權力足夠大，你就永遠不會被定罪，法律是爲統治階層服務的，這就是社會的本質。

郵件門鬧大之後，特朗普在辯論中威脅希拉莉，說要把她送進監獄，希拉莉的豬隊友立馬送上一記神助攻，推開了她的最後一道門，通敵門。

2016年10月希拉莉團隊裡最重要的一名成員，競選經理約翰·波德斯塔（John Podesta），在最錯誤的時間，點了一封最錯誤的郵件，他點開了一封黑客發給他的釣魚郵件，無意間泄露了自己的密碼，由此他自己的郵箱很快就被黑客全部下載，黑客們很快把戰果交給維基解密，隨著郵件內容的曝光，希拉莉的滔天罪行終於被擺在了公衆面前。原來希拉莉早就知道卡塔爾和沙特是ISIS的幕後金主，早在2014年希拉莉發給波德斯塔的郵件中，就承認卡塔爾和沙特是爲ISIS以及該地區其他遜尼派激進組織提供財政和後勤支持的大金主。其中一封郵件顯示，卡塔爾承諾將向克林頓基金會捐助100萬，沙特在克林頓基金會成立之後，先後捐助了1000萬和2500萬美元。據報導，這次希拉莉競選，20%的競選資金來源於沙特。維基解密一批一批的公布著波德斯塔的郵件，也一天一天的給希拉莉務必的壓力，但是，盡管壓力再大，希拉莉仍握著司法部不指控的免死金牌，依然高枕無憂，直到又一個管不住自己下半身的下屬，在最錯誤的時間，以最錯誤的方式出現。

一條色情短信，再次幫助FBI打開第二次郵件門事件，要理解第二次郵件門，先要記住這幾個關鍵人物：洛蕾塔·林奇（Loretta Lynch）奧巴馬任命的司法部部長，非裔。詹姆斯·科米（James Comey）聯邦調查局局長，林奇的下屬。胡瑪·阿貝丁（Huma Abedin）：印度和巴基斯坦混血，1976年出生在美國密歇根州，3歲隨父母移居沙特，16歲回到美國上大學，之後便以實習生身份開始在希拉莉身邊工作，一直到現在，整整20年，是希拉莉的貼身助手，做到了副幕僚長，負責爲希拉莉保管所有機密材料，掌管著希拉莉最核心的機密，兩部黑莓手機，與希拉莉感情極其親密，被後者稱為第二個女兒；有人說希拉莉若是沒了胡瑪，連門都不會出；另外，外界猜測希拉莉是雙性戀，由此媒體八卦暗示：如果早上起床時間給希拉莉打電話，接電話的人八成是胡瑪。安東尼·韋納（Anthony Weiner），胡瑪·阿貝丁的前夫，紐約州前民主黨聯邦衆議員，結婚不到一年被指一名21歲女生發送色情圖片而被調查，兩年後再犯，2016年8月29日，爲了不給希拉莉的選戰節外生枝，胡瑪·阿貝丁果斷與其離婚。

這導致越來越多的美國黑客匿名者開始研究希拉莉競選團隊成員和民主黨高官的郵箱，期間不斷有機密郵件被黑客曝光。但是這些都不夠重量級，直到希拉莉女助手的老公安東尼·韋納，他因爲給未成年少女發猥褻信息，而被FBI帶走調查。

2016年9月，正當希拉莉的選戰打得如火如荼的時候，英國每日郵報曝出一條消息，說是安東尼·韋納曾經給一個15歲的女孩發過色情短信，由於接收方是未成年人，負責監控兒童色情犯罪的FBI便開始介入調查。FBI沒收了韋納的電腦，打開郵箱，發現裡面居然有662,781封郵件，認爲太多了，加上他們覺得這個案件安全級別很低，人手又不夠，於是FBI直接把案件甩給了紐約市警察局（NYPD），讓他們幫助查找犯罪線索。紐約市警察們收到韋納的郵件打包，用密碼打開郵箱，隨便一看，這些從來沒有見過大場面的警察嚇到面青。韋納的郵箱裡，有11,112封郵件是他的前妻胡瑪·阿貝丁的，而還有一部分郵件居然是希拉莉的，而且估計是之前希拉莉從電腦裡徹底刪除了的那33,000封郵件中的一部分，這也就是說，現場的這些警察和13名FBI特工，莫名其妙就拿到了全美國乃至全世界最絕密的文件，成爲了2016年美國最重要的見證人。這麼幾十個人，希拉莉你有本事全部暗殺嗎？（估計這才是FBI拉上紐約警察一起上賊船的眞實意圖吧）紐約警察膽戰心驚打開希拉莉的郵件，據說裡面的內容讓他們眼珠都凸了出來。

據前不久網上一個自稱是FBI探員的人爆料說，紐約市警察們發現的郵件內容如果公布出來，完全可以導致許多國家「向美國開戰」，並且完全可以把整個奧巴馬政府以叛國罪逮捕，並送上法庭。其實韋納雖然孌童，其實是個文人，他給各種郵件分檔，名字起得挺好，如希拉莉郵件文件夾叫做生命保險（lifeinsurance），民主黨內部資料叫民主黨核武庫（DNC Nuclear arsenal），存希拉莉和克林頓孌童的照片的文件夾叫隱私（intimate）。希拉莉郵件裡，據說有以下內容，奧巴馬動用國家力量施壓厄瓜多爾駐英大使館，切斷了阿桑奇的網絡，以爲能斬斷信息源，沒想到希拉莉身邊助手的老公電腦裡有大量存檔，居然被掃黃給掃出來了，這個劇情，再荒唐、再大膽的編劇都想不出來。

雖然美國高層腐敗透頂，但FBI和警察系統的中下層官員中間，不乏有道德底線的人，本來對奧巴馬就一肚子氣的紐約警察，據說，看完這些色情照片後都吐了，他們威脅在場的FBI特工說，FBI如果沒有行動，他們就要爆料，而FBI紐約地勤組的這13個偵探也表示，FBI總部如果不動作，他們也要爆料。當FBI探員回去把這些情況報告FBI局長詹姆斯·科米(James Comey)的時候，科米也是當場就非常驚慌。今次輪到科米局長頭痛了。

這些下屬非常狡猾的。拿到韋納電腦的偵探早就知道裡面那些郵件非同小可，他們也知道科米在包庇希拉莉，弄不好最後還要殺人滅口，所以辦案的偵探故意一開始就把內幕擴散開，鬧得滿城風雨，讓兩個系統的幾十個人同時了解案件的內情，風險共擔，即使希拉莉和她背後的金主想殺人滅口，也不可能把這幾十號人同時都殺掉，並且，讓科米想捂蓋子也捂不了。但是，他們把這個燙手的山芋交給科米，也無疑於把他推上的風口浪尖。他如果要重啟調查，司法部長洛麗泰·林奇(Loretta Lynch)是奧巴馬的死黨，她絕對不會同意，上一回就是因爲她與比爾·克林頓在鳳凰城機場巧遇，在一間小屋子裡談了半個小時的生活經驗，之後便堅決要求FBI停止調查。

第二次郵件門的爆發

在接下來的日子裡，科米遇到了來自於FBI內部的強大抵制，在許多特工看來，科米僅僅通過給予希拉莉一個輕微的警告就饒恕她的行爲，這讓FBI蒙羞，詹姆斯·科米背叛了FBI。FBI內部有很多人，包括FBI的副局長，都不再與科米交談，甚至連科米的問候都視而不見。科米的辦公桌上，辭職信堆積如山，辭職信的內容非常激烈。甚至有個探員在網上悲憤地寫道，我心臟很好，不會突然死亡，而且我也沒有自殺傾向。如果我死了，總會有我的同事把調查繼續下去。最後連科米的妻子Patrice也加入倒戈行列，敦促他重啟調查。就在科米猶豫不決的時候，一個身高兩米、體重超過270公斤的肥仔，終於在最正確的時候、以最正確的方式出現了。他是本世紀天才黑客之一，金·達康(Kim Dotcom)，綽號邪惡博士(Dr. Evil)。肥仔黑客金·達康在推特發布一條驚天動地的消息，希拉莉刪除的3萬封郵件可以找回，就在NSA部署在猶他州的Spy Cloud上。郵件不是被刪除了麼，怎麼又會出現在NSA內部雲端上？眞相是這樣的。2013年斯諾登(棱鏡計劃曝光者)披露，美國國家安全局NSA有能力而且被授權獲取互聯網數據，而這個能力就是大殺器Xkeyscore計劃。NSA通過Xkeyscore計劃來監控整個互聯網，監控內容包括所有郵件信息和社交媒體信息，這也就意味著下至平民百姓，上到國務卿總統，NSA都能搞定，所以希拉莉刪除的3萬封郵件其實在當時就已經被NSA儲存下來。而希拉莉私人郵箱長達7年之久的郵件信息全都備份在NSA內部雲上，只要通過官方正常渠道就可以查閱。肥仔黑客發了這條推特之後，奧巴馬政府一下慌了，科米立即宣布重啟郵件門調查，然後大選民調結果朝著特朗普傾斜。2016年，希拉莉在競選總統中，令人大跌眼鏡地輸給了特朗普。2017年1月特朗普正式就職，隨後就宣布，要重啟希拉莉郵件門調查(班加西事件，只是重大醜聞郵件門中一小部分)。然後已經消失在公衆視線兩年之久的伊斯蘭教法擁護者的一個領導者公開宣布，由於骨幹人員死得差不多了，所以伊斯蘭教法擁護者正式解散。沒錯特朗普宣布重啟郵件門調查，班加西事件中的主要配角，購買了刺針導彈又疑似殺死大使的伊斯蘭教法擁護者組織就宣布解散。這個是否又是另一個巧合？是否是主流傳媒所說的陰謀論？2019年特朗普治理下的美國國務院終於完成了對希拉莉部分郵件的調查，初步結論是一共涉及588起違規，至少其中38人面臨刑事指控。這就說明什麼?希拉莉根本就是有恃無恐，有把柄在她手裡的華盛頓官員太多太多了，繼續查下去，會引起多大程度的反撲，引起華盛頓政壇多少級的地震都是未知數。2020年距離美國大選還有24天之際，選戰似乎白熱化了，美國國務卿蓬佩奧在特朗普的罕見批評和壓力下，公布了前國務卿希拉莉刪掉的三萬多份電子郵件。隨著特朗普連任失敗，民主黨拜登成爲總統，由希拉莉引發出來的事件，所有調查不了了之!

CHAPTER 3

馮· 布朗預言馬斯克將殖民火星？

馬斯克發出神秘帖子：「命運，我無所逃避！」隨後，有人發現69年前的驚人預測。

2020年，伊隆·馬斯克在推特發布神秘帖子：「命運，我無所逃避！」引發網友熱議，有人提及69年前沃納·馮·布朗的驚人預測。

馮·布朗的預言與馬斯克的回應

事情起源於2020年12月30日，伊隆·馬斯克在推特上發布了一個莫名其妙的神秘帖子：「命運，命運，對我來說，無所逃避。」一

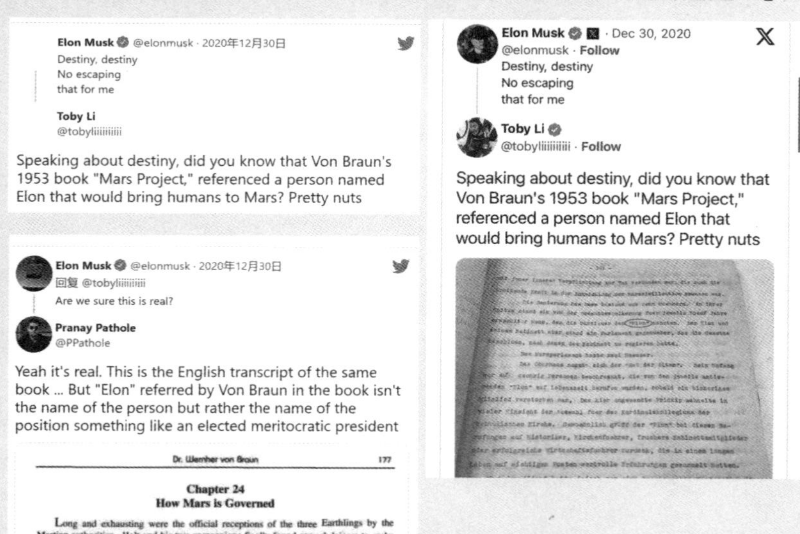

位名叫托比·李的網友回復說：「說到命運，你知道1953年沃納·馮·布朗在《火星計劃》一書中，提到了一個名叫伊隆的人，他會把人類帶到火星嗎？太瘋狂了。」馬斯克再問：「確信這是眞的嗎？」

一石激起千層浪，網友們很快就發現確有此事。沃納·馮·布朗（Wernher von Braun）是納粹德國著名V2火箭的總設計師，二戰結束後被美國俘虜，主持設計著名的登月火箭土星5號，是20世紀人類航天事業的先驅者之一。馮·布朗來到美國後，經常通過書籍、電視等各種媒體，向人們解讀復雜的科學思想，普及科學知識。《火星計劃》是一本描述火星殖民設想的書籍。

馬斯克的火星夢想

出生於南非的億萬富翁兼工程師伊隆·馬斯克是太空旅行領域的領先創新者。他的公司SpaceX致力於製造低成本、節能的太空船，計劃在未來十年內將首批人類送上火星。50歲的馬斯克公開表示希望探索其他星球，引起了人們對太空旅行的極大興趣。他最近在推特上表示，希望讓人類成爲多星球物種。馬斯克是少數計劃在未來幾十年內殖民火星的億萬富翁之一。他的公司SpaceX最近成爲第一家將美國太空總署太空人送入太空的私人公司。儘管SpaceX的可重複使用火箭目前僅到達地球軌道，但這家加州公司表示，未來的飛行器將飛得更遠。

伊隆·馬斯克被時代雜誌評爲2021年度人物，他概述了他的計劃，包括建造一支龐大的星際飛船艦隊，該艦隊由一枚頂部有子彈型航天器的巨大火箭組成。星際飛船目前正在德州的一個地點進行開發，其設計目標是到達月球、火星及更遠的地方。SpaceX計劃透過無人試飛將火箭送入預定軌道。億萬富翁馬斯克同時也是電動車製造商特斯拉的首席執行官，他希望在有生之年使用1000枚強大的火箭將一百萬人送上火星。

2020年社交媒體上瘋傳一則消息，稱著名的德裔美國火箭科學家沃納·馮·布朗曾預測一位名叫伊隆的領導人將指導人類殖民火星。這說法源自於馮·布朗1948年出版的一本鮮爲人知的科幻小說《火星計劃》(Project MARS)中的一段話。這個看似不可思議的巧合引發了人們的猜測，認爲馮·布朗以某種方式預見了馬斯克的崛起，SpaceX執行長、企業家和火星殖民的直言不諱的倡導者。一位航空航天遠見者能夠在70多年前預測出如今站在人類星際探索最前沿的人物的名字，這似乎不太可能，甚至完全是異想天開。不過仔細研究事實以及馮·布朗工作的歷史背景，可能會對這個奇怪的巧合提供一個比較合理、而且不是太神秘的解釋。

《火星計劃》

這並不是伊隆·馬斯克第一次因與《火星計劃》的聯繫而引發人們的興趣。2017年一位Reddit用戶在r/SpaceXLounge上分享說，有人研究了這本書的德文原文以揭穿這個神話，結果證實沃納·馮·布朗確實將火星的一位領導人稱爲「伊隆」。馬斯克本人在X上強調了這種聯繫，他寫道：「這怎麼可能是眞的?」這一說法又獲得了新的動力。

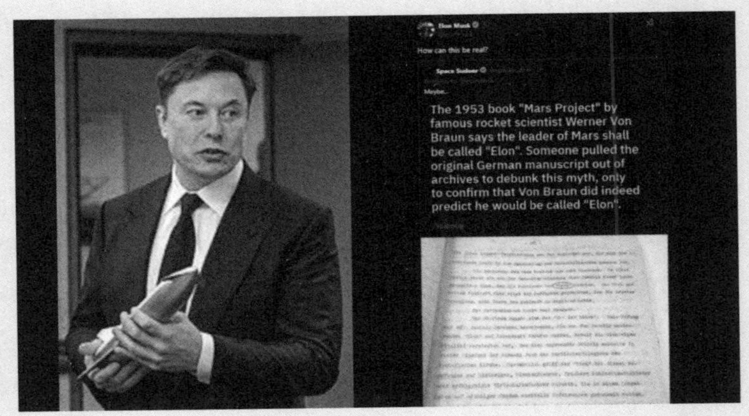

《火星計劃》的內容與爭議

這一說法圍繞著《火星計劃》一書展開，沃納·馮·布朗在書中概述了殖民火星的計劃。該作品最初於1948年作爲一篇技術論文撰寫，後來於1953年改編成科幻小說，融合了硬科學和科幻小說。在文本中，馮·布朗描述了人類對紅色星球的一次探險，其管理體系包括由「伊隆」領導的火星委員會。「伊隆」這個詞已經成爲馮·布朗所謂預言的爭論焦點。

這段話在社群媒體討論中被引用，網友認爲這是沃納·馮·布朗對當代企業家伊隆·馬斯克的遠見證據，因爲馬斯克的SpaceX正積極推進火星殖民。

科幻與現實的交匯

沃納·馮·布朗和伊隆·馬斯克之間的聯繫凸顯了科幻小說和科學現實之間迷人的相互作用。儘管馮·布朗的作品源自於科幻小說，但它卻是一個持續引起共鳴的思想實驗。同時，馬斯克的努力代表了這些想法的實際應用，說明了富有遠見的概念如何激發具體的進步。

這種動態並不是馮·布朗和馬斯克獨有的。許多技術進步都源自於推測性文獻中首次探索的想法。作家和科學家都從共同的文化和思想潮流中汲取靈感，編織出塑造人類成就軌跡的敘事。儘管沃納·馮·布朗預測了伊隆·馬斯克的崛起，這是一個引人入勝的故事，但現實可能遠沒有那麼美好。《火星計劃》中提到的「伊隆」只是語言上的巧合，而非預言。然而，眞正引人注目的是馮·布朗思想的持久影響力，以及它如何激勵像馬斯克這樣的先驅者不斷突破可能的界限。

當馬斯克首次在X上分享他的名字和《火星計劃》之間的奇妙聯繫時，該帖子在不到24小時內就獲得了超過5200萬次瀏覽。經常直言不諱且備受爭議的馬斯克後來打趣道：「無論我多少次告訴人們我是一個5000年前的外星時間旅行者，『他們都不相信我』。」

馮·布朗的傳奇人生

沃納·馮·布朗是一位德國航空航天工程師，負責研發納粹德國最先進的武器之一V-2火箭。V-2綽號「復仇武器」，是世界上第一枚遠程彈道飛彈。它於1944年底投入使用，到戰爭結束時，德國國防軍已發射了3000多枚V-2飛彈，造成約9000名平民和軍事人員死亡。

另外有12000名強迫勞工和集中營囚犯在被迫參與生產這種臭名昭著的武器後死亡。馮·布朗是一位狂熱的天文學家，他從年輕時就對火箭產生了濃厚的興趣。1934年，他獲得柏林大學航空航天工程博士學位。他的博士論文題爲《液體推進劑火箭問題的構造、理論和實驗解決方案》，被軍隊列爲機密，直到1960年才向公衆公布。

馮·布朗

馮·布朗立即被德軍招募並開始研發火箭武器。馮·布朗駐紮在波羅的海沿岸佩內明德村的一個軍事研究機構，在那裡他負責監督液體燃料火箭發動機和噴射機起飛的實驗。同樣在佩內明德，馮·布朗開發了超音速Wasserfall防空飛彈和A-4彈道飛彈，後來更名爲V-2（Vergeltungswaffe 2）。儘管馮·布朗知道V-2生產工廠使用強迫勞動並虐待工人，但據稱他並不知道納粹集中營的眞實性質。據報導，他只參觀過一次V-2生產工廠，對員工的待遇感到滿意。事實上，強迫勞動者經常遭受毆打和被剝奪食物，其中許多人死於疾病、處決和惡劣的工作條件。1944年，馮·布朗被指控秘密與共產黨合作並被黨衛軍逮捕。他對政權犯下的罪行從未得到證實，因此他被有條件釋放並繼續致力於彈道飛彈的研發。然而當時他已經在策劃逃往美國。1945年春，當蘇聯軍隊逼近佩內明德的研究設施時，他設法逃往奧地利並向美國軍隊投降。馮·布朗是被秘密運送到美國的1500名德國科學家之一。由於他是一位對納粹政權及其可怕的種族滅絕政策表示厭惡的先驅科學家，他很快就被美國陸軍聘用並開始開發彈道飛彈。

儘管沃納·馮·布朗的前半生都在致力於武器研發，但他眞正的熱情卻是太空旅行。他對開發能夠將載人火箭送上月球和火星的噴射推進系統很感興趣。1957年他得到了追求畢生夢想的機會，但在此之前，他已經出版了幾部理論和小說作品，對火星殖民和在地球軌道上建造空間站進行了理論闡述。他的關於太空站建設的著作啟發了史丹利·庫布里克的《2001：太空漫遊》的設計理念。

1948年沃納·馮·布朗博士在德州布利斯堡期間寫了一本書，名爲《Marsprojekt》。這部科幻小說以德語出版。馮·布朗搬到亨茨維爾三年後，這本書於1953年由伊利諾大學出版社以英文出版，名爲《火星計劃》。沃納·馮·布朗是20世紀最具影響力的工程師之一，曾擔任亨茨維爾馬歇爾太空飛行中心的第一任主任。他是美國太空計劃發展的關鍵人物，促成了人類登陸月球的歷史性成就。馮·布朗也設想在登月之後再進行一次載人火星之旅。

馮·布朗的火星設想與技術細節

馮·布朗設想了一個以南極科考隊爲藍本的巨大科學考察宇航員團，原因在於南極科考隊與世隔絕的環境和載人登陸火星類似。他的書技術性很強，爲建立一次龐大的科學探險提供了工程基礎，火星探險隊由10艘宇宙飛船上的70名船員組成，每艘飛船總重3720噸。爲了將這個「艦隊」在地球軌道上組裝，馮·布朗設想了一個可完全重複使用的三級運載太空梭，每次發射可爲火星艦隊提供25噸貨物和14.5噸多餘燃料，而完成整個「艦隊」組裝將需要46艘太空梭在8個月內進行950次發射。爲應付密集的發射頻率，馮·布朗計劃在靠近赤道的太平洋約翰斯頓島填海建造大型發射基地。第一級和第二級火箭分離後將分別滑翔至發射場外304和1459千米處由降落傘落海回收，並由拖船拖回發射場。第三級太空梭在完成貨物和燃料輸送任務後，滑翔降落到約翰斯頓島的跑道，兩級火箭和太空梭都將在島上進行檢修和翻新以重複使用，他們將在火星上停留443天後返回地球。

20世紀50年代末，一份聯合發行的周日雜誌增刊發表了《火星計劃》的摘錄。該雜誌關注的是馮·布朗關於太空飛行和人類未來的哲學，而不是前往火星的技術細節。

2006年，沃納·馮·布朗1948年創作的未出版的科幻小說由加拿大一家太空歷史科幻小說出版商以《火星計劃：技術故事》(Project MARS：A Technical Tale)爲名出版。這部科幻作品的第24章的標題是《火星是如何被統治的》。馮·布朗作品的預言部分涉及火星的自治政府。也就是說，他提議用「伊隆」來代替總統來任命殖民地的統治者：火星政府由十個人領導，其中的領導人由普選產生，任期五年，其頭銜爲「伊隆」。議會兩院制定法律，由「伊隆」及其內閣執行。上院稱爲長老會，成員人數不得超過60人，每位成員均由「伊隆」終身任命，以防因死亡而出現空缺。

「伊隆」名稱的起源之謎

沃納·馮·布朗爲何選擇「伊隆」這個名字作爲《火星計劃》中火星殖民地的領導人，這仍然是一個謎。一個合理的解釋是，馮·布朗曾是納粹黨員，通過回紋針行動來到美國，他可能故意避免使用通常與領導頭銜相關的德語單詞，例如元帥，因爲它們與阿道夫·希特拉有明顯的聯繫。諷刺的是，考慮到馮·布朗以前與納粹黨的關係，「伊隆」這個名字起源於古希伯來語，意思是「橡樹」。這個名字在希伯來-基督教聖經中出現了三次，最著名的是在《士師記》中，其中西布倫部落的一位古代以色列人的領袖名叫伊隆。這個聖經引用可能與馮·布朗在《火星計劃》中對該名字的使用最爲密切相關。

在後來的訪談中，馮·布朗透露，他已經放棄了長期堅持的無神論信仰，成爲了一名虔誠的、直言不諱的福音派基督教信徒。很有可能，聖經人物「伊隆」影響了馮·布朗選擇用這個名字來命名他虛構的火星殖民地的當選領導人。或者馮·布朗可能只是選擇了一個中性的、聽起來像「伊隆」這樣外國名字，以便將他的未來主義敍事與過去充滿政治色彩的語言區分開來，描繪出一個不受二戰恐怖影響的未來願景。最終《火星計劃》的敍述反映了馮·布朗時代的文化和政治動態。戰後受美國和蘇聯之間新興太空競賽的推動，人們對太空探索的興趣激增。

馮·布朗是美國太空總署阿波羅計劃的核心人物，他對星際旅行的技術可行性投入了大量精力。客觀地說，他使用「伊隆」似乎是一種創造性的表達，而不是對未來個體的刻意致敬。儘管如此，與伊隆·馬斯克的現代聯繫並非毫無價值。馬斯克雄心勃勃的火星殖民計劃與馮·布朗的願景非常一致。SpaceX的星際飛船計劃旨在讓人類在火星上永久定居，這與《火星計劃》中描述的大規模努力如出一轍。此外，很難忽視馮·布朗對火箭科學的突破性貢獻至少間接地影響了馬斯克對太空探索的創新方法。

儘管沃納·馮·布朗和伊隆·馬斯克之間存在這些有趣的相似之處，但兩者之間並沒有直接聯繫。馬斯克的名字並不是受到《火星計劃》的啟發。相反，它有一個個人起源，可以追溯到他的曾祖父約翰·伊隆·霍爾德曼(John Elon Haldeman)。這種譜系聯繫強調了「伊隆」這個名字早於馬斯克的成名，並且與馮·布朗的工作沒有任何有意的聯繫。事實上，約翰·伊隆·霍爾德曼在馮·布朗出生前三年就去世了，這兩者之間的聯繫純屬巧合。

馬斯克的願望和馮·布朗的推測場景之間的重疊，更多地證明了馮·布朗思想的持久相關性，而不是超自然遠見的證據。它強調了科幻小說如何作爲現實世界創新的藍圖，激勵一代又一代的科學家、工程師和企業家將富有想像的概念變成現實。最終，儘管有令人難以置信的意外收穫，但沒有證據表明馮·布朗擁有任何預言能力。他使用「伊隆」這個詞最好被理解爲一種巧合，而不是一種預測。

馮·布朗的太空遺產

儘管沃納·馮·布朗最終未能實現傳說中的火星殖民計劃，但他確實成爲了美國太空旅行的先驅。也就是說，他是土星五號(一種消耗性液體燃料火箭，於1968年至1972年間使用)的策劃者。該火箭是史上唯一將載人太空艙發射到近地軌道外的火箭。土星五號參與了所有阿波羅任務，儘管沃納·馮·布朗有著爲納粹德國工作的殘酷歷史，但他將永遠被人們銘記爲徹底改變太空旅行並幫助人類登上月球的人。

BCCI的金融帝國與醜聞

早陣子香港有套電影，講述一個曾經叱吒天下的金融騙子！究竟電影故事內有沒有金融黑手，或是幕後金主？答案是有的！

現代金融醜聞史上沒有什麼能與國際信貸商業銀行(BCCI)的傳奇故事相媲美。這個價值200億美元的流氓帝國於1991年7月在全球範圍內遭62個國家的監管機構關閉。從來沒有一起醜聞涉及如此多的資金、如此多的國家或如此多的名人。它是有史以來最大的企業犯罪組織、最大的龐氏騙局、最普遍的洗錢活動，並為曼努埃爾·諾列加、費迪南德·馬可斯、薩達姆·侯賽因及哥倫比亞毒梟等人提供金融服務。國商銀行甚至透過秘密收購第一美國銀行股份公司，完成了對美國銀行業的秘密入侵。第一美國銀行股份公司是一家總部

國際信貸商業銀行(BCCI)

位於華盛頓的控股公司，其辦事處從佛羅裡達州擴展到紐約。該公司董事長是美國前國防部長克拉克·克利福德。但國商銀行不僅僅是一家犯罪銀行。透過與國商銀行關係密切的消息人士的採訪，《時代》雜誌拼湊出了該銀行一個名爲「黑色網路」的秘密部門的概況，該部門的職能是全球情報行動和類似黑手黨的執法小組。這個擁有1500名員工的黑色網路主要在巴基斯坦卡拉奇的辦事處運作，使用先進的間諜設備和技術，進行賄賂、勒索、綁架，甚至據某些說法，還涉及謀殺。

黑色網路與情報聯繫

這個黑色網路不遺餘力地推動該銀行在全世界的目標。國商銀行較爲傳統的部門負責處理毒品交易洗錢和幫助獨裁者掠奪國庫等服務。這個黑色網路仍在運作，經營利潤豐厚的軍火貿易業務並運輸毒品和黃金。據調查人員和這些行動的參與者稱，它經常與西方和中東情報機構合作。國商銀行與多個國家情報機構之間的奇怪且仍然模糊的聯繫如此普遍，甚至連白宮也陷入了糾纏之中。正如《時代》雜誌報導的那樣，國家安全委員會利用國商銀行爲伊朗門交易輸送資金，中央情報局在國商銀行中保留帳戶用於秘密行動。此外，國防情報局在國商銀行設有一個賄賂基金帳戶，顯然是爲了支付秘密活動的費用。但中央情報局可能不僅僅將國商銀行用作臥底銀行家：據國商銀行黑色網絡的官員透露，美國特工在多項行動中與該黑色網絡合作，該官員目前是美國政府秘密證人。消息人士告訴調查人員，國商銀行也與以色列間諜機構和其他西方情報組織密切合作，特別是在軍火交易方面。調查人員在國商銀行倫敦辦事處發現了利比亞、敍利亞和巴勒斯坦解放組織的可疑恐怖分子帳戶，他們表示該銀行也與國際恐怖分子保持著密切關係。該銀行的情報關係以及涉嫌賄賂世界各地公職人員的行爲爲國商銀行醜聞中最持久的謎團提供了一個解釋，爲甚麼銀行和執法當局允許銀行長期失控。

狩獵俱樂部與國商銀行的共生

該俱樂部由沙特軍火商阿德南·卡舒吉(Adnan Khashoggi)經營，最初的章程規定一個運營中心將在1976年9月1日之前在開羅建成。該小組在那裡設立了總部，其組織包括一個秘書處、一個規劃部門和一個運營部門。會議還在沙特阿拉伯和埃及舉行。

狩獵俱樂部(Safari Club)的成立恰逢國際信貸商業銀行(BCCI)的合併。國商銀行眞正的業務是洗錢，主要爲沙特阿拉伯和美國服務，其1976年的中央情報局局長喬治·布殊便擁有個人賬戶。狩獵俱樂部需要一個銀行網絡來爲其情報行動提供資金。在喬治·布殊作爲中央情報局負責人的官方支持下，卡舒吉將一家小型巴基斯坦商業銀行，國商銀行全球洗錢機器，購買世界各地的銀行，以創建歷史上最大的秘密貨幣網絡。

國商銀行還憑藉與全球地下組織的廣泛聯繫，充當了情報收集機制。他們與布殊和其他情報部門負責人一起設計了一個看起來好得令人難以置信的計劃。該銀行將徵求世界上每一個主要恐怖分子、叛亂分子和地下組織的業務。由此獲得的寶貴情報將是謹慎地分發給國商銀行的朋友。美國不是該組織的正式成員，但在某種程度上參與其中，特別是通過其中央情報局。亨利·基辛格被認爲是美國暗中支持狩獵俱樂部的戰略，允許其通過代理人實現美國目標，而無需承擔直接責任。在美國國會於1973年通過戰爭權力決議和1976年通過克拉克修正案後，這一職能變得尤爲重要，以應對政府行政部門內精心策劃的秘密軍事行動。美國參與性質的一個重要因素涉及改變國內對中央情報局和政府保密的看法。洛克菲勒委員會和教會委員會發起調查，揭露了中央情報局和聯邦調查局數十年來的非法行動。吉米·卡特在競選活動中討論了公衆對保密的擔憂，當他在1977年1月上任時，他試圖縮小中央情報局秘密行動的範圍。

狩獵俱樂部的秘密行動

圖爾基親王2002年在喬治城大學的一次演講中這樣描述情況：就在3年半前，國際信貸商業銀行（The Bank of Credit and Commerce International, BCCI）由巴基斯坦人阿加·哈桑·阿貝迪（Agha Hasan Abedi）於1972年創立。許多與狩獵俱樂部結盟的國家與銀行舉行閉門會議，會議內容至今仍是秘密。隨著時間的推移，中央情報局也會跟隨狩獵俱樂部在國商銀行洗錢和非法轉移資金，但兩者並非正式合作夥伴。資金往來均以狩獵俱樂部爲中間人，狩獵俱樂部與國商銀行形成共生關係。因爲狩獵俱樂部的初衷是通過支持反共分子來對抗蘇聯的影響。約翰·P·米格列塔（John P. Miglietta）的著作《1945-1992年美國在中東的聯盟政策》概述了狩獵俱樂部形成的重要性，前伊朗國王穆罕默德-禮薩·沙阿·巴列維（Muhammad Rizā Shāh Pahlevi）向試圖破壞伊拉克和阿富汗等該地區蘇聯盟國政府穩定的團體提供秘密援助，並向阿曼和南越等親西方政府提供援助。爲了進一步推進這些目標，巴列維將伊朗與一群保守的中東和非洲國家聯繫在一起，成立了一個名爲狩獵俱樂部的非正式組織。

阿加·哈桑·阿貝迪

狩獵俱樂部是一個秘密情報機構聯盟，成立於1976年，在非洲各地進行秘密行動。當時，美國國會因多年濫用權力而限制了中央情報局的權力，而葡萄牙正在瓦解其在非洲的殖民帝國。其正式成員包括革命前的伊朗、埃及、沙特阿拉伯、摩洛哥和法國。該組織與美國、南非、羅德西亞和以色列保持非正式聯繫。該組織在扎伊爾成功實施軍事幹預，以應對安哥拉的入侵。在歐加登戰爭期間，它也向索馬利亞提供武器。它組織了與非洲反共產主義有關的秘密外交，並因啟動1979年埃及-以色列和平條約的簽署進程。

狩獵俱樂部致力於阻止蘇聯影響力在第三世界的傳播。隨著狩獵俱樂部開始運作，前中央情報局局長理察·海爾姆斯（Richard Helms）和特工西奧多·謝克利（Theodore Shackley）受到國會的審查，並擔心新的秘密行動可能會很快暴露出來。彼得·戴爾·斯科特(Peter Dale Scott)將狩獵俱樂部歸類為第二個中央情報局的一部分，由關鍵代理的自治團體維護的組織範圍的擴展。因此，即使卡特的新任中央情報局局長斯坦斯菲爾德·特納試圖限制該機構的行動範圍，謝克利、他的副手托馬斯·克萊恩斯(Thomas G. Clines)和特工埃德溫·P·威爾遜(Edwin P. Wilson)仍秘密地與狩獵俱樂部和國商銀行保持聯繫。

狩獵俱樂部與中情局的聯繫

通過秘密方式成立的狩獵俱樂部由每個國家的五位政要簽署：亞歷山大·德·馬蘭什(Alexandre de Marenches，法國外部情報機構)、卡邁勒·亞當(Kamal Adham，沙特阿拉伯情報總局)、卡邁勒·哈桑·阿里(Kamal Hassan Ali，埃及情報總局總監)、艾哈邁德·德利米(Ahmed Dlimi，摩洛哥情報局局長兼摩洛哥陸軍司令)、內馬托拉·納西里(Nematollah Nassiri，將軍，伊朗SAVAK)。

他們都會在憲章上簽字，在亞歷山大·德·馬蘭什的監視下被鎖在一個上鎖的保險箱裡。目標非常直接，通過與反共分子結盟並在財政上支持反共分子來阻止來自蘇聯的共產主義勢力。在這裡「敵人的敵人就是朋友」這句古老的格言將在某些國家的狩獵俱樂部中發揮作用。雖然美國本身不是成員，但由威廉·科爾比(William Colby)領導的中央情報局通過後門交易參與其中，由它的下一任主任繼續進行，甚至更加激烈地忠於該機構，喬治·布殊在1977年，在狩獵俱樂部主導下在國商銀行開設賬戶，該賬戶通過中央情報局局長喬治·布殊建立，使用國商銀行作為其主要渠道，向沙特軍火商阿德南·卡舒吉(Adnan Khashoggi)輸送大筆資金，他也是卡邁勒·亞當(沙特情報局GID主任)的密友。卡邁勒·亞當還被沙特國王費薩爾任命為GID的負責人，並開始與埃及及其國家安全調查局情報部門開展更密切的事務。

蘇聯-阿富汗戰爭與聖戰資助

1978年，努爾·穆罕默德·塔拉基(Nur Muhammad Taraki)和前蘇聯馬克思主義支持者支持的喀爾克派(Khalq派)奪取了阿富汗的全部權力，阿富汗總統薩達爾·穆罕默德·達烏德(Sardar Mohammed Daoud)在阿富汗被推翻並被殺害，這場政變由親共叛軍領導。雖然該國實施更好的教育和更世俗的觀點，但大規模處決(包括許多保守的宗教領袖)和阿富汗歷史上前所未有的政治壓迫，引發了聖戰者叛亂分子的反抗。在1979年4月的一場全面起義之後，塔拉基於9月被喀爾克派的競爭對手哈菲佐拉·阿明(Hafizullah Amin)廢黜。阿明和阿富汗共產黨人對遜尼派農民和阿富汗人民更加殘暴。他們的戰術反復無常，行事冷漠，甚至震驚了共產主義老大哥蘇聯。1979年12月，阿明政府失去了對該國大部分地區的控制，促使蘇聯入侵阿富汗，處決阿明，並任命帕查姆領導人巴布拉克·卡爾邁勒(Babrak Karmal)為總統。美國總統吉米·卡特從白宮顧問那裡得知蘇聯入侵阿富汗後感到很驚訝，這被視為一場全面的全球統治權力轉移，並從美國手中奪取了中東的權力結構。卡特決心對這個危險的挑釁做出積極回應。在電視講話中他宣布對蘇聯實施制裁，承諾重新向巴基斯坦提供援助，並承諾美國參與波斯灣的防禦。其他國家也開始效仿。英國首相戴卓爾夫人熱情地支持卡特的強硬立場，儘管英國情報部門認爲中央情報局對蘇聯對巴基斯坦的威脅過於危言聳聽。到1980年初卡特發起了一項通過巴基斯坦的武裝聖戰者的計劃，並獲得沙特阿拉伯的承諾，以匹配美國爲此提供的資金。在卡特的繼任者羅納德·列根的領導下，美國對聖戰者的支持更加大力度。中央情報局開始暗中協助阿富汗叛亂分子，向他們提供武器和資金，這些派別由伊斯蘭黨領袖巴布拉克·卡爾邁勒、伊斯蘭解放聯盟領袖阿卜杜勒·拉蘇爾·薩亞夫(Abdul Rasul Sayyaf)和Jamiat領袖艾哈邁德·沙阿·馬蘇德(Ahmad Shah Massoud)領導。阿富汗主要服務辦公室或聖戰者招募辦公室(Maktab al-Khidamat)由三人領導，他們幫助協助來自世界各地的伊斯蘭和阿富汗戰士爲聖戰注入動力，他們是阿卜杜拉·優素福·阿扎姆(Abdullah Yusuf Azzam)、艾曼·查瓦希里(Ayman al-Zawahiri)和奧薩馬·本·拉登(Osama Bin Laden)。該辦公室還將受益於中央情報局和沙特精英的資助。

國商銀行的地下資金運作

巴基斯坦三軍情報局、中央情報局和英國軍情六處將開始向聖戰者提供數億美元和軍用級武器，其中一些資金甚至流向了古勒卜丁·希克馬蒂亞爾(Gulbuddin Hekmatyar)、阿卜杜勒·拉蘇爾·薩亞夫甚至是聖戰者招募辦公室在其位於巴基斯坦白沙瓦的主要辦事處。儘管根據艾曼·查瓦希里(Ayman al-Zawahiri)的說法，中央情報局的這筆錢都沒有流向奧薩馬·本·拉登，他拒絕了任何美國的資助，因爲他用他父親建築業的資產來幫助修路，並從美國進口建築設備。經美國總統羅納德·列根批准並由中央情報局局長喬治·布殊協助的刺針導彈通過旋風行動幫助扭轉了戰局，使聖戰者受益，而中央情報局是主要恩人。中央情報局還開始在亞利桑那州、芝加哥、俄克拉荷馬州、紐約和新澤西等美國境內的主要地區向聖戰者招募辦公室(Maktab al-Khidamat)提供資金。

隨著伊朗革命的全面爆發，狩獵俱樂部停止了運作，但將繼續以更隱蔽的方式存在。此時威廉·凱西(William Casey)已成爲中央情報局局長，並開始鞏固美國和沙特阿拉伯之間的關係。雙方都會以蘇聯-阿富汗戰爭爲手段，最終消滅共產主義集團的進一步擴張，但最終的結果是伊斯蘭極端主義成爲日後更深遠、更危險的對手。沙特王國將注意力從自身成爲上述恐怖主義受害者的注意力轉移開來。越來越多人從東南亞和全球回教徒參與這場戰爭，而中央情報局要麼視而不見，要麼完全否認知道投入戰事的資金來源。這些資金將幫助建立和招募來自世界各地的遜尼派極端分子(瓦哈比)，直到90年代因其他盟友感到本土恐怖主義的影響日漸嚴重，盟友才強烈反對國商銀行的地下資金的運作。在阿富汗

《時代》雜誌報道，中央情報局和國家安全局在國商銀行中擁有大量賬戶。

戰爭接近尾聲時，國商銀行可以動用在46個國家的145個分行持有的40億美元。來自世界上一些最邪惡的人的隱藏賬戶和洗錢活動，包括奧薩馬·本·拉登、穆阿邁爾·卡達菲、阿布·尼達爾，甚至麥德林卡特爾。根據2001年理查德·拉卡約（Richard Lacayo）的《時代》（Time Report）報導，當國商銀行被一項代號爲Sandstrom的英國調查曝光時，發現中央情報局和國家安全局在這家銀行中擁有大量賬戶。

伊朗-尼加拉瓜軍售事件與後果

1984年至1986年期間擔任中央情報局中美洲特別工作組負責人的艾倫·菲爾斯（Alan Fiers）承認了兩項向國會撒謊的罪名，中情局高級情報官員何時首次獲悉非法將資金轉移到反對派。菲爾斯說他在1986年夏天意識到了這些資金轉移，並通知了當時的中央情報局負責行動的副主任克萊爾·喬治（Clair Elroy George）。但是菲爾斯說，喬治在衆議院情報委員會作證時命令他否認對轉移的任何事情。

到1989年，蘇聯在穆罕默德·齊亞·哈克（Muhammad Zia-ul-Haq）將軍的斡旋下撤退。隨著計劃的全面撤出，美國與參與戰爭的聖戰者親密關係突然結束，甚至令其他情報機構都感到驚訝，它讓聖戰者對未來沒有任何計劃，結果他們中的許多人返回了他們的原籍國，阿富汗發生了兩次內戰，在短短9年內造成的死亡人數遠遠超過與蘇聯的十年戰爭，阿富汗人民因此處於沮喪和動蕩的狀態，結果激怒一些遜尼派附屬機構及其激進的伊斯蘭主義者，這將在未來幾年再次困擾美國。

美國對伊朗-尼加拉瓜軍售事件已經全面展開，列根政府假裝對此事完全不知，但五角大樓官員甚至國務院內部的一些官員都沒有因爲非法抽走資金而離職。諾斯的任務是監督本應運往伊朗的資金，以期釋放美國人質（伊朗當時處於武器禁運之下），但其中一些資金卻流向了尼加拉瓜的反政府武裝。與反對社會主義政權的反桑地諾主義者一起。然而，國防部長卡斯帕·溫伯格（Caspar Weinberger）在美國總統列根的全面通知和遵守後記下了手寫筆記，他在此事上裝作無辜，非常清楚將資金和武器轉移給伊朗境內的溫和分子。

國商銀行的崩潰與調查

到1991年國商銀行在全球範圍內被迫關閉，伊朗-尼加拉瓜軍售事件損害了國務院，阿拉伯民族主義國家被瓦哈比意識形態所取代，其極端正統的興起。中情局重整旗鼓，由其前局長喬治·布殊重組狩獵俱樂部。一個更加動蕩的世界將以國際伊斯蘭恐怖主義的形式開始，這恐怖主義始於1979年，當時沙特阿拉伯的大清眞寺被佔領，埃及伊斯蘭主義者暗殺穆罕默德·安瓦·沙達（Muhammad Anwar al-Sādāt），魯霍拉·穆薩維·高美尼（Sayyid Ruhollāh Musavi Khomeinī）領導下的伊朗革命，當然還有中央情報局在美國的許多伊斯蘭慈善機構和聖戰者招募辦公室的外部和內部援助。

一場秘密戰爭開始在世界範圍內發生，尤其是在美國內部，一個科學怪人將崛起，醫生正是中央情報局。1980年美國銀行撤回了對國商銀行的投資。它從未給出任何理由，但一位接近美國銀行的消息人士表示，它只是聽起來發覺不對勁。

羅伯特·馬祖爾(Robert Mazur)是一名聯邦特工，他在80年代中期在一個名爲C-Chase的行動中臥底，並通過冒充一個人脈廣泛的商人滲透到哥倫比亞麥德林販毒集團中。然後，他利用這一點滲透到國商銀行的私人客戶部門，並揭露了該部門如何能夠操縱複雜的國際金融體系，幫助毒梟、逃稅者和腐敗政客洗錢。1988年，他在佛羅裡達州坦帕舉辦了一場假婚禮，邀請了他在臥底期間結識的國商銀行高層和毒販參加。這實際上是一次戲劇性的取締行動，導致全球80多名男性和女性受到指控，國商銀行在持續六個月的案件中承認洗錢罪。四名銀行官員被定罪，銀行必須支付1480萬美元的罰款。

詐欺行爲是如何進行的?根據英格蘭銀行向倫敦法院提交的一份意見書，美國銀行的提款是當時國商銀行面臨的最小問題。英國當局表示，大約在那個時候，國商銀行的詐欺行爲大規模增長。英國央行表示，當詐欺行爲開始時，國商銀行管理層正試圖解決兩個可能危及銀行生存的主要問題。首先是貨幣和商品交易的損失。從1977年到1985年，虧損總額達8.49億美元。而且虧損一直持續到最後。1990年根據英格蘭銀行提交的文件，損失達到驚人的4.95億美元。大衆對這些損失知之甚少，但它們是國商銀行失敗的核心原因。此外國商銀行也向中東知名商界人士提供了不良貸款。英國當局和銀行業消息人士稱，國商銀行經常無法獲得大筆貸款所需的文件。英格蘭銀行表示，國商銀行向償還能力至少值得懷疑的債務人提供了貸款。根據國際會計師事務所(Touche Ross)的數據，國商銀行的問題貸款組合爲31億美元。其中包括11億美元的不良貸款淨額，這些不良貸款在謝赫扎耶德(Sheik Zayed)於1990年購買該銀行的控股權後已轉移至阿布達比政府。其中許多是向與國商銀行或其管理層關係密切的個人提供的大額貸款。

根據《華爾街日報》報導，多達10億美元可能流向了三個借款人：沙特阿拉伯金融家蓋斯法老(Ghaith Pharaon)、沙特阿拉伯前情報局局長卡邁勒·亞當和海灣集團(Gulf Group)，後者是一家由穆斯塔法(Mustafa)三兄弟控制的航運和貿易集團。英國當局表示，在某些情況下，多年來一直沒有償還貸款。爲了應對這些挫折，國商銀行越來越多地採取欺騙性銀行行爲。普華永道表示，這是一項全職工作，涉及製作文件、增加帳戶週轉率、隱藏資金流動等，並在15年期間涉及約750個帳戶。國商銀行隱瞞存款以使其帳戶保持平衡。英格蘭銀行稱國商銀行總共隱藏了超過6億美元的存款。然後國商銀行將未記錄存款借給儲戶。至少另外三個機構也參與了該計劃。英格蘭銀行指定的代號爲「Fork」的機構幫助國商銀行設立帳戶以轉移資金。消息人士稱，Fork是一家總部位於開曼群島的銀行，名爲國際信貸和投資公司(ICIC)海外有限公司。

在美國等監管較爲嚴格的環境中，國商銀行的行爲想必會引起關注。但多年來，國商銀行的運作幾乎不受監管。塔奇·羅斯(Touche Ross)表示，國商銀行的官方基地位於盧森堡和開曼群島，但在那裡的行動相對名義上。其主要辦事處位於倫敦。直到

1987年，這個非常不穩定的全球集團才擁有了一名集團審計員，羅賓·利·彭伯頓(Robin Leigh-Pemberton)在英國下議院一個委員會的證詞中說道。封閉式的內部運作會讓外部審計師感到困惑，銀行本身也變得難以理解，很快地這個計劃就失控了。英格蘭銀行律師向法庭表示最初問題的解決方案必須使用同樣的欺騙手段來解決，但規模不斷擴大。未記錄的存款和虛構的貸款必須償還，福克管理的資金必須更換。爲此，必須使用更多未記錄的存款、虛構的貸款和福克管理的資金。國商銀行的陰暗面除了銀行詐欺之外，國商銀行的陰暗面還有更多。也許是國商銀行對新存款的渴望。也許這是國商銀行跨國網路的便利。也許國商銀行似乎從未向客戶提出太多令人不快的問題。但很明顯，國商銀行即使不是直接合作者，至少也是可疑活動的頻繁管道。

1988年美國海關總署對國商銀行進行的一項調查顯示，該銀行在佛羅裡達州的代表很樂意與一名冒充毒品特工的臥底特工開展業務，該特工急於透過銀行帳戶洗錢數百萬美元的毒資，以掩蓋其來源。國商銀行在南美洲相當活躍，在阿根廷、巴西、烏拉圭、巴拉圭、秘魯、委內瑞拉和哥倫比亞設有辦事處。據國商銀行的一位消息人士稱，迄今爲止最大的業務是在哥倫比亞，國商銀行在那裡經營一家提供全方位服務的銀行，在藥品生產中心設有分行。消息人士稱，該銀行以不問問題、交易大量現金以及產生大量可用於洗錢的電匯而聞名。

沙特阿拉伯金融家兼國商銀行客戶蓋斯法老表示，他的銀行和其他機構參與了洗錢活動。「每個人都洗毒錢，每個人都是罪犯，但只有阿拉伯銀行受到攻擊」，法老在針對一名阿根廷記者的誹謗訴訟中作證時說道。「有一場針對阿拉伯銀行的運動。」他後來澄清了自己的言論，稱他個人並不了解國商銀行洗錢活動，只是陳述了他認爲顯而易見的事情。

同樣在1988年，國商銀行員工向英格蘭銀行官員發出警報，稱巴勒斯坦恐怖分子阿布·尼達爾正在使用國商銀行倫敦分行的帳戶。過去一個月有關國商銀行的報紙文章浪潮佐證了國商銀行的這種觀點。《倫敦星期日泰晤士報》一周前報導稱，尼達爾的帳戶爲長達十年的恐怖活動提供了資金。1990年，數千萬英鎊通過這些帳戶。《時代》雜誌圍繞未透露姓名的消息來源的說法製作了一個封面故事，該消息人士堅稱自己是與中情局合作的國商銀行1500人黑色網絡的一部分。

一位熟悉內幕的消息人士表示，《時代》雜誌的報導部分正確，國商銀行顯然僱用了一群暴徒和操縱者，他們走私貨幣、武器和毒品，有時還實施暴力行爲。但消息人士稱，穆斯塔法似乎正在猜測與中央情報局的任何關聯。中央情報局發言人譴責這一說法荒謬，中央情報局局長威廉·韋伯斯特下令進行內部調查。知情人士稱，中央情報局和其他美國情報機構經常利用海外外國公司：包括銀行。國商銀行在中東和非洲擁有廣泛的網絡，尤其在巴基斯坦佔據主導地位。例如，該銀行是巴基斯坦前總統齊亞(Zia)政權下最受青睞的銀行。齊亞是已故的美國盟友，政府正在協助中央情報局爲阿富汗叛亂分子提供資金。

1990年，審計師普華永道(Price Waterhouse)聲稱國商銀行1989帳戶上的一些交易是虛假或欺騙性的，斯瓦勒夫·納奎(Swaleh Naqvi，國商銀行負責人)因此辭職。阿加·哈桑·阿貝迪(Agha Hasan Abedi)因心臟病發作已經退休，並與該銀行斷絕了關係。阿貝迪在心臟病發作和中風後於1988年停止運作國商銀行。1990年他辭去總裁職務。

根據《倫敦金融時報》報導，巴基斯坦一家報紙7月14日刊登了阿貝迪的採訪，阿貝迪在採訪中表示：「我不認爲自己有責任，因爲過去三年我與國商銀行的事務沒有任何關係。」第一美國銀行的角色國商銀行難題的關鍵部分是第一美國銀行股份公司(First American Bankshares Inc)，這家總部位於華盛頓的公司在維珍尼亞州、馬里蘭州和特區擁有294個分支機構。監管機構稱，爲了獲得對第一美國公司的控制權，中東知名人士充當了國商銀行的幌子，並收取一定費用。

據一位爲英國當局調查此事的消息人士稱，國商銀行保留了這些股份，從而授予了非法控制權，然後第二次使用這些股份作爲抵押品籌集了約6億美元的新貸款。他說，這些收益掩蓋了國商銀行帝國其他地方的損失和不良貸款。第一美國公司董事長克拉克·M·克利福德(Clark M. Clifford)和總裁羅伯特·A·奧爾特曼(Robert A. Altman)的代表律師質疑國商銀行所謂的對第一美國公司的控制是否已經成立，但調查人員表示，證據確鑿。據報導，聯準會調查人員在仔細研究阿布達比國商銀行的檔案後，發現了一些文件，證實了國商銀行的秘密所有權爲第一美國公司。

首都最著名的民主黨律師之一克利福德和他的律師合夥人奧爾特曼表示，他們不知道國商銀行對第一美國公司有任何秘密投資。兩人本身都透過國商銀行貸款購買了第一美國公司的股份，並將其描述爲對他們爲銀行提供的服務的補償。知情的官方消息人士在最近的採訪中表示，儘管有間接證據表明第一美國公司被用作國商銀行洗錢的「中轉」機構，但仍然沒有確鑿證據表明第一美國公司受到損害。

對於聯準會官員來說，最大的罪不是第一美國公司受到損害，而是監管機構在國商銀行的秘密所有權問題上受到欺騙。當外國投資者於1981年收購第一美國銀行時，該銀行公司的新董事長克利福德向聯準會保證國商銀行不會對這家華盛頓銀行行使任何控制權。

現在監管機構感覺自己被出賣了。一位官員表示：「不僅有一位董事長和董事會想要仔細調查此事，而且還有一群憤怒的員工。」律師克利福德和奧爾特曼都曾在聯邦大陪審團面前作證，並向聯準會提供了大量證詞。他們的律師強調，兩人與英國和美國監管機構一樣受到嚴重欺騙。就在5月23日，聯準會首席監管者威廉·泰勒(William Taylor)作證稱，對第一美國公司及其銀行的持續審查和檢查未能、並且繼續未能提供證據證明國商銀行參與其業務。然而官員們強調，涉及克利福德和奧特曼的各種調查還遠遠沒有完成。聯準會最近的行動表明，除了第一美國銀行之外，它對國商銀行與多家美國銀行的關係的了解不斷加深。

7月12日，聯準會發布通知，尋求禁止蓋斯法老(Ghaith Pharaon)、阿加·哈桑·阿貝迪和國商銀行前執行長斯瓦勒夫·納奎在美國從事銀行業務。聯準會在通知中聲稱，他們隱瞞了國商銀行對加州恩西諾獨立銀行的所有權。獨立銀行的登記所有者法老否認有任何不當行爲。聯準會的通知描述了有罪的備忘錄、洩密的銀行轉帳以及與ICIC的交易，ICIC是阿貝迪和一些親密夥伴控制的開曼群島銀行中的銀行。ICIC在第一美國的多項調查中至少出現過一次。根據《華爾街日報》首先報導，第一美國公司的7400萬美元資本被短期存入ICIC的存款證中。這筆錢最終連同利息一起償還，但一個關鍵問題是，當更安全的投資工具唾手可得時，爲什麼第一美國基金會存放在國商銀行控制的實體中。克利福德和奧爾特曼的律師表示，這筆交易完全合法，並且符合良好的銀行慣例。

關於第一美國公司的未解答問題似乎無窮無盡。秘密所有權是從一開始就計劃好的，還是隨著時間的推移而演變的?作爲一家從不支付股息的美國銀行的秘密所有者，國商銀行能得到什麼好處?這是繞過銀行監理機構阻力的一種方式嗎?或者國商銀行是否希望在國家首都獲得政治影響力?

監管失敗與清算風波

監管機構在哪裡?回顧過去國商銀行的戲劇性瓦解似乎幾乎是

不可避免的，但各種消息都認爲當局等待太久才採取行動。1988年坦帕聯邦洗錢起訴確定國商銀行是爲藏匿現金的毒販提供全方位服務的中心。聯準會對國商銀行在美國的業務進行了廣泛的審計，並於1989年與國商銀行簽訂了同意協議。1990年參議院的一份報告引起了人們對國商銀行與第一美國公司有牽連的指控的關注，所發表的報告也是如此。

1990年，紐約地方檢察官羅伯特·摩根索(Robert Morgenthau)抓住國商銀行的指控，追查美國媒體發布的信息。最終他的辦公室與聯準會聯手，共同確定國商銀行控制第一美國公司的股票。相較之下，批評者稱，司法部選擇讓坦帕的調查陷入停滯，在醜聞公開之前，幾乎沒有爲這起複雜的案件提供任何資源。上週，司法部刑事部門負責人、助理司法部長羅伯特·穆勒(Robert Mueller)發起了一次不同尋常的媒體閃電戰，宣布聯邦政府自1986年聯邦洗錢起訴陷入國商銀行以來一直在調查國商銀行。參議院外交關係委員會恐怖主義、毒品和國際行動小組委員會主席、麻薩諸塞州民主黨參議員約翰·克里(John F. Kerry)認爲，還有更多的事情被忽視了。事實上，似乎沒有任何當局對這家橫跨69個國家的銀行承擔全部責任。

倫敦的大多數金融家都指責英格蘭銀行行長羅賓·利·彭伯頓(Robin Leigh-Pemberton)，因爲國商銀行一生中的大部分時間都是在倫敦運營的。一位倫敦銀行家表示：「資金總得停在某個地方。從來沒有人問過簡單的問題。」羅賓·利·彭伯頓認爲：「銀行業不良的證據在1990年初才出現。」但英國銀行關閉的情況非常罕見，英格蘭銀行仍然沒有看到足夠的詐欺證據來關閉國商銀行。羅賓·利·彭伯頓表示英格蘭銀行下令普華永道進行更詳細的審計，最終促使英國當局關閉了國商銀行。他說這表明存在多年前大規模且廣泛的欺詐行爲。此次審計涉及謝赫·扎耶德(Sheikh Zayed)的董事會成員、仍然活躍的高階主管和代表。審計完成後不到兩週，國商銀行就被關閉。

在下一步國商銀行醜聞不斷演變後，官員和銀行家表示，英格蘭銀行、對美國和其他地區銀行欺詐負有責任的其他監管機構以及謝赫·扎耶德都將努力恢復受損的聲譽。美國和英國的監管機構已將不當行爲的證據提交給各自政府的檢察官。與此同時，謝赫·扎耶德必須在周二於倫敦舉行的法庭聽證會上決定是否要拯救國商銀行還是減少損失。作爲世界上最富有的人之一，他可以註銷自己的損失並走開。一位原本在英格蘭銀行關閉之前加入重組後的國商銀行的銀行家表示，酋長可能會嘗試挽救中東業務，並允許關閉亞洲和歐洲的分行。

1991年英倫銀行在例行調查時發現，國商銀行於1990年嚴重虧損，但未向外公佈。隨後英倫銀行認爲事態嚴重，經與國商銀行的子公司註冊地盧森堡和開曼群島的金融機構討論，三方一致同意接管該行。1991年7月5日，英倫銀行正式宣佈接管國商銀行後，全球各地的金融管理機構均勒令該行在當地停業。幾日後該行的全球業務均相繼停止。隨後經調查，該行被發現涉及一連串如洗黑錢、替恐怖分子及獨裁政權(包括巴拿馬軍政府首領諾列加在內等人)輸送資金等不法行爲。同時其貸款部門並未作有效審查，導致無法收回貸款，爲吸取資金補償壞賬又以高息存款吸引存戶，以及向其他銀行借貸，均是該行倒閉原因。同月29日及8月10日，兩位調查報導有關事件的記者突然猝死，但死因未明。其中，死於危地馬拉的，是一位原籍馬來西亞的華裔吳姓記者，據說他當時正在追查國商在當地的一大新聞；另一位在西維珍尼亞州出事的美國記者卡索拉若，據說也正在追查國商內幕。該銀行的揭秘引發了一系列問題：如此規模的金融醜聞爲何能被掩蓋這麼久，而120萬儲戶（其中大多數來自第三世界國家）卻將資金委託給國商銀行。監管者在哪裡？是什麼讓審計師蒙蔽了雙眼？包括中央情報局在內的各個情報機構在多大程度上參與其中？國商銀行與毒王和獨裁者有何關聯？

超國家的深層政府

據英國當局稱，國商銀行犯下了大規模詐欺行爲：爲一家處理非法交易的「銀行中的銀行」保留單獨的帳簿，支付3200萬美元以壓制自己的一名經理，利用客戶的帳戶隱藏自己的帳戶損失，並在不同附屬機構之間洗錢以掩蓋銀行的眞實財務狀況。該計劃的一部分是總部位於華盛頓的第一美國銀行股份公司（First American Bankshares Inc）。1981年中東知名人士爲國商銀行充當幌子，以收取一定費用，控制了華盛頓銀行。這些非法持有的第一美國銀行股份隨後被用作國商銀行的幌子。一位爲英國當局調查此事的消息人士稱，國商銀行第二次提供抵押品，以籌集約6億美元的新貸款。他說國商銀行用這筆錢來彌補其他地方的損失。

7月5日，英格蘭銀行竭盡全力清理該銀行並關門歇業，聲稱欺詐行爲規模如此之大，以至於國商銀行無法進行改革。未解之謎包括該銀行資產負債表中估計的50億美元漏洞去了哪裡？即使現在，仍不清楚國商銀行的高層是否偷錢來充實自己，或者他們只是想透過任何手段維持一個搖搖欲墜的企業。一名爲英國當局調查國商銀行的人士表示，除了損失和不良貸款之外，目前還不清楚這些錢到底去了哪裡。我們還沒有確定有人在其他地方藏了一大筆錢……最終的目的可能是在銀行從未盈利的情況下讓銀行繼續運轉，以便其管理人員可以繼續成爲地位很高的重要人物。最後1991年3月，英國央行下令普華永道進行調查，發現有證據顯示存在大規模且普遍的詐欺行爲。這項調查導致英國央行宣布國商銀行可能永遠無法獲利，並於1991年7月將其關閉，負債達140億美元，後來減少到100億美元。它的崩潰導致超過6500名儲戶損失資金，其中包括阿布達比酋長國，據信損失了20億美元。同年7月晚些時候，英國央行行長羅賓·利·彭伯頓向國會委員會表示，國商銀行的詐欺行爲涉及現任和前任管理層，而且這種文化是犯罪。隨後，聯準會因國商銀行違反涉及三家美國銀行的所有權法而對國商銀行處以2億美元罰款。阿貝迪和納奎被紐約地方檢察官羅伯特·摩根索起訴，他稱此案爲世界金融史上最大的銀行詐欺案。然而，阿貝迪身在巴基斯坦，當地官員拒絕放棄他。他於1995年去世，但從未被繩之以法。與此同時國商銀行的清算人德勤（Deloitte Touche Tohmatsu）開始嘗試代表債權人追回資金。國商銀行關閉後，賓厄姆勳爵（Lord Bingham）於1992年發表了一份報告，指出英國央行未能發現國商銀行普遍存在的欺詐行爲。然而，結論是英國央行應對錯誤負責，而不是陰謀或故意疏忽。爲此英國央行成立了一個特別調查小組，以識別並防止進一步的詐欺行爲。同年晚些時候，美國人發表了自己的報告，題爲《國商銀行事件》，由參議員約翰·克里(John Kerry)和漢克·布朗(Hank Brown)撰寫。這份報告對國商銀行和英國央行非常嚴厲，隨後英國央行稱克里的結論非同尋常且沒有事實依據。然而，該報告同樣批評了中央情報局、司法部和美國監管機構，稱他們掌握了國商銀行的信息，但沒有使用這些信息，並做出了有缺陷的決定，允許國商銀行秘密收購美國銀行。該報告聲稱，國商銀行賄賂了世界領導人和政治人物，並與他們交朋友，抹黑說眞話的人，在美國從事了數十億美元的基本匿名交易，其中包括非常嚴重的洗錢活動，並沒有保護無辜儲戶免受銀行不良行爲後果的影響，而審計人員多年來都知道這一點。

德勤於1993年開始對英國央行提起訴訟，指責該銀行惡意魯莽。兩年後盧森堡法院批准了一項賠償協議，自該銀行倒閉以來的第一筆重大賠償開始啟動。德勤成功爲債權人追回數十億英鎊，但透過各種法律訴訟僅挽回了75%的損失。德勤於2004年1月開始向高等法院提起訴訟。清算人在訴訟中聲稱英國央行忽視了國商銀行的欺詐、洗錢和賄賂行爲，由於德勤當時是國商銀行的監管者，因此要求賠償高達10億英鎊。清算人還聲稱英國央行犯有故意不當行爲。

英國央行宣布將抗爭到底，儘管該案最終可能僅花費1億英鎊的法律費用，並據稱指責德勤抗擊脆弱的法律索賠，並浪費了債權人的錢。德勤律師戈登·波拉克(Gordon Pollack)聲稱，英國央行對國商銀行發生的欺詐行爲「睜一隻眼閉一隻眼」，因此不能受到指責。他還稱阿貝迪腐敗，並設計了銀行結構來逃避控制，同時表示他沒有看到英國央行官員有腐敗行爲。他還表示，透過授予國商銀行在英國進行貿易的許可，它就有義務對其進行監管。

英國央行唯一承認的是，它本可以採取更多措施來揭露詐欺行爲。它強烈否認自己參與其中或故意不干預。它表示，掩蓋一些事情是徒勞的，因爲在國商銀行崩潰後，它肯定會浮出水面。一年多後，審判仍在進行，英國央行行長梅文·金(Mervyn King)宣布根本不應該提出索賠。他還表示，如果該試驗未能在年底前完成，英國央行(即納稅人)可能會損失1億英鎊。最終，2005年11月2日，即英國央行拒絕和解提議的一個月後，德勤在高等法院表示繼續審理不符合他們的最佳利益後，撤銷了針對英國央行的訴訟。後來審判長稱這場失敗的訴訟是一場「鬧劇」。梅文·金公開表示從來沒有任何證據支持這些可恥的指控，而且這個案子已經像我們一直預期的那樣失敗了。他也表示英國央行將爲審判期間產生的費用尋求賠償。

2006年1月30日，英國央行提出了英國法律史上最大的費用索賠之一，要求德勤支付8000萬英鎊。一天後，法官同意應在賠償的基礎上支付費用，但將在稍後決定金額。五個月後，英國央行獲得了7300萬英鎊的賠償，英國央行稱這是一個出色的結果，並將能夠就此案劃下最後的界限。

2012年在西敏(Westminster)中央大廳舉行了一次由150名債

權人、債權人律師和德勤參加的最後一次會議，這些檔案最終得以結案，會上解釋說，追回債務的鬥爭是巨大的、全球性的。德勤在會上表示，團隊曾參觀過沙漠倉庫，但只被允許在武裝警衛的情況下檢查一些文件。

按說這件事就該結束了，但國商銀行案的後遺症似乎直到最近才被人們感受到。2012年檔案結案後，清算人自1990年代初以來一直在追查針對沙特阿拉伯商人阿卜杜勒拉烏夫·哈桑·哈利勒(Abdel-raouf Hassan Khalil)的案件，最終決定放棄該案件。他們曾試圖執行3.26億美元的付款令，但未能克服一些政治和程序障礙。當盧森堡商事法院於2013年7月最終結束訴訟時，引起了國商銀行的幾位債權人的批評，其中包括阿迪爾·埃利亞斯(Adil Elias)博士(曾擔任盧森堡BCCI債權人委員會成員22年)。他們要求法院重新啟動訴訟程序，以追回卡里爾的資金。然而，2016年3月盧森堡上訴法院做出了對埃利亞斯不利的裁決，稱他沒有資格提出第三方反對，因爲以這種身份，他是2013年7月5日關閉令的一方。他們也做出了不利於其他債權人的裁決，因爲儘管他們是國商銀行的債權人，尤其是在英國，但他們不是盧森堡清算中的債權人，因此他們無權反對盧森堡的關閉令。

羅伯特·馬祖爾(Robert Mazur)表示，他100%確信其他銀行也在做國商銀行所做的事情。同時指出：「許多其他銀行也洗錢，他們仍然這樣做。」如果這是眞的，想想最近的銀行醜聞，這些案件很快就會成爲過去嗎?可能不會，但希望不會達到國商銀行案件的規模，到結束時該案件已經持續了30年。

最後結論是國商銀行倒閉事件是証明超國家的深層政府最佳例子！

深層政府的運作與影響

阿德南·卡舒吉、國商銀行和狩獵俱樂部的複雜環境可以被描述爲一個超國家的深層國家，其與中央情報局的有機聯繫可能有助於鞏固它。然而，很明顯，狩獵俱樂部和國商銀行在這一級別做出的決定絕不是由華盛頓當選掌權者的政治決定所指導的。相反，圖爾基親王的坦率言論表明，狩獵俱樂部（據稱有兩名前中央情報局局長喬治·布殊和理察·海爾姆斯參與）是爲了克服華盛頓政治決定所建立的限制而明確成立的。喬治·布殊是陰謀集團的成員，在成功執行水門事件推翻尼克遜後成爲中情局領導人。很少有人知道他在中央情報局的長期犯罪歷史，因此他以一個被認爲是局外人的身份進入該機構來控制它。作爲中央情報局局長，他清除了洩密事件，幫助建立了國商銀行作爲全球洗錢和犯罪分子招募機器。他組建了Team B，它系統地高估了對蘇聯軍事準備的估計，以此作爲將增加的政府支出，輸送給美國陸軍任務與設施承包司令部（U.S. Army Mission and Installation Contracting Command）。在他的官方身份中，他強調了中央情報局的永久戰爭心態，同時利用他對美國深層政府的控制試圖創造一種永久戰爭的局面。

羅拔· 甘迺迪被殺之謎

羅拔·甘迺迪(Robert F. Kennedy)是第35任美國總統約翰·甘迺迪之胞弟。羅拔的胞兄於1963年遇刺身亡，而羅拔在1968年角逐總統選舉的民主黨黨內初選，但該年亦遇刺身亡。

2025年4月18日，約1萬頁與1968年前司法部長、聯邦參議員羅拔·甘迺迪遇刺案相關的記錄被公開。美國國家情報總監加巴德在一份聲明中表示，該檔案的公開將讓姍姍來遲的真相重見天日；美國民眾將有機會審查聯邦政府的調查。美國國家檔案和記錄管理局在其網站上發布了約229份相關檔案。

羅拔·甘迺迪

2025年6月12日中央情報局公佈了與羅拔·甘迺迪遇刺案有關的另外1450頁文件，其中包括54份先前保密的文件，並揭露了有關兇手的記錄，但沒有發現任何更大陰謀的證據。

這些文件包括新聞稿、中央情報局海外站點的報告、有關外國官員的情報報告、調查更新以及中央情報局與國務院和司法部等其他機構之間的通信。

文件長達814頁，詳細記錄了中央情報局駐世界各地分支機構和美國大使館對暗殺事件的反應，許多國家的特工都在追蹤有關索罕·索罕(Sirhan Sirhan)的背景和潛在動機的線索。少數文件仍被大量刪減，包括對索罕精神狀態和筆跡的評估，中央情報局引用的有關羅拔·甘迺迪蘇聯之行的文件是一份長達148頁的個人檔案，其中包含了該機構在1955年至1964年間收集的有關羅拔·甘迺迪的信息。1955年 作爲年輕的參議院職員，甘迺迪與他的老朋友、最高法院法官威廉·道格拉斯(William O. Douglas)一起前往蘇聯旅行了數週，並在一系列提交給中央情報局的報告中詳細記錄了他的觀察和經歷。

這些文件進一步揭示了索罕·索罕(Sirhan Sirhan)的動機，索罕是一名出生於巴勒斯坦的約旦公民，在1968年6月5日洛杉磯槍擊案後因謀殺甘迺迪而被定罪，文件還包含了槍手的心理檔案以及他的手寫筆記。聯邦調查局7月8日進行的人格評估稱：在任何情況下，我們都無法預測索罕·索罕有能力做出那樣的事情。

中央情報局局長約翰·拉特克利夫(John Ratcliffe)在一份關於新文件的聲明中表示：今天的發布兌現了特朗普總統對最大程度透明度的承諾，使中央情報局能夠公開符合公衆利益的信息。我很自豪能與美國人民分享我們在這個極其重要議題上的工作成果。

美國衛生與公衆服務部部長小羅拔·甘迺迪在聲明中對檔案的公開表示歡迎。

揭開羅拔·甘迺迪文件的面紗，是恢復公衆對美國政府信任的必要一步：羅拔·甘迺迪小兒子說。「我讚揚特朗普總統的勇氣和他對透明度的承諾。我也感謝圖爾西·加巴德(Tulsi Gabbard)和約翰·拉特克利夫(John Ratcliffe)爲查明和解密這些文件所付出的不懈努力。」

甘迺迪家族的悲劇

美國歷史上最具悲情色彩的無疑是甘迺迪家族。尤其是約翰·甘迺迪那一代。約翰·甘迺迪總統的兄長小約瑟夫·P·甘迺迪曾經是家族重點培養對象，但可惜犧牲在英國戰場上。家族重擔落在了約翰·甘迺迪身上，他也不負衆望，成功入主白宮。但很可惜在任僅僅一千天就遇刺身亡。而後，家族重擔落在了他弟弟羅拔·甘迺迪身上，但很可惜後者在競選總統時遇刺身亡。半個世紀過去了，甘迺迪兄弟遇刺案，至今充滿爭議和陰謀論。很多美國人認爲是甘迺迪的副總統林登·詹森和幕後的利益集團干的。不能沒證明，但有足夠多懷疑點。在約翰甘迺迪1963年遇刺後，他擔任司法部長的弟弟羅拔·甘迺迪被認爲是下屆美國總統最重要的競爭者。

暗殺事件詳情

1967年3月13日，時代雜誌報道了一篇文章MEN AT WAR：RFK VS LBJ（RFK就是羅拔·甘迺迪，而LBJ是林登·詹森）。在甘迺迪死後，林登·詹森繼任美國總統。這篇文章披露了美國總統詹森將要升級越南戰爭，而擔任司法部長羅拔·甘迺迪反對此事。一位與兩者都能說上話的美國國務院高階官員，試圖說服羅拔·甘迺迪不要在參議院發表反戰演講。而羅拔·甘迺迪告訴詹森的說客，太晚了……羅拔·甘迺迪的參議院演講讓詹森很尷尬，全美國都知道是詹森在升級越南戰爭，一年之後，羅拔·甘迺迪遇刺……美國的越南戰爭是一場懸案。它與朝鮮戰爭、阿富汗戰爭、伊拉克戰爭類似，似乎都沒有明確對勝利的定義。美國似乎有更簡單獲得自己利益的方式，而採用了極其笨重的方法。詹森對於升級越戰的表態是：provide the maximum deterrent to people who believe aggression pays, with a minimum cost us and to them. 簡單說就是用最小的成本威懾一下他們，對他們對我們都別玩過火。但事實呢？越南戰爭燒掉了美國多少錢？美國人民獲益了嗎？越南可沒有石油啊！！！那誰獲益了呢？所以，約翰·甘迺迪、羅拔·甘迺迪這些不按規矩來的人，最後也沒有按規矩離開人世。

羅拔·甘迺迪是美國參議員。1968年6月4日晚，羅拔·甘迺迪正在慶祝自己贏得加州美國總統民主黨初選提名。他在洛杉磯國賓酒店（Ambassador Hotel）發表了演講，然後前往僅四十碼外的殖民廳參加新聞發布會。他從舞台後方走出來，穿過走廊，進入廚房儲藏室。在那裡，他停下來與廚房工作人員握手。此時，他已身中數槍，二十六小時後在好撒瑪利亞人醫院 Good Samaritan Hospital 過世。五名旁觀者也受傷。沒有拍攝到槍擊事件的照片或影片。根據官方消息，暗殺他的兇手是巴勒斯坦移民索罕·索罕(Sirhan Sirhan)。索罕用一把 .22 口徑左輪手槍向甘迺迪開了八槍；1969年4月17日，他被判謀殺罪。他從未否認殺害甘迺迪，但他聲稱：「自己不記得槍擊事件發生前後的幾個小時。」有些人認爲，現場實際上還有第二名槍手，但洛杉磯警察局沒有調查或試圖掩蓋了這一訊息。食品儲藏室清理完畢後不久，洛杉磯警察局就開始對槍擊事件進行調查。

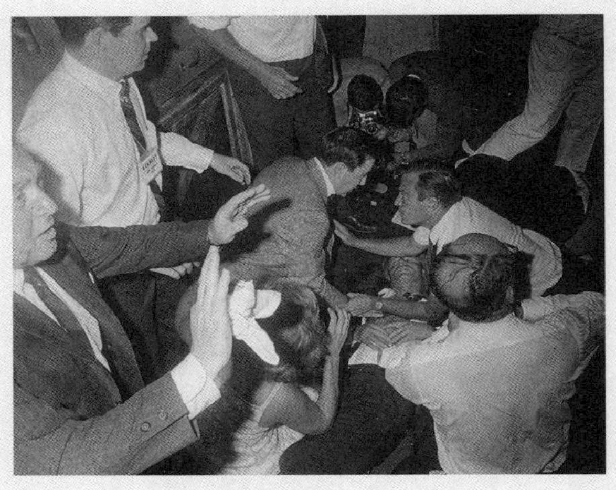

羅伯特·F·甘迺迪在大使酒店遭槍擊後躺在地板上

第二天他們在索罕的公寓裡發現了一本筆記本。三週前，他寫道我要消滅羅拔·甘迺迪的決心已經越來越成爲一種不可動搖的執念。羅拔·甘迺迪必須被暗殺。案件似乎已經塵埃落定。索罕有動機、有機會、也有確鑿的證據。從他身上搶走的槍是一把 .22 口徑的左輪手槍，最多可容納八發子彈。洛杉磯警察局確定，食品儲藏室內共發生了八起槍擊，全部出自索罕的槍。官方報告的結論是，擊中甘迺迪的子彈是先射的，距離爲一到六英寸。

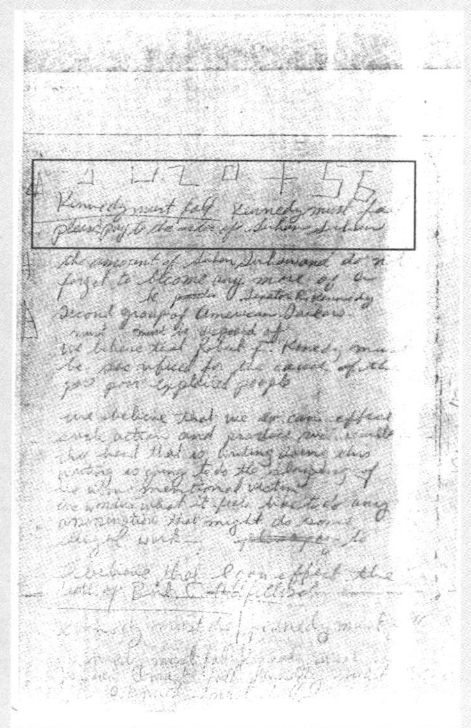

Kennedy must fall Kennedy must fa

forget to become any more of

Second group of American

we believe that Robert F. Kennedy mu

be sacrificed for the cause of th

we believe that we can effect

such action and produce such results

I believe that I can effect the

筆記本上寫著「甘迺迪必須倒下」(Kennedy must fall)

根據官方調查，索罕首先向甘迺迪的後腦勺(右耳下方)發射了一槍。另一顆子彈射入他的右後肩。第三顆子彈以向上的角度射入他的背部，然後從他的胸部射出，卡在天花板的某個地方。第四顆子彈穿過他的西裝外套，以向上的角度飛行並擊中保羅·施拉德(Paul Schrade)的前額。另外四顆子彈擊中了旁觀者。一顆炸彈從天花板彈落，擊中了競選工作人員伊麗莎白·埃文斯(Elizabeth Evans)的頭部。

不過一些證據似乎與官方理論不符。保羅·施拉德(Paul Schrade)聲稱由於他個子太矮，子彈不可能從所謂的角度擊中他。此外醫療報告稱，擊中伊麗莎白的子彈是從向上的角度射出的，而不是從天花板向下射出的。目擊者還稱索罕的槍口距離甘迺迪有一至三英尺遠。卡爾尤克(Karl Uecker)是廚房領班，他正在引導甘迺迪穿過廚房。他聲稱，當時他正在阻止索罕·索罕接近甘迺迪，索罕便開始開槍。他還聲稱索罕在被迫離開甘迺迪之前只開了兩槍。然而，調查人員聲稱甘迺迪遭到了四槍射擊。洛杉磯警察局聲稱，由於當時的恐慌和混亂，目擊者出現了誤判。

證據爭議與第二槍手疑雲

1975年，一名倖存受害者提起的訴訟導致對槍支證據的重新審查。槍械專家對從受害者身上找到的三顆完整子彈以及從索罕的左輪手槍中發射的測試子彈進行了比較。他們的調查結果並未排除有第二名槍手的可能性。不過調查結果也不排除索罕單獨行動的可能性。

聯邦調查局的一張照片顯示，食品儲藏室左側門框內有兩個彈孔；官方報告中沒有提到這些彈孔。然而，洛杉磯警察局的一名調查員聲稱，這些實際上並不是彈孔，但看起來很像彈孔。但是一位前聯邦調查局特工聲稱他看到這些洞裡有子彈。食品儲藏室的部分木門框被拆除，並作爲證據登記。記錄顯示在索罕被定罪後，這些文件被銷毀了。前調查人員後來表示，他們確實在現場看到了其他彈孔和彈片。有幾個人說，他們在聯邦調查局的照片上看到了門框上的兩個彈孔。這項證據與暗殺事件的官方說法相矛盾。總體而言，物證和目擊證詞似乎表明，第二名槍手可能參與了羅拔·甘迺迪的暗殺。而且有些人聲稱現場還有另一名槍手。一名目擊者理查德·盧比克(Richard Lubic)聲稱他看到一名保全在槍擊過程中拔出槍，然後離開房間。該保全承認當晚他確實拔出了武器，但否認開槍。他與警方合作，並被排除槍擊案嫌疑人的身分。此外，這名警衛與索罕之間似乎沒有任何關聯。

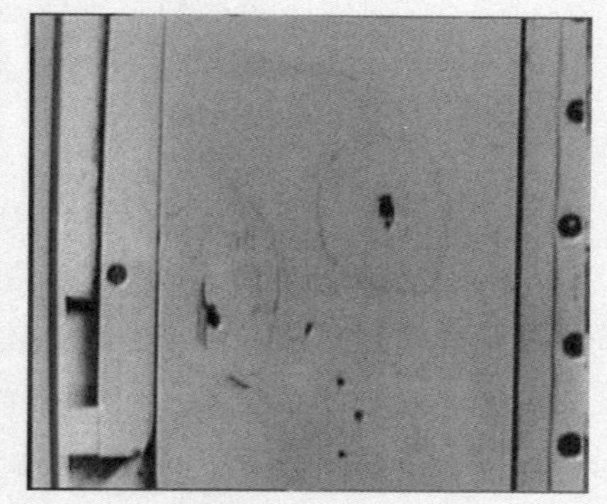

品儲藏室左側門框內有兩個彈孔

據報道索罕對槍擊事件沒有任何記憶。他的律師和其他人推測，他是被身份不明的人催眠控制來實施暗殺的，而他的記憶隨後被抹去，因此他無法識別這些人。這與電影滿洲候選人的情節類似。然而尚未發現可靠的證據支持這一理論。

索罕多次對自己的判決提出上訴，聲稱第二名槍手殺害了甘迺迪。然而，他的上訴每次都被駁回。一名名叫斯科特·埃尼亞特(Scott Enyart)的男子聲稱，甘乃迪被槍殺時他正在廚房裡，並拍攝了幾張槍擊過程的照片。然而，他聲稱他的膠卷當晚被調查人員拿走了。他起訴洛杉磯警察局，試圖拿回他的照片。這些照片後來被身份不明的人竊取。目前尚不清楚照片上是否有任何跡象表明另有其他槍手參與其中。

在2007年對槍擊案錄音之一的分析表明，至少發射了十三槍，而不是八槍。它還表明，由於射擊間隔太近，所以不可能是同一把槍射出的。幾位音頻專家證實了這一槍聲，而其他人則表示他們只聽到了八聲槍聲。聯邦調查局對錄音的分析最後沒有定論。

陰謀論與社會背景

2012年一名目擊者改變了她對槍擊事件的描述。她聲稱甘迺迪被槍殺時她聽到了兩聲槍響。她說，槍聲至少有十二聲，而且槍聲來自兩個不同的地方。她還聲稱洛杉磯警察局改變了她對槍擊事件的說法。她的證詞似乎與其他幾名目擊者的證詞相符，這些目擊者聲稱聽到來自兩個不同地點的八聲以上槍聲。官方認爲，甘迺迪遇刺案已經結案，索罕·索罕(Sirhan Sirhan)是唯一的攻擊者。目前尚無可靠證據顯示有其他人參與其中。2021年8月27日，索罕·索罕因暗殺案服刑53年後被建議假釋。

由於在1963年時他的哥哥美國第35任總統約翰·甘迺迪也是遇刺身亡的，且遇刺案有着大量的陰謀論說法，這使得關於羅拔·甘迺

Sirhan Sirhan 與其律師一起被拘留

迪遇刺案也產生了大量的陰謀論，有些參與原本調查的人得出了不同的結論，也有些認爲官方的結論存在嚴重的問題。甘迺迪遇刺案，可謂是世紀謎案，由此產生的影視作品也不在少數，各種推測都有，至今沒有哪個理由完全可以說服其他理由。但與甘迺迪總統和他弟弟遇刺案一樣，兩個遇刺案，都有相似的社會背景與既可能的原因。甘迺迪兄弟所處時代，是貫穿著越南戰爭的時代，也是社會充滿躁動的時代，尤其是羅拔·甘迺迪遇刺前後，眞是西方社會動蕩的年代，各種情緒失控，各種族群及社會矛盾，城市與社會管理也是一團亂麻，這當然給了刺客(或者其背後的主使)更多可乘之機。

更重要的原因，是甘迺迪兄弟的政見，他們是強力打擊黑惡勢力的政治力量代表人物，羅拔·甘迺迪更是兄長任內的司法部長，主抓掃黑除惡專項鬥爭。因而也是黑惡勢力眼中釘肉中刺。不僅如此，1960年代，還是人權運動的高潮，也是以色列與中東衝突日盛的當口。無獨有偶，馬丁路德金就是在羅拔·甘迺迪遇刺不久前遇刺的（1968年4月4日），也可見當時美國社會撕裂的程度。或可說，甘迺迪兄弟悲劇，也是當時美國社會撕裂與激烈矛盾的產物。

被判謀殺罪的男子是索罕·索罕（Sirhan Sirhan），他目前仍因該罪行被關押在理查德·J·多諾萬懲教所。然而，就像1963年他的兄弟約翰·甘迺迪遇刺一樣，羅拔·甘迺迪遇刺事件及其相關情況引發了各種陰謀論，特別是關於存在第二名槍手的陰謀論。其他理論還包括，一名身穿圓點裙的女子聲稱對這起犯罪事件負責，以及中央情報局的參與。

陰謀論觀點解析

第二個開槍者：甘迺迪的兒子小羅拔·甘迺迪相信索罕·索罕是無辜的。當小羅拔·甘迺迪（RFK Jr）的父親被謀殺時他只有14歲。2018年他在加州聖地牙哥郊外的理查德·J·多諾萬懲教所遇到了索罕·索罕，並在三個小時的交流中確信了索罕的清白。現任川普衛生部長的小羅拔·甘迺迪當時告訴《華盛頓郵報》：「我去那裡是因爲我很好奇，而且看到的證據讓我感到不安。」小羅拔·甘迺迪相信有第二名槍手的理論，並在2023年的一次電視採訪中暗示保安尤金塞納塞薩爾（Eugene Thane Cesar）。1990年，塞薩爾說，那天晚上他去了大使酒店，打算殺死甘迺迪，但那個阿拉伯傢伙在我之前就開槍打死了他。

羅拔·甘迺迪傷口的位置顯示開槍的人應該是站在他身後，但一些現場目擊者表示，索罕·索罕與羅拔·甘迺迪是面對面站着的，由此就引出了現場還有第二個打出致命一槍兇手的推斷。這一推斷也得到了驗屍官野口恆富的支持，他表示致命的一槍是在右耳後方約兩厘米處開的槍。不過其他則表示，索罕·索罕從前方靠近時，羅拔·甘迺迪正向左轉身去與他人握手，因此索罕·索罕面對的是參議員的右側。

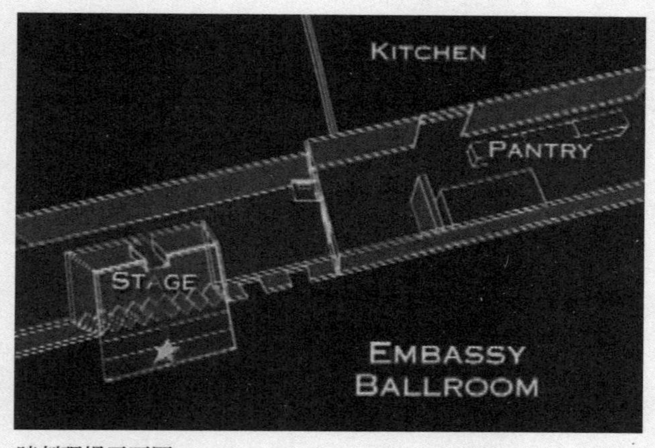

暗刺現場平面圖

2008年，當時的目擊證人約翰·皮爾格（John Pilger）聲稱他相信當時肯定有第二個槍手。1975年對這一案件進行重新審查期間，洛杉磯高等法院下令對現場是否有另一支開過火的槍存在予以調查，專家的結論是極少或完全沒有證據可以證明這一理論。

保安是第二槍手理論：人們經常認爲，尤金塞納塞薩爾（Thane

Eugene Cesar)是最有可能的第二名槍手。塞薩爾曾受僱於王牌警衛隊，負責保護甘迺迪在大使飯店的安全。這不是他的全職工作；白天，他在伯班克的洛克希德飛機廠擔任維修管道工，這份工作需要獲得國防部的安全許可。他從1966年起在那裡工作，直到1971年失業。作家丹·莫爾迪亞(Dan Moldea)寫道，1973年，塞薩爾開始在休斯工作，他在那裡工作了七年，塞薩爾說這份工作需要工廠中第二高的許可級別。

塞薩爾是甘迺迪家族的堅定反對者，他曾公開表示，他相信羅拔·甘迺迪如果當選，將會「像他的兄弟一樣，把國家出賣給共產黨或少數民族」。塞薩爾也持有一些極右翼觀點。塞薩爾在接受採訪時表示，他確實在槍擊現場拔出了一把槍，但他堅稱這把槍是羅姆 .38 口徑手槍，而不是甘迺迪身上發現的子彈的 .22 口徑。他還說，第一槍之後他就被擊倒了，無法開槍。洛杉磯警察局在槍擊事件發生後不久對塞薩爾進行了訊問，但並未將他視爲嫌疑人，也沒有要求查看他的槍。

塞薩爾聲稱他確實擁有一把 .22 口徑的哈林頓和理查森手槍，並於1968年6月24日向洛杉磯警察局警長PE O'Steen展示了這把手槍。但當洛杉磯警察局三年後採訪塞薩爾時，他聲稱他在暗殺事件發生前已將這把槍賣給了一個名叫吉姆·約德(Jim Yoder)的人。1972年10月，威廉·W·特納(William W. Turner)找到了約德。約德仍然保留著H&R手槍的收據，日期爲1968年9月6日，並有塞薩爾的簽名，這表明塞薩爾是在甘迺迪遇刺三個月後出售了這把手槍，這與他在1971年聲稱在甘迺迪遇刺幾個月前就出售了這把手槍的說法相矛盾。莫爾迪亞寫道，幾年後塞薩爾接受了美國測謊協會前主席兼執行董事愛德華·吉爾布(Edward Gilb)的測謊儀檢查，塞薩爾在檢查中否認與暗殺事件有任何關聯。塞薩爾通過了測謊儀測試。

羅伯特·F·甘迺迪在被槍殺前接受採訪

陰謀論的證據爭議

甘迺迪的兒子小羅拔·F·甘迺迪(Robert F. Kennedy Jr.)表示，塞薩爾殺死了他的父親，而索罕·索罕開了槍，但沒有擊中他。2018年6月，甘迺迪表示他原本要去菲律賓與塞薩爾會面，但在塞薩爾要求支付25000美元後，他取消了會面。

子彈數目：目擊者稱食品儲藏室的門框上發現了彈孔，後來門被毀壞。甘迺迪的兒子小羅拔·甘迺迪後來表示，子彈太多了，你不可能用一把八發槍發射十三發子彈。

聲學分析：2007年自由撰稿人斯坦尼斯拉夫·普魯辛斯基（Stanislaw Pruszynski）對當晚槍擊事件的錄音進行了分析，根據法醫專家菲利普·範·普拉格（Philip van Praag）的說法，分析結果似乎表明，現場至少有13槍，但索罕·索罕的槍中只有8顆子彈。他還表示錄音帶中有至少兩槍的間隔時間過短，從物理上來說根本不可能實現，而且不同的共振聲音表明槍聲不止一支。

現場一共開了13槍錄音帶中槍響多於8次的說法也得到了法醫音頻專家韋斯·多利（Wes Dooley）、加利福尼亞州帕薩迭納聲音助理工程師保羅·佩加斯（Paul Pegas）、丹麥首都哥本哈根法醫音頻與彈道專家艾迪·B·布利克森（Eddy B. Brixen）、喬治亞州理工學院音頻專家菲爾·斯賓塞·懷特赫德（Phil Spencer Whitehead）的證實。然而其他的一些聲學專家則表示，錄音帶上的槍響並沒有超過8次。

法醫分析：1975年洛杉磯一名法官召集了七名法醫專家組成的小組來審查彈道證據。他們發現擊中甘迺迪的三顆子彈都是從同一把槍中射出的，但卻無法找到這些子彈與索罕·索罕的左輪手槍之間的匹配性。他們指責首席犯罪現場調查員德韋恩·沃爾弗（DeWayne Wolfer）調查不力，沃爾弗曾在審判中作證說，從甘迺迪身上取出的子彈來自索罕·索罕的左輪手槍。法醫專家敦促進一步調查。後來公佈的一份警方內部文件得出結論，甘迺迪和韋塞爾的子彈不是從同一把槍中射出的，以及甘迺迪的子彈不是從索罕·索罕的左輪手槍中射出的。

Newsweek

MEN AT WAR: RFK VS. LBJ

March 13, 1967

報章相關報導

2011年11月26日，索罕·索罕的辯護律師威廉·F·佩珀（William F. Pepper）和勞裡·杜塞克（Laurie Dusek）向聯邦法院提交了一份長達62頁的簡報，聲稱用於定罪索罕·索罕的證據中的一顆子彈在犯罪現場被調包了。簡報稱，這樣做是因爲從甘迺迪頸部取出的子彈與索罕·索罕的槍不符。佩珀和杜塞克聲稱，新證據足以依法判定索罕·索罕無罪。

精神控制與神秘人物

滿洲候選人（The Manchurian Candidate）被精神控制的說法：假設有人對索罕·索罕進行了心理催眠，使他犯下謀殺罪，當時他並不知道自己的行爲，而陰謀者在事後抹去了他的記憶，這樣他就不記得這一事件或對他進行編程的人了。佩珀聲稱，這個理論得到了監獄心理學家愛德華·卡拉斯（Edward Callas）的支持。索罕·索罕當時聲稱，並且一直聲稱他對暗殺事件及後續事件沒有任何記憶。2010年索罕·索罕的律師指控中央情報局對他進行催眠，使他成爲非自願參與者。

該說法認爲索罕·索罕的精神已被控制，幕後指使者已經對他的思維編好了程序，該程序使他朝羅拔·甘迺迪開槍並在開槍之後陷入恍惚狀態，他關於開槍的記憶甚至是他關於幕後指使者的記憶都被抹掉，這樣可以使他認罪並忘記幕後指使者的身份。心理學家和催眠專家愛德華·卡拉斯聲稱，他在1969年在聖昆廷監獄對索罕·索罕進行了35小時的交談之後，索罕·索罕說他對1968年的暗殺羅拔·甘迺迪的行爲以及隨後發生的事都沒有記憶。

穿圓點裙的女人：一些目擊者稱，在暗殺事件發生前後，他們在大使酒店的各個地方看到一名身穿波點連身裙的女子。一名目擊者，甘迺迪競選團隊的工作人員桑德拉·塞拉諾(Sandra Serrano)報告說，晚上11點30分左右，她正坐在通往酒店宴會廳的樓梯上，這時一名女子和兩名男子從她身邊走過，上了樓梯，塞拉諾後來說其中一人是索罕·索罕。塞拉諾說，大約30分鐘後，她聽到類似汽車回火的聲音，然後看到那名女子和其中一名男子逃離現場。她說，那名女子大喊「我們開槍打死了他，我們開槍打死了他！」據塞拉諾說，當她問那位女士她指的是誰時，那位女士說是甘迺迪參議員。槍擊事件發生後不久，塞拉諾向全國廣播公司(NBC)的桑德·瓦諾庫爾講述了她的經歷。

另一名目擊者埃文·弗里德(Evan Freed)也看到了身穿波點連身裙的女子。另一名嫌疑人報告說，當晚他曾多次看到一名身穿波點連身裙的女子和索罕·索罕在一起，包括在發生暗殺的廚房區域。塞拉諾說，在她遇到這名身穿波點裙的女子之前，她聽到了一系列槍聲，聽起來像是汽車回火的聲音。洛杉磯警察局犯罪學家德韋恩·沃爾弗（DeWayne Wolfer）進行了測試，以確定塞拉諾是否能從她所在的位置聽到槍聲，結果發現槍聲只會導致塞拉諾所在位置的聲音發生½分貝的變化，因此她不可能聽到槍聲。此外，特別檢察官托馬斯·F·克蘭茲在報告中評論說，塞拉諾在接受調查人員進一步採訪後承認編造了這個故事，並且他無法找到證據來證實原始說法的任何方面。塞拉諾堅稱，在洛杉磯警察局警官漢克·埃爾南德斯(Hank Hernandez)的無情審問下，她被折磨得筋疲力盡，並被迫做出虛假的撤回聲明。

1974年，退休的洛杉磯警察局警官保羅·沙拉加（Paul Sharaga）告訴洛杉磯KMPC的一名新聞記者，當他趕赴酒店處理槍擊事件時，一對老年夫婦向他報告說，他們看到了一對20歲出頭的夫婦，其中一位是身穿波點連衣裙的女子。這對夫婦面帶微笑，大喊「我們開槍打死了他…我們殺了甘迺迪…我們開槍打死了他…我們殺了他」。沙拉加還表示，他已就該事件提交了正式報告，但報告卻消失了，從未進行調查。

中央情報局與歷史反思

中央情報局的參與：2006年11月，BBC電視台的新聞之夜節目播出了肖恩·奥沙利文（Shane O'Sullivan）的12分鐘紀錄片《羅拔甘迺迪必須死》。奥沙利文說在研究基於滿洲候選人（The Manchurian Candidate）理論的劇本時，他發現了新的影片和照片證據，表明三名中央情報局高級特工是參議員遇刺事件的幕後黑手。他聲稱在暗殺事件發生前後，在大使酒店看到的三名男子被確認爲中央情報局特工大衛·桑切斯·莫拉萊斯(David Sánchez Morales)、戈登·坎貝爾(Gordon Campbell)和喬治·喬安尼德斯(George Joannides)(以上三位中央情報局特工,和同刺殺甘迺迪總統有關)。

包括家人在內的幾位認識莫拉萊斯的人都堅稱,他不是奧沙利文所聲稱的莫拉萊斯。奧沙利文出版他的書後,暗殺研究人員傑佛遜·莫利和戴維·塔爾博特發現坎貝爾於1962年死於心臟病。對此,奧沙利文表示,影片中的男子可能使用了坎貝爾的名字作爲化名。隨後他帶著自己的身份證明去了洛杉磯警察局,警察局的檔案顯示,他指認的坎貝爾和喬安尼德斯實際上是邁克爾·羅曼和弗蘭克·歐文斯,這兩名寶路華銷售經理當時正在參加該公司在大使酒店舉行的會議。奧沙利文堅持他的指控,稱寶路華手錶公司是衆所周知的中央情報局的掩護。

羅拔·甘迺迪的兒子小羅拔·甘迺迪認爲他的父親是被陰謀殺害的。他還說,他的父親認爲約翰·F·甘迺迪是被陰謀暗殺的,而華倫委員會是『粗製濫造的作品』。

甘迺迪、羅拔甘迺迪和馬丁路德金,每件暗殺事件背後的陰謀都讓研究者、業餘偵探著迷,隨著文件發布,傳媒冷淡的對待,的確令很多人失望。六十年代是一個充滿不安的時代,雖然沒有重要證據令眞相大白。但我們確實期望,這些文件至少能爲美國歷史上最重要、最悲慘的事件之一提供一些當代啟示。

甘迺迪家族詛咒

甘迺迪家族是19世紀中期從愛爾蘭逃荒來到美國，19世紀中期愛爾蘭經歷了大饑荒，從1845年到1852年，飢荒、疾病和移民現象普遍存在。這場災難性事件主要由馬鈴薯作物枯萎病引起，該病連續數年摧毀了愛爾蘭人的主食馬鈴薯。由此引發的飢荒導致約一百萬人死亡，數百萬人被迫移民。在美國生活到第二代的時候，家族中出現了一個顛覆家族命運的金融家約瑟夫·甘迺迪！約瑟夫·甘迺迪這個人的一生完全可以當一部無敵流小說來看，名牌大學畢業（哈佛大學），畢業之後直接上任一家銀行的董事長，出道即巔峰，兩年之後迎娶波士頓市長的女兒。又用了15年的時間涉足了所有能賺錢的行業，開銀行、開船廠、投身電影發行等各種行業，賺的是盆滿缽滿。1932年經濟大蕭條的風暴席卷美國，到處都是失業、破產、倒閉的消息。當然同年也是美國第32任總統的大選年，僅僅投入政界三年的約瑟夫·甘迺迪指定是沒戲！但是他給自己選擇了一個跳板富蘭克林·羅斯福。富蘭克林·羅斯福競選期間，約瑟夫動用自己一切可以動用的能力，包括財力、人力等，最終也是成功地將羅斯福推上了那美國總統之位！富蘭克林·羅斯福當選後，老甘迺迪還出了一本書《我支持羅斯福》。1937年，老甘迺迪被任命爲美國駐英國大使，雖然擁有權力，但未達約瑟夫的預期（自己當上總統之位），但他明白自身是愛爾蘭後裔，在政治領域，終究是無法突破。想要實現總統夢，就要靠兒子，所以就在教堂裡祈禱時暗暗發誓：我已登上了財富的最高峰，我要讓兒子登上權力的最高峰。從此他開始瘋狂地培養自己的孩子，約瑟夫總共有9個孩子，4個男孩5個女孩，這些孩子從出生開始就被培養出一個信念拿第一，因爲第二沒有任何意義。約瑟夫的子女尤其是4個男孩兒，這老父親甚至親自爲每個人選定了一條路，不論願意與否都要走的路。期望老大小約瑟夫能成爲美國總統，老二約翰由於體質不佳，將來可以做出版商或記者，這樣就可以幫助哥哥應對外界對他的攻擊。老三羅拔要做律師，將擔負起捍衛家族利益的重任，幼子愛德華的前途尙未選定。

約瑟夫爲他的兒子小約瑟夫·P·甘迺迪和約翰·F·甘迺迪選定了一條路，聽起來有些不近人情!但是這老父親爲了讓孩子在這條路上走得更快，更久，他設立了一些信托基金，這些孩子們和孩子的妻子們，每人2000萬美金。老約瑟夫可是過來人，他深深地明白，想要有地位，就必須先有錢，孩子們永遠都不必爲生活而擔憂，才能在各自的領域發展到極致。總統夢破滅爲了讓大兒子小約瑟夫成功登頂那權力的最高峰，這老父親直接把孩子送上了戰場，以期待孩子獲得功績、榮耀加身、成爲英雄，涉足政壇的時候可以順風順水。

原本在老約瑟夫的計劃中，大兒子小約瑟夫(Joseph Patrick Kennedy)是他心目中當總統的最佳人選，父親計劃讓長子先參軍，混個漂亮的履歷，然後再投身政壇。1944年8月初，在比斯開灣執行任務小約瑟夫，拒絕了原本的休假機會，接受了一個危險系數非常高的新任務炸毀納粹德國的V—1飛彈發射架。8月12日 在執行任務時，他駕駛的飛機因故障在英國上空爆炸，當時他年僅29歲，小約瑟夫就此殞命。無情的戰爭打碎了老父親的如意算盤，但是並沒有打碎他的總統夢，老大死了，老二約翰繼續步向父親的心願！

小約瑟夫

老約瑟夫把總統的希望又寄托在了老二約翰·甘迺迪身上，在約翰從政之後，靠著父親關係，仕途走得要比老約瑟夫舒服多了。他的老父親也開始當起了總策劃、總導演，用推動羅斯福當上總統的那套打法，又來了一遍，拿出大量的金錢調動新聞界、出版界，狂轟濫炸般地宣傳他的兒子。而讓約翰·甘迺迪當上總統的因素，其實是他年輕、帥氣、有活力。1960年競選總統之前，總統候選人基本已經確定了，約翰·甘迺迪和查理德·尼克遜。在一次辯論上，剛動過膝蓋手術的尼克遜，站在燈光下，臉色蒼白，身體消瘦，加上尼克遜年齡大，給人的感覺像是一名生了很久的病的老人。反觀約翰，年輕的約翰一出場就驚艷觀衆。一路小跑進入演播廳，當時候選總統需要到各州進行演講拉票，長時間在外奔波，讓甘迺迪的膚色呈古銅色，給人以健康活力的印象，加上當時的甘迺迪年輕，既很帥又充滿活力，瞬間俘獲當時很多少女的心。

家族的政治巔峰與悲劇

約翰·甘迺迪最終實現了父親的夢想，1960年當選總統。並且遵從父親的心願，把弟弟羅拔安排到內閣中，成爲司法部長，甘迺迪家族就此踏上政治巔峰。羅拔·甘迺迪按照約翰·甘迺迪接受採訪的說法，我的哥哥約瑟夫是一家中從政的必然人選。如果他活著，我會繼續當作家，如果我死了，我弟弟會當參議員。如果他出事，我的另一個弟弟會爲我們去競選。他說這話的時候，可沒想著自己能一語成讖！

1963年11月22日中午，在美國德克薩斯州，甘迺迪總統和夫人乘坐敞篷轎車駛進艾爾姆大街時被槍殺。兇手連開了三槍，第一槍放空，第二槍擊中了脖子，第三槍直接爆頭，約翰·甘迺迪被刺身亡。官方認定的兇手在被警察捉獲後，2天後在押解途中就在衆目睽睽之下被一家夜總會老闆刺殺，而夜總會老闆也在三年後因病死於獄中。甘迺迪遇刺案一直是美國歷史上最大的謎團，美國政府經過10個月的調查，認爲這是兇手的個人行爲，但卻沒有合理的動機解釋，更引發了各種各樣的陰謀論。好萊塢導演奧利華·史東1993年拍了部叫《JFK驚天大刺殺》的電影，暗示是美國政府內部的權力人物策劃了這一陰謀，這部電影還獲得了奧斯卡提名獎。

約翰·甘迺迪遇刺身亡後，其親弟弟羅拔·甘迺迪辭去了司法部長職位，當選爲紐約州參議員。1968年他宣布參選美國總統，但在即將獲得民主黨總統候選人提名之前，在洛杉磯一家酒店遭到槍殺身亡，兇手動機同樣撲朔迷離。羅拔·甘迺迪遇刺後，自此之外美國特勤局開始保護兩黨總統候選人。

此外，約翰·甘迺迪最小的弟弟愛德華·甘迺迪也在1964年遭遇了私人飛機失事，雖然飛行員和乘客都喪生，但他卻奇跡般生還。後來在1969年又開車跌落大橋，導致同行女乘客溺水身亡，而他再一次生還，之後一直擔任馬薩諸塞州參議員，直至腦癌去世。到了甘迺迪家族的下一代，悲劇依然籠罩著這個家族。

愛德華·甘迺迪在1964年馬薩諸塞州的致命空難中倖存下來

甘迺迪家族詛咒一直流傳著多種說法，主要有由美國印第安人的總統詛咒和家族詛咒。

詛咒傳說的起源

印第安人詛咒，名稱是蒂珀卡努的詛咒（Curse of Tippecanoe），又稱特庫姆塞的詛咒（Tecumseh's Curse）、20年詛咒（20-year Curse）、尾數爲0年詛咒（Zero Curse），據說這導致在20的整數倍的年份當選的美國總統會在任期內死亡的詛咒。根據傳說1811年在蒂珀卡努戰役中被威廉·亨利·哈里森（ William Henry Harrison ）率領的軍事遠徵隊擊敗的美洲原住民部落的首領Tenskwatawa曾詛咒過偉大的白人父老（Great White Fathers）。

威廉·亨利·哈里森於1841年就任僅一個月後去世。他的死是第一個被歸咎於蒂珀卡努詛咒的人。自1840年以來，已有八位總統在任上去世。其中七位總統的當選年份是20的整除數：威廉·亨利·哈里森（1840年）、亞伯拉罕·林肯（1860年）、詹姆斯·A·加菲爾德（1880年）、威廉·麥金萊（1900年）、沃倫·G·哈定（1920年）、富蘭克林·D·羅斯福（1940年）、甘迺迪（1960年）。在適用年份當選的三位前總統都未在任內去世：1980年的朗奴·列根、2000年的喬治·W·布殊和2020年的喬·拜登。有人說由於列根在暗殺中倖存下來，詛咒自此被打破了。

1960年大選時，不少人都知道蒂珀卡努詛咒這件事，而且傳得沸沸揚揚，畢竟是已經持續了一個世紀的詛咒傳說，寧信其有不信其無。

家族詛咒有幾種說法，說法一，根源要追溯到約瑟夫·甘迺迪擔任駐英國大使時期。約瑟夫·甘迺迪擔任駐英國大使時，正值第二次世界大戰剛剛開始，德國納粹席卷歐洲，猶太人被關進集中營裡飽受摧殘。這個時候有五百多名猶太人推舉出代表與約瑟夫·甘迺迪接觸，希望他能爲大家發放美國簽證，這樣大家就能躲過一劫。面對哀求的目光，約瑟夫·甘迺迪並不理會，因爲當時美國的態度十分明確，那就是在納粹和同盟國之間保持中立，如果他救了猶太人，就相當於破壞了政策，所以約瑟夫·甘迺迪果斷拒絕了這一請求。結果可想而知，沒有獲得簽證的猶太人被屠殺，而他們在臨終前紛紛詛咒，甘迺迪家族的厄運就此開始。

說法二，1940年約瑟夫·甘迺迪被召回國，因爲美國政府認爲他在英國三年沒有任何政績，所以打算撤銷其大使職務。被撤職的約瑟夫·甘迺迪自然十分沮喪，常常在客輪上大發雷霆，其他乘客一旦惹到了他，當即就會遭到報復。一天夜裡，老約瑟夫正準備休息，卻突然聽到外面傳來陣陣禱告聲，他立即指揮手下挨個房間搜查，不多會兒一名猶太牧師就被帶進房間。正愁無處發泄的老約瑟夫找到了出氣筒，他讓人把牧師毒打一頓，然後還燒毀了所有的經書，甚至命令船長不能爲牧師提供食物。很多人猜測，因爲老約瑟夫過激的舉動，遭到了牧師的報復，因此整個家族遭到詛咒困擾。

這個家族由於其難以見光的發跡史和濫用權力的行爲而受到神

的懲罰。許多人都認爲這是善有善報，惡有惡報。

說法四，在第二次大戰前，老甘迺迪聯合華爾街銀行大亨將大量資金借貸給納粹德國，令到納粹德國能復興德國，投入大量工業創造武器，引發第二次大戰屠殺猶太人，引致猶太人下了這個詛咒。

家族悲劇清單與影響

甘迺迪家族詛咒死亡名單：1941年大女兒死於失敗的腦葉切除手術。1948年二女兒凱瑟琳24歲失去丈夫，28歲因飛機失事去世，比她的總統哥哥死得還要早。1944年大兒子小約瑟夫死於飛機爆炸。1963年甘迺迪總統的第三個兒子出生兩天後夭折。1963年二兒子約翰·甘迺迪當上總統後遇刺身亡。1968年三兒子羅拔·甘迺迪競選總統時遇刺身亡。1983年羅拔·甘迺迪之子波比·甘迺迪因吸毒被判刑。1984年羅拔·甘迺迪之子戴維因過量吸服海洛因死亡。1997

基克·甘迺迪·卡文迪許在1948年法國的一次飛機失事中喪生

年羅拔·甘迺迪之子米高死於滑雪事故。1999年約翰·甘迺迪之子小約翰·甘迺迪和他的妻子死於飛機失事。2009年約瑟夫四子愛德華·甘迺迪死於腦癌。2011年愛德華·甘迺迪的女兒卡拉突然心臟病死亡。2012年羅拔·甘迺迪的兒媳瑪麗·理查森·甘迺迪被發現死在紐約州公寓內自縊。2019年羅拔·甘迺迪外孫女西爾莎疑服藥過量在美國家中去世，年僅22歲。2020年羅拔·甘迺迪的孫女甘迺迪·湯森德·麥基恩和她的兒子在淺灣中失蹤，於六日找到屍體。

1984年，戴維·甘迺迪因過量吸服海洛因死亡

小約翰·F·甘迺迪和他的妻子卡羅琳·貝塞特·甘迺迪，攝於1999年5月

約瑟夫的第三子愛德華·甘迺迪的命運都不盡人意。他幾乎兩次和他的兄弟們走上了同樣的路。第一次在1969年他僥倖逃脫了飛機失事的命運。同年夏天早些時候，他在馬薩諸塞州查帕奎迪克島的一座橋上駕駛汽車發生意外，導致28歲的乘客瑪麗喬科佩奇尼(Mary Jo Kopechne)溺水身亡。他設法逃離了沉沒的車輛，但直到第二天早上才向當局報告科佩奇尼的存在。由此引發的醜聞令人羞愧(儘管他擔任了四十多年的馬薩諸塞州參議員，直到2009年去世，但查帕奎迪克事件始終困擾著他，阻礙了他成爲總統的機會)。一週 後，這位參議員在電視聲明中表示，事發當晚，他曾懷疑甘迺迪家族是否眞的被某種可怕的詛咒籠罩著。1980年愛德華尋求民主黨的總統候選人提名，但是敗給了當時在任的占美·卡特。自此之後，甘迺迪家族就走下坡路了，家裡的男丁沒有正常死亡的。

1969年，愛德華·甘迺迪駕駛汽車發生意外，導致28歲的乘客瑪麗喬科佩奇尼溺水身亡

這詛咒似乎還非常強力，只要是和甘迺迪家族產生聯繫，都會受到牽連。像是希臘船王奧納西斯爲了提高自己的名聲，娶了當時最有名的女人積琪蓮（甘迺迪的遺孀），但婚後生意卻每況愈下，7年內自己和兒子也相繼去世了。

女性成員的命運與詛咒的例外

甘迺迪家族的詛咒似乎眞的經常在男性身上發生，而家族中的女性大多能逃脫，而且還都蠻長壽的。前面提到過老約瑟夫對於家中男子的規劃都是走仕途，而女兒卻被看做是兒子們忠心的僕人，爲了家族的榮光，必要時刻是可以犧牲的。比如老約瑟夫的長女羅斯瑪麗，因爲小時候缺氧而留下缺陷，爲了不讓這個失敗的孩子影響兒子們的前程，他選擇給女兒做前腦葉皮質切除手術（這是一種危險而又恐怖的手術，當時全美國僅僅做過80例）。術後羅斯瑪麗被送到精神病院，父親從未去看望過她，幾乎從甘迺迪家族除名。也許正是這樣使她躲過了詛咒，羅斯瑪麗在兄弟姐妹的照顧下，一直活到了86歲。

甘迺迪的胞妹尤尼斯（Eunice Kennedy Shriver），生於1921年7月10日，在甘迺迪家族9位兄弟姐妹中排行第五。因爲姐姐的緣故，她的一生都在爲殘障人士而奔波，在1957年接管甘迺迪基金會後，就開始爲智障人士謀求公民權利的公益事業，後來成爲世界特殊奧林匹克運動會的創始人之一。尤尼斯於2009年8月11日在醫院病逝，享年88歲，在女兒的回憶中，母親不多解釋，不多說話，只是去伸手幫助他人；美國前總統朗奴·列根也曾經評價說尤尼斯的莊重和善良感動了無數生命。尤尼斯一共育有4個子女，其中最引人注目的就是瑪利亞·施萊弗，也就是前加州州長阿諾·舒華辛力加的妻子，女婿當選的那晚，她和丈夫以及女兒一同上台助威。在成爲阿諾·舒華辛力加背後的女人之前，瑪利亞因做電視記者和主播出名，還當過電視節目的製片人，拿過像艾美獎等重要獎項。雖然曾動用家族力量幫助阿諾·舒華辛力加競選成功，但2011年兩人的婚姻還是走到了盡頭，離婚後回到主播崗位的她，今年差不多七十歲了，事業依然做得有聲有色。瑪利亞和阿諾·舒華辛力加一共育有4個子女，之前和星爵克裡斯·帕拉特(Chris Pratt)結婚的就是大女兒凱瑟琳·施瓦辛格，1989年出生，現在是一名童書作家。

尤妮絲·甘迺迪(左)和她的妹妹羅斯瑪麗·甘迺迪，攝於1938年

甘迺迪和積琪蓮如今唯一在世的孩子，也是他們的女兒卡羅琳·甘迺迪(Caroline Kennedy)，被稱全國的寶貝的她從小就備受關注，但家人的不幸經歷，讓她習慣了低調處事，如今已經68歲。雖然是女性，但像家裡的很多親戚一樣，她在政壇混得很開，不僅捐

款幫助奧巴馬選舉，擔任他連任競選團隊的主席之一，後來還被奧巴馬任命爲美國駐日本大使。另外作爲甘迺迪家族核心成員的後輩之一，她不僅有權，還有錢，手裡有父輩留下來的信托基金，又有後來嫁給富豪的媽媽積琪蓮留下的資產等，有媒體曾經估算過，她的個人淨資產可能在2億到5億美金左右。

甘迺迪家族第三代中就4個男孩，已經有3個死於非命，僅剩的老四愛德華·甘迺迪，愛德華是約瑟夫唯一健在的兒子，曾經一度是父親的生命支柱。約瑟夫的護士麗塔·達拉斯(Rita Dallas)曾說過約瑟夫先生的生存好像只因爲一件，聽到愛德華的腳步聲。

詛咒的眞相與反思

有飛機失事的、有出生兩天就夭折的、有死於滑雪的、有死於吸毒過量的、有玩槍走火打死自己的、有錢巨多得了「抑鬱症」上吊的、有得怪病不治身亡的、有出車禍慘死路上的、有酗酒掉水裡淹死的、有滑雪撞樹上死的，各種各樣的死法，甚至連報紙上都這樣刊登著甘迺迪家族的故事就是一長串訃告，身爲甘迺迪家族中的一員，你就不要指望能躺在床上靜靜的死去。

這個長達80年的詭異傳說，甘迺迪家族，像是眞的背負了詛咒。這個傳說於20世紀70年代流傳於美國南部。據說甘迺迪家族第二代掌門人約瑟夫·甘迺迪爲了換取家族的政治經濟大權，曾把靈魂賣給魔鬼。盡管這一說法純屬迷信，但至今有些人對此仍深信不疑。因爲這老約瑟夫的後代，眞是沒有安安靜靜死在床上的，甚至已經到了2020年，這個所謂的詛咒，依然在生效。

也有人說，甘迺迪家族的悲劇或許並不是什麼詛咒，而是性格和原生家庭教育造成的。父親總是爭強好勝，他總是認爲，不得第一就不足以稱爲優秀。只要哪個孩子沒有得到第一，就會被關在廚房獨自一人吃飯。不論哪個孩子已經獲得了多少個第一，他還是需要用自己的行動去獲得一次又一次的勝利，同時爭取父母不斷的認可。

還有人認爲造成家族成員連續遭遇不幸的原因還有可能是因爲家族成員有冒險基因，總是在不斷追求新的刺激，因而發生意外的概率也更大。積琪蓮·甘迺迪·奧納西斯曾對傳記作者說，在50%具有注意力分散特質的人中，DRD47R(與冒險行爲直接有關的基因)發生了一些變化，她的兒子小約翰有可能就是如此，在酗酒和吸毒者中，有這種基因的人也比沒有不良習慣的人多，而甘迺迪家族具有上述嗜好的人明顯高於正常水平。DRD47R基因可能存在於甘迺迪家族的最好證據，就是這個家族中頻繁出現的、尋求刺激的冒險行爲。加州大學埃佛林的分子遺傳學教授羅伯特·莫耶西斯醫生說，帶有這個基因的個體常常行爲外向，比一般人更勇於嘗試。由此，他們也取得了令人矚目的成就，顯然冒險也有它的負面作用。

甘迺迪家族是個既古老又有權勢的家族，但更是一個悲劇性的家族，因爲這個家族的成員有太多非正常死亡事件。這個家族雖然很富有，因爲死的人太多，搞得後繼無人。那麼他們這個家族爲什麼有這樣悲慘的命運呢?除了詛咒外，還有幾個原因。

一、甘迺迪家族崛起之時，實力就很強。甘迺迪家族是美國政治四大家族之一，另外三家是：亞當斯家族、羅斯福家族、布殊家族。

十九世紀末二十世紀初，甘迺迪家族在美國政壇嶄露頭角，開創這個家族地位的是一個叫約瑟夫·P·甘迺迪，他通過奮鬥，在一戰後期因為投資股票大賺一把，成為富翁、實業家。有錢了，就捐錢搞政治，結果他成了美國駐英國大使。美國那些駐外大使、駐聯合國以及一些世界組織的負責人其實都是酬庸性質的。你有錢，在總統選舉時可以捐給看好的候選人，如果此人當選了，他會根據捐款多少，給捐款人一個位置，這些在美國是合法且正當的酬庸。當了駐英公使的老甘迺迪有四個兒子，大兒子在二戰中犧牲，二兒子約翰·甘迺迪就是美國第35任總統；三兒子羅拔·甘迺迪擔任過美國司法部長，據說和哥哥共享過夢露，不過他後來也被刺殺了；四兒子愛德華·甘迺迪當了47年之久的美國聯邦參議員。可見甘迺迪家族崛起之勢力、對當時的政治影響多大。甘迺迪家族每一代都有比較有名的人物；其頂峰是甘迺迪總統時期，走下坡路也是從甘迺迪總統開始的，彷彿行刺他的那一槍不但要了甘迺迪總統的命，也要了這個家族的命。而甘迺迪總統刺殺案中其中一個陰謀論，就是由布殊家族控制的中情局所暗殺。

二、愛爾蘭人的悲歌。因為一場馬鈴薯瘟疫，愛爾蘭人大舉移民美國。這些人非常地勤奮，也能吃苦，他們到美國後，幾乎包攬了美國所有底層工作；就是這樣，美國人還非常看不起愛爾蘭人，經常有美國人欺負這些外來的愛爾蘭移民。為了保護自己，愛爾蘭人自己團結起來，成立幫派，與那些欺負他們的人對抗，結果愛爾蘭黑幫成爲連黑手黨都怕的組織。這些苦苦奮鬥的愛爾蘭人逐漸在美國站住了腳，他們的後代在前人的基礎再往上爬升，現在美國各行各業都有很多舉足輕重的人物是愛爾蘭人，或者有愛爾蘭血統，甘迺迪家族就不用說了，還有很多有名的比如：美國第7任美國總統傑克遜、第十八任尤利塞斯·格蘭特、羅斯福家族、水門事件的尼克遜、布什家族、克林頓家族、上任總統拜登等，就連第一個黑人總統奧巴馬的媽媽也有愛爾蘭血統。愛爾蘭人在美國的勢力，控制著政商界，自然有其他勢力，其中猶太人和義大利黑手黨都是陰謀論內的參與者。

三、甘迺迪當選總統，父親的努力沒有白費，他的第二個兒子約翰·甘迺迪在1946年-1960年期間，先後任美國國會衆議員和參議員；1960年又當選爲美國總統，還是美國歷史上最年輕的當選總統，當選時僅43歲。這時的美國已經發生了很大的變化，第二次世界大戰打完，世界上的兩大陣營已經組建，勢力範圍劃分完畢，美國正在和蘇聯進行著殘酷的軍備競賽和世界霸權的爭奪。

剛才說了，老羅斯福是在一戰後通過炒股發家致富的那時候，全世界尤其是西方世界特別盛行反對猶太人。甘迺迪家族反猶情緒特別強烈；另外作爲一個愛爾蘭人，在美國能夠功成名就，成爲大富豪，他如果不和愛爾蘭幫派有交情是不可想像的，在起步階段他們就不可能成功；尤其是在碼頭搬運工變成酒館老闆的過程中，他更是要仰仗愛爾蘭幫的照顧和保護。約翰·甘迺迪擔任總統時，猶太人的勢力在美國變得炙手可熱，他們涉及到美國的各個方面，掌握著美國的科技界，金融界，實業界，政界，法律界等等。而黑幫勢力，比如黑手黨，愛爾蘭幫正在遭受社會的詬病，也是政府全力打擊的對象。作爲總統的甘迺迪不但要在世界上帶領著他的盟友們與蘇聯進行對抗，維護美國的霸權，更要在國內保證美國的資本能夠賺到錢。這樣他不可避免地要牽涉到黑幫利益以及猶太人的金融資本利益。在國際上甘迺迪的日子也不好過。蘇聯也不是個好惹的傢伙，居然把導彈架到古巴，就在美國的家門口；古巴以前是美國的殖民地，就在甘迺迪時期丟掉了，還鬧出個讓美國丟臉的豬灣事件，大批投入到古巴的產業資本打了水漂，就連黑手黨也跟著虧了不少錢。古巴流亡勢力又是另一個刺殺甘迺迪的疑兇。

四、甘迺迪到底怎麼死的，誰暗殺了他還是個扯不清的問題、爲什麼暗殺他也是個迷。

其中一項陰謀論是猶太人。因爲老甘迺迪就是個狂熱的排猶主義者，他在英國時，經常咒罵猶太人，對歐洲人也惡語相向。當有猶太人想到美國避難，別的國家多少都有點辦法，唯獨在英國，幾乎不可能獲得簽證，因爲大使老甘迺迪不喜歡猶太人。由於他不發簽證，至少直接造成了五百以上的猶太人被納粹殺害。所以合理懷疑是猶太人的復仇組織干的這事，並且他們不是針對一個人，而是針對這個家族。猶太人在美國的勢力太大了，誰都不敢得罪，特朗普的女婿都是猶太人；甘迺迪被暗殺後，他的弟弟、司法部長羅拔·甘迺迪在1968年競選總統，但是剛開始就被人暗殺了，也是一槍爆頭。這時的羅拔·甘迺迪實際上已經變成是個親猶分子，而暗殺羅拔·甘迺迪是個巴勒斯坦人。不過這些也許都是障眼法，政治謊言太多了。

1963年11月，在約翰·甘迺迪總統的葬禮上，甘迺迪的媽媽對時任美國司法部長的三子羅拔·甘迺迪小聲說：「孩子，該輪到你了。」這句話如同不詳的預言和可怕的詛咒，一直在甘迺迪家族延續。

甘迺迪家族詛咒恐怖嗎?在懷疑詛咒在作祟之前，值得考慮家族各人遭遇不幸的程度。公衆關注的對他們生活會滋生各種不安全感和崩潰，而毒品往往是解決問題的首選。此外冒險和魯莽也一直是甘迺迪家族文化的一部分，波士頓環球報的評論說當他們能指揮一隊飛行員時，他們就自己駕駛的單引擎飛機。他們在冬季十二月滑雪，卻不用滑雪杖，在阿斯彭最陡峭的山坡上滑雪。他們參軍，希望能夠參加戰鬥。這一直是甘迺迪家族的行事風格。

如果甘迺迪家族確實遭受了詛咒，那麼有人會說，老甘迺迪不惜一切代價，一心想讓自己的家族獲得最終的顯赫地位，最終自食其果。他留下了道德敗壞、商業行爲可疑且殘酷、以及反猶太主義的遺產，儘管後兩者並沒有被他所有的孩子繼承。但即使詛咒的想法聽起來有些牽強，從更大的角度來看，劇本似乎超越了簡單的環境邏輯。無論是詛咒還是偶然，正如羅拔·甘迺迪在1964年告訴聯邦調查員的那樣，上面有人不喜歡我們 Somebody up there doesn't like us。

中情局、尼克遜與甘迺迪刺殺案

2025年特朗普公佈甘迺迪檔案後，在視頻網站Youtube有個訪問視頻，這個內幕爆料視頻，比衆多陰謀論更要爆炸。此視頻由著名律師丹尼爾·希恩(Daniel Sheehan)說出驚天猛料，他經手了美國一半的涉及陰謀論的大案，包括水門事件，他發現水門事件其實是甘迺迪刺殺案的後續。此外他還莫名接到了一個縱火案的認罪罪犯的代理請求，這個縱火犯燒掉的是甘迺迪刺殺案裡奧斯華的辦公室，和策劃古巴政變的自由古巴組織的那棟樓。他其他辦理的案件還包括科學教教會，梵蒂岡，最近的兩個UFO吹哨者。這個律師簡直是個行走的圖書館，絕對是美國陰謀論的活字典。他自己從這些案件的已知事實中整合起來，（主要是水門事件中那幾個被抓的古巴人，還有其他那些認爲自己被利用的古巴人給的信息）得到了目前爲止看起來最接近眞相的故事。

著名律師丹尼爾·希恩在代理水門案件的時候知道的刺殺甘迺迪內情。

丹尼爾·希恩(Daniel Sheehan)的採訪：https://www.youtube.com/watch?v=2SQXAPCdmPE。

時件背景：有個很有勢力的投資銀行叫布朗兄弟哈里曼公司(Brown Brothers Harriman & Co.)，股東包含洛克菲勒，羅富齊，JP摩根等，杜魯門任命該投行的法律顧問艾倫·杜勒斯（Allen Dulles）爲中情局總監，其在職期間策劃了許多外國政府的政變，包括豬灣事件。著名的51區就是他設立的。

艾森豪威爾在位的時候，卡斯特羅當上了古巴領導人，和蘇聯與中國建立外交關係，並拒絕了美國與之建交的要求。這個時候尼克遜是副總統，他負責5412委員會，主管秘密任務。他讓中情局建立了一個名爲S-Force的刺殺團隊，用來刺殺卡斯特羅兄弟，同時用40號行動（Operation 40）在古巴縱火，下毒，破壞經濟。他向美國販賣毒品所得金錢來爲這些秘密行動注資。

甘廼迪的政策與衝突

1960年的時候洛克菲勒退出美國總統大選黨內初選，尼克遜成爲共和黨總統候選人，然而他敗給了甘廼迪沒有當上總統。甘廼迪上任以後並不知道秘密暗殺任務，但於是秘密任務在幕後按計劃進行。甘廼迪告訴克魯曉夫他要停止40號行動這樣的秘密計劃。

40號行動（Operation 40）是中央情報局資助的絕密滲透和破壞古巴政權的間諜組織的代號，該組織由中央情報局官員和反卡斯楚的古巴流亡者組成。該組織成立於1960年，旨在打擊古巴新生的共產主義政權，並參與了豬灣事件的策劃和執行。如果入侵成功，該組織將協助古巴組成右翼政府，同時清除卡斯楚的支持者和其他左翼異議人士。20世紀60年代40號行動繼續在佛羅裡達州作爲一支中情局反間諜部隊非正式運作。由於40號行動人員涉嫌參與可卡因和海洛因走私，該組織於1970年代初解散。

豬灣事件爆發之後甘迺迪甚至去到佛羅裡達州親自和古巴難民道歉。蘇聯領導人克魯曉夫非常氣憤，認爲甘迺迪騙他說要終止秘密計劃。作爲報復，他引發了古巴導彈危機。危機平復後兩個人開始秘密通信渠道，繞開情報部門直接通信。他們決定聯合銷毀美蘇的核武器，以免類似事件發生。爲了彌補核武相關的科技和經濟活動，美蘇將合作進行太空項目。甘迺迪開除了中情局總監杜勒斯，要求情報部門拿出所有不明飛行物體信息，要和蘇聯共享。爲了避免蘇聯看到不明飛行物體認爲是來自美國的威脅，再次引發毀滅世界的危機，並且要求禁毒，這樣就阻斷了秘密計劃的資金來源。甘迺迪這個舉動在布朗兄弟哈里曼銀行（BBH），中情局和其他政客中被視爲叛國。尤其是銷毀核武器。他們不能等到1964年選舉，更不希望甘迺迪競選連任，所以1963年就要把他殺死。於是杜勒斯在得到布朗兄弟哈里曼銀行的許可以後下令S-Force刺殺甘迺迪。

在這個傳聞中，刺殺甘迺迪的槍手有三個：一個是大家都知道的奧斯華，另外兩個是中情局特工。這兩個特工眞正用槍將甘迺迪擊斃。奧斯華是一名極右裔情報特工，他以爲自己的任務是假裝成同情蘇聯和古巴的激進分子，向甘迺迪的車前蓋開槍故意打偏，然後栽贓古巴和蘇聯。然而當他看到第二個槍手打死甘迺迪才知道原來他是替罪羊。他知道自己沒希望逃走就把前來的警察（J. D. Tippit）殺死。夜總會老闆傑克·魯比（Jack Ruby）是黑幫成員，受命槍殺了奧斯華，並在第二次庭審之前死亡。整個刺殺計劃前總統胡弗，副總統詹森，未來總統老布殊都得到了通知。他們認爲刺殺甘乃迪是愛國行爲。詹森在事發之後成立了華倫委員會調查刺殺案，委派的七個調查人就包括了組建S-Force的杜勒斯，這舉動顯而易見也是計劃的一部分，奧斯華背起全部黑鍋。華倫委員會認定奧斯華和傑克·魯比都是獨自行動，幕後沒有其他參與者，迅速完結刺殺案調查。這個事後續還有水門事件，是因爲1972年總統大選的時候S-Force經辦人的說客去當了民主黨領袖，尼克遜害怕暴露以後牽扯出S-Force，被人發現他就是S-Force的發起人，所以派人監聽民主黨選舉辦公室。這就解釋了爲什麼尼克遜在連任競選勝券在握的時候要派古巴人去監聽對手的辦公室。

尼克遜與水門事件的關聯

尼克遜，S-Force和水門事件：艾森豪威爾在位的時候，卡斯特羅當上了古巴領導人，和蘇聯與中國建立外交關係，並拒絕了美國與之建交的要求。這違反了美國門羅主義把共產主義擋在北美之外的訴求，激怒了尼克遜。這個時候尼克遜是副總統，他負責5412委員會(5412 committee)，主管秘密任務。1960年的時候洛克菲勒退出美國總統大選黨內初選，尼克遜成爲共和黨總統候選人。他認爲當下屆總統穩操勝券，就以未來總統的名義，叫5412委員會的顧問侯活·曉治(Howard Hughes)建立了個刺殺團隊叫S-Force。

S-Force指的是一群古巴流亡者，其中一些參與了中央情報局在古巴的秘密行動，包括豬灣入侵和暗殺卡斯特羅的行動。中情局利用各種秘密和準軍事單位進行秘密行動，其中包括(Special Activities Center，簡稱：SAC)。SAC是美國中央情報局行動處旗下的一個單位，專門負責特別行動，其前身爲戰略情報局的特種部隊。SAC 僱用了來自不同背景的官員，包括前軍事和情報人員，並進行準軍事行動。

侯活·曉治找了他開賭場的朋友，其中有古巴的被推翻的上任領導人，這些人靠經營黃賭毒賺錢，但是這生意被卡斯特羅禁止了，所以極度仇恨卡斯特羅。得到未來總統的指令以後，他們親手挑選了15個黑幫殺手，在墨西哥訓練他們執行這些任務。最終意料之外，尼克遜在1960年敗給了甘迺迪沒有當上總統。甘迺迪上任以後並不知道有秘密暗殺任務S-Force，於是秘密任務在幕後按計劃進行。1963年夏天司法部長羅拔·甘迺迪知道S-Force的秘密行動後，立即告知甘迺迪。在秘密揭穿前，1963年11月杜勒斯派S-Force決定殺掉甘迺迪，整件刺殺行動由老布殊的中情局特工負責監察和協調行動。1969年尼克遜在詹森卸任後當上了總統。

時間來到1972年，尼克遜正在競選連任第二個總統任期。當時的聯邦調查局正在調查墨西哥城銀行的一個賬戶上的金錢來源。尼克遜因聯邦調查局的內鬼通知，他要求聯邦調查局立刻停止調查。因爲這個錢是從美國黑幫經營的賭場來，金錢是給S-Force的支出。如果繼續調查下去會牽扯出甘迺迪刺殺案。1972年總統大選的時候拉里·奥布賴恩(Larry O'Brien)是當時的民主黨領袖，他之前是建立S-Force的侯活·曉治的說客。所以他非常恐懼侯活·曉治把這個事情透露出去成爲競選籌碼。假如被對手揭露出去，就會牽連到甘迺迪遇刺案是由S-Force執行的。而尼克遜就是S-Force的發起人。那他無論如何都水洗不清，無辦法為自己開脫說甘迺迪遇刺自己不是主謀。尼克遜要搞清楚拉里·奧布賴恩到底知不知道內情，有沒有在談論這件事，甚至要揭穿尼克遜同中情局的關係，於是派了五個特工去監聽民主黨選舉辦公室。其中還包括了一個S-Force刺殺團隊的人，這樣他才知道要監聽的內容是什麼。而且還包括了一個專門監聽電話線的中情局特工，但他不知道監聽的目的，還以為是監聽民主黨在越戰上的醜聞和黑材料，結果被保安人員發覺被抓，結果整件事曝光。這就是著名的水門事件。1972年尼克遜仰仗大眾對現任總統的信任蒙混過關連任了總統。後來尼克遜東窗事發，1974年被迫辭職。所有知情人都最快速度跳船背叛他，原因是怕惹上比水門事件更嚴重的甘迺迪刺殺案。

HUGE C.I.A. OPERATION REPORTED IN U.S. AGAINST ANTIWAR FORCES, OTHER DISSIDENTS IN NIXON YEARS

FILES ON CITIZENS

Helms Reportedly Got Surveillance Data in Charter Violation

據報道，尼克森執政期間，中央情報局對異議人士採取了大規模行動。

冷戰背景與中情局的秘密行動

甘迺迪和赫魯曉夫的對抗與合作：甘迺迪上任前的艾森豪威爾時期，卡斯特羅掌握了古巴政權，中情局策劃了不少針對古巴的行動。40號行動(Operation 40)在古巴縱火，下毒，破壞經濟來證明社會主義行不通。甘迺迪告訴赫魯曉夫他要改善兩國關係，停止這些秘密計劃，但實際上40號行動變成貓鼬行動(Operation Mongoose)繼續暗中進行。

貓鼬行動(Operation Mongoose)：貓鼬行動是美國中央情

報局在古巴實施的一項針對平民的大規模恐怖襲擊和秘密行動。該計劃於1961年11月30日由美國總統甘乃迪正式授權。貓鼬行動這個名稱是在1961年11月4日的白宮會議上商定的。這次行動由JM-WAVE執行，這是位於邁阿美大學校園內的美國秘密行動和情報收集站。這次行動由美國空軍將軍愛德華·蘭斯代爾（Edward Lansdale）（軍方）和威廉·金·哈維（William King Harvey）（中情局）領導，在豬灣事件失敗後生效。

貓鼬行動的目的是推翻古巴政府。推翻卡斯特羅政權是甘乃迪政府的中情局首要任務。由中情局武裝、組織和資助的特工所進行的恐怖活動，進一步加劇了美國和古巴政府之間的緊張關係。它們是促使蘇聯決定在古巴部署飛彈，引發古巴導彈危機的重要因素。

1961年美國在意大利和土耳其部署了核彈。赫魯曉夫發覺後認爲被美國欺騙，因此非常生氣。他作爲報復在古巴部署了核彈，引發了古巴導彈危機。

北方森林行動（Operation Northwoods）：在美國政壇中有一位重要人物，曾經做過四任總統顧問的哈拉爾德·馬爾姆格倫（Harald Malmgren）（甘乃迪，詹森，尼克遜，福特）的顧問，甚至曾參與基辛格的幕僚，很多基辛格所議定的政策都是他有份議定。哈拉爾德·馬爾姆格倫27歲時就在白宮作戰室裡幫助消除了古巴導彈危機。他直接了解甘乃迪如何和將軍們結怨。

當時的背景是軍隊和中情局有個北方森林行動（Operation Northwoods），這個秘密行動僞造古巴恐怖襲擊的事件，並以反恐戰爭爲由進攻古巴。北方森林行動是1962年美國國防部內部提出的僞旗行動。該提案要求中央情報局特工策劃並實施針對美國軍事和平民目標的恐怖主義行爲，將其嫁禍給古巴政府，並以此作爲對古巴開戰的理由。因九十年代甘迺迪檔案法，文件被揭發出來，詳細列出了行動細節，包括遙控民用飛機並將其秘密塗成美國空軍飛機的樣子、捏造在古巴海岸擊落一架美國空軍戰鬥機、暗殺古巴移民、在公海上擊沉古巴難民的船隻、炸毀美國艦船以及策劃在美國城市實施恐怖活動。本來軍隊就準備好軍事行動，被甘迺迪否決了這些計劃。但是軍隊的進攻意圖還在。在古巴導彈危機發生時，一名將軍已經越過甘迺迪將警戒提升到二級，轟炸機已經派出去在天上盤旋著等白宮命令。將軍們各種在作戰室施壓要求核平莫斯科。這個時候馬爾姆格倫說核平莫斯科以後就沒有人談判議和，這個戰爭就無法停止。但是將軍們很生氣。美國將軍當時想的是雙方以核彈攻擊，美國犧牲1／4的人口，4000萬人，換來蘇聯全滅，除掉勁敵。可想而知甘迺迪爲何對核戰恐懼，恐怕從冷戰而引起核戰的可怕後果，這就是促成他和赫魯曉夫合作，以避免再次發生核災難危機。

甘迺迪此時已經知道不能信任聯邦調查局和中情局。他繞開情報部門與赫魯曉夫秘密通信，雙方交換了十多封信件。他們同意拆除兩國的核彈，拿出擁有不明飛行物體信息，要和蘇聯共享。爲了避免蘇聯看到不明飛行物體認爲是來自美國的威脅，再次引發毀滅世界的危機，還要展開兩國的太空合作項目。赫魯曉夫說中國的核彈計劃尚未成型，他們也同意停止對中國援助和停止幫助中國核彈研究。赫魯曉夫提議，拆解核彈這件事需要一個天主教權威監督，結果雙方決定由梵蒂岡教宗若望二十三世。但是若望二十三世在幾個月後去世，傳聞若望二十三世是被人暗殺，當他在世的時候兩國拆除核彈的討論已有進展，但教宗去世之後便中斷。中情局，軍隊，副總統，石油大亨此前均已和甘廼迪結怨。甘廼迪這個舉動在布朗兄弟哈里曼銀行(BBH)，中情局和其他政客中被視爲叛國。尤其是銷毀核武器這條，他們不能等到1964年選舉，1963年就要將甘廼迪殺死。於是艾倫·杜勒斯在得到布朗兄弟哈里曼銀行的許可以後下令S-Force刺殺甘廼迪，而 S-Force 的召集人就是尼克遜。

中央情報局：中情局局長艾倫·杜勒斯和他的哥哥約翰·杜勒斯(John Foster Dulles)他們有個姑丈，是個帝國主義者，他有份參與了維也納條約的起草，在杜勒斯兄弟年幼時候就帶著他們參加了一戰停火協議維也納條約的簽署。而且培養約翰成爲政客，而艾倫爲銀行家工作，而且艾倫·杜勒斯甚至成爲美國金融家聯絡德國政府的橋樑。有個很大勢力的投行叫布朗兄弟哈里曼銀行，股東包含洛克菲勒，羅富齊，JP摩根等均爲股東，他們向杜魯門總統建議設立中情局。所以中情局其實是這間投資銀行的扶植出來的政府情報組織。

該投行在第一次世界大戰後資助了希特拉，幫助希特拉發展納粹主義，重建德國工業和重整軍備，因爲美國金融財閥(包括布殊家族)他們覺得法西斯是最理想的制度，由大資本家控制政府，引領經濟和社會。但是希特拉走的更極端想全盤國有，甚至發動了二戰。布朗兄弟哈里曼銀行(BBH)希望希特拉受他們提供的貸款，重建戰爭機器並且向歐洲東擴，方便他們進入東歐市場獲利。杜勒斯同時是布朗兄弟哈里曼銀行和德國政府的法律顧問，他的工作是給這兩個機構中間人，說服德國政府接受BBH的貸款。但是希特拉走的更極端想全盤國有化，甚至開始虐殺猶太人。戰爭前期羅斯福對希特拉的縱容來源於他的內閣，因爲希特拉就是他的內閣和華爾街銀行家的資助，令到入侵波蘭，所以遲遲不向德國宣戰。這裡丹尼爾·希恩加入了他的見解，他認爲珍珠港事件是羅斯福有意縱容日本爲之，因爲美國已經解密了日本的通信，早已知道他們轟炸珍珠港的計劃。但是爲了有理由向日本宣戰，結果預先在珍珠港調離三艘航空母艦，日軍不爲所知地偷襲珍珠港。

杜魯門任命這個BBH投資銀行的法律顧問杜勒斯做中情局總監，其在職8年期間策劃了許多外國政府的政變，包括豬灣事件。此外著名的51區就是他主導設立，他知道不明飛行物體的訊息非常敏感，而且外星科技可以提高軍工企業技術，發展更先進武器。杜勒斯由於是BBH的代表，在美國政府中權勢很大。1961年4月發生了豬灣事件，豬灣事件是甘廼迪上任之前策劃的，他行動前才得知此事，當這羣古巴流亡份子登陸豬灣後，甘廼迪拒絕派出空軍支援，使得這班派出去的美國部隊全軍覆沒。中情局認爲甘廼迪是叛徒，之前答應好支援之後又反口，甚至不承認這班是美國部隊。11月他被甘廼迪革去中情局局長的職，但是仍然在喬治城接受中情局專員的彙報。中情局成國中之國，甚至連歷任總統都不能過問秘密行動的細節和金錢走向。

1961年6月30日甘迺迪的顧問阿瑟·施萊辛格(Arthur Schlesinger Jr.)警告甘迺迪中情局已經變得過於強大，過於魯莽，現在正在執行自己的外交政策，且不受美國政府的控制。施萊辛格闡述道中情局是國中之國。中情局擁有自己的軍隊、空軍，並且在主要大使館中的外交官數量也超過美國外交官。秘密行動正在影響美國政策，未經總統批准。伊朗、危地馬拉和古巴就是例證。失敗的秘密戰爭，例如豬灣事件，正在損害美國的信譽並直接加強共產主義的勢力。游擊戰不能單靠武力取勝。施萊辛格援引用越南、阿爾及利亞和菲律賓的教訓警告說他們會讓你流血至死。英國情報機構(軍情六處)的運作受到嚴格控制，但中情局卻不受制約。最令人震驚的是，施萊辛格建議解散中情局的行動部門，將其拆分爲新的國家情報局和外國研究機構，以防止更多的流氓行動。

刺殺行動的執行者與不明飛行物體

眞正槍手：大衛·莫拉萊斯(David Morales)，1951年他以陸軍身份成爲中央情報局職員。隔年他加入了計劃局(Directorate for Plans)，該機構負責在世界各地開展秘密反共行動。1953年，莫拉萊斯返回美國，在馬裡蘭大學學習一段時間後，以國務院僱員的身份進行掩護。他參與了中央情報局的黑色行動。行動涉及一項後來被稱爲行政行動(目的是將不友善的外國領導人趕下台的計劃)。其中包括1954年推翻危地馬拉哈科沃·阿本斯政府的政變，此前阿本斯推行了土地改革並將聯合果品公司國有化。阿本斯被罷免後，莫拉萊斯加入美國駐危地馬拉大使館(1955-58年)。在此期間他成爲中央情報局在拉丁美洲的頂級刺客。

大衛·莫拉萊斯

莫拉萊斯於1958年移居古巴，並協助支持富爾亨西奧·巴蒂斯塔（Fulgencio Batista）政府。1960年韋恩·S·史密斯（Wayne S. Smith）是美國駐夏灣拿大使館的國務院官員。史密斯講述了他與莫拉萊斯在夏灣拿一家酒吧的情景。在一次狂飲之後，莫拉萊斯開始談論中情局的秘密行動，其中包括在關塔那摩灣進行的蛙人行動。史密斯在《最後的調查》（The Last Investigation）中告訴蓋頓·方齊（Gaeton Fonzi），莫拉萊斯醉酒後行爲非常魯莽。據中情局特工羅伯特·N·沃爾（Robert N. Wall）說莫拉萊斯是個粗魯的人。他恃強淩弱，酗酒成性，而且能做很多別人做不到的事，卻能逍遙法外。

1961年11月，威廉·哈維（William Harvey）安排莫拉萊斯被派往中央情報局駐邁阿密的JM/WAVE站。莫拉萊斯是中央情報局秘密行動的行動主管，該行動旨在訓練和滲透團隊進入古巴，以破壞卡斯楚政府的穩定。莫拉萊斯直接向中央情報局資深秘密行動人員泰德·沙克利（Ted Shackley）匯報，後者是中央情報局邁阿美分社社長。1962年5月莫拉萊斯被借調到ZR/RIFLE，參與暗殺卡斯特羅的計劃。

眾多研究甘迺迪刺殺案的專家，例如蓋頓·方茲（Gaeton Fonzi）、拉里·漢考克（Larry Hancock）和約翰·西姆金（John Simkin）都認爲莫拉萊斯參與了暗殺約翰·F·甘迺迪的行動。

據中情局特工湯姆·克萊因斯（Thomas G. Clines）稱，莫拉萊斯在1965年幫助費利克斯·羅德里格斯（Felix Rodriguez）抓捕了哲·古華拉。「我們都崇拜他。他酗酒成性，但聰明絕頂。他能通過裝傻讓人們誤以爲他很蠢，如果中情局需要一個行動型的人選，而他總是讓美國政府進行秘密，而且感到厭惡的行動時最佳選擇人選。

根據莫拉萊斯的朋友魯本·卡巴哈爾（Ruben Carbajal）回憶，1973年春莫拉萊斯談到自己參與豬灣事件的經歷。他聲稱說甘迺迪讓他眼白白看著自己招募和訓練的人全部被消滅。他還補充說我們不是已經解決了那個混蛋（甘迺迪）嗎？不久之後，莫拉萊斯離開了中情局。但他仍然定期前往華盛頓。當朋友魯本·卡巴哈爾（Ruben Carbajal）問起此事時，莫拉萊斯回答說哦，他們遇到了一些問題，我必須去那裡處理。這些人從不放過你。

莫拉萊斯在埃爾弗里塔（El Frita）建造了一棟新房子，那裡大約位於威爾科克斯和墨西哥邊境的中間。莫拉萊斯告訴另一位朋友羅伯特沃爾頓（Robert Walton），他安裝了全美最好的安保系統。沃爾頓說你們需要這麼多安保幹什麼？你們離墨西哥邊境還有三十英里。莫拉萊斯回答說我不擔心那些人，我擔心我自己的人。根據這段對話，莫拉萊斯可能知道政府內部有人想殺他們滅口。

眾議院暗殺特別委員會(HUCA)的調查員蓋頓·方齊(Gaeton Fonzi)從中情局特工保羅·貝瑟爾(Paul Bethel)那裡了解到莫拉萊斯的情況。有人推測莫拉萊斯可能是1963年夏天在新奧爾良與奧斯華(Lee Harvey Oswald)一起出現的那個拉丁裔長相的男子。

莫拉萊斯在達拉斯市迪利廣場(Dealey Plaza)附近的草坡(The Grassy Knoll)處開槍，開槍地點在射擊前已有人選擇好有利位置，並且用黃漆標記。他等奧斯華的子彈射出以後馬上開槍，成功刺殺。子彈是從車的前方射擊的，但是爲了配合奧斯華是唯一槍手的故事需要，放給電視台的視頻剪輯成看起來子彈是來自後方的。莫拉萊斯是S-Force的一員。他們的暗殺計劃是三角射擊，同時用三個槍手射擊保證對象被擊斃，第三個槍手身份一直衆說紛紜。

不明飛行物體：哈拉爾德·馬爾姆格倫(Harald Malmgren)總統顧問、作家、說客和聯邦貿易談判代表。

馬爾姆格倫14歲就被有關控制不明飛行物體相關資料和科技的秘密高層MJ-12看中，他從牛津畢業回國第一個房東是俄裔作家弗拉迪米爾·納博可夫(Vladimir Vladimirovich Nabokov)，他就是寫《羅莉塔》(Lolita)的作家。後來他發現事情沒有這麼巧合，他從房東，到後來的工作，一切都已預先安排，納博科夫是爲中情局工作，他是心理戰文化戰線上的作家。大家熟知的美國人的文化和中產式生活的故事，其實是冷戰時開始的心理戰的一部分。

他被約翰·F·甘迺迪政府聘用進入聯邦政府，並在多位總統手下工作。他曾被麥喬治·邦迪(McGeorge Bundy)招募從事國家安全工作；中情局官員理查德·比塞爾(Richard Bissel)曾向他透露過外星技術；而且擁有原子能委員會(AEC)授予的無限Q級安全許可(Unlimited Q Security Clearance)，並憑藉此授權代表甘迺迪調查了一個非人類的不明飛行物體墜毀事件。1962年10月26日的藍鰓魚行動第三次大氣層核子試爆意外擊落不明飛行物體。墜毀的不明飛行物體由原子能委員會回收。馬爾姆格倫表示他曾前往新墨西哥州洛斯阿拉莫斯，親自處理過不明飛行物的殘骸。馬爾姆格倫還表示，他是甘迺迪家族公認的核心人物，他與總統的妹夫薩金特·施賴弗(Sargent Shriver)關係密切。

1962年甘迺迪和弟弟司法部長羅拔·甘迺迪，顧問馬爾姆格倫參與過中情局的秘密簡報，了解到1933年意大利和美國1947年的羅茲威爾不明飛行物體墜毀回收行動。1933年意大利北部有不明飛行物體墜毀，墨索里尼知道當時在歐洲最高科技是德國，於是他同希特拉告知墜毀事件，並將殘骸秘密運去德國。從此開始德意共同做不明飛行物體逆向工程，因此開展了軸心國的合作。

謝菲·貝索斯(Jeff Bezos)：貝索斯的爺爺原是美國原子能委員會於阿爾伯克基的地區主任，他參與不明飛行物體逆向工程的研究工作，貝索斯和他爺爺關係很密切，小時候每個夏天都跟爺爺一起過。大家可以聯想一下爲什麼他要開藍色起源公司(Blue Origin)。被加密的技術不僅是不明飛行物體，最先進的物理學和生物工程也被加密。這些先進科技只有簽了NDA進軍工研究所才被允許秘密進行。最近美國國會在立法推進將不明飛行物體的檔案解密，有人說是因爲瞞不住了，有人說是爲了把不明飛行物體塑造成一個新敵人，敵人就是軍工集團要經費的生金蛋的母雞。

因爲中情局擁有有關不明飛行物體檔案。艾倫·杜勒斯在得知甘廼迪獲得簡報以後開始警覺。瑪麗蓮夢露，甘廼迪和弟弟羅拔·甘廼迪有染，也知道不明飛行物體的事情，她去世之前電話被監聽。死亡事件發生後雖然衆多證據顯示夢露可能是被毒殺，但被警察草草認爲是自殺收場。馬爾姆格倫認爲甘廼迪遇刺的第一大原因是因爲他想公開不明飛行物體。當然甘廼迪想削減核彈也是重要原因。不過不明飛行物體話題可能比核彈還敏感。

馬爾姆格倫有最高的核秘密權限，但是不明飛行物體的秘密級別比氫彈還高兩級。他們發射核導彈試驗時，經常會出現不明飛行物體伴飛，它們被叫做伴隨者。當他要求看核武影片的時候，請求被拒原因不是不能看核試，而是因爲他不夠權限看不明飛行物體。但是因爲藍鰓魚行動，軍方還是給他展示了不明飛行物體殘骸，還建議他拿起來。當他拿起來就接收到了殘骸給他的心靈感應。

馬爾姆格倫因爲曾經是基辛格的幕僚，所以他知道基辛格在中情局前身任職，被派去德國參加迴紋針計劃(Project Paperclip)，該項目回收了1600名納粹科學家去美國工作。他負責轉移的納粹科學家部分可能參與不明飛行物體逆向工程，因爲美國一個知名大學的教授，當他離世後，遺孀在被採訪時說亡夫生前是幫基辛格做不明飛行物體逆向工程的，基辛格還會經常探訪他們，到家中商討一些事情。

知更鳥行動(Operation Mockingbird)：中情局有個知更鳥行動，此行動是當有人談論不明飛行物體和超自然現象，或者其他敏感話題時，就將其稱爲陰謀論，成功打壓了大部分人繼續深入研究和發言的動力。但凡是有這個詞的，中情局在該領域都極盡所能攪亂，發布不實消息，追蹤迫害甚至殺害說話的人，然後普通人在該領域就很難查到眞相。馬爾姆格倫認爲甘迺迪遇刺的最主要原因是因爲他想公開不明飛行物體檔案。他認爲人類知道我們不孤單後就會放下戰爭走向和平。(列根在星球大戰計劃中也說過類似的話)。

冷戰秘密行動和資金：S-Force這樣的秘密項目，深層政府不希望國會知道，因此需要另外尋找資產來源。S-Force的資金來自於中情局和古巴黑幫勾結向美國販毒。這條產業鏈本來就有，原本是從東南亞向美國運送毒品，掙到的錢在美國買武器，支援全球的反共勢力。格拉迪奧行動(Operation Gladio)，因爲二戰後意大利的共產黨開始冒起，美國想阻止共產黨執政。於是訓練了一個秘密地下軍隊，武裝攻擊意大利，丹麥，法國，比利時等等歐洲國家的共產黨人。資金同樣來自於販毒。這個黑幫軍隊甚至在這些國家的共產黨式微衰敗之後還在運轉。二戰以後，美國通過嚴刑拷打日本將軍的司機，得到了日本在菲律賓地下埋的現值1.2萬億美元的黃金(山下奉文寶藏)。麥克阿瑟通報總統以後，將部分黃金運到日內瓦銀行，用於資助打擊歐洲共產黨。有一部分沒有運回去，一共存放了175處，不過卻被馬可斯偷偷據爲己有。

秘密社團和深層政府：哈拉爾德·馬爾姆格倫確認了跨國深層政府的存在，並說他家就有一個按鈕能直接撥通普京電話。他和丹尼爾·希恩都提到一個叫馬耳他騎士會的社團，歐美衆多政商精英都是會員。它名義上是天主教男性俱樂部，但實際上並非來自天主教，老布殊和基辛格也是會員。丹尼爾·希恩認爲其高層肯定知道不明飛行物體，因爲不明飛行物體是可以改變所有其他事情的事情。馬爾姆格倫認爲多個秘密高層組織存在，每個組織針對一個課題，比如說原子彈，不明飛行物體，心理戰(Psy op)。每個組織包含跨界的科學家和高官，他們不受國會和總統的制約，在該話題上有最高權威，可以動用經費而無需批准。

華倫委員會：刺殺事件之前和當時，前總統胡弗，副總統詹森，未來總統老布殊都得到了通知。他們認爲刺殺甘廼迪是愛國行爲。詹森在事發之後成立了華倫委員會調查刺殺案，委派的七個調查人就包括了組建S-Force的杜勒斯。S-Force的成員在當地被拍到，引起了中情局的恐慌，他們害怕被發現是中情局動的手。副總統詹森欺騙華倫說S-Force是甘廼迪派去刺殺卡斯特羅的，結果倒戈刺殺了甘廼迪。如果這件事被查出來，會引起世界大戰。所以爲了美國和平，這個案子要証明獨行槍手，而且立刻結案。實際上刺殺案的調查確實也是草草了結。

李·哈維·奧斯華(Lee Harvey Oswald):他是一名極右裔情報特工,他房東是杜勒斯情婦的朋友,房東的妹妹是中情局。他的工作地方和自由古巴(Free Cuba)(顛覆卡斯特羅的組織)在同一棟樓同一層,該樓事後被人指派放火燒掉。他以爲自己的任務是假裝成同情蘇聯和古巴的激進分子,向甘廼迪的車前蓋開槍故意打偏,然後栽贓古巴和蘇聯。不過當他看到第二個槍手打死甘廼迪才知道原來他是替罪羊。他知道自己沒救就把前來的警察殺了。夜總會老闆傑克·魯比是黑幫成員,受命槍殺了奧斯華,並在第二次庭審之前被人落毒死亡。

摩薩德(Mossad):最近解密的甘廼迪文件中多次提及以色列、以色列人以及以色列情報部門,同時涉及中情局反情報部門負責人詹姆斯·安格爾頓(James Angleton)。這些內容均被中情局標記爲需進行塗黑處理,時間跨度從1954年3月9日至1967年1月13日。安格爾頓自1954年起擔任中情局反情報部門負責人,直至1963年甘廼迪遇刺後仍留任,直到1974年辭職。詹姆斯·安格爾頓作爲中情局與摩薩德(Mossad)及辛貝特(Shin Bet)的聯絡人,在掩蓋以色列非法的迪莫納(Dimona)核武器計劃中扮演了關鍵角色。

從1957年到1978年,賓夕法尼亞州阿波羅小鎮的一家核燃料製造廠失去了超過300公斤的高濃縮鈾(HEU)形式的鈾235(U-235)。美國原子能委員會(AEC)於1966年得出結論,供應給該廠的HEU形式的鈾235與退還給客戶的產品中鈾235數量之間存在約200公斤的短缺。AEC及其橡樹嶺辦公室根據NUMEC的記錄計算了加工損失後，確定約100公斤HEU形式的鈾235的去向仍未得到解釋。NUMEC提交遺失的解釋原因，但後來對原子能委員會(AEC)的計算鈾元素的數量計算提出異議，堅持認爲這100公斤無法解釋的損失可以歸因於其他加工損失。阿波羅核電廠退役後，超過330公斤以高濃縮鈾形式存在的鈾-235下落不明，其中大部分損失發生在NUMEC營運該核電廠期間。而導致以色列利用NUMEC從美國竊取的鈾得以推進核計劃。

核物質及設備聯合公司(Nuclear Materials and Equipment Corporation)(NUMEC)：此外它也作爲一個電影的標題，叫做「NUMEC: How Israel Stole the Atomic Bomb and Killed JFK」。這部紀錄片探討了恐怖分子如何利用第二次世界大戰後的過剩武器，製造非法武器走私的黑市，以及這些武器如何流向創立以色列的種族極端主義者，並進而發展到偷取高濃縮鈾製造核彈，以及以色列特工計劃刺殺甘迺迪事件。

NUMEC由猶太實業家扎爾曼·夏皮羅(Zalman Shapiro)於1957年創立，爲美國海軍加工鈾元素。據稱從1961年起，該公司開始向以色列走私核材料用於核武器研發。在甘迺迪遇刺前幾個月，他曾向以色列總理大衛·賓-古里安(David Ben-Gurion)發出一封措辭強硬的信件，要求對迪莫納反應堆進行國際核查。此前甘迺迪於1961年下令進行美國方面的核查，以確認以色列是否在研發核武器。不過以色列通過僞造控制室和假設施來掩蓋其核計劃，避免美國的審查。甘迺迪遇刺後，總統詹森停止了對NUMEC的調查，默許以色列秘密發展核武器。直至今日以色列仍拒絕承認其核武庫，也拒絕簽署《不擴散核武器條約》。幾十年來一直有指控和懷疑外國特工(中情局和美國公民有份參與)將NUMEC無法解釋的鈾元素轉移給以色列用於其核武器計劃。

到文章最後我將視頻重要的事情細節，和加上補充資料，令我更相信過往我們認知的歷史，很多都是被修改和揑造的。馬爾姆格倫告訴他女兒，所有核危機都以擁抱結尾，因爲雙方發現他們的選擇只有打仗或者擁抱。每次危機爆發以後雙方領導人都會變得特別親密。甘迺迪總統的侄子小羅拔·甘迺迪認爲甘迺迪和自己父親司法部長羅拔·甘迺迪被刺殺的原因是他們反戰，反對越戰，成爲軍工復合體擴張的絆腳石。從整個故事看來，甘迺迪反戰，反核武，追求美蘇合作和透明化，結束冷戰，這些舉動在深層政府看來就是叛國。深層政府要的是秘密，戰爭，武力和科技的控制。直至甘迺迪檔案已經公開了大部分，除了進一步證明中情局，奧斯華和古巴流亡份子有關之外，甘迺迪刺殺案內迷霧依然籠罩著，深層政府依然在背後操控世界。

特朗普是俄羅斯間諜？

2025年1月20日，哈薩克斯坦共和國前國家安全局負責人阿爾努爾·馬薩耶夫在臉書發文，曝特朗普是蘇聯克格勃(KGB)，並將該貼置頂，全文翻譯如下：1987年，我在莫斯科蘇聯克格勃第六局工作。第六局最重要的工作就是從資本主義國家的商人中獲取間諜和信息來源。正是在那一年，我們的部門從美國招募了40歲的商人唐納德·特朗普，代號「Краснов」(克拉斯諾夫)。這在社交媒體上引發了軒然大波。克拉斯諾夫是俄羅斯常見的姓氏，源自於「krasniy」一詞，意為紅色。隨後媒體上出現了大量猜測性報道，包括英國保守黨議員格拉漢·史都華(Graham Stewart)在內的政界人士也重申了他的說法，並在 X 上寫道：「我們必須考慮到特朗普總統是俄羅斯資產的可能性。」穆薩耶夫沒有提供任何證據來支持特朗普在訪問莫斯科期間被克格勃招募的說法。人們也對穆薩耶夫所說的他在

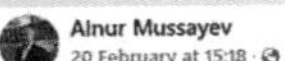

Alnur Mussayev
20 February at 15:18

В 1987 году я служил в 6 Управлении КГБ СССР в Москве. Наиболее важным направлением работы 6 Управления была вербовке бизнесменов капиталистических стран.
Именно в тот год нашим Управлением был завербован 40-летний бизнесмен из США Дональд Трамп под псевдонимом "Краснов".
-
In 1987, I worked in the 6th Department of the KGB of the USSR in Moscow. The most important area of work of the 6th Department was the acquisition of spies and sources of information from among businessmen of capitalist countries. It was in that year that our Department recruited the 40-year-old businessman from the USA, Donald Trump, nicknamed "Krasnov".

哈薩克斯坦共和國前國家安全局負責人阿爾努爾·馬薩耶夫在臉書發文，曝特朗普是蘇聯KGB。

克格勃內部擔任的職務表示懷疑。哈薩克前間諜局長在臉書貼文中表示，他曾在克格勃第六局工作。然而包括《中央情報局百科全書》在內的消息來源指出，該部門的重點並非招募外國情報，而是防範經濟間諜活動。Euroverify 無法核實特朗普是俄羅斯特工的說法。

公開信息顯示，他是一個現實生活中眞正存在的人。從穆薩耶夫多年來所發的帖子可追溯他的學習、生活和工作軌跡，中學就讀於哈薩克斯坦阿拉木圖第19中學，大學就讀於哈薩克斯坦工業學院礦業工程經濟學專業，1976年從前蘇聯克格勃高等學校畢業，

Anonymous TV
@YourAnonTV
How Donald Trump alias Krasnov Became a KGB Asset and Is Now Advancing Russia's Interests as U.S. President

A real-estate mogul surveys Russia: *Developer and wife on the town in Leningrad*

Trump Lands in Red Square

The Soviets want him to build two luxury hotels

Real-estate mogul Donald J. Trump stepped onto the circular balcony in his sumptuous corner suite at Moscow's National Hotel—and criticized the door. "This I can't understand," he said, pointing to layer upon layer of crusted brown paint. "But this," he said, making a sweeping gesture at the unsurpassed view of the Kremlin, "is fabulous."

building a Russian version. Soviet officials visited Trump in New York, inviting him on the all-expenses-paid trip. Trump saw a half-dozen sites in Moscow alone. The deal is far from done. Inveterate bargain hunter Trump might have met his match in the Soviets, who retain 51 percent ownership of all joint ventures. "I like to have control, to put it mildly," says Trump. Still, the idea

Dark Clouds Over Delta

For years, Delta Air Lines has touted its superior safety record. But these days, the airline that "gets you there with care" may be searching for another advertising motto. Last week's near midair collision with a Continental Airlines jet marked Delta's fourth near disaster in the past month. The incident itself dealt a severe jolt to the company's squeaky-clean image. But even more damaging was a report that Delta pilots attempted to cover up the mishap.

The near miss occurred in Canadian airspace when a Delta Lockheed L-1011 aircraft carrying 153 passengers reportedly came within 100 feet of a Continental Airlines Boeing 747. An Air Force crew recorded the pilots' conversations. Delta declined to elaborate on the recording until an inquiry is completed. But sources say the crew tried to dissuade Continental pilots from reporting the incident. "Nobody knows about it except us, you idiots," the Delta crew reportedly radioed the Continental plane after the mishap.

It was the second near disaster in one week for the airline. A day earlier, amidst thunderstorms, Delta pilots accidentally

10:00 PM · Feb 22, 2025 1.1M Views

《Anonymous TV》貼文說：唐納德·特朗普（別名Krasnov）如何成爲克格勃特工，如今又以美國總統身分推進俄羅斯的利益。

然後在南哈薩克斯坦地質局工作了3年，先後擔任規範員和高級工程師。從1986年9月至1989年5月，他擔任前蘇聯克格勃第六局現役預備役軍官，後來擔任哈薩克斯坦國家安全委員會經濟安全管理局副局長，1992年4月至1993年，他擔任哈薩克斯坦阿拉木圖特別檢察院負責人，1993至1994年擔任哈薩克斯坦內務部阿拉木圖公共安全總局局長，1995年4月至1996年6月任哈薩克斯坦總統助理，1997年5月20日至2001年5月任哈薩克斯坦國家安全委員會主席，後來又當了1年哈薩克斯坦國家安全局局長。事實上早在特朗普2016年參選總統時，穆薩耶夫就曾發過內容相似的帖子。

過去關於特朗普是俄羅斯間諜的類似指控屢屢出現。在2021年1月28日前蘇聯克格勃間諜尤里·施韋茨（Yuri Shvets）透露，特朗普早在1980年代便被蘇聯招募，成爲一名臥底特工。這一說法引發了廣泛的討論和質疑，尤其是在俄烏戰爭背景下，特朗普在美國的立場愈加顯得撲朔迷離。通過回顧特朗普與俄羅斯的關係歷史、他在俄烏衝突中的立場以及蘇聯間諜的爆料，我們不難發現，特朗普和俄羅斯的關係遠比外界所認知的複雜。

前克格勃特工尤里·施韋茨（Yuri Shvets），他曾在20世紀80年代擔任俄羅斯國有通訊社塔斯社駐華盛頓記者。

現年71歲的施韋茨是記者克雷格·昂格爾（Craig Unger）《美國黑材料》（American Kompromat）的重要消息來源。2018年昂格爾在一本名爲《House of Trump, House of Putin》的書中聲稱，特朗普在1987年第一次到訪莫斯科時，就被前蘇聯情報機構拍下了嫖妓的影片。另一份「證據」，是一位自稱前克格勃成員的人在臉書上發布指控，稱特朗普在1987年被克格勃第六局招募爲特工，代號「克拉斯諾夫」。關於特朗普與俄羅斯關係的其他傳言還有很多。比如上世紀90年代特朗普兩次陷入破產時，都是來自俄羅斯的神秘資金挽救了他。

「這是一個例子，人們在還是學生的時候就被招募，然後升任重要職位；特朗普身上也發生了類似的事情。」

特朗普與俄羅斯的早期聯繫

讓我們看看1987年正是美國與蘇聯的冷戰時期，特朗普做了哪些事。

1. 特朗普與俄羅斯的關係早在1980年代便已悄然開始。根據尤里·施章茨的說法，蘇聯克格勃早在特朗普年輕時便將其視爲潛在的間諜目標。1977年年僅31歲的特朗普與來自捷克斯洛伐克的伊凡娜結婚，捷克當時是華沙條約組織成員國。正是在這一背景下，蘇聯和捷克的情報機構開始關注這位年輕的房地產商人。
2. 在1980年代初期，特朗普開始在紐約開設君悅酒店，這一商業舉動爲他與蘇聯間諜的接觸提供了機會。蘇聯間諜謝苗·基斯林，通過爲特朗普的酒店提供電視機等物資，逐漸與特朗普建立了聯繫。
3. 1987年3月他與賣家達成協議，以3.2億美元的價格從梅爾夫·格里芬(Merv Griffin)手中購買正在建設中的泰姬陵賭場(Taj Mahal Casino),但是此次收購遇到了資金難題,收購沒能推進。

4.1987年特朗普和伊凡娜首次訪問了莫斯科和聖彼得堡,並受到了蘇聯最高領導人戈爾巴喬夫的接見。這事件在當時引發了廣泛關注,因爲作爲一個外國商人,特朗普能夠與蘇聯的最高領導人面對面交流,實屬罕見。此次訪問由蘇聯政府安排,全程大概持續一周,期間主要在莫斯科和列寧格勒(現聖彼得堡)活動。討論在莫斯科建設特朗普大廈或酒店的可能性。他在當地考察了一些地點,並與蘇聯官員進行了會談,但最終沒有達成任何具體的商業協議。

5.1987年7月中旬特朗普從蘇聯返回美國。特朗普開始對政治表現出更大的興趣,很快邁出了他人生中涉足政治的第一步。1987年9月2日,特朗普在3家主要報紙紐約時報、華盛頓郵報和波士頓環球報上刊登了全版廣告,費用大約10萬美元。

這篇廣告的標題是「There's nothing wrong with America's Foreign Defense Policy that a little backbone can't cure」(「美國的對外防禦政策沒有什麼問題,缺的只是一些骨氣」)。他在廣告中猛烈批評美國的外交政策,特別是指責美國在防務上對盟國(如日本、沙特阿拉伯、科威特和西德)過於慷慨,而這些國家卻沒有給予美國足夠的回報。呼籲美國採取更強硬的貿易和外交政策,以保護本國利益。這次廣告發布後,許多人猜測特朗普可能會參選總統,因爲他在廣告中表現出對國家政策的強烈興趣。這次離奇的干預在俄羅斯引發了震驚和歡呼。幾天後,已經回國的施韋茨在位於亞謝內沃的克格勃第一總局總部收到一封電報。電報稱讚這則廣告是克格勃新特工成功實施的行動。這是史無前例的。

有網民說，自1987年川普被招募以來，KGB(俄羅斯聯邦安全局)就稱之爲「KRASNOV」。MAGA的意思是莫斯科特工統治美國。

特朗普的政治起步與商業活動

6.1987年10月 後，他訪問了新罕布什爾州並發表演講，這進一步引發了人們關於他是否競選總統的討論。盡管他最終沒有在1988年參選，但這次廣告和他的政治言論讓他進入了公衆視野，成爲未來政治生涯的重要鋪墊。

7.1987年11月特朗普出版了一本書，書名《特朗普：交易的藝術》(Trump: The Art of the Deal)。該書很快成爲紐約時報暢銷書榜上的熱門書籍。書中詳細介紹了他的商業哲學和交易策略，進一步提升了他的公衆形象。

8.1988年4月特朗普籌足了3.2億美元完成了泰姬陵廣場的收購，正式接管賭場的建設。該賭場耗資10億美元，最終於1990年4月開業，特朗普當時宣稱該賭場是世界第八大奇跡，但由於巨額債務，該賭場最終在1991年申請破產重組，2016年該賭場徹底關閉，特朗普宣布競選總統。

9.2015年特朗普宣布競選第45屆美國總統，在媒體上誇贊普京。在2016年競選中特朗普說，普京對俄羅斯來說是個強人，比我們的(總統奧巴馬)要強有力的多。2016年特朗普拿到福音派領袖夫妻不雅照片的把柄，從此得到了3000萬福音派教徒的支持，獲得了黨內初選，同年6月在共和黨全國大會上，特朗普的競選團隊主持修改了共和黨工作黨綱，把對烏克蘭提供致命武器援助修改成積極支援，於2017年1月20日戰勝了希拉莉，登上總統大位，幾天後，由俄羅斯商人牽線，經過特朗普女婿代爲傳話，特朗普取消了先前奧巴馬總統下令的對俄制裁，解封了被凍結的俄羅斯資產。

特朗普與俄羅斯的政策立場

特朗普在2016年大選中獲勝再次受到莫斯科的歡迎。特別檢察官羅伯特·米勒(Robert Mueller)並未證實特朗普競選團隊成員與俄羅斯有合謀。但美國進步中心行動基金發起的莫斯科計劃發現，特朗普競選和過渡團隊與俄羅斯相關人員至少有272次 已知聯繫，並至少有38次已知會面。

特朗普的生涯與俄方資金。盡管特朗普的公開言論和政策立場常常令外界感到困惑，但不難發現，他的某些觀點與俄羅斯的利益高度契合。特朗普主張美國應該減少對外軍事干預，尤其是在歐洲和亞洲地區。他認爲美國不應再爲北約國家提供軍事保護，這一立場與俄羅斯的戰略目標高度一致。

根據英國衛報的報道，特朗普團隊成員與俄羅斯方面的接觸頻繁。在2016年大選前後，特朗普與俄羅斯的秘密接觸多達272次 。這一系列密切的往來引發了外界對特朗普與俄羅斯關係的廣泛猜測。尤其是特朗普上任後，他對俄羅斯的態度一直較爲寬容，甚至在俄羅斯干預美國大選的問題上表現出一定程度的容忍。

有分析人士認爲，特朗普在選舉期間和上任後的某些政策或許受到了來自俄羅斯方面的資金支持。這些資金通過多種渠道流入特朗普的團隊，以換取特朗普在政策上的妥協和支持。例如特朗普公開表達對普京的尊重，並在多個場合表示希望與俄羅斯建立更緊密的合作關係，這無疑符合俄羅斯的外交利益。

在俄烏戰爭爆發後，特朗普的立場變得更加引人注目。雖然他是美國歷史上少數幾位提出與俄羅斯和平共處的總統候選人之一，但在俄烏戰爭的背景下，特朗普的立場卻顯得尤爲複雜。在戰爭爆發初期，特朗普多次表示烏克蘭應盡快與俄羅斯達成停火協議，承認俄羅斯的一部分領土控制，並要求烏克蘭放棄加入北約的計劃。這一立場無疑與俄羅斯的要求高度一致，令人不禁懷疑特朗普是否在這一過程中扮演了某種不爲人知的角色。

與此同時，特朗普在面對烏克蘭問題時，顯得對西方國家尤其是歐洲的安全問題不夠關心。他曾公開批評美國爲保護歐洲和日本付出了過多代價，認爲這些國家應該自行承擔防務責任。這樣的言論不僅令歐洲國家感到困惑，也讓外界質疑特朗普是否會在未來的美國繼續採取親俄的立場。

烏克蘭總統澤連斯基在俄烏戰爭中的立場則與特朗普形成鮮明對比。澤連斯基堅決要求西方國家，特別是美國，繼續爲烏克蘭提供軍事支持，並推動烏克蘭加入北約。與特朗普的觀點不同，澤連斯基認爲烏克蘭加入北約不僅是對俄羅斯的遏制，也是確保烏克蘭國家安全的必要手段。然而在特朗普的影響下，美國的支持態度逐漸發生了變化。特朗普多次表達了自己不希望美國繼續深度介入烏克蘭戰爭的立場。他主張盡快與俄羅斯達成和平協議，甚至暗示烏克蘭可能需要在某些問題上作出妥協。這一立場無疑對澤連斯基構成了巨大的壓力，也使得烏克蘭在外交上面臨兩難局面。

美國親俄派與國際背景

從其早期與蘇聯的聯繫，到他在政壇上的親俄言論，再到他在俄烏戰爭中的立場，都表明特朗普與俄羅斯有著複雜的關聯。尤里·

施韋茨的爆料雖然尚未得到完全證實，但從特朗普的言行來看，他與俄羅斯的聯繫無疑是值得深思的。

在特朗普之前，美國背棄盟友的事件並不少見，1956年的匈牙利起義、1961年的豬灣事件和越南戰爭等，都是典型的放棄，但眞正意義上的背叛大概是對敘利亞庫爾德人和阿富汗的背棄。而這兩起背叛，都發生在拜登政府。現在特朗普又開始背叛烏克蘭了。事實上特朗普並不是一個人在戰鬥，他對俄羅斯的觀點在美國並不罕見，冷戰之後，美國政治中一直有親俄傳統，一直有聯俄派。

美國的聯俄派大致有兩類人：一類是所謂的現實主義戰略家，另一類是政治極右翼人士。特朗普則是這兩類人的共同代表。

現實主義戰略家們從國際戰略的角度出發，堅持美國必須改善美俄關係，非如此就無法遏制中國。在他們看來，穩步崛起的中國對美國是長遠的根本的挑戰，而俄羅斯只是一個短期的、區域性的「麻煩」而已。他們相信，俄羅斯遲早會意識到中國是其在地緣政治層面最大的威脅，從而投向西方懷抱。

在烏克蘭問題上，這一派學者認爲，烏克蘭不應該加入北約，因爲地理是烏克蘭的宿命：「烏克蘭……不僅與俄羅斯歷史密切相關，而且還跨越著入侵者幾個世紀以來用來攻擊俄羅斯的傳統路線。」如果支持烏克蘭加入北約，就徹底得罪了俄國，無法實現聯俄制中。

這一派中的著名人物非常多，比如在我之前所寫的文章中的老朋友基辛格。他認爲盡管俄羅斯在克裡米亞問題上犯規，還是應該給予相當的國際地位和尊重，這樣可以防止中俄進一步接近。

另一位著名學者是大棋局的作者，著名的國際戰略學者布熱津斯基(又是另一位深層政府的要員)。雖然他以對俄強硬著稱，但是在烏克蘭危機期間，他居然提出烏克蘭芬蘭化的選項，也就是讓烏克蘭向俄羅斯屈膝，以避免進一步刺激俄羅斯。他說如果美國繼續對中俄進行雙遏制，中俄可能結成戰略聯盟。

第三位著名人物，是大國政治的悲劇作者約翰·米爾斯海默(John Mearsheimer)。他說：「導致烏克蘭危機的原因，是北約和歐盟不間斷地東擴，以及2004年啟動的『橙色革命』等一系列民主運動。對普京來說，烏克蘭民選的親俄總統被以『政變』的方式『非法』推翻，是壓垮俄美關係的最後一棵稻草。」

他認爲西方應該停止西化(westernize)烏克蘭。他強調俄羅斯對美國的利益並不構成嚴重威脅，兩國應該成爲盟友。「最重要的是，美國需要俄羅斯的幫助去遏制一個正在崛起的中國。考慮到俄中兩國相互競爭的歷史，以及雙方共有的漫長的邊界，一旦華盛頓放棄這個錯誤的推動俄羅斯倒向中國的外交政策，莫斯科很可能加入這種(遏制中國的)努力。」

這一派人觀點雖然被認爲是社會達爾文主義，甚至被認爲冷血，但是在美國政治中一直有著相當強大的影響力。特朗普無疑也是這些觀點的代表性政治人物之一。在2016年競選中他說：「據我所知，克裡米亞當地人更希望和俄羅斯在一起，而不是留在他們原來所屬的地方。」

2025年1月7日，他說他可以理解俄羅斯的立場，卽烏克蘭不應成爲北約的一部分。特朗普稱：「那麼俄羅斯感覺有人就在他們家門口，我能理解他們對此的感受。」特朗普之所以指責是澤連斯基挑起了俄烏戰爭，也是基於現實主義派學者，烏克蘭追求加入北約、激怒了俄羅斯這一思維邏輯。我們很難說這些現實主義戰略家毫無道理，他們的邏輯有其自洽之處。

因爲當初鼓勵烏克蘭放棄核武器、承諾它加入北約的，正是美國。連美國另一位反對烏克蘭加入北約的學者佩爾·埃克曼（Per Ekman）也說冷戰結束後，烏克蘭自願放棄了從蘇聯繼承的4000多枚戰術和戰略核彈頭，這是有史以來最大的無核化實例。烏克蘭交出核武器的部分原因是它收到了美國、英國和俄羅斯的保證，卽其領土完整將得到尊重。這一承諾被寫入布達佩斯備忘錄。他說從2008年喬治·布殊提出了接受烏克蘭加入北約的建議開始，這一主張一直是美國政治的主流意見。「美國2020年政策辯論的結果是正式承諾烏克蘭最終加入北約。」

雖然美國政黨輪替了，但是在世界上，畢竟只存在一個美國。打個比方，一個人頭腦中可能同時打著幾種算盤，可能這一秒鐘推翻上一秒鐘的想法，但是他不可能以此爲理由，拒絕承認以前簽下的協議。美國外交政治從「理想主義」向「現實主義」的這種急劇轉向，只是向世人證明了烏克蘭當初放棄核武器是致命的錯誤，證明了在國際事務中「天眞」和「理想主義」要受到致命的懲罰，這對核擴散和世界政治的叢林化，是一次極其有力的助推。從特朗普的表態中，我們可以得出的結論只能是：澤連斯基沒有在俄烏戰爭爆發一小時二十二分逃跑，是他犯的最大錯誤。

美國極右翼與俄羅斯的文化共鳴

接下來我們再來看看美國另一部分親俄派：美國極右翼政治勢力。他們主要是基於宗教、文化和人種原因而親俄。特朗普同樣是這一勢力的主要代表。

美國著名的保守主義者，被稱爲美國當代極右翼教父帕特·布坎南(Pat Buchanan)也很喜歡普京。布坎南對普京注重東正教禮儀印象非常深刻，認爲普京代表著西方保守派傳統價值觀。布坎南認爲，和過於自由和過於多元化的美國比起來，俄羅斯倒更像一個傳統基督教國家。

我們知道特朗普背後最大的宗教派別是美國的白人福音派。這一派的領袖富蘭克林·格雷厄姆(Franklin Graham)是特朗普的堅定支持者，在特朗普在去年的競爭中遇刺後，他說：「我相信是上帝讓他的頭轉了過去，救了他的命。」他同樣也是普京的堅定支持者，他曾在2015年前往俄羅斯與普京會面，他公開讚揚普京維護基督教傳統價值觀的做法，批評奧巴馬政府「違背了上帝的教導」。

從他們的表態中我們可以看到美國極右翼的文化邏輯：在奧巴馬、拜登等人的領導下，今天的美國在錯誤的道路上，也就是自由主義、文化多元主義的道路上越走越遠，和以前的眞正的美國相比已經面目全非：不信上帝的各類移民充斥美國，白人的孩子被教唆去做變性手術，LGBT群體的聲音越來越大，越來越多的女性選擇墮胎，聖經的信條被無情地嘲弄。這種現狀在左翼看來是進步，他們看來卻是道德淪喪，讓他們憂心如焚。

歐洲也是如此。歐洲也被自由主義和多元主義控制，甚至現狀比美國更嚴峻，移民問題比美國更爲突出。即使川普成功拯救了美國，但歐洲繼續沉淪下去的話，則將來也會連累美國，連累整個「文明世界」。所以美國極右翼呼喚歐洲出現川普式的強勢人物扭轉局勢，以防整個世界墮落爲地獄。

正是基於這個原因，馬斯克不停地嘲弄德國社民黨、嘲弄總理奧拉夫·朔爾茨(Olaf Scholz)，堅定地支持德國選擇黨的愛麗絲·伊莉莎白·韋德爾(Alice Elisabeth Weidel)。也正是因此，前幾天在慕尼黑會議上，萬斯對歐洲展開了激烈的批評。他說歐洲的威脅不是俄羅斯，不是其他外部勢力，而是來自內部的威脅。因爲歐洲正在「背離基本價值觀」，說白了，就是因爲今天的歐洲價值觀是文化多元，而不是重回白人保守主義。

在極右翼看來，全世界走在正確道路上的「最美逆行者」，不是其他國家，正是普京的俄羅斯、歐爾班的匈牙利，因爲他們堅持基督教傳統價值觀，反對多元文化、外來移民、種族混合、性別平權，他們是美國應當效仿的榜樣。美國極右翼著名媒體人卡爾森曾兩次將節目製作現場安排在匈牙利，向美國觀衆讚揚匈牙利歐爾班政府，並聲稱匈牙利是「民主國家的典範」。

基於這一角度，我們才能理解特朗普對普京的認同。美國極右翼將俄羅斯想像成「白人父權制基督教價值觀的強大堡壘」。布坎南認爲，未來世界的主要衝突將是所有國家的保守主義者、傳統主義者和民族主義者反對西方頽廢墮落文化的鬥爭，在這場鬥爭中普京是反對西歐墮落勢力、捍衛基督教價值觀的堅強領袖。

一本爆料特朗普白宮內幕的新書《烈焰與怒火：川普白宮內幕》(Fire and Fury: Inside the Trump White House)引發搶購熱潮，其中內容極具爆炸性，更引發川普本人譴責該書「充滿謊言」。

2014年帕特·布坎南（Pat Buchanan）在一篇文章中聲稱，在爭奪人類未來的文化戰爭中，普京正帶領俄羅斯堅定地站在傳統基督教一邊。和俄羅斯和普京比起來，美國國內的自由派、民主黨以及拜登政府顯然更邪惡，更可怕，是更大的威脅。所以美國應該和俄羅斯成爲戰友，而不是敵人。在同樣的思想背景下，以馬斯克爲代表美國極右翼極其討厭烏克蘭和澤連斯基，因爲澤連斯基領導下的烏克蘭的現行價值觀顯然是典型的「白左」，是美國民主黨過於積極的跟班，是「一個被歐美多元主義和自由主義毒害的國家，不僅不值得被尊重，也不應該得到美國的援助」。何況特朗普在第一任期時，曾經請求澤連斯基調查拜登的兒子在烏克蘭的行爲，結果被澤連斯基無情拒絕。很多共和黨人認爲，烏克蘭是民主黨的朋友卻是共和黨的敵人。

四、和我們想像的不同，2014年俄羅斯佔領克裡米亞不但沒有令美國極右翼反對普京，反而進一步激發了他們對普京的崇拜。爲什麼呢？因爲平民主義、崇尚所謂的男子氣概，是美國的重要文化傳統。美國極右翼尤其欣賞男子氣概，反對精英式的深思熟慮的柔弱。相當多的美國人認爲和普京相比，奧巴馬和拜登太軟弱。薩拉·佩林（Sarah Palin）說，普京敢與熊搏鬥，而奧巴馬則是個模棱兩可，廢話連篇的人。2021年5月共和黨參議員特德·克魯茲（Ted Cruz）在其個人社交平台上稱，俄羅斯軍隊比美國軍隊更強大，因爲推崇種族與性別多元化導致美國軍隊軟弱無力。

因此親俄一直是美國政治中的傳統，雖然極右翼在美國至今仍然不是主流，但是在特朗普的帶領下，勢力在不斷壯大。即使「聯俄抗中」這一戰略構想不見得能順利實施，但是現階段那就是白左控制的歐洲。歐洲是否會在東西兩邊的共同壓力下，如馬斯克所願進一步極右化，是值得觀察的重點。

2019年穆勒報告調查了特朗普與俄羅斯的關係，該報告由美國司法部委託，調查了俄羅斯對2016年大選的干預。雖然報告指出俄羅斯政府與特朗普競選團隊之間存在聯繫，但並未證實特朗普競選團隊成員與俄羅斯政府合謀或協調干預選舉的活動。2019年當一名記者問及特朗普與俄羅斯的關係時，他回答我從未爲俄羅斯工作過。他補充說你竟然問出這個問題，眞是可恥。這完全是一場騙局。

社交媒體拋出這一猛料的動機引發了衆人的猜測。它究竟是爲了揭露眞相，還是別有用心地想要轉移視線呢？有分析指出，特朗普早年破產時曾依賴俄羅斯資本輸血，而間諜的傳聞早在2008年前就在網絡上瘋傳，後來更是被中情局聯手克格勃抹去了痕跡。如果這則報道意在掩蓋更敏感的金融黑幕，那麼這場看似荒誕的間諜劇或許僅僅是冰山露出水面的那一角。克裡姆林宮始終保持沉默，白宮則以一句「荒謬陰謀論」進行冷處理。

滅世謀局End Game

掀開陰謀帷幕，點燃話題熱潮！

準備好跳進一場充滿權謀、背叛與末世狂想的卡牌對決了嗎？《滅世謀局End Game》110張精心設計的卡牌，帶你直面深層政府、反抗者的激烈對抗，還有那些視滅世爲解脫的狂徒！選擇你的陣營，佈局你的謀略，準備顛覆一切。

特色亮點，引爆你的好奇心：

●現實映射，話題炸裂：特朗普、馬斯克等眞實人物卡牌，讓你邊玩邊腦補現實劇情。
●陰謀四起，燒腦無限：新世界秩序、Area 51之謎，揭開全球最大謎團的眞相。
●科技與災難交鋒：基因改造對決氣象武器，大海嘯席捲智能都市，誰能主宰未來？
●傳說與未來碰撞：從神秘傳說到末世預言，每張卡牌都是茶餘飯後的話題引爆點！

不只是遊戲，更是話題製造機。《滅世謀局End Game》讓你和朋友在對戰之餘，暢聊陰謀論、科技狂想與末世猜想。110張卡牌，無限可能，等你來開局。

立即入手，成爲謀局之王！

誰將掌控世界？誰將引領滅世？答案在你的手中！

作者簡介

關加利 Gary Kwan

網台神秘學節目《無奇不有》及音樂節目《音樂次文化》主持。
一個平凡的香港人，自由工作者。從事音樂、影視幕後工作，公餘時在網台製作音樂和神秘學節目。

深層政府IV

作者　　：關加利 Gary Kwan
出版人　：Nathan Wong
編輯　　：尼頓
封面繪圖：暗黑指紋：偉安

出版　　：筆求人工作室有限公司 Seeker Publication Ltd.
地址　　：觀塘偉業街189號金寶工業大廈2樓A15室
電郵　　：penseekerhk@gmail.com
網址　　：www.seekerpublication.com

發行　　：泛華發行代理有限公司
地址　　：香港新界將軍澳工業邨駿昌街七號星島新聞集團大廈
查詢　　：gccd@singtaonewscorp.com

國際書號：978-988-71366-1-3
出版日期：2025年7月
定價　　：港幣178元

PUBLISHED IN HONG KONG